国家社科基金
GUOJIA SHEKE JIJIN HOUQI ZIZHU XIANGMU
后期资助项目

# 刘师培文学思想
# 及其文化语境

## Liu Shipei's Literary Thought and
## Its Cultural Context

施秋香 著

社会科学文献出版社
SOCIAL SCIENCES ACADEMIC PRESS (CHINA)

# 国家社科基金后期资助项目
# 出版说明

后期资助项目是国家社科基金设立的一类重要项目，旨在鼓励广大社科研究者潜心治学，支持基础研究多出优秀成果。它是经过严格评审，从接近完成的科研成果中遴选立项的。为扩大后期资助项目的影响，更好地推动学术发展，促进成果转化，全国哲学社会科学工作办公室按照"统一设计、统一标识、统一版式、形成系列"的总体要求，组织出版国家社科基金后期资助项目成果。

全国哲学社会科学工作办公室

# 序

　　施秋香的专著《刘师培文学思想及其文化语境》经过数年的反复打磨，即将付梓，我感到十分欣慰，很是高兴。

　　施秋香在扬州大学中文专业本科学习期间品学兼优，大学毕业后以优异的成绩保送到本校文艺学专业，攻读硕士学位，得到姚文放教授的悉心指导，打下了较为扎实的理论基础。博士生学习阶段，我对施秋香有了更多的了解，她好学深思，视野开阔，思维细致，学风踏实，为人真诚。博士生毕业后她留校任教，努力教学科研，取得了不少成绩。她还主持并完成国家社科基金后期资助项目、江苏省教育厅基金项目以及校研究课题多项。

　　选题是完成博士论文的关键。施秋香阅读了大量的文献，准备选择刘师培的文学思想作为研究对象。刘师培作为国学功底深厚又融会西学新知的著名学者，因其政治上的变节和文化上的保守倾向，向来是有争议的历史人物。他是一个典型也是一个侧影，在他的身上，比较鲜明地反映了新旧交替时期知识分子的矛盾与困惑。如果能基于客观评价与理性分析的立场，对刘师培文学思想进行全面细致的梳理、剖析，那么对于刘师培研究将会有重要的理论价值和当代意义。我肯定了她的基本想法，开题小组的老师也一致同意她的大体思路，并提出了建设性意见。施秋香在论文撰写过程中经过数次修改，凭借扎实的文献基础和系统的理论研究，逐渐对刘师培的文学思想形成了体系性的建构。她的博士学位论文获得学位答辩委员会专家的较高评价，多篇相关的论文在学术期刊上陆续发表。

　　《刘师培文学思想及其文化语境》是施秋香在其博士学位论文基础上拓展而成的，呈现出以下几个特点。其一，作者从历史、文化、社会、政治等多维视角系统考察刘师培的文学观、美学观、史学观、文学语言观、文学研究方法等，并做了条理清晰的阐述，同时对刘师培文学思想形成的文化传统、西学影响、时代氛围和政治因素等，做了多侧面的剖析，表现出较为开阔的学术视野。其二，该书尤其注意到了中国现代出版业的发展之于刘师培文学思想的重要意义，以及刘师培与章太炎、钱玄同、王国维、鲁迅等同时代学者之间理论建树的比较，能够把文献研究与理论阐发很好地结合起来，在中国文学现代转型的宏观背景下，探究刘师培文学思想的形成及发展，通过纵向梳理和横向比较，对影响其思想形成的诸多因素的复杂性和曲折性，给出了较为全面的评析和令人信服的结论。其三，该书还从文化自信建设的视角，对刘师培文学思想中的国粹观展开论述，认为刘师培以"发明国学、保存国粹"的文化自觉，较为理性地借用西方理论方法，促进了中国传统学术的现代转型和对异域文化的吸收借鉴，这是对传统文化和民族精神的高度自信与自觉传承，同时指出要以刘师培国粹观的局限为鉴，避免文化自傲，排除文化盲从，谨防文化逆流，剔除文化糟粕，注重树立具有体系性、生长性与发展性的文化自信。

当然，本书中的有些具体问题还需要深入阐发，研究视角的全面性也有待拓展。例如，关于刘师培文学思想本身与其所处的文化语境之间的内在关联，还有继续充实的空间。又如，刘师培毕竟是一个具有复杂性特点且具有争论性的人物，对于他的复杂性及其对时代的负面影响亦可进一步揭示。这样可使刘师培文学思想的研究成果呈现更为厚重、扎实的学术风貌。未来之路还长，学术之途无尽，相信施秋香能再接再厉，更上层楼。

是为序。

俣荣本

2020 年 8 月 22 日

# 目　录

# 绪　论

　　刘师培（1884—1919 年），字申叔，号左盦，江苏扬州人，占籍仪征，是清末民初一个充满争议的历史人物。在政治领域，他先是宣扬排满复汉，积极奔走于民族革命，主张实行暗杀行动，成为颇具影响力的先驱人物；继而远赴日本，创办社会主义讲习班，提倡无政府主义，推广全新世界语，俨然是各种新兴思想的弄潮儿；后来倒戈、叛变革命，参加袁世凯复辟的筹安会……一次比一次突兀决绝的人生转变，使他最终走向了时代发展的对立面。在学术领域，扬州刘氏家族世代治经，根底深厚，刘师培少承家学，以经史之学名世，后任北京大学文科教授，以年少著丰跻身国学大师之列。研究者往往扼腕或不齿于其政治行径，而对其学术成就多有赞誉，相对而言，刘师培在文学领域的思想观点和创作成就所受关注度不够。实际上，作为文学家和文论家，刘师培不仅有丰富的文学创作实践，而且有较为系统的文学理论表述，因此深入考察其文学思想，有助于进一步完善关于刘师培的立体研究，推动对于近代文学史和文论史特点的全面认识，进而启发当下对于传统文化的回顾与重建以及相关文学理论问题的展望与研究。

　　同时，刘师培所处的外部文化环境和社会环境，与其文学思想有着千丝万缕的联系，成为其文学思想形成的多维文化语境。一般而言，刘氏家族的文化积淀与扬州学派的"文笔"观念、"选学"立场，以及楚辞、《文选》与《文心雕龙》等文学文论经典，奠定了刘师培文学思想的主要基调；近代中国纷至沓来的各种西方学说、云谲波诡的政治环境以及中国现代出版业的蓬勃发展，都在刘师培的文学思想体系中留下了深深浅浅的印记；章太炎、钱玄同等同时代学者的学说和观点，也是刘师培文学思想不断生发的重要外部刺激……这些共同构成了刘氏文学思想生成的文化语境。融汇中西的知识结构和瞬息万变的时代氛围，使刘师培的文学思想在传统之中孕育出现代意义，并具有一定的理论高度和历史价值。

## 第一节　多样名号折射人生际遇

1884 年，清光绪十年，中法战争爆发，已被鸦片战争和英法联军敲开大门的近代中国，再次蒙受战火纷飞之苦和丧权辱国之耻。在此危难存亡之际，经受巨大思想震动的社会各界有志之士，在全国范围内掀起了风起云涌的革命浪潮。这一年 6 月 24 日，刘师培出生于江苏扬州东圈门外的青溪旧屋西偏房内。动荡不安的社会局势，没有改变他成为声名远扬的"三代传经"的刘家第四代传人的命运。身处于国家危亡的艰难时世，背负着家族学术的厚重期望，刘师培的一生注定有与众不同的遭际。在短短三十多年的生命历程中，他既是姓刘、名"师培"、字"申叔"、小字闰郎的刘家子孙，又是改名"光汉"、自称"激烈派第一人"的革命战士，同时还是改称"金少甫"和笔名"韦裔""无畏"的风云人物，他的各种名号就像各具深意的多色标记，提纲挈领地勾勒了他一生的跌宕起伏和学术变迁，描绘了他短暂而不平凡的人生图像。

### 一　小字"闰郎"的刘家奇童（1884—1902 年）

刘师培出生的那天是农历闰五月初二，因此家人呼其小字"闰郎"。从他的曾祖刘文淇开始，占籍扬州仪征的刘氏家族就世代致力于《春秋左氏传》的研究，并成就斐然，享有盛名。生长于这样的经学世家，刘师培自幼接受传统学术教育，并表现出聪明勤奋、博闻强记的品质，获得亲友师长的交口称赞。叔父刘富曾说他："生而岐嶷，髫龀授读，过目成诵；习为诗文，有如宿构。亡友朱君凤仪目为奇童。"① 相对于广阔而动荡的外界社会，刘师培的早年生活显得封闭而安逸：1894 年，中日甲午战争爆发之时，总角少年刘师培正在学习变卦之法、潜心练习试帖诗，并作《凤仙花诗》一百首，才情洋溢；1895 年，中国战败，《马关条约》签订，康有为、梁启超发起"公车上书"，维新运动拉开序幕，这时候的刘师培正在饱读四书五经，刻苦钻研《晏子春秋》等传统经学。刘师

---

① 刘富曾：《亡侄师培墓志铭》，载刘师培《仪征刘申叔遗书》第一册，万仕国点校，扬州：广陵书社，2014，第 36 页。

培最初的文学创作，如《湘汉吟》《宫怨》《杨花曲》等，多是一些无病
呻吟、写景伤春的文人之作，与当时八国联军侵略中国、义和团反帝运
动等举世震惊、波澜壮阔的时事政治相去甚远。这样一位刘家奇童，不
仅在日后显示出"博览载籍，过目成诵，久而不渝"① 的治学天分，而
且在中国读书人千百年来梦寐以求的科举之路上春风得意，十八岁即中
秀才，第二年再中举人。刘师培早年的文字中几乎看不见社会动荡的直
接反映，并不是因为他对现实无动于衷，而是那时的他还是一个循规蹈
矩、倾力于科举考试的传统读书人。更重要的是，由于缺乏客观事实的
外在刺激和思想观念的内在引导，他的视域远离广阔的现实世界，局限
在狭隘的书斋案头。

有理由推测，假使刘师培的科举应试之路继续一马平川的话，他就
会沿着这条古老的既定人生道路继续行走下去，成为清朝末年科举制度
的牺牲品和传统经学的守护者。但历史不是假设，现实造就了刘师培的
另一种人生，迫使他开启了科举功名之外的另一条道路。

## 二　更名"光汉"的"激烈派第一人"（1903—1908 年）

1903 年是刘师培人生历程和思想观念发生重要转折的一年，他在河
南开封举行的科举考试中名落孙山。从以前的一帆风顺到如今的马失前
蹄，刘师培颇受打击，落寞与失意笼罩在他词作之中："荒邮古戍，剩数
朵孤花。落英如许，采香人去。问斜阳，一抹幽情谁诉？金粉凄迷，付
与二分尘土，无情绪。伤沦落，天涯飘零似汝！"（《扫花游·宿迁道中
见杏花》）落第之后，他四处游历，不久就奔赴上海，并迅速融入汹涌
澎湃的革命浪潮。显而易见，科举失利是改变刘师培人生的一个重要契
机。1905 年 9 月 2 日，清廷颁布上谕，废止科举选拔考试，科举制度就
这样结束了它的漫长使命，"就其现实和象征性意义而言"，"代表着中
国已与过去一刀两断"②，刘师培的科举之路恰好终止在科举制度退出历
史舞台的前夕，也象征着此后的他与过去的生活分道扬镳，彻底走上另

---

① 陈钟凡：《刘先生行述》，载刘师培《仪征刘申叔遗书》第一册，万仕国点校，扬州：
广陵书社，2014，第 34 页。
② 〔美〕吉尔伯特·罗兹曼主编《中国的现代化》，国家社会科学基金"比较现代化"课
题组译，南京：江苏人民出版社，2003，第 433 - 434 页。

一条人生之路。

从 1903 年起，科举考试的失利、革命人士的指引，使他一下子远离了此前的道路和生活，迈向另一段全新的旅途。他改名"光汉"，寓意"攘除清廷，光复汉族"，钱玄同对此大加赞赏："刘君之更名'光汉'，实有重大之意义。在用此名之时期，刘君识见之新颖与夫思想之超卓，不独为其个人之历史中最宜表彰之一事，即在民国纪元以前二十余年间，有新思想之国学诸彦中，亦有甚高之地位。"① 刘师培以"光汉"之名，连续发表《攘书》《中国民族志》和《中国民约精义》三篇长文，主张"排满"、争取民权、宣扬革命，这三篇著述为他赢得了广泛的声誉。《警钟日报》在为其《攘书》和《中国民族志》所作的出版广告中，称《攘书》为"空前杰作"，并以"吾国大汉学家"与"国学巨子"等美称赞誉他；还有众多为其题诗者，如黄天在《题攘书》中说："此书即麟经，读之当奋起。"此时的刘师培以"刘光汉"之名，获得了科举考场之外别样的人生功绩和心理满足。

1904 年，即来到上海后的第二年，刘师培的笔触广泛涉及各个领域，历史、地理、教育、小学、文学……几乎无所不包。他以惊人的才力和精力，写出了数量可观的论文、诗词，几乎每天都有文章问世并发表。以前孜孜以求的科举没有使他获得理想的功业，但转而投身革命之后，为求功名而打下的深厚功底使他从容有余、一马当先地迅速站在革命宣传阵营前沿。所谓"失之东隅，收之桑榆"，对刘师培来说，他的人生无疑实现了一次成功的改写。他以"激烈派第一人"的署名，在《中国白话报》上发表《论激烈的好处》，展现了他毅然决然投身革命的无畏姿态，也显示了他"每立一论，总喜欢推到极端"② 的思维方式。与此同时，"光汉"的名字则继续被他用于各种著述之中，在那个风雨如晦、鸡鸣不已的时代引起强烈的社会反响。林獬说："吾恐大索吾国中，求一如刘子者不可得矣。"③ 考场的失意逐渐被此时的声名所掩盖，

① 钱玄同：《刘申叔先生遗书总目》，载刘师培《仪征刘申叔遗书》第一册，万仕国点校，扬州：广陵书社，2014，第 11 页。
② 陈平原：《当年游侠人：现代中国的文人与学者》，北京：生活·读书·新知三联书店，2006，第 81 页。
③ 刘师培：《昆仑吟》，载刘师培《刘申叔遗书补遗》上册，万仕国辑校，扬州：广陵书社，2008，第 98 页。

刘师培重新找到了属于他的施展才华、大放异彩的人生舞台。

1905年，刘师培参与主笔邓实等人在上海创办的《国粹学报》，他的思想逐渐削去了毕露的锋芒，变得韬光养晦，不再通过发表异常激烈的言论来表达奋进昂扬的革命热情，而是通过保存国粹的方式以退为进，达到"倡言排满"的目的。比如他在《孙兰传》等人物传记中击节赞赏人物气节，借以激发人们的"排满"思想。这一年，他的主要精力放在为《国粹学报》撰文方面，该报每一期基本都会刊载他的文章。

1906年，刘师培在安徽公学、皖江中学边教书边从事革命活动。为避免引起清廷注意，他化名"金少甫"，并以该名字在《政艺通报》上发表《滴翠轩》《留别二首》《留别邓绳侯先生》等九首诗。化名"金少甫"当是刘师培对宋元之际浙东学派代表人物金履祥的致敬之举，因为金履祥原本姓刘，后避讳吴越王钱镠同音名而改姓金，刘师培取此"金"姓，加之其父刘贵曾字良甫，就形成了"金少甫"之名，从中可见他以历史自况的用意及对金履祥虽绝意仕进却未忘忧国品行的赞许。

1907年，刘师培东渡日本，实现了早年的赴日愿望。在日本，他谒见孙中山，加入同盟会，成为章太炎主编的《民报》主要作者，并与张继等人共同筹办"社会主义讲习会"，宣扬无政府主义和社会主义思想。留日期间，他还与妻子何震创办"女子复权会"，同时创办《天义报》作为该会的机关刊物。他使用"豕韦之裔"和"韦裔"的笔名，在《民报》上发表了《普告汉人》《利害平等论》《清儒得失论》《辨满人非中国之臣民》等文章。他曾在《攘书》目录中说："豕韦之系，世秉《麟经》。我生不辰，建房横行。鉴于前言，扶植人极。炎黄有灵，实凭实式。"① 据《左传·襄公二十四年》和《左传·昭公二十九年》记载，刘累乃陶唐氏之后，在夏时被赐为御龙氏，在商时为豕韦氏，据此可知，"韦裔"这个笔名与刘师培的其他别号一样，"无不根据经史，切合其姓"②，其中自认为是正统华夏血脉传人的民族意识不言而喻。

1908年，革命形势面临严峻考验，无政府运动遭到日警封杀，急于

---

① 刘师培：《攘书·目录》，载刘师培《仪征刘申叔遗书》第五册，万仕国点校，扬州：广陵书社，2014，第1840页。
② 梅鹤孙：《青溪旧屋仪征刘氏五世小记》，梅英超整理，上海：上海古籍出版社，2004，第38页。

求得人生功名的刘师培迅速抛弃此前的主张，再次使人生发生急剧转折。可惜的是，这次的转变竟然是倒戈，向清朝政府的两江总督端方投诚，"完全陷入黑暗的深渊中"①。在此期间，他曾改笔名为"无畏"，这是否为一种为叛变而自我壮胆的策略，不得而知，但至此之后，刘师培成了革命的敌人、历史的罪人，其变节实在令人愕然、叹惋。

### 三　从"直隶督辕文案"到"洪宪六君子"之一（1909—1916 年）

刘师培的学术活力似乎与他的政治生命力息息相关：初涉政坛之时，在政治因素的外部刺激以及在政坛成名的内在渴望驱动之下，他文思如泉涌，下笔如有神，笔酣墨饱的文章一一涌现，而公开叛变、正式投入端方幕中的 1909 年，似乎是他迷惘和沉思的一年，该年他的著述不多，政治上的无着落感使他的创作几乎处于停滞的状态，只写了一些校勘性的文字，是为自己的背叛之举感到自责，还是在等待东山再起、重现锋芒的机会令人深思。其后，他追随端方左右，并被授以直隶督辕文案、学部谘议官等职。辛亥革命爆发后，端方被部将所杀，刘师培被拘押，之后逃至成都，在四川国学院、国学学校任教。其间，《四川国学杂志》的创立再次激发了他的创作热情。他在《四川国学杂志》《国故钩沉》等刊物上发表的大量文章再次印证他始终是一个热爱国学的传统文人，一个报纸杂志的热心创办者和参与者，他热爱报纸杂志事业和文字工作。这种饱满的写作状态带给他无限的充实感，与他不甘寂寞、渴望出人头地的性格非常吻合。与此同时，章太炎、蔡元培等故人老友无法联系到他，以为他受端方牵连而一直被拘押，因此，他们四处奔走呼告，努力营救，在报纸上发表宣言，要求不杀刘师培，并连登数日《求刘申叔通信》。此时的刘师培却置身度外，沉默于四川，做学问、考金石、讲经学……这种态度只能说明，由于政治上的变节，他已无颜再见昔日故旧，只好装聋作哑，于故纸堆中寻求些许慰藉。另外，在这一段时间里，他的文章大多署名刘师培或者刘申叔，政治立场上的转向使他不再使用先前的革命名号，他似乎记起了自己归根结底还是当初的那个扬州刘家之子。

----

　①　王汎森：《中国近代思想与学术的系谱》，石家庄：河北教育出版社，2001，第 215 页。

1914 年，刘师培经阎锡山推荐，到北京投靠袁世凯，被授以公府谘议一职。第二年，他便忙于生命中最重要的政治活动，与杨度、孙毓筠、严复、李燮和、胡瑛联名发表《筹安会宣言》，成为参与袁世凯复辟的"洪宪六君子"中的重要一员，袁世凯甚至授其为"参政院参政"。刘师培理所当然地认为，如果复辟成功，那么他的人生将会彻底改写。于是，他全力以赴，撰写了多篇论证袁世凯恢复帝制之合理性的文章，这些文章"均影响很大，广被时论转载，也广受时论批评"①。他如此不顾一切地奋力扭转自己坎坷潦倒的境遇，甚至搁置了学术创作，只有总结性的《左盦诗抄》《左盦丛书》《左盦长律》出版，并无新作。1916 年，袁世凯在北京病逝，刘师培所有的政治梦想，随着他未及完成下篇的《君政复古论》一起彻底破灭。之后，他避居天津，又迅速转向他热爱的报刊事业，在新创办的《中国学报》上再次开启精力旺盛的学术研究。该年他的文章多署名"仪征刘师培"，再次回归于最初那个经学传人的角色。

## 四　北大文科教授刘师培（1917—1919 年）

1917 年，《新青年》先后刊出胡适的《文学改良刍议》和陈独秀的《文学革命论》，引发了轰轰烈烈的文学革命，推动了中国文学现代化的进程。是年，蔡元培就任北京大学校长，实行学术自由、兼容并包的教育方针。冯友兰认为："所谓'兼容并包'，在一个过渡时期，可能是为旧的东西保留地盘，也可能是为新的东西开辟道路。蔡元培的'兼容并包'在当时是为新的东西开辟道路的。"② 蔡元培不计前嫌，盛邀早已身败名裂的刘师培出任北大文科教授，兼任文科研究所国文门指导教师，使他得以在生命的最后时光获得北大教授的身份。这既是为刘师培所代表的传统文化保留地盘，更是为尊重学术、兼容并包的理念开辟道路。蔡元培认为，"大学者，研究高深学问者也"，"大学生当以研究学术为天职，不当以大学为升官发财之阶梯"③。他

---

① 张仲民：《刘师培的四篇佚文》，《历史教学问题》2018 年第 5 期。
② 冯友兰：《三松堂自序》，北京：生活·读书·新知三联书店，1984，第 325 - 326 页。
③ 蔡元培：《就任北京大学校长之演说》，载《蔡元培全集》第三卷，杭州：浙江教育出版社，1997，第 8 页。

对刘师培的身份认同应当主要基于此种出发点,希望他能从并不擅长的官场政治中彻底退出,真正以研究学术为根本使命,全心做一个与世无争的学问家。

以刘师培不到二十岁就在上海脱颖而出,走在时代前沿,发出振聋发聩之声的性格,此时处于新文化运动背景中的他,完全可以再次叱咤风云、引领风潮,甚至可能成为另一个鲁迅式人物。然而太多的磨难和挫折使他噤若寒蝉,只有在课堂上展现他渊博的知识,尴尬无奈、凄凉可悲。对那一段《国粹学报》时代无限风光的留恋,又使他再次回归国学,重申自己的国粹主张。1919年1月,在"五四"文学革命蓬勃发展之时,《国故》月刊社在刘师培的家里举行成立大会,刘师培与黄侃担任总编辑,此举引来了学界的议论,认为其与《新青年》《新潮》等杂志对峙。尽管刘师培在《北京大学日刊》上发表声明,表示旨在保存国粹,而无与《新潮》等杂志争辩之意,但还是招致鲁迅、钱玄同等人的无情讽刺,并且被视为与新文化运动对立的文化保守主义代表。1919年5月4日,"五四运动"爆发;同年11月20日,刘师培在北京和平医院病逝,享年三十六岁,结束了曲折而仓促的一生。

刘师培的生命极其短促,但是他的名号异常多,除了上述有代表性和经常使用的之外,还有取《汉书·朱虚侯刘章传》中之语而用的"鉏非"别号,以及当年乡试朱卷上曾用的"鲁源"之字……他的名号如此多样,从侧面可见他的人生多么复杂多变,这样的多变既可折射急如旋踵的社会时代变化,也可看出他还不能算得上是纯粹的思想家,纯粹的思想家是不会像他那样随意抛弃自己所认为的真理的。但刘师培具有家传经学系统及中国传统文化的深厚积淀,同时保有对报纸杂志的高度热情、对新知旧学的融会贯通,以及对于文学本体特征自始至终的深刻思考,使我们于其名号变化之中看到了始终矗立的刘氏影像:不管是当年的刘家"闰郎",还是革命浪潮中的"光汉",抑或是端方府中的"申叔",又或者是北大讲台上的教授,作为学者的刘师培从未改变其对于学术研究的痴心和热情,并且表现出对于"文"之本质特征的不变坚守。

## 第二节 等身著述造就学术奇才

刘师培以其短短三十多年的人生，留下了七十余种论著，创造了中国近代学术史上的奇迹，成为永远年轻的国学大师。钱玄同于清政不纲、丧权辱国的 1884 年至 1916 年间，按发表著述先后为序，列出了 12 位"好学深思之硕彦，慷慨倜傥之奇材"①，他们分别是康有为、宋衡、谭嗣同、梁启超、严复、夏曾佑、章太炎、孙诒让、蔡元培、刘师培、王国维和崔适。这 12 个人中，年龄最小、治学条件最优而人生道路最受訾议的，就是刘师培。他的著述如此丰富，难怪陈平原感慨："以今日学科分类而言，刘师培几乎涉及人文研究领域的各个侧面，且大都有所建树。"② 诚如斯言，刘师培的等身著述纵横捭阖、包容万象，让人不得不钦佩其先天的学养天赋和后天的勤勉努力。

刘师培去世后十余年，昔日旧友南桂馨出资校印《刘申叔先生遗书》，这就是学界常说的"宁武南氏校印本"，该书实际上主要由钱玄同主持完成，于 1936 年正式出版，总共七十四册，其中"关于论群经及小学者二十二种，论学术及文辞者十三种，群书校释二十四种，诗文集四种，读书记五种，学校教本六种"。③ 该书于 1965 年和 1970 年先后被台湾大新书局和京华书局以原题影印重版，并于 1997 年分别被江苏古籍出版社以《刘申叔遗书》为题、中共中央党校出版社以《刘师培全集》为题影印重版。凤凰出版社、广陵书社也曾数次重印该书。2014 年，刘师培的同乡后学、仪征万仕国在钱玄同、南桂馨版本的基础上，新增例言和题解，并仿《嘉定王鸣盛全集》的体例，重新点校整理《仪征刘申叔遗书》十五册，由广陵书社出版。

自 20 世纪 90 年代开始，陆续有学者对刘师培的著述进行分类、校

---

① 钱玄同：《序五》，载刘师培《仪征刘申叔遗书》第一册，万仕国点校，扬州：广陵书社，2014，第 68 页。
② 陈平原：《当年游侠人：现代中国的文人与学者》，北京：生活·读书·新知三联书店，2006，第 69 页。
③ 蔡元培：《刘君申叔事略》，载刘师培《仪征刘申叔遗书》第一册，万仕国点校，扬州：广陵书社，2014，第 43 页。

勘、编著。刘梦溪主编、吴方编校的《中国现代学术经典：黄侃、刘师培卷》（河北教育出版社，1996），收录了刘师培的《中国中古文学史》《古书疑义举例补》《古历管窥》《群经大义相通论》《理学字义通释》《古政原始论》等著述，并附列《刘申叔先生著作要目》，认为刘师培"学术深有造诣，国学自具根柢，著述宏富，多有创见，且涉猎广博，为清代传统学术之继往开来者"。陈引驰编校的《刘师培中古文学论集》（中国社会科学出版社，1997），收录了刘氏的《中国中古文学史讲义》（附《搜集文章志材料方法》）、《汉魏六朝专家文研究》和《〈文心雕龙〉讲录二种》，以及《广阮氏文言说》《骈文读本序》等论文，并附录了蔡元培《刘君申叔事略》和汪东《刘师培传》，正如此书编校者在《编后》中所言，这本书是"刘氏论文学之文字较完整之汇辑"。赵慎修编著的《刘师培：评传·作品选》（中国文史出版社，1998），按体裁收录了刘师培论文二十余篇，既包括文学、文字方面的文章，也包括政论性文章，其中专著四种：《〈中国民约精义〉节录》《周末学术史总序》《中国民族志序》《白种之侵入》，另有诗词十二首。同年，王元化主编的"近人学术述林"丛书，出版了劳舒编、雪克校的《刘师培学术论著》（浙江人民出版社，1998），其中收录了刘氏的《周末学术史序》《两汉学术发微论》《汉宋学术异同论》《南北学派不同论》《经学教科书》《中国中古文学史讲义》六部学术论著。编者以为前面四部构成了刘师培"中国学术思想史"体系的框架，而后面两部，一是刘氏对近代教育教材的贡献，一是代表了他的学术精华，因而择此六书编撰成册。是年还有《刘师培辛亥革命前文选》（生活·读书·新知三联书店，1998）出版，该书是钱钟书主编、朱维铮执行主编的"中国近代学术名著丛书"之一。之后，王岳川主编的《二十世纪中国学术文化随笔大系》第二辑出版了汪宇编的《刘师培学术文化随笔》（中国青年出版社，1999），该书将刘师培的论著分为六编：第一编"文论篇"，主要收录关于文学以及文学史方面的研究文章；第二编"经学篇"，收录《六经残于秦火考》等治经的论文；第三编"小学篇"，主要是刘氏训诂文字的论著；第四编"考证篇"，收录刘氏以义理考据的方法考证诸多文学和文化现象的文章；第五编"儒林篇"，收录《儒林像赞》等八篇论文；第六编"政论篇"，主要收录刘氏有关政治主张的论述。

21 世纪以来，有关刘师培文学思想及史学、经学方面的搜集整理工作有进一步发展。上海古籍出版社于 2000 年出版了刘师培的《中国中古文学史讲义》，并附录了刘氏《搜集文章志材料方法》和《汉魏六朝专家文研究》两篇论著。2004 年，洪治纲主编的《刘师培经典文存》（上海大学出版社，2004），精选了刘师培《中国中古文学史讲义》和《古书疑义举例补》等侧重于经学和文学方面的十三种论文著作，认为这些论著均具时代特色，形式和内容皆与旧学不同。同年，中国人民大学出版社出版了刘师培的十余篇论学文章集《清儒得失论——刘师培论学杂稿》，包括《舞法起于祀神考》和《原戏》等戏曲理论文章。罗志田导读、徐亮工编校的《中国近三百年学术史论》（上海古籍出版社，2006），选录了章太炎、刘师培等有关学术史研究的文章。邬国义和吴修艺编校的《刘师培史学论著选集》（上海古籍出版社，2006）选录了刘师培在史学研究方面的代表性成果，包括《黄帝纪年说》《读左札记》《周末学术史序》等五十二篇著述，编校者在《前言》部分指出，刘氏的史学特点是以西方进化论为思想武器，并与中国的经学、小学相结合，而且其《中国历史教科书》较早采用章节体的编纂形式，这表现了当时历史研究中的一种进步倾向。刘琅编选了一套包括严复、蔡元培、王国维、鲁迅、刘师培等在内的"大师书斋"丛书，在《精读刘师培》（鹭江出版社，2007）一册中，他选录了刘师培的《中国中古文学史》专著，以及《古书疑义举例补》《南北学派不同论》《近儒学术统系论》等文论，和《景教源流》《古代医学与宗教相杂》《论中国宜建藏书楼》等书话。李帆于"中国近代思想家文库"中编选了《刘师培卷》（中国人民大学出版社，2015），主要收录《攘书》《广阮氏文言说》等刘师培思想、学术建树的代表性论著。此外，近来涌现出不少关于整理刘师培相关文章的书目，如《刘师培书话》《刘师培讲经学》《刘师培讲国学》《刘师培儒学论集》《刘师培：经学教科书》《刘师培读左传》等。自 2013 年起，刘师培故乡扬州的广陵书社陆续以单行本形式出版了刘师培的《中国地理教科书》《中国历史教科书》《经学教科书/伦理学教科书》《中国文学讲义》《国学发微》等一系列著述。

在以《刘申叔先生遗书》（以下简称《遗书》）为基础，对刘师培生前著述进行校对重刊之外，不少学者整理了《遗书》所未收或前人未留意的刘师培佚文。李妙根在编注《刘师培论学论政》（复旦大学出版社，1990）一书时，补充了他整理的刘师培在《天义报》和《衡报》上的大部分论著，并从《江西》《关陇》《扬子江白话报》等刊物中发现了一些前人未曾提及的刘师培论著，同时附录了《刘师培生平和著作系年》；李妙根在之后编选《国粹与西化——刘师培文选》（上海远东出版社，1996）时，将刘师培提倡国粹的学术主张归结为"不变"，将其追求西化的政治主张归结为"善变"，选编《遗书》中未收的"混政学为一"的文章如《〈共产党宣言〉序》《攘书》《新史篇》《清儒得失论》等。陈燕的《刘师培及其文学理论》（台北，华正书局，1989），附录了《〈刘申叔先生遗书〉未收之刘师培著作名称一览表》，按著作年代或所载刊物的出版时间顺序，以文、诗、词、赋、笔记分类，收录了一百六十七种《遗书》未收著作。冯永敏的《刘师培及其文学研究》（台北，文史哲出版社，1992），在有关刘师培著述的章节中，罗列了刘氏在《苏报》《江苏》《警钟日报》《中国白话报》等报纸、杂志上发表的一百二十七篇诗文，以及根据刘氏本人在《甲辰年自述诗》中所注、钱玄同《刘申叔遗书序》和陶菊隐《筹安会"六君子"传》等中所显示的大量散佚文稿目录。2008年，万仕国在广陵书社出版了《刘申叔遗书补遗》上下两册，补充其搜集整理的由于种种原因未能录入《遗书》的数十种著述，极大地丰富和完备了有关刘师培的文献资料。2017年商务印书馆出版了杨丽娟的《刘师培家藏文献研究初集》，其中收录了《清代仪征刘氏青溪旧屋史初探》《仪征刘氏家学著作刊行考略》《新见刘师培早期生平史考略》等文章，这些著作进一步完善了有关刘师培研究的原始资料。

　　刘师培的等身著作使他在中国近代史上留下了不可磨灭的重要印迹，后人对其著述的搜集整理为进一步理解他和那个时代提供了便利。我们不光要透过纸面解读刘师培的文学思想，而且要透过个体审视其背后的文化语境，更全面地阅读中国近代文学史，更科学地构建当下文论。

## 第三节　相关研究综述

刘师培是一个饱受訾议、可悲可叹的政治人物，同时他又是多才多艺、融会贯通的学者、报人、教育家、诗人和作家。他是经学世家出身，其经学著述"广征古说，足诤马、郑之违，且钳今师之口"①；他是近代出版业的参与者，在《警钟日报》《中国白话报》《政艺通报》《国粹学报》《天义报》等中国近代重要的报刊上，都留下了他笔耕于此的深刻辙痕；他是教育事业的热衷者，发表《教育普及议》《讲普及教育的法子》《讲授国文的法子》《教育》等一系列关心近代教育的文章，并且在皖江中心、安徽公学、四川国学院、北京大学、北京女子高等师范学校等的讲台上传道授业，教导或影响过刘文典、黄侃等著名弟子；他是诗人，在二十岁时写下近千言的自传体长诗《甲辰年自述诗》，《左盦诗录》收录了他创作的一百七十多首诗作，另有十多首词作汇集成《左盦词录》；他是骈文创作大家，以深厚的学养和华美的文辞，写下众多的书、表、铭、颂、碑等骈体文章；他不仅有文学实践方面的创作，还有文学理论方面的建树，撰写了系列流芳后世的文论著作和文学史名著；他还在翻译领域大显身手，翻译过《〈共产党宣言〉序》、波兰诗人柴门霍夫的《希望诗二章》等作品；等等。对于中国近代史上具有如此多变身份和丰富成果的刘师培，学界理应有充分的研究。

从 1934 年 5 月，王森然在《国风》半月刊第四卷第九期发表《刘师培评传》一文开始，研究者们就试图全面地认识和评价这位学术奇人。代表性的研究成果包括 Martin Bernal《刘师培与国粹运动》（1976）、冯自由《刘光汉事略补述》（1981）、梅鹤孙《刘师培的家学渊源及生平杂记》（1988）以及徐自华《刘师培传》（1990）等。张舜徽在《清代扬州学记》（上海人民出版社，1962）中，将刘师培作为扬州学派的殿军并列专章介绍，与汪中、焦循、阮元和刘氏曾、祖、父辈共同串起扬州学派的主要发展脉络，对其生平和著述，以及在小学、经学、校勘学、

① 陈钟凡：《刘先生行述》，载刘师培《仪征刘申叔遗书》第一册，万仕国点校，扬州：广陵书社，2014，第 34 页。

伦理学等方面的成就进行描述，并对其由进步向反动的政治道路进行了思想层面的原因探究。朱维铮在为李妙根《刘师培论学论政》所作的序中认为，在近代中国思想文化史上，刘师培称得上是某一类型人物的化身，这类人物"对传统学说了若指掌，对外来事物感觉敏锐，能思考，会议论，谈学问或说政治都不同凡俗，属于那时代文化教养甚高的层次"①，从而感慨这位文坛巨子、政治浪子聪明反被聪明误的短暂一生。1996 年方光华的专著《刘师培评传》，是百花洲文艺出版社"国学大师丛书"中的一部，该书较全面地概括了刘师培的人生经历、政治活动和学术研究的观点与方法，并对其在经学、史学、子学和小学等方面的研究成果进行了综述与评价，指出中国近代文化中的"刘师培现象"是一种由学术研究者的道德品质问题而导致学术生命萎缩的悲剧，认为"优秀的道德品格乃是学术研究健康发展的基本保证"。郑师渠的《晚清国粹派文化思想研究》（北京师范大学出版社，2000）明确提出，以章太炎、刘师培为代表的晚清国粹派，是资产阶级思潮的一部分，他们的学术研究有力推动了中国传统学术的近代化。该书附录作者的两篇文章——《刘师培史学思想略论》和《章太炎刘师培交谊论》，对于理解刘师培学术研究及其生平行谊具有重要的补充作用。以晚清文人心态作为关注重点的陈平原，在《当年游侠人：现代中国的文人与学者》（生活·读书·新知三联书店，2006）的文集中，以《激烈的好处与坏处——也谈刘师培的失节》为题，对刘师培治学与从政的关系进行了新颖的解读，以刘氏对于"良知""气节""洁身"等理想的论述与其自相矛盾的失节行为相比照，将其失节归结于强烈的个人欲望和介入社会的心态与手段，指出其激烈的思维方式、出人头地的欲望和博取功名的渴求是他一再失节的根本原因，并感慨其生不逢时："以刘君的才学，早二十年，不难在科举场中博取功名；晚二十年，也可成为第一流学者而备受尊崇。就在传统的'士大夫'向现代的'专家学者'过渡的中间，刘师培出场了。原来唾手可得的仕途，眼看着全成泡影；而刚刚建立的新学体系，又尚未被广泛接纳。"令人耳目一新的观点，为读者提供了解读刘师培人生的独

---

①　朱维铮：《〈刘师培论学论政〉序》，载李妙根编《刘师培论学论政》，上海：复旦大学出版社，1990，第 8 页。

特视角和启示。此外，万仕国以专著形式编写的《刘师培年谱》（广陵书社，2003），通过对刘氏生平、著述、行谊及时代背景等各方面尽可能完备的资料整理，较全面地展示了刘氏人生的各个侧面，作者以刘氏两次东渡日本的事件为转折点，将其生平分为1884—1906年、1907—1908年和1909—1919年三期，本书所附"仪征刘氏世系表"实属刘氏生平研究中的首例。徐复在为该书所作的序中，将刘氏学术特点概括为"秉承家学，兼收并蓄""以经为主，并治子史""扩土拓疆，别开生面""中西结合，经世致用"四点。2007年，陈奇编纂出版的《刘师培年谱长编》为研究刘师培提供了更多的资料，甚便后学。

　　具体而言，学界对刘师培的研究重心往往受到其政治表现的吸引，对刘氏的政治思想进行了多方面的考察和研究，代表性文章有李妙根的《论辛亥革命前后刘师培的政治思想》（《求是学刊》1983年第4期）、何若钧的《论刘师培政治思想的演变》（《华南师范大学学报（社会科学版）》1983年第2期）、陈奇的《刘师培投身革命原因新探》（《黔南民族师范学院学报》2002年第2期）等。台湾学者王汎森的文章《反西化的西方主义与反传统的传统主义——刘师培与"社会主义讲习会"》（载《中国近代思想与学术的系谱》，河北教育出版社，2001），以中国近代思想从传统到现代转化的视角为出发点，以刘师培从1907年至1908年转向无政府主义而又最终放弃的过程为切入点，审视了刘师培的两难处境：反西化的西方主义与反传统的传统主义，以及他身上所体现的作为一个既传统又现代的学者挣扎于特定时代的痕迹，于简单的政治思想分析之中融入深刻的文化分析。张仲民的《世界语与近代中国知识分子的世界主义想象——以刘师培为中心》（《学术月刊》2016年第4期）指出，刘师培这样的世界语倡导者们认为，中国文字必须改造，中国人应该学习世界语，由此可以实现文明开化和世界大同，不过，刘师培等人自身强烈的语言专制心态，将世界语的作用强调得太过理想化，其实质仍是受到社会达尔文主义影响的乌托邦追求。

　　刘师培的政治生涯引人注目，他的经史研究和文学思想同样值得关注，但早期有关这方面的研究往往因为刘氏政治上的失节而削弱其学术上的成就，存在着"因人废言"的取向。叶易的观点具有代表性："甚至对刘师培这样为满清官僚端方做密探的顽固文人，章太炎也尽力庇护。……我们不论此人是否该杀，如说没有他们'读书种子将沦'，'文学自此扫地'，实际已承认他们是中国文学的代表。"① 诚然，政治因素的干扰使得关于刘师培的学术研究较多地受到制约，但越来越多的学者开始以纯理论的眼光考察刘氏在经学、史学、诸子学、小学等方面的学术成就。这其中，朱维铮、李妙根师徒的努力功不可没，他们互唱互和，有力清除了刘氏政治污点对其学术光芒的遮蔽，并使其学术成就在20世纪90年代之后逐渐得到学界重视，并重现理论光芒。朱维铮肯定了刘师培饮誉学林的成就，认为"在学术上，他与章太炎的关系，类似梁启超与康有为，而学术的功底与识见，都胜过康门高弟梁启超"，指出刘氏的《清儒得失论》"不仅弥补了章太炎《清儒》论述的不足，由它首刊于章太炎主编的《民报》而显示获得章太炎的激赏可证，而且也为梁启超撰写《清代学术概论》所取材"。② 此后，大量关于刘师培学术成就的研究成果次第出现，如陈克明《试论刘师培的经学思想》（《中国文化》1997年第 Z1 期）、赵瑛《刘师培与新史学思潮》（《华夏文化》2000 年第 1期）、李孝迁《刘师培与近代清学史研究》（《东南学术》2001 年第 4期）、都重万《论辛亥革命前刘师培的新史学》（《中国文化研究》2002年第 3 期）、牛秋实《从经学到史学：刘师培学术思想研究》（南开大学博士学位论文，2009）等论文，以及郭院林的《彷徨与迷途：刘师培思想与学术研究》（凤凰出版社，2012）、黄雅琦的《刘师培之伦理思想研究》（台北，花木兰文化出版社，2010）等专著。目前对于刘师培的学术研究开始呈现多维度的审视，比如有学者注意到刘氏在中西学术汇通方面的独特地位，李帆的专著《刘师培与中西学术：以其中西交融之学和学术史研究为核心》（北京师范大学出版社，2003），在扎实的资料搜集与整理基础上，令人信服地论证了刘氏所受西学的影响，以及他对中西学术的融会贯通。此外，在一些研究近代学术的转型、建立等相关课题中，刘师培的身影开始比较频繁地显现，虽然还经常处于章太炎等人的附带之笔中，但其历史意义及地位正逐渐趋于明晰，如陈平原的《中国现代学术之建立：以章太炎、胡适之为中心》（北京大学出版社，

---

① 　叶易：《中国近代文艺思想论稿》，上海：复旦大学出版社，1985，第 160 页。

② 　朱维铮：《〈清代学术概论〉导读》，载梁启超《清代学术概论》，上海：上海古籍出版社，1998，第 27 页。

1998）在关于章太炎的论述章节中，从纯学术研究的立场凸显了刘师培的学术研究。

　　与上述诸方面丰富的研究成果形成对比的是，学界对刘师培文学思想的研究稍显不足。最初只有一些文学史著述或文学理论相关研究会附加一笔刘师培文学思想的掠影。如钱基博在成书于 20 世纪 30 年代的《现代中国文学史》（世界书局，1933）中，将民国纪元以后的文学分为古文学和新文学两派，古文学又分为文、诗、词、曲四类，新文学又分为新民体、逻辑文和白话文三种，其中古文学之文中，有魏晋文、骈文和散文之别，按照"各著一大师以明显学，而其弟子朋从之有闻者，附著于篇"的体例，将刘师培视为骈文部分的大师代表。在对他的经学研究、政治经历均作详细描述的基础上，着重阐述其尔雅文章，指出步武齐梁的刘师培之文与追慕魏晋的章太炎之文的不同，并充分引用刘氏《文章原始》和《论文杂记》中的相关章节，归纳出刘氏"小学为文章之始基，以骈文实文体之正宗""文章流别同于诸子""诗赋根源本于纵横"的主要文学观念，以及这些文学观与阮元、章学诚文学观和《文选》《史通》之间的交相会通关系，独具慧眼地关注到刘师培对于文学审美形式的情有独钟。任访秋则将刘师培列入其《中国近代文学作家论》（河南人民出版社，1984）一书中，暗合着从文学史角度对刘师培进行作家作品研究的思路，并较为客观地评价了刘氏的文学思想和文学创作，但并没有完全摆脱以人论文的局限。王济民在《晚清民初的科学思潮和文学的科学批评》（中国社会科学出版社，2004）中，对刘师培关于声韵音节理论、汉魏六朝文学研究以及文学批评实践等方面多有涉及，可见他已将刘氏的文学思想作为晚清民初代表性的文学观念之一。实际上，刘师培的文学思想确实应该成为这段文论期不可或缺的研究对象之一。

　　目前可见的较早对刘师培文学思想进行本体分析研究的代表性论文，是王琦珍的《论刘师培的文学观与文学史研究》（《文学遗产》1986 年第 5 期），该文总结刘师培文学史研究的主要成就在于对中古文学的分析与评价，以及对清代文学变迁的研究，同时客观指出了刘氏文学思想的偏颇与局限。1987 年由扬州师范学院学报编辑部和古籍整理研究室合编的《扬州学派研究》文集，收录了近二十篇有关扬州学派的研究论文，这对于充分掌握刘师培的学术环境和所接受的传统文化影响具有重要的借鉴意义。其中周新国的《试析1903～1908年刘师培的政治思想》是对刘师培人生中最精彩的一段政治生涯及其政治思想的探讨；郭明道的《论刘师培校释群书的方法》、王世华的《刘师培与章太炎的〈新方言〉》、李坦的《西汉经古文学演进轨迹初探——读刘师培〈汉代古文学辩诬〉有感》是有关刘师培在小学、校勘学、经学等方面研究成果以点见面的考察；刘立人的《论刘师培的文学史观》、田汉云的《论刘师培的诗》、李坦与田汉云的《左盦词笺证》则是对刘师培文学观念和文学创作的总结和评价。胡健在《论刘师培的美学思想》（《西北师大学报（社会科学版）》1996年第2期）一文中，总结了刘师培在关于美学与征实之学不同、环境对艺术的影响和艺术起源等问题上的观点，认为是完全有资格归入以启蒙为特征的中国近代美学的。还有学者进一步探讨了刘师培有关文学审美形式理念中的"文言观"及其美学意义。如王风的个案研究文章《刘师培文学观的学术资源与论争背景》（这是1997年北京大学的硕士学位论文，又载1998年3月《学人》第13辑，同时也是夏晓虹等著的《文学语言与文章体式：从晚清到五四》中的一篇），作者认为，刘师培对于阮元文学观的补充扩展、批评驳正，以及与桐城派的对立论争，表面看来是以阮元和桐城派之争为代表的文学家和古文家之争背景下的文学领域骈散之争的余绪，实际上是与同处一个阵营的章太炎之间的论争，而章、刘之间的文学论争归根结底是二人在语言文字领域的"质言观"和"文言观"的论争，作者还以"美术"这一关键概念作为重要衔接，详细梳理了阮元、刘师培和周作人对于六朝文学不约而同的情有独钟，感慨"从阮元到刘师培到周作人，同一传统资源在一百余年间被三度使用，历史在这里显示出惊人的相似性，不过相似性背后的不相似性同样惊人"。① 这篇文章将一般学者对于阮、刘之间承继关系的关注，推向章、刘之间论争关系的思考，并且点出其与周作人之间鲜为人知的理论联系，对于深入理解刘师培的文学思想颇具启发意义。进入21世纪后，有关刘师培文学思想方面的研究论文明显增多，出现了

---

① 王风：《刘师培文学观的学术资源与论争背景》，载夏晓虹等《文学语言与文章体式：从晚清到五四》，合肥：安徽教育出版社，2006，第265页。

一系列专门的研究成果，如杜新艳《俗语与骈文——刘师培的进化文学观》（《华北电力大学学报（社会科学版）》2006 年第 1 期）、毛新青《刘师培新文化建构中的文学观》（《江苏教育学院学报（社会科学版）》2006 年第 4 期）、许结《赋学：从晚清到民国——刘师培赋学批评简论》，（载《东方丛刊》2008 年第 1 期，广西师范大学出版社，2008）、段怀清《刘师培的语言—文学观》（《杭州师范大学学报（社会科学版）》2009 年第 1 期）等。毛新青的《刘师培与中国文论的现代转型》（山东大学博士学位论文，2007）一文，把刘师培的文论思想置于文论现代转型和中国传统文化的现代嬗变这一大背景下，采取纵向贯串和横向比较的研究法，探讨了刘氏文论中流露出的现代转型的某些特征，具有一定的理论深度。2010 年商务印书馆"中华现代学术名著丛书"将刘师培的《中国中古文学史》和《汉魏六朝专家文研究》结集出版，并附录了汪春泓《刘师培文学思想概述》一文，较为全面地综述了刘师培文学思想的主要特点和历史价值，认为扬州学派前辈学人的诸多见解和《文心雕龙》的文论资源，是影响刘师培文学观及文学史观的主要方面，该文最后还简论了黄侃与刘师培文学观的一致性，丰富了有关刘师培文学思想研究的层面。近年来，刘师培文学思想的独特价值和历史意义受到更多的关注。孙慧的《刘师培的文学观研究》（辽宁大学硕士学位论文，2012），在中西文化交融的背景下阐述了刘师培文学观发展的理论渊源，指出刘师培对传统文论进行了具有现代意义的转换。董丽娟的《刘师培文章学理论探要》（内蒙古师范大学硕士学位论文，2013），指出刘师培传承了古代文章学理论的精华，接续了即将断裂的文章学史学术链，构建了文章学理论的体系，扩展了文章学研究的领域，丰富了我国文章学的理论。祝小娟的《刘师培文法理论研究》（江西师范大学硕士学位论文，2013），概括了刘师培文法观及其语言学基础、文法理论建构以及骈文文法论，强调刘师培的文法批评对于指导写作具有重大的意义，在中国文学批评史上有承前启后的作用。慈波的《刘师培的变与不变：从骈体正宗说到文学史研究》（《中山大学学报（社会科学版）》2014 年第 5 期），梳理了刘师培以小学为基石，以声韵与词藻为两翼，全面建构出的有别于古文的文章理论，认为刘师培在体系建构的进程中完成了对阮元以及自身早期理论的双重超越。吴居峥的《论刘师培的汉魏六朝文学研究》（广西师范大学硕士学位论文，2017）则认为，刘师培的汉魏六朝文学研究作为 20 世纪初应对西学东渐的一面代表性旗帜，为解决学界困境提供了具有可操作性的途径，具有重大的时代意义。

关于刘师培文学思想方面的代表性研究专著，主要有陈燕的《刘师培及其文学理论》（台北，华正书局，1989）和冯永敏的《刘师培及其文学研究》（台北，文史哲出版社，1992），二者都对刘师培在文学方面的理论和实践进行了较为详细的梳理，并且行文思路大致相似，着重从两个方面展开，一是对刘师培的生平行谊、才性表现的描述和评价，二是对刘师培的文学观和文学实践的分类探讨，这两本专著填补了有关刘师培文学研究的空白。二者的论述虽全面有余、评价到位，而深度略缺，以资料性见长。由此可见，目前学界对刘师培文学思想的研究专著略显薄弱，而以其文学思想的文化语境作为主要研究对象的成果，显得比较缺乏。

从文学史的角度看，处于新旧交替时期的刘师培的文学思想有一定的代表性和独特性；从近代文论转型期的未定型性角度看，刘师培的文学思想是这一时代特色的具体反映：既有对传统文论的借鉴和剥离，又有对西方文论的吸收和整合，还有作为"五四"新文化运动前期理论准备的萌芽和蓄势。我们有必要积极延续前贤的理论话语和研究成果，继续在刘氏文学审美理念方面深入发掘，构建刘师培文学思想的理论体系，进一步促进对其文学思想的研究，既回归刘师培文学思想在历史中的客观地位，又阐发其在当下的现代意义，突破以往对于刘师培的性格、史学、经学及政治思想的研究领域，将研究重点置于其文学思想上，挖掘其理论的现代性，以现代视角重新审视特殊时代背景下其文学思想的理论价值及其长效影响。论述对象的学术生命短暂而复杂，思想大起大落，这种变化折射到他的文论思想中，使其理论时有变化甚至相悖，且多有临时急就之作，因此难下定论。但是刘师培的善变之中，依然保持着对"文"的本体坚守，使我们可以以客观的理论眼光拨开政治雾障对学术光彩的遮蔽，以历史还原的方式肯定其文论思想的文学史价值与影响，从而避免因人废论的情感偏离，并且通过对其文论思想的纵深把握，略窥中国文论在走向现代化道路上的曲折多变性和内在延续性。

刘师培文学思想的生成，从纵向发展角度看，离不开他经年浸润的家学传承，受益于深入骨髓的传统积淀；从横向铺展角度看，少不了受当时政治生态的影响，免不了时代背景、社会生活的直接渗透。其实刘师培文学思想中的复杂因素，算是近代中国社会剧烈之"变"的一个缩影。赵翼感慨"江山代有才人出，各领风骚数百年"，而实际上，各种风潮学说在近代中国大概只能引领风骚数十年甚至数年而已，朝云暮雨的政治环境和时代背景，对刘师培的文学思想也产生了直接的影响……这些共同构成了刘师培文学思想的文化语境。如此一来，研究刘师培的文学思想，必须要结合他置身其中的纵横文化坐标。首先，从文献解读和理论阐发入手，对刘师培文学思想进行全面的本体梳理，勾勒出立体丰富的层次，以之管中窥豹地体察中国近代文学思想发展的风貌。其次，以刘师培文学思想为理论内核，由内而外地层层拓展文化因素和语境，进而多维反观和立体考察刘师培文学思想形成的文化语境和深层文化动机。既纵向考察刘师培文学思想体系中的传统背景，又横向比较刘氏文学思想体系中的西学影响和时代环境，同时还深入理解其文学思想与同时代学人及其文论的关系。最后，由点及面，从文学史研究的层面，积极阐释刘师培文论思想的现代意义价值，从而呈现出近代文学思想史上一个既有独特个性又有时代投影的代表性个体，从中更好地理解中国文学现代转型的复杂性，进而启发当下在构建新时期中国特色文学理论之时，平衡传承与弘扬传统文化和吸收、借鉴外来理论之间的动态张力。

# 第一章 刘师培论"文"

中国传统学术往往把儒家正名思想作为重要的治学规范,强调名正言顺,注重对研究对象的内涵界定。介于传统文人与现代学者角色转换之间的刘师培,在文学研究时,同样选择从为研究对象"文"循名责实入手,努力对其进行清晰精准的理论定位,这其中灌输了他对文学本质的理解和认识,是刘氏文学思想体系的基础和灵魂。刘师培的主要文学思想都源自他对"文"的特征定位,对"文"的深刻理解贯穿于刘氏文学思想的各个层面及其文学研究的各个领域。因此,剖析和明确刘师培对于文学本体的认识,有助于深入把握他在文学研究诸多方面的理论观点及其独特的文学审美观。

## 第一节 "藻缋成章"的文学本质观

### 一 "文"以"藻缋成章"为本训

正名思想使刘师培在面对"文"这一研究对象时,首先考虑的是明确研究对象的内涵和定位。"文"字在甲骨文中即已出现,其形是一个文身的人体,本义为花纹或纹理,后来引申为包括语言文字在内的各种装饰性的、具有象征意义的符号系列。由此可知,从艺术形式角度凸显"文"以丰富多彩为美的审美意识,是人们对"文"之性质认识初期阶段的特征和倾向,即偏重于从艺术审美形式方面来认识文学。刘师培有感于"正名大义无人识,俗训流传故训湮"[①],不遗余力地彰显"文"的最初本训,旁征博引地为"文"正名定义,借助《说文》《广雅》《释名》等典籍中关于"文"的训诂,对"文"进行追本溯源的探究,得出"文"以"藻缋成章"为本训、"文章"以"彣彰"为主的结论,也就

---

① 刘师培:《甲辰年自述诗·七》,载刘师培《刘申叔遗书补遗》上册,万仕国辑校,扬州:广陵书社,2008,第378页。

是强调文采彰彰、辞藻雕琢的文学审美形式。这种对文学形式饰观作用的理解,是对"文"之为"文"的审美特性的强调,他说:

> 今考《说文》云:"文,逪画也。象交文。"又云:"彣,彧也。"《广雅·释诂二》云:"文,饰也。"《释名·释言语》云:"文者,会集众采,以成锦绣;会集众字,以成词谊,如文绣也。"是"文"以"藻缋成章"为本训。
>
> 《说文》"彧"字下云:"有彣彰也。"盖"彣彰"即"文章"别体,犹"而"与"耏"同、"丹"与"彤"同也,厥后始区二字。"彣"训为"彧",与"文"训"错画",共义互明。观青与赤谓之文,经纬天地亦曰文,则训"饰"、训"错",义实相兼。①

"藻缋成章"就是刘师培对文学本质的审美认识。所谓"藻缋",主要是就文学作品的形式而言的,要求作品文采斐然、辞采彰彰。宗白华曾说:"楚国的图案、楚辞、汉赋、六朝骈文、颜延之诗、明清的瓷器,一直存在到今天的刺绣和京剧的舞台服装,这是一种美,'错采镂金、雕缋满眼'的美。"② 这种"错采镂金、雕缋满眼"的华丽之美,正可用来形象化刘师培所认为的"藻缋"的文学形式美。刘师培将文学作品的形式标准明确为有韵偶行和沈思翰藻的要求,尤其强调"文有恒范,翰藻斯符",赞扬"昔贤持论,弗废翰藻"的表达形式。他指出,《昭明文选》所收之文"虽不以有韵为限,实以有藻采者为范围。盖以无藻韵者,不得称'文'也"。③ 言下之意,有藻采兼押韵的作品,必定在形式要素方面符合"文"之标准;有藻采但未必押韵的作品,因其具备了形式美的一些特征亦可列为"文";既无藻采又不押韵的作品,则断然不能称为"文",因为文章形式的"藻缋"辞采之美是文学的首要标准。

所谓"成章",侧重是指文学创作的组织思路。刘师培指出要通过

---

① 刘师培:《广阮氏文言说》,载刘师培《仪征刘申叔遗书》第九册,万仕国点校,扬州:广陵书社,2014,第3960页。

② 宗白华:《中国美学史中重要问题的初步探索》,载宗白华《美学散步》,桂林:广西师范大学出版社,2005,第34页。

③ 刘师培:《中国中古文学史讲义》,载刘师培《仪征刘申叔遗书》第十五册,万仕国点校,扬州:广陵书社,2014,第6961页。

对字、词、句、章的精雕细琢，使作品成为字斟句酌、精心构筑的篇章，获得与一般应用文字不同的文学特性，这种对语言文字组织能力的强调，使文章获得了字词有藻绘、句段有逻辑的审美特征，如他所言："'文章'取义于藻绘，言有组织而后成文也。"① 文学由简单的语言陈述，逐渐发展成为具有高度组织性的艺术品，与有关"文"的形式美论述正相吻合。为实现"藻缋成章"的华丽美"文"，刘师培要求作家在行文写作时，"象取错交，功施藻饰"，使作品流光溢彩，成为具有审美特性的文学作品，给读者呈现审美的视觉图像。其所言"象取错交"，已经涉及文学创作的形象思维的问题，即通过选择富于形式美特色的形象进行艺术创作，不但有助于实现文学表情达意的功能，而且还能通过这些形象本身提升文学作品意象交错的审美意蕴。

"藻缋成章"的文学本质观，使刘师培对"文"的形式特征强调备至。他看到文学因其日益成熟的审美形式，在刘宋时期获得前所未有的审美关注，逐渐摆脱原先作为经学附庸的暧昧状态，成为一门独立的学科，文学创作空前繁荣。他指出，在这转变过程中有几件重要的代表性事件：宋文帝时，于儒学、玄学、史学三馆之外，别立专门的文学馆；以"文章志"命名的书籍层出不穷；目录学领域开始出现"文翰""文集"等名称，而"文集录"中，又区分为楚辞、别集、总集、杂文四部，并且有关文学的专门理论研究日益精深。这一系列文学事件，推进了文学独立的进程，同时也引发了一段文学自觉的时代。可见，刘师培的文学思想追求的是文学的标志性独立性审美特征。因此不难理解他何以非常强调为文学正名、定义的重要意义，名正才能言顺，只有充分展示"文"之特性的作品才能成为"文"，反之亦然，文学作品必然要通过"文"之特性，才能体现出与经史诸子判然有别的独特审美品位。他仿照阮元编辑《研经室集》"言集不言文"的做法，自编专收考订之作的《左盦集》和"裒集其俪词及韵语"② 的《左盦文集》，可见他对"文"的本质特征具有明确的自觉意识。

---

① 刘师培：《文章原始》，载刘师培《仪征刘申叔遗书》第十一册，万仕国点校，扬州：广陵书社，2014，第4921页。
② 钱玄同：《刘申叔先生遗书总目》，载刘师培《仪征刘申叔遗书》第一册，万仕国点校，扬州：广陵书社，2014，第18页。

刘师培对于文学的审美认识并不止于作品形式的单一层面，而是进一步触及文学本质的理论内核。他将古人对文学作品形式要素的审美追求，与"文"和"笔"的理论发展历程对照研究，并且以时人所常说的"诗文"之别和"诗词"之别，类比"文"与"笔"确为两种不同的类型，同时对"辞笔""诗笔"等易涌说法加以辨别，认为"辞"即"词"，与"文"同，而"诗有藻韵，其类亦可称文"，进而将"笔"与偶语韵文之"辞"、颇有藻韵之"诗"，乃至于"兼尚植指"之"论"等文类都区别开来，使之成为一个必须单独考量的独特类型。他将据事直书的官牒史册、以韩愈为代表的唐人散体都列为"笔"之范围。他意识到，梁元帝萧绎所说的"情灵摇荡，流连哀思"的抒情之"文"和"善为章奏，善辑流略"的实用之"笔"，都隐含了论者对文学性质的认识，进而着重论述了"文可该笔"与"笔不该文"的观点，并以此为理论依据，赞成刘勰以"文心"为名，而在《文心雕龙》的论述中包含"笔"的做法，认为"文可该笔"；却坚决反对桐城派姚鼐以"文辞"为名，而在《古文辞类纂》中只选"笔"而不含"文"的做法，认为"笔不该文"。可见，在刘师培心目中有一个"文""笔"层次图：

在这个简单图示中，文$_a$是统称所有"文"与"笔"的广义文学，文$_b$是符合"文"之本义的偶语韵词之文。只不过在实际使用中，有韵偶行的文$_b$和无韵单行的笔，都在广义的文$_a$的范围之内，并且文$_a$与文$_b$共用一个"文"字，故而作为文$_a$意义的"文"，可以包括作为文$_b$意义的"文"和无韵单行的"笔"，是所有文学作品的总称；反之，"笔"既不能包括与之平行的文$_b$，又加不能包含作为大概念的文$_a$；同理，作为第二层级的文$_b$也不能包含作为第一层级的文$_a$，但是，无论姚鼐的"文辞"是指广义的文$_a$还是指狭义的文$_b$，都不应该将有韵偶行之文排除在外。从这个角度看，刘师培的文学观念已经触及或者接近于不局限于文学形式标准的现代文学意义，是涉及文类理论意义层面的分析研究。

## 二 "文"、"文学"与"文章"

由于近代文论转型阶段新旧名词的共同在场和未定型性，刘师培在相关的文学理论著述中表现出术语内涵与理论表述不相一致的差异情况，具体体现为他对"文"、"文学"和"文章"三种名称的并行和交叉使用，以及他对这些名称进行理论定义的错乱和困境。在他的主要文论著述中，以"文"为题的有《国文杂记》《论文杂记》《文说》《广阮氏文言说》《与人论文书》《汉魏六朝专家文研究》等；以"文学"为题的有《中国文学教科书》《南北文学不同论》《文学出于巫祝之官说》《论说部与文学之关系》《论近世文学之变迁》《中国中古文学史讲义》等；以"文章"为题的有《文章原始》《文章学史序》《搜集文章志材料方法》等。这些命名不同的论著在论述内容上各有千秋，在文论指向和论述范围等方面互有交集。

在这些文题当中，有些虽然名为"文"或"文学"，却不是指现代意义上的文学作品或文学理论，而是指语言文字，以及由此意义引发的相关文法问题，如在《国文杂记》一文中，刘师培着重论述学校国文教育的"秩序"，从循序渐进的教育理念出发，强调对儿童的国文教育要由易而难，由授字而作文，由句法而文法，这是以近代科学和教育的精神，对传统教育知其然而不知其所以然做法的创新变革，使"书读百遍其义自见"式的以诵读为主的私塾训练方式，转变到以理解和逻辑为基础的近代文法教育，客观上是近代教育史上的重要进步。此外，"文学"有时还指作为以语言文字为入门基础的大语文教育，如《中国文学教科书》，在第一册的《序例》中，刘师培表明自己准备编写十册的构思和决心，并确定编排顺序为："先明小学之大纲，次分析字类，次讨论句法、章法、篇法，次总论古今文体，次选文"。① 可见这种从学校教育立场出发的"文学"观，是针对在校学生所实行的全面的国文教育观，这种教育观包含了当今学校教育"语文"科目中的识字、组词、造句、作文及听说读写等各个领域，这里的"文学"与《国文杂记》中的"国文"含义相似，"仅为小学纲要，不涉今之所谓文学"。② 在《古学出于官守论》中，刘师培指出，"文学"亦称"文学官"，与专司六艺的"博士"一样，曾经是一种秦汉以降掌管学术的官职。如果按照刘氏一贯的

---

① 刘师培：《中国文学教科书·序例》，载刘师培《仪征刘申叔遗书》第十四册，万仕国点校，扬州：广陵书社，2014，第6114页。

② 陈引驰编校《刘师培中古文学论集》，北京：中国社会科学出版社，1997，第280页。

正名定义之法，那么这些地方的种种文题不符之处，正是他自己所批判和反对的做法，不能自圆其说。

一般而言，传统观念中的"学"，特指与文学创作不同的学术研究。那么，当"文"与"学"并列，这样的"文学"就可以看作一个并列结构的复合词，即"文"与"学"，指文学与学术。而"学术"又被视为"学"与"术"的并列组合。严复在所译《原富》的按语中说："盖学与术异。学者考自然之理，立必然之例。术者据既知之理，求可成之功。学主知，术主行。"① 他的意思是，"学"主要集中于研究社会自然的内在原理和联系，而"术"则是在已有原理的基础上加以实践运用。梁启超也有类似观点："学也者，观察事物而发明其真理者也；术也者，取所发明之真理而致诸用者也。"② 刘师培则从所使用和依附的载体或媒介的不同角度，对"学"与"术"进行了辨析，他说："'学'与'术'不同：学载于书，术寓于器。……秦代所焚者书也；未焚者器也。书焚，故儒学亦亡；器存，故儒术亦存。"③ 通过这些论述，我们发现经常与"术"相提并论的"学"，侧重于对理性认知、学理逻辑的理论探求，是一种人类理性和思想的积淀，因此我们现在所通用的"学术"一词，其实是一种接近偏义复合词的意义，就是偏于"学"，而远于"术"，并且通常与"文学"相对而言。所以刘师培在《论近世文学之变迁》中既论述了近世的文学创作变迁历史，也论述了近世以来的学术、学派概况，以及文学与学术之间的相互影响关系，并强调学有根柢才能掌握出言有章的文学创作规律。他指出，学与文分离，文、学均优之士难觅是近代学术和文学发展的问题所在。

在另一个层面上，所谓"学"指的是一种学问、理论，那么"文学"又可以是一个偏正结构的复合词，即论"文"之"学"，指关于"文"的学问和理论。在《论说部与文学之关系》一文中，刘师培没有专门界定"文学"，但是从其具体的论述内容和理论思路中可以发现，他以"文学"为题研究与说部的关系，其实正是指与"文"相关的学术

---

① 王栻主编《严复集》第四册，北京：中华书局，1986，第885页。
② 梁启超：《学与术》，载《梁启超全集》第八卷，北京：北京出版社，1999，第2351页。
③ 刘师培：《六经残于秦火考》，载刘师培《仪征刘申叔遗书》第九册，万仕国点校，扬州：广陵书社，2014，第3781页。

研究，简称"文学"。他指出，小说创作相对于"文学"而言，只是一群好逸恶劳的学士大夫的无稽之言，没有专门名家，没有师承授受，无法永久流传，因此这种涉猎之学当然不能与专门的学术研究相提并论。这里的"文学"不是指单纯的文学理论研究，而是指整个人文学术体系，具有浓厚的学术气息。另外，刘师培把以"南北文学不同论"为题的文章放入以"南北学术不同论"为题的一组论文中，似乎也暗含了以学术研究的立场进行有关文学理论研究的学术目的，即视"文学"为论"文"之"学"。在具体的论述过程中，我们看到他这里所论的"文学"涉及从诗歌到散文、从辞赋到剧曲的具体文学作品，其中对文学语言的演变梳理和对文学体裁的变迁辨析，都是对文学这一研究对象的理论探索，因此这里的"文学"概念与现代文学理论的研究意义大致相符。

尽管这些概念在具体表述中具有各自相对的情境内涵，但是，当刘师培在文学创作和文学作品的意义层面使用"文"、"文学"或者"文章"概念时，其指向就万变不离其宗，都是从"文"的本初意义出发，强调恢复"文"之为"文"的最初本质特征。在《文章原始》中，他以"文"的观念演变，贯串起对由古迄今的文章原始的考察，这种研究本身具有学术史和文学史的研究意义，并且使"文章"因其形式美特征而与一般非文学作品区别开来。在另外一篇同样以"文章"命名的《文章学史序》中，刘师培将出于清庙之守、工于祈祷的墨家，和出于行人之官、工于辞令的纵横家，视为文章之正传，可见他对文学作品语言辞采方面始终如一的强调；他将诏令、奏疏、书启尺牍等"抒己意以示人"之文，和祝文、诔辞、墓铭、行状、碑志等"宣己意以达神"之作，均看作"文章"，则表明对文学表达功能的重视。在《搜集文章志材料方法》中，"文章"的意义和所指更为明确，他在开篇第一句即为"文学史"定义："文学史者，所以考历代文学之变迁也。"① 可见标题中所指的"文章志"正是指"文学史"，只不过在该文中特指模仿晋代挚虞的《文章志》所作的、以人为纲的文学史编写体例，与以文体为纲的"文

---

① 刘师培：《搜集文章志材料方法》，载刘师培《仪征刘申叔遗书》第十一册，万仕国点校，扬州：广陵书社，2014，第4947页。

章流别"同属于文学史的撰述形态，因此这里的"文章"即"文学"。刘师培在文中所列的应当搜集的相关材料来源，既包括正史文苑传、古人的文章志，也包括刘勰《文心雕龙》、钟嵘《诗品》等古代论诗评文的理论著作，还涉及古今存佚的文集和文章篇目等，大致涵盖了中国古代文学的各个相关领域，同时也是古代文学史的主要研究方向。从这个角度看，刘师培的"文章"意义与现代的文学意义较为契合。从两汉之时一般用来专指文学作品的意义开始，"文章"即具有与文学相似的理论内涵，刘师培往往也在这个意义上使用"文章"，同时赋予其更多的文学形式特征。在《汉魏六朝专家文研究》中，虽然以"文"为总名，各节的标题却大多以"文章"为名，比如"论文章之转折与贯串""论文章之音节""论文章有生死之别"等，所论作家作品大致不出六朝文学史的范围。

刘师培在"文"的文字学内涵基础上，充分扩展了具有文学发展历史意义的生长性，辅以"藻缋成章"的形式要求，使"文"落实为审美艺术领域的文学形式。虽然所使用的名词概念有"文"、"文学"与"文章"等的区别，但是当他在文学作品的意义层面使用这些概念时，都是从"文"的最初意义出发的，引申阐发"文"的审美特性，强调恢复"文"之为"文"的本质特征。

## 第二节　"扫除陈言，归于雅驯"的文学语言观

韦勒克、沃伦说："文学是一种社会性的实践，它以语言这一社会创造物作为自己的媒介。"[1] 对于作为语言艺术的文学作品而言，文学语言是读者认识和把握文学特征的第一要素，也是体现"文"之特性的关键所在。如何使文学语言体现出与日常语言不一样的审美意蕴，使"文"成为"文"？刘师培提出了自己的见解，他说："炼句损之又损，摘藻惟经典是则，扫除陈言，归于雅驯，庶几诸弊可祛，而文入正轨矣。"[2]

---

① 〔美〕勒内·韦勒克、奥斯汀·沃伦:《文学理论》，刘象愚等译，南京:江苏教育出版社，2005，第100页。

② 刘师培:《汉魏六朝专家文研究》，载刘师培《刘申叔遗书补遗》下册，万仕国辑校，扬州:广陵书社，2008，第1550－1551页。

"扫除陈言，归于雅驯"的语言标准看似无奇，却蕴含着刘师培对文学语言审美特色的发掘和肯定。

## 一　"雅驯"语言的审美历程

在中国文学批评史上，"雅"是与"俗"相对而言的风格范畴，正如刘勰所说："雅俗异势。"① 关于"雅"的内涵，《毛诗正义》云："《雅》者，正也，言王政之所由废兴也。政有大小，故有《小雅》焉，有《大雅》焉。"② 这种施"政"之"雅"，显然是"以其在政治上的实用为准绳，……它对后儒以礼教、政教的观点为穿凿附会每一首诗的做法有开启之功，后代说诗者视为准则"。③ 所谓"正"，就是雅正、正统，意味着标准和规范。因此有学者解释"正乐"为相对于地方乐而言的音乐，是出于尊王思想而指称的周天子建都的王城附近的音乐，④ 这种与民俗夷乐划清界限的正乐观念，是王权正统思想在文艺作品中的折射，并且使"雅"具有了高贵、正统的性质。合乎正乐的作品被称为"雅"，正统经典作品所使用的语言被称为"雅言"，这确实是由来已久的观念，所谓："子所雅言，《诗》、《书》、执礼，皆雅言也。"⑤ 清代学者王念孙以为，从训诂学的角度看，"雅"字古与"夏"字相通，而"夏"既是西周王畿一带的称谓，又经常引申为华夏之义，如此一来，"雅"就具备了与异族相区别的民族性与高雅性。总之，与一般指向平民阶层的、民间大众的"俗"不同，"雅"往往指向精英阶层，表现出雅正、正统的审美取向和情趣。

上述种种解释尽管各有侧重，但在文学创作领域，人们对于"雅"的认识却具有本质的相通之处，都有意识地使文学作品体现纯正、正统的风格。"雅"作为文学风格范畴，最早见于曹丕的《典论·论文》："奏议宜雅，书论宜理，铭诔尚实，诗赋欲丽。"⑥ 作为臣子上奏帝王的

① 刘勰：《文心雕龙注释》，周振甫注，北京：人民文学出版社，2002，第339页。
② 《四库家藏·毛诗正义》，济南：山东画报出版社，2004，第20页。
③ 胡安莲：《〈诗经〉"风""雅""颂"分类》，《南都学坛（哲学社会科学版）》2000年第4期。
④ 褚斌杰：《中国文学史纲要》（一），北京：北京大学出版社，1999，第49页。
⑤ 《论语》，朱熹集注，金良年导读，胡真集评，上海：上海古籍出版社，2007，第65页。
⑥ 《曹丕集校注》，魏宏灿校注，合肥：安徽大学出版社，2009，第313页。

奏章之类文体，确实应该雅正、工整，体现出庄重肃穆的情感特色，内容方面也应当表现出与一般文学创作不同的实事求是之风，这是一种正统严肃的文风观念。其后，在有关文学理论的著述中，逐渐衍生出刘勰的"典雅"、司空图的"闲雅"、王国维的"古雅"等各具特色的风格范畴。不管种种"雅"之风格内涵如何变化，它总是与"俗"相对出现的。在文学风格的雅俗流变中，尽管也有如陈师道所提倡的"宁拙毋巧，宁朴毋华"等崇俗主张，但总体而言，崇雅黜俗一直是主流倾向，这是一种自觉求雅的"雅化"意识。刘师培将这种"雅化"的文学集体意识，具体化为对文学语言的雅驯追求，但他的主要目的不是继续以正统的思想来规范和限制文学创作，而是将之提升为体现文学本质特性的重要途径之一。

文学是语言的艺术，在刘师培看来，文学演变的历史在文学语言的雅俗流变中得到如盐在水的体现：先民流传的口头文学最初透露出天然大俗之态，后来经由文人学者的自觉加工或改编创作，慢慢趋向雅驯工整的书面表达；至汉魏六朝时期，文学语言的雅驯要求进展至巅峰状态；之后逐渐出现了俗语文学的兴盛，表现为元曲和明清小说等俗文学样式的蓬勃发展；而清代的正统经学研究深切影响到文学创作的风貌，使文学语言重新趋于雅驯风格，出现了骈文中兴的局面；但清末民初的白话文运动使得文学再次走向俗语入文的方向，言文合一的通俗化呼声顺应而起……在这种演变趋势中，刘师培充分肯定文学语言雅驯化的历史趋势。虽然他也意识到过分判别文学语言的雅俗，是导致中国言与文不一致的第一原因。他指出，"若中国所习之文，以典雅为主，而世俗之语，直以浅陋斥之……而评文者每以行文之雅俗，定文词之工拙。此固中国数千年积习使然，而不可骤革者也"。[①] 他也对白话和俗语在教育学子、感染民众等方面的作用表示肯定，但是，在高雅纯正的文学领域，他始终坚持文学语言必然是雅驯的、审美的，因为"'文'也者，别乎鄙词俚语者也"。[②]

---

① 刘师培：《中国文字流弊论》，载刘师培《仪征刘申叔遗书》第十册，万仕国点校，扬州：广陵书社，2014，第4380–4381页。
② 刘师培：《广阮氏文言说》，载刘师培《仪征刘申叔遗书》第九册，万仕国点校，扬州：广陵书社，2014，第3960页。

　　刘师培还注意到语言的雅驯标准随历史发展而改变的现象。同样的语言在不同的时期可能会体现出不同的雅俗风格，因而会出现"谱古调以成音"的句中押韵作品。方言入文的现象则更加典型地阐释了雅驯语言的历史相对性规律："古人作文，多用方音。《公羊》侈用齐言，《离骚》亦征楚语。虽律以雅言，韵讹实甚，然施之乡国，音读易谐。故征之古昔，楚臣以土风协乐；验之近代，宋人以里语入词。特处封建之朝，则《国风》可齐《雅》、《颂》；值同文之世，则讹音甚于枘方。"① 说明对文学语言的雅驯评判，存在着古今时间、南北空间等方面的多重动态影响因素。此外，刘师培对文学语言从民谣里谚到文人创作的变化予以高度重视，认为这是文学语言由大俗走向大雅的关键转折，他说："夫民谣里谚，皆有抑扬缓促之音。声有抑扬，则句有长短。乐教既废，而文人墨客，无复永言咏叹，以寄其思，乃创为词调，以绍乐府之遗。"② 文学语言并不是凭空求雅的，而是有着深厚的传统积淀和历史传承，一些原本大俗之古语，经过文人学者有意识地提炼雅化，已成为大雅之语言，说明历代文人往往能妙笔生花、化俗为雅，在文学语言的雅驯化过程中具有重要的推进作用。因此刘师培指出，那些自成妙论的矢口直陈，只有笔之于书，并经过史臣之士、文人学者的语词修饰，才能成为真正的"文"之雅言，使文学日益走向纯粹的审美之途。

　　这里有必要提及与刘师培"雅驯"理念比较接近的另一个理论范畴"古雅"，这是王国维在1907年发表的美学专论《论古雅之在美学上之位置》③ 中所提出的审美概念。他指出"因美学上尚未有专论古雅者，故略述其性质及位置"是写作此文的目的所在，他从审美范畴的视角提出这一审美概念，并加以西方美学思想观照的理论探索。在王国维此文发表之前，刘师培所论的"雅驯"理念其实早已基本完善，通过对这两种概念加以比较可以发现，在文学创作领域，王氏"古雅"概念的内涵及其实现的途径，与刘氏的"雅驯"理念具有诸多相似之处。一方面，

① 刘师培：《文说·和声篇第三》，载刘师培《仪征刘申叔遗书》第五册，万仕国点校，扬州：广陵书社，2014，第2068页。
② 刘师培：《论文杂记》，载刘师培《仪征刘申叔遗书》第五册，万仕国点校，扬州：广陵书社，2014，第2110－2111页。
③ 王国维：《论古雅之在美学上之位置》，林文光选编《王国维文选》，成都：四川文艺出版社，2008，第138－142页。

"古雅"与"雅驯"都以文学形式作为主要的理论中介。在王国维看来，杜甫的"夜阑更秉烛，相对如梦寐"之于晏几道的"今宵剩把银釭照，犹恐相逢是梦中"，《诗经》中的"愿言思伯，甘心首疾"之于柳永《蝶恋花》中的"衣带渐宽终不悔，为伊消得人憔悴"，都是第一形式相同，但是"前者温厚，后者刻露也，其第二形式异也"。这种温厚的"第二形式"就是"古雅"之形式，即温厚含蓄的杜诗和《诗经》具备"古雅"的风格和形式，而刻露直白的晏词和柳永《蝶恋花》则缺乏此种古雅风貌，显得通俗浅直。在王国维的"古雅"理念中，传统文论浓重的道德意识与道德评价被压抑，"'古雅'被看作一种与道德内容无关的'形式之美'。这与以康德为代表的近代西方非功利主义美学的影响有关"。① 这种"古雅"思路主要是从形式的着眼点所进行的审美风格的界定，如他所说，由于"无以名之"，姑且名之为"古雅"，并不一定是越古的就越雅，所以"西汉之匡、刘，东京之崔、蔡，其文之优美宏壮，远在贾、马、班、张之下，而吾人之嗜之也亦无逊于彼者，以雅故也。南丰之于文，不必工于苏、王，姜夔之于词，且远逊于欧、秦，而后人亦嗜之者，以雅故也"。王国维并没有以"古"为据，刻舟求剑，而是以"古雅"之形式为论述对象，这一点暗合了刘师培"雅驯"理念对文学语言形式的强调。另一方面，在实现"古雅"与"雅驯"理念的具体途径方面，二者取得了理论的共识。王国维指出实现"古雅"风格的有效途径是："古雅之性质既不存在于自然，而其判断亦但由于经验，于是艺术中古雅之部分不必尽俟天才而亦得以人力致之。苟其人格诚高，学问诚博，则虽无艺术上之天才者，其制作亦不失为古雅。"言下之意，"古雅"的美学境界是可以通过后天努力提高修养达到的，这一思想与刘师培的理念相通，后者也主张多方学习、提炼雅言。他说："凡学为文章，与其推崇天才，勿宁信赖学力。庸流所奉为才子派者，实不足为楷式也。"② 具体而言，作家的创作离不开勤奋刻苦地锻炼语言的基本功，必须经过反复的打磨雕琢，才能使语言趋于"雅驯"。当然，与王国维

① 罗钢：《王国维的"古雅说"与中西诗学传统》，《南京大学学报（哲学·人文科学·社会科学版）》2008 年第 3 期。
② 刘师培：《汉魏六朝专家文研究》，载刘师培《刘申叔遗书补遗》下册，万仕国辑校，扬州：广陵书社，2008，第 1550 页。

的系统理论表述相比，刘师培的"雅驯"理论稍显零散和不成体系。在那样风云激荡的特定时代，思想理论的发展突飞猛进，加之刘师培受本人的特定学术特点和性格的局限，不难理解其体系性不足的原因，同时，我们不能忽视处于近代文论理论萌芽阶段的刘氏"雅驯"理念先于王氏"古雅"概念出现的历史意义。

## 二 "扫除陈言"的审美追求

在具体文学创作过程中，刘师培认为文学语言要达到"雅驯"渊懿的审美效果，就必须"扫除陈言"，摒弃粗鄙浅陋的用词，努力追求辞采恰切、沈思翰藻的语言风格，做到在审美意蕴层面博雅深厚，在风格倾向层面与鄙词俚语相对，否则作品的表达效果将会大打折扣。1916 年1 月，刘师培与康宝忠发起创办《中国学报》，在《重组〈中国学报〉缘起》一文中，刘氏表明该报的学术宗旨："重理旧业，赓往绪，适雅言。"① 所谓"雅言"正是对文学语言"雅驯"的明确要求，具体的做法是："临文之际，对于字句，务求雅驯，汰繁冗，屏浮词。"② 这样的提倡可以看作刘师培文学语言观的核心要义——既要通过雅驯之词使文章洁净整齐、典雅得体，又要避免繁杂浮夸的过分修饰和虚无缥缈无意义的辞藻堆砌。这样的文学语言理念无疑是合理恳切的。

首先，"扫除陈言"讲求的是使事用典的精当和遣词造句的高雅，努力改变文学语言的浅白空洞。正如刘知几所说："言近而旨远，辞成而义深，虽发语已殚，而含意未尽。"③ 严羽也明确表示要对文章的体、意、句、字、韵等形式要素倍加用心，要除俗求雅，做到文辞含蓄，不可浅露，所谓"语忌直，意忌浅，脉忌露，味忌短，音韵忌散缓，亦忌迫促"。④ 刘师培在前人相关论述的基础上，从文学创作论的角度具体阐发文学语言的本体特征，他认为文学作品应当用字古雅，有内涵；遣词文雅，工修辞；运笔淡雅，求韵味；风格高雅，有境界。他

---

① 万仕国编著《刘师培年谱》，扬州：广陵书社，2003，第 257 页。
② 刘师培：《汉魏六朝专家文研究》，载刘师培《刘申叔遗书补遗》下册，万仕国辑校，扬州：广陵书社，2008，第 1547 页。
③ 刘知几：《史通》，浦起龙通释，吕思勉评，李永圻、张耕华导读整理，上海：上海古籍出版社，2015，第 162 – 163 页。
④ 严羽：《沧浪诗话校释》，郭绍虞校释，北京：人民文学出版社，1998，第 123 页。

肯定偶语韵词、沈思翰藻的"雅驯"语言是文学区别于其他人文学科的根本特征，并且主张要使文学作品在语言特色方面取得与应用文字、科学报告等文体不一样的审美特性，获得独立的文学特性和审美价值。传统的"雅驯"文学语言观在这里得到进一步提升，这种对文学语言的"雅驯"要求和对文学形式的本体关注，传达出刘师培对文学审美特性的把握。

　　其次，"扫除陈言"意味着要注意文学语言与文学风格的密切联系。所谓"两字相联，或音判刚柔；两义相符，或用分雅俗"，表示相同含义的两个不同文字，有可能由于声调的刚柔有别、格调的雅俗之分，而对整篇作品的风格产生重要的影响，所以在刘师培看来："铭功颂烈，其音大而弘；范水模山，其音清以远。美人香草，其音婉转而弥长；玉宇琼楼，其音慷慨而激越。杂绮语则音多柔靡，诵军歌则音入浑雄。文韵异同，各视其体。"① 这就对作家提炼语言的能力提出了较高的要求，语言表达既要与所选文体高度契合，又要在整体风格方面力求典雅，语言与风格息息相关。这种对文学语言逐字逐句的打磨钻研，一向是中国文人的自觉追求。杜甫"为人性僻耽佳句，语不惊人死不休"的创作倾向和艺术追求，正是通过对文学语言的新奇和反常组合来实现作品的美学效果的。从对"推"与"敲"的揣摩，到"春风又绿江南岸"的美谈，"一字之师"的例子在文学史上经常传为佳话，这充分说明了文学语言修养之于文学创作风格的关键作用。

　　最后，"扫除陈言"体现了文学语言与日常语言的距离感。刘师培认为宋代学者借义理之名开创的"语录"体文章，由于多方言俚语，与高雅的文学语言相去甚远，不能视为正宗的文学作品，因此他严格区分"语录"与"文"的界限，认为"夫以语录为文，可宣之于口，而不可笔之于书，以其多方言俚语也……不可目之为'文'"。② 朱自清也曾指出，中唐时期的禅宗和尚开始用口语记录大师的说教，其目的是"求真

---

① 刘师培：《文说·和声篇第三》，载刘师培《仪征刘申叔遗书》第五册，万仕国点校，扬州：广陵书社，2014，第 2069 页。
② 刘师培：《论近世文学之变迁》，载刘师培《仪征刘申叔遗书》第十一册，万仕国点校，扬州：广陵书社，2014，第 4928 页。

与化俗，化俗就是为了争取群众"。① 之后，随着道学家对这一文体的使用，"语录"逐渐成为一种著述体。刘师培的这种认识比较符合文学语言与日常语言的客观关系。一般而言，日常语言注重实用性和通俗性，而文学语言则注重艺术性和独创性，为读者营造一种可以艺术观照的想象空间和审美体验。但是文学语言不仅离不开日常语言，而且来源于日常语言。刘师培在强调日常语言不是纯粹文学语言的同时，并没有对日常语言简单排斥，而是指出要对其进行主观能动的加工提炼，使之成为符合文学趣味和审美格调的文学语言。因此历史上许多纵横家的游说之词，之所以能够成功地化口头语录为文学经典，关键就是得到了史臣的"修饰"之功，这种"修饰"行为正是对日常语言的自觉艺术加工。刘师培认为，只有经过艺术处理的日常语言，才能成为规范的文学语言，而这种艺术处理可以使读者在欣赏过程中体会到文学语言的声韵辞采之美，从而在这样的审美过程中，更好地完成阅读理解和审美感受活动。

刘师培于 1905 年创作的《文说》五篇，可以看作他对雅驯文学语言理念的集中表述，这是他意在隐法《文心雕龙》而写成的较成体系的代表性文学理论篇章。写作此文时，正是他因参与主编的《警钟日报》被清廷查封而遭到通缉、避祸嘉兴之时，这一段难得的闲暇使他得以对这组文章进行精心建构，从而比较全面地展示了他关于文学理论多方面的深入思考，尤其是对"雅驯"文学语言的理论构建。这一组论文明确推崇"出言有章"的语言准则，认为训诂学理论不仅是小学领域关于文字方面的基本功，而且是文学写作"研句练句"的基础支撑，同时他以传统经学严谨不苟的治学态度，对无稽之谈的寓言、言无准的的虚设以及言与事违的讹误等"以文害义"的几个表现方面逐一加以辨别，鼓励真正"雅驯"的文学语言应当脱离摘章寻句的浅薄层次，实现"立言不朽"的文学终极目标。随后他在实际操作层面，分别从文学语言的语音和字形两个方面提出"和声"与"耀采"的具体雅驯标准，而文学史上最能符合此艺术准则的文学圭臬当非《离骚》莫属，因此他水到渠成地提出"宗骚"的主张，借以树立雅驯文学的典范之作。他明确提出对于文学语言的雅驯要求：

---

① 　朱自清：《论雅俗共赏》，北京：生活·读书·新知三联书店，1998，第 2 页。

言不雅驯，缙绅先生所难言。道集于躬，出词气斯远鄙倍；言以足志，非文辞不克为功。是则文章一体，与直语殊，故艳采辩说，韩非首正其名；翰藻沈思，昭明复标其体。诗赋家言，与六艺九流异类；《文苑》、《列传》，共《儒林》、《道学》殊科。自古以来，莫之或爽也。①

刘师培最大限度地突出了文学语言的表达能力和审美效果，言虽简而意无穷的雅驯语言，使得文学作品杜绝空虚无用的废字，达到字字珠玑、句句有用的表达效果，而且，典雅的字句在形式、音韵方面，使文学作品形神具备、抑扬顿挫，于有限的字面单纯表达中，寄寓无穷深邃的意义，充分体现出文学作品含蓄渊懿的风格。可见刘师培的文学思想以文学语言的"雅驯"为出发点，以文学作品的形式为研究本体，以作品本体的审美特性为指归，传达出近代纯文学观念的先验性理论意味。

### 三 "自古词章，导源小学"的语言学立场

刘师培对"文"的正名定义，彰显了训诂学知识之于文学研究的重要作用，其对文学语言"雅驯"的要求，更是凸显了文学创作的语言学基础，简言之，就是"自古词章，导源小学"②的语言学立场。陈雪虎认为，"当刘师培囿于骈散之争、极端强调其文学的'文学性'时，为文采、情韵和'彪彰'而忘记'文字'，其本身张扬文学形式之美而反对枯瘦的古文的积极命意反而丧失了"。③ 实则不然，刘师培从未忘却"文"之"文字"意义，只不过，较之章太炎"以文字为准"的文学概念，他更多彰显了文字的"文采"意义，凸显了"文"的形式审美特性，而非仅仅局限于文字作为表达媒介的功用一维。在声音训诂之学的领域，刘师培认同以精研故训取胜的汉学研究路径，而对宋学在此方面的研究不以为然；他对于当时小学领域的研究成果颇为称赞：

① 刘师培：《文说·耀采篇第四》，载刘师培《仪征刘申叔遗书》第五册，万仕国点校，扬州：广陵书社，2014，第2072页。
② 刘师培：《文说·析字篇第一》，载刘师培《仪征刘申叔遗书》第五册，万仕国点校，扬州：广陵书社，2014，第2054页。
③ 陈雪虎：《"文"的再认：章太炎文论初探》，北京：北京大学出版社，2008，第57页。

"近代以来，小学大明，而声音、文字之源，遂历数千年而复明矣。此岂宋儒所能及哉！"① 流露出一种自得之情。刘师培这种心理是不难理解的，因为以扬州刘氏家族为代表的清代学者，在语言文字方面确实取得了有目共睹的成绩，刘师培本人也素以小学家自居，而且有不少小学方面的研究成果。因此他在文学理论研究过程中，始终不忘以小学为基础的研究方式，表现出卓越的语言学修养，并充分突出文学语言的审美特征。

在刘师培看来，如果作家的文学创作偏离语言学基础，就不能自信而准确地行文创作；如果文论家的批评实践离开小学支撑，就无法进行有秩序有逻辑的理论探讨。他认为，小学知识不仅能培养作家严谨的文法、精当的用词等基本素养，而且能够真正实现文学作品的形式美，使"文"成为名副其实的"文"。因此，扎实的小学修养是作家作文的必要基础，只有对语言学知识具有深厚的理解和精准的把握，才能在行文过程中游刃有余地运用好词汇和语法，选择最能体现文学审美特色的语言，营造专属文学领域的审美特性。《论文杂记》一文的论证思路充分体现了刘师培的语言学视角：他从"文"的文字意义出发，以语言学的理论，阐发中国语言文字的现代意义，认为中国的"实字"、"半虚实字"和"虚字"，其实正是西方的名词、代词、动词、形容词、助词、副词等词性的本土指称，并以此为基础，展开论述基于小学的作文之法，指出"不根于小学"是作文无秩序的根本原因。《论文杂记》所论内容确实很"杂"，既有对文学演变规律的探讨，又有对文体源流的梳理辨析，同时还有对戏曲小说等文体的研究考察，"文"的观念在其小学意义上得到了充分的引申发挥，内涵更为丰富立体。在《文说》五篇中，刘师培同样以析字开篇，强调只有字有渊源才能出言有章，具有审美规范。指出若要出言有章，必先解文析字，如若小学不明，就会出现记事失实的现象；反之，如果对语言文字的音、形、义都有准确把握和深刻理解，那么就可以在文学创作中实现文学语言在声韵和辞采方面的形式准确和意象审美，进而符合"藻缋成章"的审美意旨，就如屈原创作《离骚》

---

① 刘师培：《汉宋学术异同论·汉宋小学异同论》，载刘师培《仪征刘申叔遗书》第四册，万仕国点校，扬州：广陵书社，2014，第1607页。

一样情文相生。如此一来，作家的小学修养就成为作文的必备基础："文苑之英，词林之秀，必参观古籍，博览群书，参互考验，穷流溯源，斯能出语有章，立言不朽。"① 如扬雄、司马相如一样，"类皆湛深小学，故发为文章，沈博典丽，雍容揄扬。……非徒词主骈俪，遂足冠冕西京"。② 以东汉许慎《说文解字》为标志的汉字训诂学知识，和其他广博深厚的语言学基础一道为文学创作的字琢句磨提供可能，成为作家实现为文日益工整目标的前提。唯其如此，作家方能创作出充实丰满的文学作品，文学作品才能实现言词"雅驯"的审美目标，在语言方面取得与众不同的审美特性。这些小学传统，是刘师培关于"文"的形式美特征论述的语言学依据，也是其文学理论阐述过程中的重要资料来源，他非常看重以小学知识为基础的骈文创作，从某种意义上说，清代骈文的中兴，正是源自以训诂为主要研究方法的清代小学的兴盛。骈文的创作实绩以及骈文作家对文字有意识的字雕句镂，使字学、字书的指导作用在骈文这一文体上得到最充分、彻底的体现和发挥，同时使文学作品在"文"的形式方面得到审美彰显。

将小学与文学结合起来研究并非刘师培首创，阮元等前辈早已有探索；认为文学语言要远离俚俗、粗陋，追求雅正的看法，也是一种主流的正统文学观念。但是与前人研究相比，刘师培的文学研究体现出近代语言学研究的理论色彩。现代语言学理论认为，语言如一切符号一样，具有能指和所指的双重意义。能指是由"音响—形象"所构成的表浅意义，而所指是由概念所构成的纵深意义。刘师培充分挖掘文学语言能指层面的音响和形象的美学意蕴，拓展了文学语言纵深所指的审美空间。在文学语言的音响构成方面，他分析指出，"创字之原，音先义后；解字之用，音近义通"，文字的音响声律应当是选用和研究文学语言的重要考量方面，同时由于"韵语偶文，便于讽诵"，韵文偶体得以形成壮大。③ 适于传唱吟诵的音响节奏，促进了文学传播的

① 刘师培：《文说·记事篇第二》，载刘师培《仪征刘申叔遗书》第五册，万仕国点校，扬州：广陵书社，2014，第2059页。
② 刘师培：《文章原始》，载刘师培《仪征刘申叔遗书》第十一册，万仕国点校，扬州：广陵书社，2014，第4924页。
③ 刘师培：《文说·和声篇第三》，载刘师培《仪征刘申叔遗书》第五册，万仕国点校，扬州：广陵书社，2014，第2060–2061页。

广度和深度，推动了文学语言朝着朗朗可诵的方向发展；在文学语言的形象构成方面，刘师培从考证"文"的训诂意义角度入手，认为文学语言要以形式的骈俪化、字词的典雅化为审美标准，在音韵和修辞方面实现有韵偶行、沈思翰藻的形式要求，才符合文学的本质属性。刘师培通过对文学作品中的字词活用、隐语运用、词序颠倒等所谓的文学语言"讹"的方面的分析，指出这才是文学与征实之学相区别的主要特征所在，文学意在审美，而征实之学侧重务实，二者存在着审美与功用的本质区别。文学作品中那些与日常言语和学术研究不一样的文学表达形式，使文学作品在语言形式上具备更多的对偶、押韵和用典等美学形式。这种以语言学原则和方法，对文学作品进行语言解读的理念，从语言学的角度揭示文学作品的形式特征和文学创作的内在审美规律，与现代结构主义批评在时空上遥相呼应。因此有学者指出，刘师培的这种分析思路，与英国新批评派学者燕卜荪在《含混七型》中对科学语言、理论语言和文学语言特点的比较分析极为相近，揭示了艺术语言的某些独到特点。①

　　正如亚里士多德在《诗学》中所明确的那样，由于颜色、姿态、声音、语言等模仿媒介的不同，才有画家、雕塑家、音乐家或诗人等不同的创作形式产生，因此线条、构图是绘画的中介，音响、声调是音乐的中介，语言则是文学作品的传达媒介。既然文学是语言的艺术，那么从文学语言的角度实现"文"的目的就顺理成章，刘师培以文学语言为切入点的研究思路，和"扫除陈言，归于雅驯"的文论观点也就合情合理了。他从语音和字形两个方面，拓展了文学语言的审美空间，丰富了文学作品的审美特性。尽管他所运用的语言学知识更多是传统小学的旧知识，而不是现代语言学理论的新知识，但是他从语言学角度对文学作品进行语言本体的分析，依然体现出与模棱两可的印象式传统文论批评不一样的特色，体现出一定的近代气质和现代性意义，比较迫近体系化和理论化的科学文论。

---

① 胡健：《论刘师培的美学思想》，《西北师大学报（社会科学版）》1996 年第 2 期。

## 第三节　"文、言、志"三维一体的文学功能论

"藻缋成章"的文学本质观很大程度上取决于刘师培的文学功能论，他着力彰显文学作品形式之美，就是为了更好地实现文学的多种功能。因此对于刘氏文学功能论的研究也就成为理解其文学本质观的重要方面，诚如韦勒克、沃伦所言："文学的本质与文学的作用在任何顺理成章的论述中，都必定是相互关联的。"① 刘师培的文学功能论在其对"言以足志，文以足言"观点的强调中得到最集中的体现，他以文采为出发点，以语言为核心，以意义为指归，形成"文、言、志"三维一体的文学功能论。具体而言，就是借助"文"的审美形式发挥文学作品的审美功能，进而提升文学语言的表达功能，最终实现"启瀹齐民"的教化功能。

### 一　郁郁乎"文"的审美功能

中国文论历来有重视乐教的传统，《周礼》说："以乐德教国子……以乐语教国子……以乐舞教国子。"② 《礼记·乐记》说："礼以道其志，乐以和其声，政以一其行，刑以防其奸。礼乐刑政，其极一也。所以同民心而出治道也。"③ 所有这些记录都展示了传统的乐教历史，刘师培概括为："古代教民，口耳相传，而以声感人，莫善于乐……盖六艺之中，乐教特崇矣。"④ 诗、乐、舞同源的文学起源论告诉我们，文学最初与音乐紧密联系，乐与诗同样都担负着"言志"的重要作用，而且在文学发展的初期，文学往往借助音乐实现其教育的功能，这成为贯穿中国传统文论的重要线索。具体而言，所谓"乐教"一般包含两个方面的重要文论思想。一方面侧重在"教"的层面，指文学的教化功能。在中国正统文论观念中，文学与礼、乐、刑、政一样，归根结底都是为了达到同民

---

① 〔美〕勒内·韦勒克、奥斯汀·沃伦：《文学理论》，刘象愚等译，南京：江苏教育出版社，2005，第 19 页。
② 《周礼·春官宗伯下》，《十三经注疏》，上海：上海古籍出版社，2010，第 833 - 834 页。
③ 《礼记·乐记》，《十三经注疏》，上海：上海古籍出版社，2010，第 1527 页。
④ 刘师培：《成均释》，载刘师培《仪征刘申叔遗书》第九册，万仕国点校，扬州：广陵书社，2014，第 3733 - 3734 页。

心、出治道的终极目的。另一方面，"乐教"之"乐"是人们在现实生活中发现的行之有效的表达手段。它最初表现为诗、乐、舞同源时期的音乐、节奏等艺术样式和元素，之后逐渐演变为诗教系统中用以增强文学表达效果的语音和文辞等外在形式。在"乐"与"教"之间，传统的文学批评更侧重于"教"的层面，"乐"只不过是增强辅助"教"之功能的途径之一而已。因此，荀子主张发挥音乐的教育感染作用，达到巩固政治的目的，他说："夫声乐之入人也深，其化人也速，故先王谨为之文。……乐者，圣人之所乐也，而可以善民心，其感人深，其移风易俗，故先王导之以礼乐而民和睦。"①"乐"本身的审美价值长期以来没有得到足够的重视。

在刘师培的文学思想中，事情发生了变化，他对乐教传统的重视体现为对这一理念的重新阐发。一方面，他继承乐教传统对于"乐"之教化功能的重视；另一方面，与传统乐教观念不一样的是，他颠覆了"乐"与"教"的重心和地位，充分挖掘文学作品中音韵、文辞等音乐性因素的审美意蕴，突出"文"的审美功能，使"乐"与"教"获得了同等重视。在具体的文论表达过程中，刘师培经常自由出入于音乐与文学之间，不仅取《尚书·尧典》中"律和声"之意，命名《文说》第三篇为"和声篇"，而且在其中进行了非常精彩的以乐论文，描述"斋肃丽则""哀怒清泠""幽杳悲凉""浩瀚清壮""响逸而调远""锋发而韵流"等介于文论与乐论之间的风格，生动形象地论证了"论乐之理，通于论文。和声之章，斯能鸣盛"②的文学观。文学的审美功能首先是通过语言实现的，充分发挥文学语言的音乐性，正是彰显"文"之审美特性的重要途径。因此刘师培从字音、韵律等音响层面，多方位烘托文学语言所蕴含的音乐审美特性，特别详加论述齐梁时期的音律理论，肯定其在增强文学作品音韵美方面的突出贡献，使传统诗教观念发生审美价值的转向，暗合了文学批评走向作品本体的客观规律。正如乔治·桑塔耶纳所说："语言首先是一种音乐，它所产生的美的效果是由于它本身的结构，当它结晶成一种新式样时，它就赋予经验一种料想不到的形

① 《荀子》，孙安邦、马银华译注，太原：山西古籍出版社，2003，第 204 – 206 页。
② 刘师培：《文说·和声篇第三》，载刘师培《仪征刘申叔遗书》第五册，万仕国点校，扬州：广陵书社，2014，第 2070 页。

式。"① 文论与乐论在刘师培文学思想中水乳交融,体现出他对文学审美功能的密切关注。

刘师培对"文"的审美功能的强调,与其"藻缋成章"的文学本质观一脉相承。他重新解读孔子"文质彬彬"的观念,认为这是以文杂质的做法,而"郁郁乎文"则是舍质从文、以文胜质的体现。他进一步肯定"郁郁乎文"的做法符合"文"之古义、文章之正宗。这实际上已经涉及对传统"文质关系"命题的解读。在中国哲学和文学传统中,"文质关系"是一个由来已久的命题。老子云:"绝圣弃智,民利百倍;绝仁弃义,民复孝慈;绝巧弃利,盗贼无有。此三者以为文不足,故令有所属:见素抱朴,少私寡欲。"② 所谓"素"和"朴",其实就是与"文"风格相对的"质"的方面。墨家更是尚质尚用,《墨子·非乐上》云:"子墨子之所以非乐者,非以大钟鸣鼓、琴瑟竽笙之声以为不乐也,非以刻镂华文章之色以为不美也,非以犓(豢)煎炙之味以为不甘也,非以高台厚榭邃野之居以为不安也。虽身知其安也,口知其甘也,目知其美也,而知其乐也,然上考之不中圣王之事,下度之不中万民之利,是故子墨子曰:为乐非也。"③ 他将礼乐文饰视为纯粹多余的奢侈和浪费而全然否定。在正统的文学观念和文学批评领域,同样存在着这种崇质黜文的主流思想,具有彰彰文采的华丽文词之"文",被视为"人为"之"伪"文,而一般表示质朴无华的本真语言的"质",则被等同于"朴诚",两者进一步被分别引申为文学作品的形式和内容。传统文论往往相对倾向于质朴的文风,否定华靡的文学形式,正如刘师培所说:"盖以'文'为华靡,以'质'为俭朴,故中国古代皆尚质不尚文。以为舍质用文,则民智日开,民心日漓,与背伪归真之说相背,故不尚华靡也。"④ 既然"质"意味着"朴诚","伪"即"人为",与"文"在"饰"的训诂意义上相通,那么人们就自然认为"文"即"伪",只有"质"才能"诚"。这种为求民性日朴而崇质黜文的论调,长期影响着我

① 〔美〕乔治·桑塔耶纳:《美感》,缪灵珠译,北京:中国社会科学出版社,1982,第114页。

② 《老子》,李存山注译,郑州:中州古籍出版社,2008,第70-71页。

③ 《墨子》,朱越利校点,沈阳:辽宁教育出版社,1997,第68页。

④ 刘师培:《论文杂记》,载刘师培《仪征刘申叔遗书》第五册,万仕国点校,扬州:广陵书社,2014,第2096页。

国文学风格的发展，制约了文章形式美学的突破。对此，刘师培明确提出"从质舍文"不等于"著诚去伪"的观点，并予以充分的形象论述，认为"藻缋成章"之文与质朴无华之文的区别，主要在于形式的华丽与否，而不一定在于内容的诚挚与否，"诚"未必等于"质"，"文"未必一定"伪"。因此他不遗余力地赞扬六朝时期出现的"美媲黄裳，六朝臻极"的以文胜质倾向，认为这是一种文学的进步。他说："或谓梁、陈之文，务华而不实；诗人之赋，由丽而入淫。虽矜斧匠之工，恐贻俳优之诮。不知剪采为花，色香自别；惟白受采，真宰有存。故史尚浮夸之体，声拟轻重之和，实为文章之正鹄，岂拟小技于雕虫？"① 他反对"舍文从质，转追棘子之谈"的空疏之文，指出纵使承认文以载道的功能，一旦舍弃修辞基本功，不加辨别地追求浅白质朴之文，则会造成文辞层面与意蕴层面的脱节，又怎能较好地达到以文载道的目的呢？以理论反推的逻辑，辩证否定质胜于文的作品，而更加认同"郁郁乎文"的审美价值。

值得一提的是，刘师培在强调"文"的审美功能的同时，又在后期的文论中提出"文质得中"的文学形式观，在强调寓意深远的"沉思"与追求华丽辞采的"翰藻"之间寻求恰切的平衡，使其文学思想由偏激走向中肯，他说："文质得中，乃文之上乘也。"② 这就要求文学语言出言有章、含蓄深远，而不是一味堆砌辞藻，甚至走向浮夸绮靡；要求文章内容充实有物、真实真诚，而不是空疏无实、不知所云。他说："今欲文质相宣，出言不紊，其惟衷《尔雅》以辨言，师许君之解字。心知其意，解释分明，庶立言咸有渊源，而出词远于鄙倍矣。若夫未解析词，徒矜凝锦，是则无根之木、无源之水耳，乌足以言文学哉！"③ 可见，作家作文时注意使用含蓄有意味的语言形式，努力提升作品品味，使文章避免浮泛，也是实现作品风格"文质得中"的渠道。他认为形式要素是一部作品成为"文"的必要条件，具有无可替代的重要作用，但这并不

---

① 刘师培：《文说·耀采篇第四》，载刘师培《仪征刘申叔遗书》第五册，万仕国点校，扬州：广陵书社，2014，第2074页。
② 刘师培：《汉魏六朝专家文研究》，载刘师培《刘申叔遗书补遗》下册，万仕国辑校，扬州：广陵书社，2008，第1539页。
③ 刘师培：《文说·析字篇第一》，载刘师培《仪征刘申叔遗书》第五册，万仕国点校，扬州：广陵书社，2014，第2056页。

意味着形式要素是充要条件，形式华美的作品不一定是优秀的文学作品，形式只是"文"的外在表现，只有形式而没有内容的"文"，绝不是最佳的"文"，因为情感的表达和内容的充实都必不可少，如其所言："情藻谊恉，两析斯惕，有实无文，焉资行远？华而弗实，罄悦庸殊？"① 有实无文则无法行远，华而不实则会落入庸俗，这种情文相生观指出了文学不但要文采华美，还要质感坚实，体现高雅的文学形象和审美品格，在"文"与"质"之间获得本质的升华。从中可以看出刘师培所首肯的文学作品，必须同时具备审美典雅的艺术形式和以情动人的情感内涵，较为接近客观全面的文学观念。

### 二　"抒"与"宣"的表达功能

在一定程度上，刘师培对文学审美功能的强调，可以解读为以华丽优美的文学形式会更好地烘托作品情感内蕴和传达内在思想内容，因为精当得体的表达形式能够有效增强文学作品的表达效果。刘师培曾这样对"文章"进行理论界定："文章者，所以抒己意所欲言，而宣之于外者也。"② 这是对文学自发源之时即有的情动于中、发言为声的表达功能的引申表述，如此一来，"归于雅驯"的文学语言和"藻缋成章"的文学形式，都是为了更好地实现文学"抒"与"宣"的表达功能，而借助文学形式实现了"抒"与"宣"的表达功能的作品，又能更好地使读者领略到这些形式的审美功能，它们之间构筑起互相促进、相辅相成的依托关系。这样的互动关系还从侧面揭示了文学作品在情感表现方面的审美心理过程，符合文学表达的主要特征。因此，强调"抒己意所欲言"的主观情感性，较之"诗言志"的命题更为切合文学创作的逻辑规律，将创作主体的情感表达凸显出来，放在比言"志"更重要的地位，使文学由载道之工具转变为抒情达意之作品，比较贴近文学的本质。

在刘师培有关巫祝、史官、行人的多元文学起源论中，他留意到文学语言在发挥文学"抒"与"宣"的功能方面的巨大作用。他认为，文

---

① 刘师培：《与人论文书》，载刘师培《仪征刘申叔遗书》第十二册，万仕国点校，扬州：广陵书社，2014，第5126页。
② 刘师培：《周末学术史序·文章学史序》，载刘师培《仪征刘申叔遗书》第四册，万仕国点校，扬州：广陵书社，2014，第1540页。

学一方面出于巫祝之官，巫祝之官在开展祈祷、祭祀等宗教活动的过程中，通常比较注重所使用语言的与众不同，尤其有意识地使其明显区别于日常交流语言，开始具备自觉修饰语言表达的审美意识，这种"宣己意以达神"的宗教语言正是文学初始的萌芽形态；另一方面，后世历代史官以史书书写的方式，在口头文学向书面文学的转换过程中凸显出重要的中介作用，从而推进了文学作品"抒己意以示人"的表达功能的发挥。这种作用不仅存在于文学领域，而且在广义的学术领域同样存在，因此刘师培说："六艺出于史也……九流出于史也。"① 此外，在文学的传播过程中，行走四方、出使各国的行人之官，以及工于辞令、口若悬河的纵横家们，也在言语空间方面有力地推动了文学的传播范围，提升了文学"抒"与"宣"的表达功能，因为"行人承命，咸以辞令相高。惟娴习文辞，斯克受行人之寄，所谓'非文词为功'也。若行人失辞，斯为辱国，故言语之才，于斯为盛。……试究其指归，或以'捭阖'、'转丸'为名，或以'摩意'、'揣情'为说，非惟应变之良谋，抑亦修辞之要指"。② 纵横捭阖、口耳相传之间，文学语言的可诵性得到不断的深化和完善，表达主体的情感意图得到准确、广泛的抒发宣扬。

传播学理论认为，"一种语言从漫长的历史中走来，势必拥有某种稳定性。而在不同的历史阶段，不同的时代背景、技术手段、传播渠道则会赋予语言各种各样的时代特征"。③ 巫祝、史官、行人等不同时代背景下的多重传播渠道，立体化、流动化地建构出文学语言借以表达自我、传达意义的文化特征。这些最初的文学形式都具有可读可诵的音韵形式特征，适宜于吟诵传唱，同时借助语言文字的形式，表现为形的方面的辞采之美和声的方面的音韵特色，这是文学获得审美特性的根本出发点和内在原因，也是文学实现"抒"与"宣"的表达功能的重要途径。

## 三 "启瀹齐民"的教化功能

郁郁乎"文"的审美语言有助于推动文学作品实现"抒"与"宣"

---

① 刘师培：《古学出于史官论》，载刘师培《仪征刘申叔遗书》第十册，万仕国点校，扬州：广陵书社，2014，第4488-4490页。
② 刘师培：《周末学术史序·文章学史序》，载刘师培《仪征刘申叔遗书》第四册，万仕国点校，扬州：广陵书社，2014，第1545页。
③ 李昌文：《传播语言：演变、特征与趋势》，济南：山东人民出版社，2018，第10页。

的表达功能，而文学所"抒"与所"宣"的内容，是具有时代性和阶级性的。在文学的审美功能和表达功能背后，隐藏的是由来已久的教化功能。

诗教观念是中国文论的主流观念，长期以来，人们创作和传播文学作品被认为主要是感化和教育受众，达到影响人心、教化公众甚至移风易俗的目的。传统文论一直以来所坚持的"诗言志"理论，往往被解读为文学教育功能的表达，文学所言之"志"总是被赋予时代和阶级的特定内涵。从孔子提倡诗"无邪"，到儒家诗教之温柔敦厚的伦理要求，文学的第一要义往往被视为传道载道的工具和感化人心的媒介。儒家思想认为，文学作品仅仅是一种客观载体而已，文学的本质和关键在于其所载之"道"和所言之"志"。有了高尚、雅正的"道"与"志"，那么文章就会不求工而自工，甚至认为，对于文学形式的精心建构，反而会影响文章言志功能的表达，使读者受形式所束缚而买椟还珠，只醉心于文章形式之美而忽略其教化目的，进而重蹈文学史上铺陈极致、讽一劝百的汉大赋的覆辙，故而传统文论一直比较侧重文学内涵分析，而较少有对格律、声韵、排偶等表现形式方面的自觉理论探讨。直至魏晋六朝时期，人们才开始自觉地追求形式辞藻之美，这种主缘情、求华美的文学思想，是在努力将文学从模糊笼统的文字书写范围中逐步厘清出来，并明确其定位，但这种审美化文学思想终究未能超越"言志""载道"等正统文学观念，反而在很长的历史时期受到漠视甚至否定。

在这样的传统文学功用观念影响下，刘师培对于俚俗之言的态度有一定的妥协。一方面他认为"雅驯"之语能够予以读者悦目娱心的审美体验，有助于文学作品"行之以远"，促进传播效果，进而增强诗教功能；另一方面，他默许了俚语、白话等大俗之语进入文学作品，并肯定了这些作品在社会教育方面的重要作用，因此他提出："故近日文词，宜区二派：一修俗语，以启瀹齐民；一用古文，以保存国学。"① 传统的诗教观念与现实的文学发展，使刘师培依然注重"文"的思想在主旨方面的要求，即除了对文学语言的审美要求之外，对文学主旨的考量同样必

---

① 刘师培：《论文杂记》，载刘师培《仪征刘申叔遗书》第五册，万仕国点校，扬州：广陵书社，2014，第 2085 页。

不可少，甚至是更重要的条件，否则就不能带给读者充分的实用价值和现实意义。如此，我们就不难理解，当面对文学的审美功能时，刘师培义无反顾地选择了"雅驯"语言作为体现"文"之特性的首选，大力彰显六朝华美文学形式的文学史地位。但是，传统的教化观念使他默认了俗文学蕴含的教化功能，这就解释了为何他始终不改对小说文体的不屑态度，认为与典雅骈文相比，小说实在不能登堂入室。他盛赞《三国志》等小说所具有的激发爱国热情的功用，肯定的正是小说文体的教化功能。在雅俗文学形式和审美教化功能之间，刘师培构建起"文"的审美与教化的张力场域——雅驯之言是为实现"文"之审美功能，大俗之语是为促进文学的教化功能。

综上可见，刘师培对于文学审美、表达和教育功能之间逻辑联系的关注，体现了"文、言、志"三维一体的文学功能论："诗言志"的正统的文学教化观和推广民众教育的实际情况，都要求文学必须发挥"启瀹齐民"的教育功能；既然先贤认为"言之无文，行而不远"，那么为了更好地发挥文学的教育功能，就要着力提升文学语言的表达功能；而华丽的文采和审美的形式既是实现文学表达和教育功能的有力途径，又是文学实现审美功能的关键所在。如此刘师培的文学本质观与文学功能论得到了统一，这就是刘氏的论证逻辑。其实，自孔子提出"兴观群怨"说开始，文学的功能论就绝非仅有一端，而是具有多样性的，刘师培的多重文学功能论也因此具有可释性，同时表现出对文学本体进行理论研究的自觉意识，折射出他对近现代中国文学转型重要时期文学功能论的多层面领悟，在传统与现代之间体现出一定的沟通和发展意识，这些努力无疑是有益于促进中国文论向现代化发展的。

## 第四节　"总论古今文体"的文体学理论

在刘师培的文学观念里，"文体"是一个重要的文学研究范畴，他认为"文体"与"文法"是中国文学理论研究中重要的两端。因此，他在《中国文学教科书》第一册的序言中就明确指出，"总论古今文体"是该书的重要内容之一。但是在刘师培的具体术语使用中，"文体"不一定指文章体裁，比如他说梁代世风益薄，人们多创作嘲讽之文，"文体亦因之愈卑",这里的"文体"指的是文学的风格品味,即他所谓的"文格";他说,"文章之体亦有三:一为诗赋以外之韵文,碑铭、箴颂、赞诔是也;一为析理议事之文,论说、辨议是也;一为据事直书之文,记传、行状是也"①,则是从文章的体势、表现形态等方面对文学形式所做的区分。另外,他还常用"文类"一词来指称文章体裁。他以矜为自得的穷源竟流的研究方法,对多种文体进行了系统的源流研究,从而明确了相关文体的特征及创作方法;他以"文"的观念标准,旗帜鲜明地判定骈文"实为文体之正宗";同时,他又不惜笔墨地对戏曲文学深入研究,对小说文体则持有保留性的看法。

## 一 "溯各体之起源"与"明立言之有当"

在文体研究方法方面,台湾学者冯永敏将刘师培的文体研究特色总结为"阐释入微"和"以文明理"两点。具体而言,就是"向上追踪文体本源,向下求索其演变,以解释其嬗递之迹,而在辨别源流之中寄寓正本清源之意"。②刘师培对箴、铭、碑、颂等常见传统文体进行了系统的源流研究,体现了一种较为宽广的文体视野。毛诗《鄘风·定之方中》云:"建邦能命龟,田能施命,作器能铭,使能造命,升高能赋,师旅能誓,山川能说,丧纪能诔,祭祀能语,君子能此九者,可谓有德音,可以为大夫。"③ 其中的"九能"被刘师培视为后世文章之祖:"'建邦能命龟',所以作卜筮之繇词也;'田能施命',所以为国家作命令也。若夫'作器能铭',为后世铭词之祖;'使能造命',为后世国书之祖;'升高能赋',为后世诗赋之祖;'师旅能誓',为后世军檄之祖;'山川能说',为后世地志、图说之祖;'丧纪能诔,祭祀能语',为后世哀诔、祭文之祖。"刘师培由正统君子大夫的德行修养,联想至各类文体的创作之源,其架构关联能力可见一斑。④

与"文"的思想一脉相承的是,刘师培于各类文体中,高度推崇辞

① 刘师培:《汉魏六朝专家文研究》,载刘师培《刘申叔遗书补遗》下册,万仕国辑校,扬州:广陵书社,2008,第1517页。
② 冯永敏:《刘师培及其文学研究》,台北:文史哲出版社,1992,第193-206页。
③ 《四库家藏·毛诗正义》,济南:山东画报出版社,2004,第220页。
④ 刘师培:《论文杂记》,载刘师培《仪征刘申叔遗书》第五册,万仕国点校,扬州:广陵书社,2014,第2190页。

藻华美、言辞雅驯的楚辞作品的文学价值和地位，同时对文风典雅的赋体文学也做了详细深入的考察。他指出，源自《诗经》"六义"的赋体，本意为"指事类情，不涉虚象，语皆征实，辞必类物"。到战国时期，赋体与骚体开始混淆，赋不再仅仅是记事析理之文，涵盖面更为宽广，拓展到《诗》《书》《礼》《易》《乐》《春秋》的六经范围，比如，贾谊的《鵩鸟赋》"撷道家之菁英，约儒家之正谊，其原出于《易经》"。他重新阐发班固《汉书·艺文志》对屈原等人之赋的分类，将屈原以下二十家之赋归为写怀之赋，源出于《诗经》，特点是"体兼比兴，情为里而物为表"；将荀卿以下二十五家之赋归为阐理之赋，源出于儒家、道家，特点是"侔色揣称，品物毕图，舍文而从质"；将陆贾以下二十一家之赋归为骋辞之赋，源出于纵横家，特点是"聚事征材，旨诡而词肆"；将客主赋以下十二家归为汉代总集类。① 在他看来，赋列六艺之一，是古诗之流，而诗赋出于行人之官，古诗每因行人而作，每为行人而诵。刘师培的赋体研究显示了从传统到现代的近代学术意义，有学者总结为三个方面：其一，从小学、经学、史学及文艺学等多角度探讨辞赋学理意义上的渊源，开启了现代赋学有关"赋源"的研究；其二，赋论的系统批评改变了自明清以来赋集评点和赋话批评的方式，是历史的系统阐释，成为 20 世纪赋史编纂的基础；其三，对赋与"祝词""行人词令"及"纵横说词"等多项新领域的开拓，为 20 世纪赋学研究的多元化提供了借鉴。②

　　刘师培以形式美的标准，从学理上研究了谣与谚这两种产生于文字之前的民间口头文学形式，指出由于声音先于文字出现，谣和谚成为最先出现的文学样式，并且以韵语的形式取得优越的传播效果和合乎"文"之标准的高雅品格，他特地阐释"谚"字为"士之文言，非若后世之'谚'为鄙言俗语也。鄙言俗语，为'谚'字引伸之义"。③ 大俗的口头创作蕴藏着大雅的文学要素。此外，在《文章学史序》《论文杂记》

---

① 刘师培：《汉书艺文志书后》，载刘师培《仪征刘申叔遗书》第九册，万仕国点校，扬州：广陵书社，2014，第 3962 页。

② 许结：《赋学：从晚清到民国——刘师培赋学批评简论》，载《东方丛刊》2008 年第 1 期，广西师范大学出版社，2008。

③ 刘师培：《论文杂记》，载刘师培《仪征刘申叔遗书》第五册，万仕国点校，扬州：广陵书社，2014，第 2086 页。

《文说》等著述中，刘师培对辞赋、韵文而外的其他文体也进行了宏观把握和源流分析，详细考察各类文体的起源、发展，他从纵向的历时角度梳理不同文体的发展变化，归纳总结出该类型的共同点和规律，并对这些变化予以褒贬，加以评判，表达自己的文体观念。（见本章附表）

刘师培对各种文体的源流研究，主要是为了把握不同文体的特征，从而强调作文时要“相体而施”，把握不同文体的创作规律。他认为，从文体风格角度看：“表章之文，雍容而叙致；碑诔之笔，悽怆而缠绵。书启之作，必朗畅以陈词；颂赞之篇，必琳琅而入诵。论说擅纵横之笔，词必类于苏、张；箴铭以清壮为工，声必谐乎金奏。言如纶綍，乃昭册之正宗；音涉哀思，乃赋骚之变体。……应制之文，多黄钟大吕之音；吊古之篇，传麦秀、黍离之怨。赋物之篇，响逸而调远；逞词之作，锋发而韵流。”① 因此在创作过程中，作家要有意识地针对不同文体的风格选择刚柔不同的字音、雅俗各异的字义。从文学语言的角度看，刘师培认为有韵之文要尚韵偶、远鄙倍，而一般文学作品则可以用俗语、俚语甚至白话入文；研究经史诸子等的学术文章要有详尽的考证和注疏，但是在文学创作上，注疏考据所采用的征引、判断等非文学创作的方法会使文学失去性灵。刘师培对各种文体的特征以及写作方法都有专门的研究，比如颂，他认为，“颂之作法，”第一，应有雅音，常手为文，音节类不能和雅。试取东汉蔡伯喈所作与常文相较，即可辨其高下之所在。第二，颂虽主形容，但不可死于句下；应以从容揄扬、含蓄有致为佳。第三，颂文以典雅为主，不贵艰深。应屏退杂书，唯镕式经诰。② 这些切实可行的作文之法，都来自刘师培对各类文体本质特征的深入把握，既是详尽恰切的文体理论知识，又是切中肯綮的写作教学之道。

对于文体变化问题，一方面他建议要善于学习前人的创作，继承名作的文体规范，指出“文章之体裁，本有公式，不能变化”。③ 以传状为

---

① 刘师培：《文说·和声篇第三》，载刘师培《仪征刘申叔遗书》第五册，万仕国点校，扬州：广陵书社，2014，第2069页。
② 刘师培：《文心雕龙颂赞篇》，载刘师培《刘申叔遗书补遗》下册，万仕国辑校，扬州：广陵书社，2008，第1556页。
③ 刘师培：《汉魏六朝专家文研究》，载刘师培《刘申叔遗书补遗》下册，万仕国辑校，扬州：广陵书社，2008，第1541页。

例，《史记》《汉书》中的"传"是传状文学的正宗典范，六朝时，人们开始以四六文体来写传状，清代仍袭此例，他认为这是"失体"；再如诔文，陈思王作《文帝诔》时在篇末"略陈哀思"，就已经有乖文体，唐代以后，诔文更加以表达作者情感为主，而不以陈述事实为主，这称得上是"违体之甚"，因此他认为对各种文体规律的确切把握，是创作者不可或缺的文学素养之一。但是，另一方面他又比较公允地表示，追求写作手法创新的篇法变化和求新求变的句法变化，是文章在同一体裁内的变化，是一种值得肯定的创作创意，与变易文体性质还是有本质不同的。他进一步从模仿写作的角度表明，学习前人字模句拟的形似文章不足为道，应当在文体不变的前提下，模拟前人文章的神理风韵，在此基础上，加以篇法和句法的求新变化，才能创作出上乘之作。因此，尽管他认为诔文的正统规范应以陈述事实的客观描述为主，但照样赞扬潘岳的诔文对于内心哀思的纯粹表达，认为这是他能够独步当时的主要原因，这种抒发主观感情的诔文，具有了超越描述客观事实的独特艺术魅力。文体变化与时代变迁之间的微妙关系也被刘师培纳入考察视野，在他看来，魏代文学就具有一些不易觉察的与汉朝文学的相异之处，比如"论说之文，渐事校练名理""诗赋之文，益事华靡，多慷慨之音"① 等。可见刘氏不仅具有相对稳定的正统文体观念，而且能够与其"文虽小道，实与时代而迁变"② 的文学发展观互为照应、两相交融，敏锐发现各类文体在不同时代背景下的变化。

## 二　骈文"实为文体之正宗"

刘师培对诸多文体进行了充分而独到的研究，并主张模仿晋代挚虞以文体为纲的《文章流别》重新编写中国文学史课本，这是一种客观系统的文体理论实践观。然而不可否认的是，在他的文体理论中，"藻缋成章"的"文"之本质观体现为对不同文体的高下评判。于所有文体之中，他始终对骈文文体另眼相待，认为骈文才是符合"文"之标准的正

---

① 刘师培：《中国中古文学史讲义》，载刘师培《仪征刘申叔遗书》第十五册，万仕国点校，扬州：广陵书社，2014，第6870页。
② 刘师培：《论文杂记》，载刘师培《仪征刘申叔遗书》第五册，万仕国点校，扬州：广陵书社，2014，第2095页。

宗文体。

骈文发端于东汉，演进于魏晋，建安之后逐步趋向完善，成为魏晋南北朝时期的标志性文学样式，后来经过唐宋古文运动的冲击，骈文在六朝全盛之后，较长时期内处于衰落状态，直至清代，骈文才逐步走向中兴，出现了乾嘉年间以汪中为代表的骈文八大家。到刘师培所处的清末民初，中国传统文学的现代转型特征显著体现为以骈文为代表的文学样式的逐渐淡出和新兴白话文学创作的潜滋暗长。在这样的背景之下，刘师培提倡"骈文正宗"观似乎逆时代潮流而行，被称作"文化保守主义"或"国粹主义"。实际上，这正是刘师培文学观念的具体体现，他所训诂的"文"，要求作品形式"藻缋成章"，语言雅驯渊懿，在他看来，在中国文学的发展历史中，六朝骈文最好地对应了这种理念，是"文"之为"文"的标准文体。在这样的文学观念观照下，刘师培提出了"骈文正宗"的论点，使以"文"为本的文学思想得到具体展示，并以较为系统的理论表述成为刘氏代表性的文体学理论。

"骈文正宗"的文学观贯穿于刘师培一系列文学论述之中。在1905年《国粹学报》第1期上发表的《文章原始》一文中，刘师培明确表述了"骈文正宗"的文学观，他说："骈文一体，实为文体之正宗。"他从字源学的考证角度研究文章起源，以纯正文学的主线贯穿文学史，使文学作品有韵偶行的形式特征清晰明了，从而指出沈思翰藻的骈文才是最完备的文学样式，并极力推崇汪中等清代骈文家的创作，认为"文章正轨，赖此仅存"。① 在《论文杂记》一文中，刘师培比照印度佛书经、论、律的三分法，将中国古代书籍分为文言、语、例三类，其中文言的特征是"藻绘成文，复杂以骈语韵文，以便记诵"，与记事、论难等单行之"语"，和明法布令、语简事赅的"例"泾渭分明，他从正名思想出发，强调既然"文"训为"饰"，那么"惟韵语俪词之作，稍与'缘饰'之训相符"。② 他在《文说》中进一步表示，既然"观于'文'字之故，可以识文章之正宗矣"，那么，"由古迄今，文不一体。然循名责

---

① 刘师培：《文章原始》，载刘师培《仪征刘申叔遗书》第十一册，万仕国点校，扬州：广陵书社，2014，第4920-4927页。

② 刘师培：《论文杂记》，载刘师培《仪征刘申叔遗书》第五册，万仕国点校，扬州：广陵书社，2014，第2097页。

实，则经史、诸子，体与文殊；惟偶语、韵词，体与文合"。① 1912 年
10 月，刘师培在《四川国学杂志》上发表用骈文写成的《与人论文书》，
体现出践行理论观点的实际努力。1914 年他用骈文为吴虞《骈文读本》
作序，论证骈文的正宗地位，这篇序文后来成为《中国中古文学史讲
义》的第一课"概论"的主要内容。在《中国中古文学史讲义》阐明研
究意义的"概论"中，刘师培较为系统地展现了"骈文正宗"的文学思
想。"概论"以骈文五则分别从各个角度阐述骈文的正宗地位：第一则
指出汉字具有字必单音的特点，较易实现"偶类齐音"和"修短揆均"
的文章形式；第二则"申明文诂"，引用《易》《论语》《说文》《释名》
等典籍对"文"的解释，从正名定义的角度，指出"非偶词俪语，弗足
言文"，顺着这样的思路，六朝骈文自然成为最佳符合对象；在第三则，
他见微知著地指出，六朝文学于音律方面成就斐然，人们往往因为逐渐
疏于创作音律文学，而对六朝音律文学由知之渐少到无视其文学价值；
在第四则，他进一步指出骈文具有沈思翰藻的特征，骈文既要有华丽的
形式，又要有真实的内容，"弗得以华而弗实相訾"，但既然称为"文"，
就必须名副其实地文采彰彰，不能"从质舍文"；第五则，刘师培"宣
究流衍"，认为两汉文学是六朝文学的先声，"娴习雅故，底究六籍"，
可以"率迪众长"，多有裨益，因此，他提倡"八朝以前之文，必当研
习"，传达出延续性的文学史观。②

　　骈文文体在诸多方面都契合刘师培文学思想对"文"的审美要求，
不仅具有整齐对偶的审美形式，而且用字精审、蕴含丰富、音韵和谐，
在辞采、声采两方面都实现了文学作品的形式美，是刘氏心目中当之无
愧的正宗文体。首先，从正名的角度看，骈文最符合"文"的本意。刘
师培考证"文"的本源，指出既然"文"的本原性和纯粹性在于有韵偶
行和沈思翰藻的辞采特征，那么对偶用韵、敷藻成章的骈体美文，正是
符合文学形态美规定的名副其实的"文"，那些形式单薄、缺乏雍容华
丽气象的空疏之文，完全不能与华美大气的骈俪之文相提并论。刘师培

① 刘师培：《文说·耀采篇第四》，载刘师培《仪征刘申叔遗书》第五册，万仕国点校，
扬州：广陵书社，2014，第 2072 页。
② 刘师培：《中国中古文学史讲义》，载刘师培《仪征刘申叔遗书》第十五册，万仕国点
校，扬州：广陵书社，2014，第 6870－6910 页。

还从音韵学的角度发现，骈文适于朗诵的语音特点与偶词俪语的辞采之美相得益彰，从而骈文具有其他文体所不及的音韵方面的文学特性。他在《文章原始》中，仔细梳理"文"的发展脉络：上古之时，"文"与"字""饰"互训；中古以降，"文"训为"章"；东周时，"文"与"言""语"有别；春秋时，"文"近于经，"语"近于史；到了西汉，"文"指"多偶语叶音"的赋、颂、箴、铭等，"语"则指论、辩、书、疏等；东汉之后，论、辩、书、疏等"语""杂用排体"，从而"易语为文"，讲求有韵偶行，与无韵单行的"笔"相对。<sup>①</sup>刘师培发现，不管"文"的内涵与外延发生怎样的偏移，"文"都有其贯穿始终的核心特征——文体的偶化和音节的韵化。到南北朝时期，"文"发展成熟为骈文这一文学样式，因此骈文是名副其实的"文"，是正宗的"文"，这种对骈文正宗地位的反复确认，其实也是刘师培基于小学的文学观念的一以贯之。其次，骈文是"文"发展的完备形态。刘师培在说明文章由简趋繁的历史发展趋势时指出，西汉时"对偶之法未严"，东汉时"渐尚对偶"，魏晋时"虽多华靡，然尚有清气"，六朝以降，"偏重词华"。<sup>②</sup>正是在这样逐渐完善的历史进程中，水到渠成地形成了成熟的骈文样式。他说："六朝以来，风格相承。刻镂之精，昔疏而今密；声韵之叶，旧涩而新谐。"经过了这样由疏而密、由涩而谐的过程，文学才渐渐发展成为完备的骈文样式，并成为文学正宗形式。最后，骈文形式可以广泛应用于各种文类，从而满足文学作品的各种功能，在他看来，"金声玉润，绣错绮交"的《三都》《二京》是赋之正宗；"文赡义精，句奇语重"的《会昌》之集是制敕之正宗；"婉转以陈词，雍容以叙致"的《劝进》《辞官》是书表之正宗；"流郁以运气，俊伟以佐才"的中郎太丘之《碑》、魏公李密之《志》是碑志之正宗……<sup>③</sup>这些佳作都是借助骈体的表达方式才得以流芳百世，成为各类文体之经典代表的。

此外，对于骈文屡遭诟病的浮泛弊端，刘师培肯定桓范《世要论》

① 刘师培：《文章原始》，载刘师培《仪征刘申叔遗书》第十一册，万仕国点校，扬州：广陵书社，2014，第 4920 - 4927 页。
② 刘师培：《论文杂记》，载刘师培《仪征刘申叔遗书》第五册，万仕国点校，扬州：广陵书社，2014，第 2095 页。
③ 刘师培：《文说·耀彩篇第四》，载刘师培《仪征刘申叔遗书》第五册，万仕国点校，扬州：广陵书社，2014，第 2072 - 2073 页。

诸篇对骈文创作中词溢于意的浮泛问题的批评，指出文章最忌浮泛，同时又以公允的眼光看到，浮泛问题不是骈文本身的先天问题，而主要由于作家本人的造诣不够所致。真正的名家、大家完全能写出文词相符的好骈文，比如任昉、庾信等的骈文创作，鲜有词不切题之病，因此要通过切实提高创作主体自身的学养来避免浮泛之病，而不是因噎废食，为规避浮泛而否定骈文。

### 三　"考说部之失"

当刘师培从正名的角度阐释"文"之特性的时候，他就坚持审美形式的纯文学观，对骈文的文体形式倍加推崇。对骚体和赋体等雅驯之文的全面研究，以及"宗骚"倾向的理论，都是骈文正宗思想的延续，体现的是对雅驯文学语言和"文"之审美形式的强调。但作为广义文学理论阐述时，刘师培采取的还是宽泛的文学观，他在骈文等雅驯文体之外，对合诗教、乐教而自成一体的词曲之体青眼相待，与戏曲理论大师王国维的研究具有诸多共鸣之处。相较于对戏曲文学的高度认同，刘师培对于在晚近获得空前发展的小说文体，表现出不以为然的态度。由于小说不符合其"文"的审美形式标准，刘师培以说部之书"不能与汉、魏子书竞长"的观点[①]，从根本上否定了小说在文学史上的应有地位。但与此同时，出于政治宣传、启蒙运动和社会现实对小说文体实际功用的功利性需要，刘师培还是对小说文体进行了颇为严谨的研究和肯定，加之他从学术研究角度所进行的"考说部之失"的理论研究，客观上成为近代小说理论和刘师培文体研究的重要组成部分。

一些中国近代文艺理论家积极吸纳西方心理学知识，充分利用读者的心理效应，对小说这一文体进行了大力宣扬和理论研究，改善了小说自古以来在文学史上的卑下地位，使之得到蓬勃发展，并发挥了它在特定时期的积极作用。他们从文艺接受心理角度，分析读者对小说的消遣性欣赏态度，认为这是一种在文艺接受过程中产生的倾向于生理性快感的审美态度。小说以其极具阅读趣味性的语言特征和穷形尽相的描写艺

---

① 刘师培：《论说部与文学之关系》，载刘师培《仪征刘申叔遗书》第十一册，万仕国点校，扬州：广陵书社，2014，第4934页。

术，常常可以使读者在阅读中经历与现实生活具有审美差异的别样境界，感受与日常审美不一样的心理体验，从而实现审美想象，获得感情的自治和心理的满足。夏曾佑将这种文艺接受称为"无所为而为之事"①的无目的的放松惬意的阅读状态，梁启超则表示"此殆心理学自然之作用，非人力之所得而易也"。②因此，浅近有趣的小说文体较之正统经史著述拥有更广泛的读者群是情理之中的事情。但是，中国小说的产生发展源远流长，何以会在清末民初的社会骤然获得空前的繁荣？这就与人们对小说的功利性欣赏态度有关，即期望通过小说的创作、传播和接受，达到某种政治的、实用的目的，这正是当时社会背景下的一种集体意识。因此吴沃尧提出"寓教育于闲谈，使读者于消闲遣兴之中，仍可获益于消遣之际"③的主张，于消遣性欣赏的基础上，附属某种功利性的实用目的。康有为从这个角度认识到近代小说具有巨大的社会教育作用，"矜缨市井皆快睹，上达下达真妙言"，④他迫切希望菽园居士邱菽园尽快创作出以戊戌政变为题材的小说来唤醒民众。梁启超也一直重视小说的社会教育功能，详细论证小说的熏、浸、刺、提的作用，即既有好的积极感化作用，也有坏的消极腐蚀作用。他认为中国的旧小说好比不洁的空气和有毒的菽粟，具有极坏的影响："大圣鸿哲数万言谆诲之而不足者，华士坊贾一二书败坏之而有余"，是"吾中国群治腐败之总根源"，因此提倡"小说界革命"，借小说显著的感染效果变消遣性欣赏为功利性欣赏。⑤在具体的论证过程中，他们大致从两个方面来使小说与政治的关系具体化。一是从西方与日本的经验中，获得以小说启民智的经验依据。严复和夏曾佑出于"且闻欧、美、东瀛，其开化之时，往往得小说之助"的考虑，称赞《国闻报》附印小说的举动是开化民智的"愚公之一

---

① 夏曾佑：《小说原理》，《绣像小说》1903 年第 3 期。
② 梁启超：《论小说与群治之关系》，载《梁启超全集》第四卷，北京：北京出版社，1999，第 886 页。
③ 吴沃尧：《两晋演义自序》，载郭绍虞主编《中国历代文论选》第四册，上海：上海古籍出版社，2001，第 257 页。
④ 康有为：《闻菽园居士欲为政变说部诗以速之》，载《康有为选集》，舒芜、陈迩冬、王利器选注，北京：人民文学出版社，2004，第 198 页。
⑤ 梁启超：《论小说与群治之关系》，载《梁启超全集》第四卷，北京：北京出版社，1999，第 884－886 页。

畚，精卫之一石"。① 梁启超亦看到小说在欧洲各国变革中的巨大政治作用，指出"彼美、英、德、法、奥、意、日本各国政界之日进，则政治小说为功最高"。② 急于政治改良的中国近代知识分子希望效仿国外经验，借政治小说实现政治目的。二是从语言进化论的角度指出，小说文体的语言更加适合于传播政治思想。他们认为"中国文字，衍形不衍声，故言文分离，此俗语文体进步之一障碍，而即社会进步之一障碍也"。③ 小说做到了言文一致，因此最适合于广泛流传，从而达到启发民智的效果。由于上述诸种原因和种种努力，近代小说创作获得了前所未有的生机。四大小说杂志《新小说》《绣像小说》《月月小说》《小说林》所载作品，代表了清末小说的高峰；清末谴责小说亦在此时盛行；林纾、徐念慈等人的翻译小说，使中国小说创作染上了浓厚的中西交融色彩；其他还有主题先行的政治小说、妇女题材小说、民初以《玉梨魂》为代表的言情小说等，不一而足，空前繁盛。

　　于这种小说创作高潮之中，一些文论家清醒地看到，在被消遣性和功利性欣赏态度左右下的小说界有不少值得重视的问题。黄人在《小说林发刊词》中比较了"昔之视小说也太轻"和"今之视小说又太重"的偏颇，指出"出一小说，必自尸国民进化之功；评一小说，必大倡谣俗改良之旨"的现象，不符合文学的艺术特征，主张从审美的角度恢复小说的艺术特征，"小说者，文学之倾于美的方面之一种也"。④ 这种以审美眼光欣赏小说的态度，是一种具有较高品位的鉴赏性欣赏态度。此外，更有不少学者以批评性欣赏态度和学理的眼光，对此阶段的小说创作进行了卓有成效的理论探讨。比如吴沃尧的《月月小说序》，对当时质量参差不齐的小说创作状况表示担忧，对一些"怪诞支离之著作，诘屈聱牙之译本"的所谓群治作用表示怀疑，提倡从小说有"趣味"的艺术特征出发，发挥小说"补助记忆力"和"输入知识"的切实可行的教育作

---

① 严复、夏曾佑：《国闻报馆附印说部缘起》，载郭绍虞主编《中国历代文论选》第四册，上海：上海古籍出版社，2001，第205页。
② 梁启超：《译印政治小说序》，载《梁启超全集》第一卷，北京：北京出版社，1999，第172页。
③ 狄葆贤：《论文学上小说之位置》，《新小说》1903年第7期，第5页。
④ 黄人：《小说林发刊词》，《小说林》1907年第1期，第3页。

用。① 王钟麒的《中国历代小说史论》从学理上梳理中国小说发展演变
的历史轨迹，总结我国古代小说的思想意义，分析小说家创作小说的三
大原因是"愤政治之压制""痛社会之混浊""哀婚姻之不自由"，解释
小说产生的社会思想基础，指出由于"风俗时势有不同"的缘故，古代
小说和外国小说各具生活土壤和民族形式，提倡"欲以新小说为国民倡
者"则"不可不自撰小说，不可不择事实之能适合于社会之情状者为
之，不可不择体裁之能适宜于国民之脑性者为之"，② 论证深入，有理有
据。梁启超的《小说小话》突出小说形象性的描写叙事功能，将作者零
价值地通过对具体事件、人物言行的描写使读者自己评判人物的方法，
称为"无我"的创作方法："小说之描写人物，当如镜中取影，妍媸好
丑令观者自知。"这些论著都探讨了小说的艺术特征和创作方法，是一种
批评性的欣赏态度。

刘师培对小说文体也颇有兴趣和研究。其外甥梅鉽在《青溪旧屋仪
征刘氏五世小记》中记载，刘师培幼时与堂兄都爱看小说词曲，尤其喜
读《儒林外史》，还曾经将父执朱葵生和堂兄的岳丈胡镜塘两位老先生
交恶的前后故事写成传奇。刘师培对小说文体的发展历史有清晰的梳理，
认为小说源自稗官，唐宋之时迅速发展，元代词曲的盛行使得语言文字
逐渐相合，小说得以大兴，进而指出《水浒传》《三国演义》等书是当
今白话报和历史传记的先导。他从语言特色角度，指出小说主叙事、无
韵律的特征："古代小说家言，体近于史，为《春秋》家之支流，与乐
教固无涉也。"③ 在他看来，古代小说在较长的发展时间内，创作者并没
有感化人心的明确目的，而且小说语言不求雅驯、不讲声律、不重辞藻，
也无法以语言形式美陶冶读者，自然与乐教无涉。同时他看到，隋唐以
来，由于诗赋担负了用以取士的重要职责，散文不再作为科举的载体，
进而也就少了一些大而无当的载道要求，因此获得了一定范围的自由，
可以表现较为广泛的内容，同时由于不需要体现载道、言志等沉重的附
加意义，作家的创作比较容易转向涉笔成趣的小说体裁，这是对小说文

---

① 吴沃尧：《月月小说序》，《月月小说》1906 年第 1 号。
② 王钟麒：《中国历代小说史论》，《月月小说》1907 年第 1 卷第 11 期。
③ 刘师培：《论文杂记》，载刘师培《仪征刘申叔遗书》第五册，万仕国点校，扬州：广
  陵书社，2014，第 2114 页。

体特征的创作论视角把握，也是比较符合事实的创作心理探讨。他还进一步从文体相称的角度指出，如果写小说过于庄重，"亦为不称"，① 这是对小说文体的艺术特征较为确切的认识。此外，从刘师培对于楚辞"近于小说家"的特征描述中，也可以从侧面看出他对小说主要特征的认识："语逞怪奇，说邻谲诡。鸾凤济津，虎豹当关；冯夷出舞，湘女来游。是为神话之史，出于稗官家言。"② 对于小说的描写内容，他总结为："巷议街谈，辗转相传，或陈福善祸淫之迹，或以敬天明鬼为宗，甚至记坛宇而陈仪迹，因祠庙而述鬼神。是谓齐东之谈，堪续《虞初》之著。"③ 这些表述虽然不够体系化，但是都比较客观准确地涉及小说文体通俗易懂的语言特色、新奇怪诞的表现内容和引人入胜的创作倾向。

　　与梁启超等人一样，刘师培对小说文体的另眼相看主要是出于借小说发挥觉民作用的权宜心理，这种态度与王国维自觉运用西方文艺理论，以纯学术的理论研究方法，对小说《红楼梦》进行近代解读的严肃态度是不能相提并论的。同时，与梁启超等人的论述方式不一样的是，刘师培更多的是从文学语言的角度出发的，看重的是小说通俗的语言表达，符合他所说的"中国自近代以还，必经白话盛行之一阶级"的推论。他从实际社会作用的角度，肯定小说"以俚俗入文，著之报章"的做法乃"觉民之一助"，④ 他说："吾观乡里愚民，无不嗜阅小说，而白话报体，适与小说相符，则其受国民之欢迎，又可知矣。"⑤ 并举明末清初民族英雄李定国读《三国演义》而生爱国思想的例子，说明小说中的俗语有感人之效，进而肯定小说比古文更具有适用性，从实际作用的角度肯定小说文体的功用。同时可见他对小说的语言特色和表现内容是选择对待的，他认可的是以近代白话小说语言为代表的通俗易懂性，以及小说内容表

① 刘师培：《汉魏六朝专家文研究》，载刘师培《刘申叔遗书补遗》下册，万仕国辑校，扬州：广陵书社，2008，第1551页。

② 刘师培：《文说·宗骚篇第五》，载刘师培《仪征刘申叔遗书》第五册，万仕国点校，扬州：广陵书社，2014，第2076页。

③ 刘师培：《论说部与文学之关系》，载刘师培《仪征刘申叔遗书》第十一册，万仕国点校，扬州：广陵书社，2014，第4933页。

④ 刘师培：《论文杂记》，载刘师培《仪征刘申叔遗书》第五册，万仕国点校，扬州：广陵书社，2014，第2106页。

⑤ 刘师培：《论白话报与中国前途之关系》，载刘师培《刘申叔遗书补遗》上册，万仕国辑校，扬州：广陵书社，2008，第166页。

现的爱国精神的感染性。因此也能够侧面理解，他为何特别厌恶那些以奇闻逸事博人眼球的小说家言，因为它们既无语言审美性可言，在思想主旨方面也无可取之处。

刘师培分析了小说文体在唐宋之时得以兴盛的主要原因。一方面是小说撰写较之学术研究相对容易，一些好逸恶劳的文人学士，希望选取终南捷径，期望通过小说这一文体记载遗闻逸事，就能达到传之后世、流芳百世的目的，从而获得著书立论的声名；另一方面则是出版印刷业的飞速发展，从传播渠道的角度促进了小说的汇编和流通。其中对于第二点原因的论述，在当时的研究背景之下应当说颇有见地。但是对第一点原因的分析，使他对小说文体的不屑之意表露无遗。他以学术研究的目光考量唐宋小说的作者真伪问题，但出发点不是重视小说研究，恰恰相反，是为了证明说部之作，其书尚在真伪之间，就毫无研究考察的必要和可能。因此他得出结论，指出唐宋小说无法与汉魏子书一争高下，元明小说则更不值一提，将小说的文学价值一笔抹杀。可见，在"文"的审美底线之上，为适应时代和社会的变化、要求，他默认可以借用小说的俗话俚语作为宣传政治和普及教育的临时工具。对于刘师培而言，这实在是一种无奈的退让，因此即使是在肯定小说觉民作用的同时，他仍然以"鄙俚"之词冠之小说，以与其心目中高雅正统的文体分别泾渭。

刘师培批评清代杭世骏、厉鹗、全祖望等人继朱彝尊之后，在考证学方面不能探赜索隐，说他们的做法类似于小说的创作，在他看来，考证研究等纯学术性的理论工作是非常严肃谨慎的，容不得丝毫自以为是，完全不能以写小说的状态敷衍对之，反过来也可以认为，小说创作有其与学术研究截然不同的独特之处。因此他非常反感一些学者在学术研究上怕苦畏难，而以创作小说作为沽名钓誉捷径的做法，进而指出小说的三点不足："然考说部之失，亦有数端。汉、魏以下，私门著述，党同伐异，彼此各一是非，好恶相攻，传之书策。后人以其时代之相近也，乃据为信史。其失一也。轻薄之徒，喜记啁谑小辨，祖述名士风流，破坏先贤礼法。斯风一扇，束发之士，竞为放诞之行。浮华之习既开，谑浪之风遂盛。其失二也。猥鄙细儒，见闻素狭。抄辑芜陋，言无可采。甚至挂漏讹舛，不能自正。亦有取材渊博，撷拾丛残，踳驳不精，言多枝叶。其失三也。"① 这三点批评实际上指向的是小说的作者和读者，批评一些写作者将小说当作个人好恶的传达工具，还有一些作者将小说视为小技，不加修饰，致使其文学性不够、语言芜杂；读者不加辨别，简单轻信此类小说为历史事实，因此，小说本身并无对错，然而创作者态度随意、水平参差不齐，阅读者猎奇消遣、真假不辨，这些方面都是小说文体负面发展的客观因素。从这个角度讲，要更加重视小说文体的规范发展，才能切实发挥其对受众的正面积极影响，进而真正提高其文体学层面的地位。

总之，在对待小说文体的态度上，刘师培面临着两难的窘境，体现了一种文体等级的观念。因为小说不论是在文学语言方面，还是在文章形式方面，都与其"文"的观念相去甚远。"文"的思想对文学风格的高雅追求，使他对小说的浅白语言形式和浅层意蕴表达均持否定态度；从文体理论上讲，源出于稗官者言的小说之体，也与他心目中高雅纯正的美学追求南辕北辙。他说："夫涉笔成趣，文士固可自娱，但不宜垂范后世，以其既不雅驯，且复华而不实也。……究非文章正格，故毫无价值可言。"② 可是刘师培自身通博的学识，又使他能在实际的文学研究中涉及小说文体的讨论，体现了他在内心坚守对美文追求的同时，不仅能够与时俱进地关注到更多的文学样式，而且能够从实际功用的角度看到小说语言的浅显直白，具有骈文等正统文体所无法比拟的大众传播性和普及性，更符合文学发展的趋向。他用西方进化论观点，说明文学由骈入散乃进化公理，认识到促进言文合一将对国民教育具有极大推动意义，俗语入文于中国现状、于进化公理都相契合，应该接受，如此就不难理解他对小说文体和小说语言不相统一的两种态度了。对小说文体嗤之以鼻的不屑和对小说语言暂为己用的权宜，正是他提出的"古文与俗语"两全理论的直接起因，他试图在俗语与骈文之间寻求一种张力的平衡。可见在刘师培的心目中，雅驯骈文形式与小说等俗语文章的区别，不只是语言雅俗的区别，更是文体高下之别，包含关系到正宗与否的价值评判。尽管刘师培没有完全摆脱对小说的轻视态度，但是他指出小说语言

① 刘师培：《论说部与文学之关系》，载刘师培《仪征刘申叔遗书》第十一册，万仕国点校，扬州：广陵书社，2014，第4934页。
② 刘师培：《汉魏六朝专家文研究》，载刘师培《刘申叔遗书补遗》下册，万仕国辑校，扬州：广陵书社，2008，第1550页。

的社会作用，认识到小说具有极强的思想感染力和极强的普及性，而且他承认，"小说一端，有虚构事实者，亦有踵事增华者，皆美术与实学不同之证"。① 将小说当作美术之一种，对其虚构、夸张等艺术手法表示肯定，这是特定时期知识分子的思想观念转型，是从传统到现代转化过程中的特定思想形态。童庆炳指出，"从文学观念的层面说，从上个世纪初文学现代性的追求，有两个鲜明的维度：改造旧社会、改造国民性和审美自治、艺术独立"，另外，"摆脱小说等艺术创作为雕虫小技的古典看法，这是文体观念的一大变化，也是中国文学现代性生成的重要方面"。② 因此，刘师培在小说体裁上的驻足停留，显示了较为宽阔的文学视野和文学发展观，客观上有助于更好地审视中国近代文体发展的历史，以及文体研究的近代转型历程。

刘师培在《论文杂记》中梳理了一条文学演变的脉络：稗官→小说家→传奇→戏曲→八股。他将戏曲、小说与八股文视同，看到戏曲与唐代传奇小说之间的演变关系，将戏曲和小说从文体意识的幕后推向了幕前，推动了这两种文体的近代研究。在中国古典文体观念中，戏曲和小说不能与诗歌等高雅正统文体等同，往往被视为等而下之的文体，刘师培对戏曲的学理性研究和对小说的否定性关注，一定程度上促进了这两种文体的身份认同和自我实现。一方面，刘师培选取审美意识萌芽作为切入点进行戏曲的起源研究，这是美学方面的历史考察；另一方面，他对小说文学语言切实的社会教育作用的重视，就是直接的功利性利用，审美与功利的交光互影正是刘师培所处那段特定时期的文论特色之一，因此，他的文体研究充分而具体地展示了时代赋予其文论的特定使命。与提升戏曲文学史地位一样，他将小说的地位视同八股文："元人以曲剧为进身之媒，犹之唐人以传奇、小说为科举之媒也。明人袭宋、元八比之体，用以取士。律以曲剧，虽有有韵、无韵之分，然实曲剧之变体也。"③ 借八股文的至尊影响为戏曲、小说的至卑地位翻案，丰富了中国近代文体理论的内涵。

---

① 刘师培：《论美术与征实之学不同》，载刘师培《仪征刘申叔遗书》第十一册，万仕国点校，扬州：广陵书社，2014，第 4893 页。
② 童庆炳：《中国文学理论现代性转型的标志与维度》，《社会科学辑刊》2003 年第 2 期。
③ 刘师培：《论文杂记》，载刘师培《仪征刘申叔遗书》第五册，万仕国点校，扬州：广陵书社，2014，第 2115 页。

## 附　表　刘师培对各类文体的源流分析

| 文体 | 起源 | | 演变及代表作 |
|---|---|---|---|
| 记事之文 | 史官 | | 据事直录，事必征实，言匪蹈虚 |
| 祭文 | 《周礼》太祝掌六祈以司鬼神 | | 汉昭烈祭告天地文；董仲舒祭祀日食文；傅毅祈高阙文 |
| 官箴 | 殷史辛甲作虞箴以箴王缺 | | |
| 箴 | 古人谇诲之词，本于三代 | | |
| 哀册 | 太祝所掌六词，居其次之命 | | |
| 行状诔文 | 太祝所掌六词，殿其终之诔；起于三代之前 | | |
| 颂 | 墨家出于清庙之守，则工于祷祈 | 以成功告于神明；始于五帝 | 屈平《九歌》，其遗制也 |
| 铭 | | 勒器之词，以称扬先祖功烈；始于五帝；古人儆励之词 | 汉魏墓铭，其变体也 |
| 传志叙记 | | 古代祝宗之官类，能辨姓氏之源，以率遵旧典 | |
| 典志 | | 德刑礼义，记于史官 | |
| 表章笺启 | 纵横家出于行人之官，则工于辞令 | 小行人之官；文之施于敷奏 | 凡文之由下而上者皆属此类 |
| 诰敕诏命 | | 掌交之官；文之施于谕令 | 凡文之由朝而宣于野者皆属此类 |
| 国书封册 | | 象胥之官；文之施于通译 | 凡文之由内而播于外者皆属此类 |
| 羽书军檄 | 若诸侯不供王职，则王使责言 | | |
| 册书玺书 | 若诸侯乃心王室，则王使下临 | | |
| 碑 | 古人记功之文；始于五帝 | | |
| 杂文 | 答问 | 始于宋玉，盖纵横家之流亚 | 宋玉《答楚王问》、杨雄《解嘲》、班固《宾戏》、韩愈《进学解》 |
| | 七发 | 始于枚乘，盖《楚辞·九歌》《九辩》之流亚 | 曹植《七启》、张景阳《七命》 |
| | 连珠 | 始于汉魏，盖荀子演《成相》之流亚 | |

# 第二章　刘师培文学思想的研究方法

在具体的文学研究过程中，刘师培注重对文学本体的审美关注以及对文学独立地位的确认，这使得他的文学研究方法以实现"文"之本质为指归。因此，为树立"文"的独立审美地位，他采用托体自尊的方法；为"文"正名定义，他充分运用训诂等传统文论方法；对"文"与其他艺术、学科的比较，以及用外来新知阐发固有材料的研究，既是对"文"外部规律的多角度研究，又体现出比较文学的现代视野；为深入研究"文"的多维特征，他还别具匠心地运用文艺社会学的研究方法。

## 第一节　"取法得宜，进益必速"的方法论

刘师培非常重视文学创作和文学研究的方法问题。他强调文学创作既要讲究神韵，也要遵循"规矩"。古人所谓"神而明之存乎其人，又曰不可以言传"等言论，在他看来只是用以"藏拙"的借口，实际上是"知其所当然不知其所以然"，结果只会"误尽天下青年"①。他认识到恰当的研究方法对于文学研究具有事半功倍的效果："取法得宜，进益必速，故不可不慎也。"② 他不仅从理论上给予后学诸多行之有效的方法指导，而且在具体的文论实践中有意识地灵活运用多种文学研究方法。

### 一　托正统经典以自尊

为了充分论证"文"的本质特征，刘师培直接模仿、借鉴了阮元在论证"文笔论"过程中托体自尊的论证思路，通过对经典文本的反复解读和再次阐释，来寻求使"文"获得独立地位的正统理论支撑。阮元的

① 刘师培：《国文杂记》，载刘师培《仪征刘申叔遗书》第十一册，万仕国点校，扬州：广陵书社，2014，第4960页。
② 刘师培：《汉魏六朝专家文研究》，载刘师培《刘申叔遗书补遗》下册，万仕国辑校，扬州：广陵书社，2008，第1517页。

主要文学观念集中体现在"文笔论"和"文言说"方面，强调文必有韵和文必对偶的文学标准。他在《书梁昭明太子〈文选序〉后》一文中，高举孔子的《易·文言》、刘勰的《文心雕龙》和班固的《两都赋序》等经典作品为主要论据，并对它们进行了有韵和对偶方面的语言学文本分析，指出"为万世文章之祖"的《易·文言》有四十八句偶句、三十五句韵语，而开明代八比之先河的《两都赋序》则以有韵偶行的高超艺术形式，与诸汉文成为四六之体、奇偶之文的正统文体形式，行文数次强调"沈思翰藻"的"文"之标准，最后还不忘告诉读者，自己所写的这篇文章"言之无文，子派杂家而已"。① 之后在《文言说》中，阮元从艺术形式方面，再次明确"文"的有韵与用偶的标准，强调为文章者，要"协音以成韵，修词以达远，使人易诵易记"，同时还要多用偶，因为"于物两色相偶而交错之，乃得名曰'文'，文即象其形也"。他又以大量篇幅例举孔子《易·文言》的诸多用偶之处，来证明非用韵用偶不得称为"文"的观点。②

虽然这种以"'圣人'压人"的做法有些以偏概全，强词夺理，③ 但是刘师培却深以为然。他不仅在"文笔论"观点上沿袭阮元的思路，而且在对"文"的起源和特征的论证过程中，也模仿阮元对孔子《文言》偶句的分析思路，再次充分运用这一方法，对《尚书·尧典》《禹贡·冀州》《尔雅·释训》诸篇进行对偶和用韵的分析，从而借正统经典之名为"文"造势，说明"文"之地位和特征渊源有自。在他看来，"六艺之文，诸子之书，莫不叶音而足语，立均而出度"。而"《周易》六爻，《尚书》二《典》，老聃传《道德》之经，屈子作《离骚》之赋，以及箴铭垂训，钟鼎镂词，凡兹古籍，半属韵文"。④ 这种托正统经典以自尊的方法，显示了论述主体理论阐释的能力。佛克马和蚁布思曾经对"研究"（Research）和"阐释"（Interpretation）的区分与统一进行了详

---

① 阮元：《书梁昭明太子〈文选序〉后》，载阮元《揅经室集》下册，邓经元点校，北京：中华书局，1993，第609页。

② 阮元：《文言说》，载阮元《揅经室集》下册，邓经元点校，北京：中华书局，1993，第605–606页。

③ 王章涛：《阮元评传》，扬州：广陵书社，2004，第378页。

④ 刘师培：《文说·和声篇第三》，载刘师培《仪征刘申叔遗书》第五册，万仕国点校，扬州：广陵书社，2014，第2060页。

细剖析，认为源于自然科学研究方法的"研究"，"是一种较为严格的客观化操作程序"，而与之相对的"阐释"，则"强调带着'前见'的主体在意义产生（即理解）的过程中所发生的能动作用"。[①] 刘师培以"文笔论"的"前见"，积极能动地对经典文本进行意义重构的阐释动机一目了然。

刘师培在《文说》《论文杂记》等文学理论著述中，经常有意识地找寻楚辞骚赋、隋唐之诗、唐宋之文、宋人之词等文学作品，与儒、道、墨、名等诸子及《诗》《书》《春秋》等诸经之间的内在暗合关系："欲撢各家文学之渊源，仍须推本于经。"[②] 这种对集部与子部、经部关系的密切关注，表现了一种提高文学地位的积极努力。尽管这种努力在一定程度上以剥夺文学自身独立性为代价，主观上却真正体现了对文学价值的肯定和托体自尊的研究思路。此外，上古之时以谣谚为代表的民间口头文学，本来是劳动人民"饥者歌其食，劳者歌其事"的俗语化口头创作，刘师培再次充分发挥其理论阐释的研究方法，以"声音之道，与政通"的冠冕堂皇的理由，对这两种大俗文体进行了大雅化的解读，从学理上指出，谣和谚以韵语的形式，取得了合乎"文"之标准的高雅品格，并且从谣谚等俗文学形式中提炼出天籁、自然等大雅的元素，他说："'谣'训'徒歌'，'谚'训'传言'。……声音之道，与政通矣。况三代之时，学凭记诵。师儒之学，口耳相传；经典之文，声韵相叶。"[③] 如此一来，文学自萌芽之初，就蕴含了"与政通"的正统因素以及声韵相叶的形式美因子，"文"之审美特征和独立地位得到了合情合理的起源论支持。

## 二　变传统方法为己用

作为具有深厚国学修养的传统文人，刘师培继承了中国古典文学批评中许多具有生命力的传统研究方法，尤其是以文学语言作为研究出发

---

① 乐黛云：《文学研究与文化参与·序》，载〔荷兰〕佛克马、蚁布思《文学研究与文化参与》，俞国强译，北京：北京大学出版社，1996，第1页。

② 刘师培：《汉魏六朝专家文研究》，载刘师培《刘申叔遗书补遗》下册，万仕国辑校，扬州：广陵书社，2008，第1534页。

③ 刘师培：《文说·和声篇第三》，载刘师培《仪征刘申叔遗书》第五册，万仕国点校，扬州：广陵书社，2014，第2060页。

点的训诂方法。钱大昕曾言："穷经者必通训诂，训诂明而后知义理之趣。后儒不知训诂，欲以乡壁虚造之说求义理所在，夫是以支离而失其宗。"① 刘师培生活的时代虽然已是清代乾嘉学派日益衰败之时，但他深受家学朴学的影响，具有极其深厚的治经史的基础和小学功底，训诂法是他最得心应手和应用最多的方法之一。只要能为论点服务，他就会信手找来一段对某个文字的训诂，溯源发微，寻求理论论据和支点，实现"六经注我"的论证目的。

他以训诂的方法考证"文"的本初意义，探寻文学本质，获得对于"文"的本色理解；他考释"巫"字的象形意义，阐发戏曲的最初来源；他博稽古籍，根据《说文》中对"祠"和"祝"的注疏，训"祠"从"司"声，训"祝"从"示"从"儿口"或者从"兑"声，而"兑"从"口"从"巫"，古文"巫"字从两个"口"，"《大有》上卦为兑，兑为口，口助称祐"，点明"口助"就是祝的职责，与《说文》中"祠多文词"互相诠明。② 循环往复的多重训诂充分论证了他的中心论点：古代巫祝之官往往工于文词，而文学也因此起源于巫祝之官，这同时也是包括文学在内的古代一切学术的人类学起源。他通过考察汉字的偏旁来探究往古人民的状况："积""私"等字以"禾"为偏旁，证明了私有制起始于农牧业兴起之后；"姚""姬""姜""嬴"等姓氏，都以"女"为偏旁，足见人类母系氏族的遗风；"族"字与"旗"字同旁，可见上古之民以旗为识、聚族而居的习俗；"君"字从尹，尹字从又，而"父"字也从又，表示持杖的形状，可知国家是在家族的基础上起源的。他训诂"风""俗"二字为："'俗'字从'人'，由于在下者之嗜欲也；'风'字训'教'，由于在上者之教化也。"程千帆认为这种见解是取义于班固的《地理志》："凡民函五常之性，而其刚柔缓急，音声不同，系水土之风气，故谓之风；好恶取舍，动静无常，随君上之情俗，故谓之俗。"③ 班固的解释固然颇有道理，但与刘师培从文字本身进行训诂的方

---

① 钱大昕：《左氏传古注辑存序》，载钱大昕《潜研堂集》，上海：上海古籍出版社，1989，第387页。

② 刘师培：《文学出于巫祝之官说》，载刘师培《仪征刘申叔遗书》第九册，万仕国点校，扬州：广陵书社，2014，第3959页。

③ 程千帆：《文论十笺》，哈尔滨：黑龙江人民出版社，1983，第124页。

法是不一样的，刘师培对"俗"字进一步训诂为："'俗'字从'谷'，'欲'字亦从'谷'，则以广谷大川，民生其间者异制之故也。"① 对"风"字的训诂，则引《诗大序》的"风，讽也，教也"为其证，指出南北五方民风民俗随风土而转移，进而推导出南北学术也因地理环境的不同而迥然有别，从而以此作为文学史撰写过程中的一个主导观念，并以时间为序逐一分析自上古而两汉、而魏晋、而南北朝、而隋唐、而宋代，继而金元，直至清代的文学，因南北地理环境的不同而不同的历史脉络。以上数例，令人折服，也可窥见刘师培训诂功底之一斑。

刘师培还充分吸收古代哲学的辩证法思想，归纳总结一些相互对应的概念范畴，说明文章最忌奇僻，但"奇僻者，非锤炼之谓也"；文章最忌浮泛，但"浮泛者，非驰骋之所谓也"；文章用典要避免堆砌，因为"堆砌与运用不同，用典以我为主，能使之入化；堆砌则为其所囿，而滞涩不灵"；此外，文章还有"实与虚""生与死""神似与形式"等种种区别……同时，为了取得生动理想的论说效果，他还采用形象的比喻法，他说："若必拟典谟以矜奇，用古字以立异，无异投毛血于殽核之内，缀皮叶于衣袂之中"，说明为了求新标异而生硬摹仿典谟训诰的写作之法，就好比将原始社会的茹毛饮血和树叶遮体的生活方式移植到文明时代，画虎不成反类犬。他将为用典而用典的堆砌做法比喻为在华丽衣服上打补丁，实为败笔。他对文学与绘画、围棋、音乐等艺术类型的相通性有较深的体会，因此在论述文学规律时，能够以一些极为贴切的比喻，达到深入浅出的论说效果："如围棋然：方其布子，全局若滞，而一著得气，通盘皆活。"以围棋得气，比喻文章中警策句对全篇的关键作用。"如画蝴蝶然：工于画者既肖其形，复能传其栩栩欲活之神；不工于画者，徒能得其形似而已。"用绘画的传神与否，来比喻文学创作的形似与神似的问题，强调神似的重要性。"是犹箫管之音，首贵克谐；而琴瑟之音，不可专一。"用音乐的和谐与变化，比喻文章的押韵与辞采，说明文论与乐理的内在契合之处……② 这些文论方法点明了各类文体的主要

① 刘师培：《南北学派不同论·总论》，载刘师培《仪征刘申叔遗书》第四册，万仕国点校，扬州：广陵书社，2014，第1611页。

② 刘师培：《汉魏六朝专家文研究》，载刘师培《刘申叔遗书补遗》下册，万仕国辑校，扬州：广陵书社，2008，第1521-1530页。

特征，而且深入浅出地为文学初学者提供了可资借鉴的创作方法论。

### 三　"必以搜集材料为主"

在文学研究尤其是文学史撰写的过程中，资料的梳理与选择具有十分重要的意义，充分有效的资料搜集往往是搞好理论研究的基础性工作，这不仅是写作者文学观的具体体现，而且是文学史撰写的主要内容，因此刘师培说："斯事体大，必以搜集材料为主。"① 如何才能尽可能完备系统地搜集资料？在这一点上，刘师培展示了"甚见功力与识断的'摘录'法，使相关资料各聚门类，线索历然"。② 刘师培专门写有《搜集文章志材料方法》一文，详细阐述了四种搜集文学资料的方法。第一是分别采择现存之书。现存之书中，正史里有文苑传的当然是最重要的文献来源，不能等闲视之；如果正史没有单列文苑传，或者文士别立专传的，则需要通读全史，找到散落于全史之中的涉及文学的字词句章，另外一些看似与文学毫不相干的古籍子书等也不可忽视，都要一一检阅，确保无一疏漏。第二是拾取钩沉各逸书亡书。以挚虞《文章志》为例，该书遗文散存于各书注之中，刘师培提醒读者应当留心检阅《隋书·经籍志》、《后汉书》李注、《三国志》裴注、《世说新语》刘注等书对其佚文的征引，提取钩沉出挚虞之书的体例概貌和代表性篇目。第三是详录古代论诗评文的著作。他极为重视前人的理论评述，在研究中古文学史的时候，这一时期刘勰论文的《文心雕龙》和钟嵘论诗的《诗品》，就成为他反复研读和充分利用的理论资料，连唐代刘知几《史通》这样的史学著作中涉及文学理论的内容，以及《全唐文》中评论前人文学的部分，在他看来都不可忽视，而应该采摘备用。第四是详考文集存佚及现存篇目。刘师培严谨的治学态度，使他不容许错过任何可能有用的史料，因此，除了《隋书·经籍志》《唐志》等这样的主要著作之外，他还罗列了古今官方和私人的诸多目录书籍，以求完备。

过人的学识积累，加之力求完备的治学态度，使刘师培的资料摘录

---

① 刘师培：《搜集文章志材料方法》，载刘师培《仪征刘申叔遗书》第十一册，万仕国点校，扬州：广陵书社，2014，第4947页。
② 刘师培：《中国中古文学史讲义》，载刘师培《仪征刘申叔遗书》第十五册，万仕国点校，扬州：广陵书社，2014，第4947页。

详备充分，比如他论及南朝之文的文格"上变晋、宋而下启隋、唐"的原因有二：一是声律说的发明，二是文笔的区别。接着对此两者分别进行阐述，他先逐一排列了《南史》中有关声律说的论述，以及《南史》和《文心雕龙》中有关"文""笔"不同的论述，从而在按语中自然而然地得出四声始于永明的结论，肯定"文""笔"区分是实而有之的。刘师培对史料完备的苛求，还体现在他注意到文学史潮流中女作家的成果，这种关注极大地丰富了以往的文学史涵盖面。为了证明宋代文学的兴盛，他没有忘记《南史·宋武穆裴皇后传》的引文："妇人吴郡韩兰英，有文辞，宋孝武时，献《中兴赋》。"对于西晋文学，他列举了《隋志》中的左贵妃有集四卷，王浑妻钟琰有集五卷；对于东晋文学，他列举了《隋志》中的傅统妻辛萧有集一卷，王凝之妻谢道韫有集三卷，陶融妻陈窈有集一卷，徐藻妻陈玢有集一卷，刘臻妻陈琠有集七卷，刘柔妻王邵之有集十卷，纽滔母孙琼有集二卷。在论文笔的区别时，也涉及"今本《文选·任昉弹刘整文》所引刘寅妻范氏诣台诉词"[1] 等。

刘师培这种披沙拣金式的搜集材料的方法，得益于以其曾祖刘文淇为代表的扬州学派的研究门径。刘文淇对《左传》的旧注进行了事无巨细的详细整理，这种方法在刘师培这里得到了方法论上的提升。另外，这种通博求全的资料搜集方法，还与19世纪西方兴起的实证主义思潮相契合，实证主义尊重经验和事实，采用自下而上的研究方法，重视感性经验所提供的材料和对局部现象的精细分析。刘师培所处的近代中国，正是社会普遍追求科学的时代，因此讲究材料与征实的实证主义在许多领域得到了呼应，包括文学研究领域。刘师培对文学史料尽可能详备的搜集整理，还是其追摹司马迁的史学态度的体现，如其所言："马迁作史贵博采，孰据遗编证旧闻？"[2] 这种态度对于我们当下的文学史书写和文学理论研究，都具有一定的启发意义。

编写文学史的人往往都有这样的感受："文学史材料，不患不多，而

---

① 刘师培：《中国中古文学史讲义》，载刘师培《仪征刘申叔遗书》第十五册，万仕国点校，扬州：广陵书社，2014，第6920–6958页。

② 刘师培：《甲辰年自述诗·四十三》，载刘师培《刘申叔遗书补遗》上册，万仕国辑校，扬州：广陵书社，2008，第552页。

多之弊，则在剪裁难工，串穿不易。"① 实证严谨的治学精神，使得刘师培的文学史书写在史料的搜集方面达到了一定的高度，同时，面对这些浩瀚的史料，他又在剪裁取舍方面显示了过人的眼力与胆识。他强调资料完备的重要性，但是反对资料的堆积，他说："至于纂类摘比之书，标识评点之册，本为文之末务，岂学文之阶梯？"② 刘师培剪裁史料的准则是，既不能疏漏各种有用的材料，还要做到为某个中心观点服务。他从董仲舒《春秋繁露》、赵岐《孟子章句》、何休《公羊解诂》等经学著述中，搜集出一些有关君主、政治方面的材料，总结出汉儒的政治学主张大致包括以人民为国家主体、排斥世袭制度但认同一国政权当属于君主、君民当为一体互尽其伦等方面，对其中的进步因素加以肯定，认为这是两汉之时"无残虐之君，而人民有殷富之乐"③ 的主要原因之一。对于汉儒高风劲节的修身伦理、平等互爱的家族伦理、仁恕诚信的社会伦理、权利义务均平的国家伦理等方面的微言精义，加以宣究引申，并对《白虎通》等典籍中关于男尊女卑、君为臣纲等消极学说进行批判，说明不能因瑕掩瑜、全盘否定汉儒伦理学研究的意义。在《南北学派不同论》中，他将由古迄今一些学者在诸子学、经学、理学、考证学和文学等领域的理论与创作，从作家出生地、作品风格等角度出发进行南北区分，进行理论的再整合，从而在南北学派风格论等方面有所创获。有一种理论虽有材料略旧的不协调感，但由于所用材料和所论对象为中国读者所熟悉，反而较易达到理论表达的学术目的。

另外，他也会顾及相同的材料可以论证不同的观点，比如，在《中国中古文学史讲义》第三课"论汉魏之际文学变迁"中，他引用《文心雕龙·哀吊篇》中的"建安哀辞，惟伟长差善，《行女》一篇，时有恻怛"，是为了证明"建安文章各体之得失，以及与两汉异同之故"。④ 这条同样的材料，他在第四课"魏晋文学之变迁"的总论中再次引用，目

① 戴燕：《文学史的权力》，北京：北京大学出版社，2002，第 12 页。
② 刘师培：《文说·序》，载刘师培《仪征刘申叔遗书》第五册，万仕国点校，扬州：广陵书社，2014，第 2053 页。
③ 刘师培：《两汉学术发微论·两汉政治学发微论》，载刘师培《仪征刘申叔遗书》第四册，万仕国点校，扬州：广陵书社，2014，第 1558 页。
④ 刘师培：《中国中古文学史讲义》，载刘师培《仪征刘申叔遗书》第十五册，万仕国点校，扬州：广陵书社，2014，第 6853 页。

的是论述晋代各种文体的特征。所不同者，在于后者比前者多引了以下几句："及潘岳继作，实踵其美。观其虑善辞变，情洞悲苦，叙事如传；结言摹诗，促节四言，鲜有缓句，故能义直而文婉，体旧而趣新，《金鹿》、《泽兰》，莫之或继也"。而对于反例，他不是不负责任地简单扫除在外，而是照引不误，再言之有据地论证反例的不实之处，从而更充分地支撑论点。比如他在论及陈代文学之时，既列了《陈书·文学传》的条文："后主雅尚文词，傍求学艺，焕乎俱集。每臣下表疏，及献上赋颂者，躬自省览，其有辞工，则神笔赏激，加其爵位。是以缙绅之徒，咸知自励矣。"紧跟着又列了《南史·文学传序》中与《陈书》观点相反的条文："至有陈受命，运接乱离，虽加奖励，而向时之风流息矣。岂金陵之数将终三百年乎？不然，何至是也。"然后再中肯地指出："今以《陈书》各记、传考之，则此说实非。盖陈之文学，虽不及梁代之盛，然风流固未尝歇绝也"①。

刘师培对搜集的资料有独具特色的编排，即以胪列排比相关史料为主，加以点到为止的按语为辅，从而使读者对文学史发展的原本面目一目了然。赵慎修曾对刘师培的《中国中古文学史讲义》做这样的归纳："这部书……以史料的排比为主，著者的议论竟如惜墨如金一般，从史料的排比中我们可以领悟到当时人们特有的文学观念，从著者极少的议论中则可以给人以耐人寻味的启示。"② 刘师培不是简单照搬套用现成材料，而是在极具针对性和全面性的引文之后，以颇有见地的按语加以串穿、评点，使之连贯顺畅、融为一体。他通常是先尽可能全面地摘录相关条文和材料，然后在此基础上加以评点、总结，材料与观点浑然一体，对历史现象材料的组合不是无目的、无规律的松散凌乱的简单堆积，而应是含目的性、合规律性的井然有序的有机系统，同时体现出内在的逻辑必然性。可见，资料的搜集与剪裁确实是文学研究的大事，既要力求材料完备，又要避免罗列材料之嫌。刘师培广博的征引，不但没有弄巧成拙，而且能让读者充分领略他渊博的学识功底，更好地掌握丰富翔实的文学史实，其关键之处就在于他点石成金的按语提炼和严谨正确的治学态度。

---

① 刘师培：《中国中古文学史讲义》，载刘师培《仪征刘申叔遗书》第十五册，万仕国点校，扬州：广陵书社，2014，第 6908－6938 页。

② 赵慎修编著《刘师培：评传作品选》，北京：中国文史出版社，1998，第 51 页。

　　刘师培不仅以明确的方法论意识提倡文学批评方法的多样性，而且灵活运用古典文论中的传统方法进行文学研究。由于这些方法有其先天的不足，"如缺乏系统性、体系性，很难形成那种逻辑严密、系统完备的理论体系；它所提出的概念范畴的内涵也不太明确、不太确定，很难作定量分析和科学的验证；其特有的叙述形式也往往造成理论上的模棱两可和含糊不清"[1] 等，处于西学东渐时代背景下的刘师培，又以新型知识分子的敏感，迅速捕捉西方现代方法论，进行中西交融，使文学研究更具体系性和现代性。

## 第二节　"与外域文学竞长"的比较方法

　　家学传承给予了刘师培深厚的古典文学积淀，融合西学则拓展了刘师培放眼世界的新学背景，旧学与新知这两种迥然有异的知识体系和治学思路，在刘师培的文学研究中碰撞出独特光芒，并使他逐渐形成了比较研究的意识和方法。

### 一　俯拾皆是的比较方法

　　刘师培在文学研究过程中，频繁熟稔地使用比较的研究方法。有时代与时代的比较：他通过对弥衡《鲁夫子碑》等十二篇碑、文、书、表等汉代各种代表性文体的解读，否定《文心雕龙》等著作中认为魏代文学与汉代文学无异的说法，从书檄、论说、奏疏、诗赋四个方面，指出魏代文学发展的主要特点，印证"文学变迁，因自然之势"的观点；他看到整个晋代文学表现出"用字平易"、"偶语益增"和"论序益繁"等与汉魏文学相异的特点，但具体而言，西晋文学与东晋文学又有不同，由于东晋文人抛弃了西晋文人的放诞之风，普遍精于佛理，因而东晋文学在文学风格上更多体现"析理之美""才藻新奇，言有深致"等艺术特色。[2] 有作家与作家的比较：在《中国中古文学史讲义》中，刘师培单列一节采用平行比较的方法，系统研究阮籍和嵇康的作品。他从前人

---

① 姚文放：《文学理论》，南京：江苏教育出版社，2000，第 19 页。
② 刘师培：《中国中古文学史讲义》，载刘师培《仪征刘申叔遗书》第十五册，万仕国点校，扬州：广陵书社，2014，第 6897 页。

对二者文章的评价中，总结出"阮文之丽，丽而清者"与"嵇文之丽，丽而壮者"的区别，在文学风格上分别以"清"与"壮"之语，来评价阮籍与嵇康的文学特色，并具体从诗与文两种体裁的详细比较中看出二人的更多区别，指出"嵇诗清俊，而阮诗高浑"，以及嵇文析理绵密、阮文托体高健的不同艺术特色。他对二者的比较不只是静态的观察，而且是动态的梳理，以历史的发展眼光，综合评价嵇康、阮籍在整个魏晋时代的影响余绪，看到伏义《答阮籍书》、张辽叔《自然好学论》、刘伶《酒德颂》、嵇叔良《阮嗣宗碑》等文体与阮籍的风格相近。而只有向秀一人的文章与嵇康的风格相近。这样的视角延伸，将文学史书写为一种发展流变的历史，避免了以人代史的片段性局限，但同时又充分肯定其中一些重要人物的关键性作用和代表性意义。

刘师培的文学研究以文学作品为重心，同时能够以比较的意识辐射至其他的艺术形式，从多方面、多角度立体展示"文"这一研究对象的审美特性。他从诗、乐、舞同源的文艺发生学角度，别开生面地通过颂诗的中介，对戏曲文学这一文学样式和乐舞这一艺术样式进行比较研究，论证了戏曲由萌芽、发展以至成熟的来龙去脉，充实和丰富了关于戏曲起源理论的研究。刘师培在论述中国古代绘画艺术由写实描摹，逐渐发展到写意空摹的风格演变过程时，笔锋一转，指出这就好比汉字从最初的象形和指事，逐渐发展出会意的造字历史，他以较多笔墨着意描绘了文学发展史中的类似规律：古代诗歌的"征实之词异于蹈虚之语"，是一种自然写真的现实主义创作潮流，"及庄老告退，山水方滋，乃流连景光，以神韵自诩……由是默运神思，独标远致"，诗歌的创作开始走向写意寄怀的浪漫主义倾向。[1] 刘师培将文学史上写实的现实主义与抒怀的浪漫主义两种主要创作风格，进行了从先到后、由此及彼的顺序排列，目的是印证其由实到虚、由实用到审美的美学发展观，是为论画，然亦论文，在绘画与文学之间转化自如，对绘画与文学在艺术风格上相似的转变做了恰当的比较研究。文学与绘画的关系从来就是水乳交融的，所谓"诗中有画，画中有诗"，中国传统文论也经常以诗论画，以画见诗，

---

① 刘师培：《古今画学变迁论》，载刘师培《仪征刘申叔遗书》第十一册，万仕国点校，扬州：广陵书社，2014，第4907页。

诗论与画论往往相互印证。此外，章学诚在《文史通义》中认为，古今典籍有方、圆之分，所谓"方"，即以实事求是的态度据事直录，给后人以史的准确记载；所谓"圆"，则是不拘常体，融入作家取舍观点的通融圆润的写法，因此有"圆神方智"的说法。① 刘师培指出，在古今所有美术门类中都有此规律，而且"美术之中，其分'方'、'圆'二体者，莫若书法"。② 他总结出"圆"的书法，以屈曲萦回、浑融圆劲的草书为代表；"方"的书法，以笔力劲直、画右出锋的楷书为代表。刘师培在这里将"方"与"圆"两种概念，解读成了美学中的壮美和优美的风格理论，"方"的风格体现出一种方正的气韵轩昂的阳刚之美，而"圆"的风格则体现出一种浑圆的风云流转的阴柔之美。此外，他在论述书法方、圆风格可能产生的流弊问题时，自然而然地以文学风格作比方："是犹古人之文，诘屈聱牙，而其文无不工。六朝、唐代之文，凡以严凝为主者，均为佳作。若夫句调贵圆，则其弊流为挑巧，或流为浅薄，而文体日卑……即文章、书法，亦莫不然。"③ 而在《中国美术学变迁论》一文中，他又在论述中国美学思想的纵向变迁发展和横向风格特征时，于书、画、奕、棋等艺术门类的铺陈叙述之中，插入一段"以言乎文词"的文学风格的审美评价，指出南人具有清新俊逸的优美倾向，而北人更多具有硗确自雄的壮美追求，这些艺术风格之间显然存在着相互映照的暗合、默契与相通之处。而且，如前所述，他还用音乐、围棋等艺术体验来比喻文学创作规律，使不同艺术的创作和欣赏规律相互补充、相互阐发，而这些艺术体验，毫无疑问是有助于增强创作者和受众对文学创作和鉴赏过程的深入把握的。

在对文学与宗教、哲学等社会科学的关系研究中，刘师培更为关注宗教思想与文学起源、佛教传入与文学发展，以及哲学思维与文学创作之间的交互关系。关于文学与宗教的关系，刘师培从文学起源的角度，研究了原始巫祝活动与文学在发生学上的源流与影响关系，他认为：祭

① 章学诚：《文史通义》，吕思勉评，李永圻、张耕华导读整理，上海：上海古籍出版社，2008，第 14 页。
② 刘师培：《书法分方圆二派考》，载刘师培《仪征刘申叔遗书》第十一册，万仕国点校，扬州：广陵书社，2014，第 4897 页。
③ 刘师培：《书法分方圆二派考》，载刘师培《仪征刘申叔遗书》第十一册，万仕国点校，扬州：广陵书社，2014，第 4902 页。

文出自《周礼》中太祝用以同鬼神示的六祈；官箴源于殷史中辛甲所作的《虞箴》；哀册之文源自太祝六词中的"命"；行状、诔文之祖即是诔；屈原《九歌》是颂的遗制；汉魏墓铭是铭的变体；后世的典志和叙记之文都是古代祝官能辨姓氏之源的演变。另外，刘师培看到了佛教传入对中国文学艺术的重要影响，他认为这一历史事件，是导致中国美学倾向由实用向审美演变的关键因素。因为佛教在制造佛像、缮营塔庙等方面的踵事增华，促进了雕塑、建筑等艺术走向壮观华丽的审美风格。[1]具体在文学创作和批评领域，佛教传入中土之前，中国文人主要接受儒道思想的影响，魏晋时期尤其以庄老之学为显学，即刘师培所谓的"西晋所云名理，不越老、庄"。佛教传入之后，迅速在文学领域产生影响，形成释道混杂的局面："至于东晋，则支遁、法深、道安、惠远之流，并精佛理。故殷浩、郗超诸人，并承其风，旁迄孙绰、谢尚、阮裕、韩伯、孙盛、张凭、王胡之，亦均以佛理为主，息以儒玄；嗣则殷仲文、桓玄、羊孚，亦精玄论。"[2] 中国古代文学进而在表达内容和表现形式等方面都受到了长远影响，发生了重要变化，如在思想内容方面，融入了佛学的四大皆空、人生无常、因果轮回等主要观点，在形式上产生了"变文"等对古代戏曲、小说产生深远影响的新的表现形式。不仅如此，而且佛教在古代文学理论方面也产生了重大影响，如刘勰《文心雕龙》、皎然《诗式》、司空图《二十四诗品》、严羽《沧浪诗话》等重要的古代文论著作，都借用了佛教的某些理论，创立了"妙悟说""神韵说""性灵论"等影响深远的文论观点。不难看出，佛教思想的传入对中国古代文学的影响是深远而多方面的。

关于文学与哲学的关系，刘师培看到作为艺术表现形式的文学，具有与哲学迥然有别的本质特征，对文学属于艺术的学科定位有清晰的认识，但是他又看到文学与哲学之间存有天然密切的联系，明确表示："夫文学所以表达心之所见，虽为艺术，而颇与哲学有关。"他借用哲学上唯心与唯物的区别来衡量文学，得出文学亦有唯心与唯物的分别，所谓唯

---

① 刘师培：《中国美术学变迁论》，载刘师培《仪征刘申叔遗书》第十一册，万仕国点校，扬州：广陵书社，2014，第4888页。

② 刘师培：《中国中古文学史讲义》，载刘师培《仪征刘申叔遗书》第十五册，万仕国点校，扬州：广陵书社，2014，第6897页。

心文学指的是"言在文先，以己为主，以题为客"。唯物文学是指"缘题生意，以题为主，以己为客"。① 唯心与唯物、主与客、归纳与演绎等哲学范畴，在文学领域得到了全新的阐释和对应。他认为《史记》中的春秋笔法、借题发挥都是唯心文学的表现，而《汉书》里实事求是地记载史实，少有主观评价的部分则是唯物文学，他所谓的唯心文学，其实就是言在此而意在彼地表达作者意图、观念和看法的文学。他辨析唯心文学与唯物文学不是为了区别高下，而是为了说明不同文体对于唯心与唯物的要求和标准不同，要区别对待，这是他多次强调的作文法则之一，比如应该情文相生的哀吊之类的文章，就要以唯心为尚，重点表情，而非达意。通过对哲学范畴的跨学科阐发，文学中侧重表情达意与侧重客观写实的两种文风得到了比较清晰的辨析，从中也可以看出哲学思想对刘师培文学研究的重要影响。

## 二　域外比较的自觉意识

刘师培的比较研究方法不仅体现为以明确的文学研究意识，对中国传统文学进行多方位比较研究，而且体现为以世界广度的视野，进行自觉的域外比较研究，他说："俪文律诗，为诸夏所独有。今与外域文学竞长，惟资斯体。"② 这不仅是对"文"之审美特性和形式要素的强调，以及对中国文学审美特色的赞许，而且表现出与域外文学进行比较研究的自觉意识，具有独特的文学史价值和有针对性的现实意义。当时的西学时代背景和刘师培本人融汇中西的学识，使他的视野超越了本国文学的狭隘空间，触及了宽广的域外文学范围。在论述近世文学衰落的现状时，他认识到当时所见日本文学"冗芜空衍，无文法之可言"，认为："若夫矜夸奇博，取法扶桑，吾未见其为文也。"③ 可见刘师培文学研究的触角具有了极长的延伸。当然，囿于自身认知体系的局限和域外文学理论储备的不足，刘师培未能进行充分深入的形成体系的域外文学比较研究。

---

① 刘师培：《汉魏六朝专家文研究》，载刘师培《刘申叔遗书补遗》下册，万仕国辑校，扬州：广陵书社，2008，第 1536 页。
② 刘师培：《中国中古文学史讲义》，载刘师培《仪征刘申叔遗书》第十五册，万仕国点校，扬州：广陵书社，2014，第 6831 页。
③ 刘师培：《论文杂记》，载刘师培《仪征刘申叔遗书》第五册，万仕国点校，扬州：广陵书社，2014，第 2085 页。

他的域外比较研究最主要表现为采取外来新知重新阐发现有材料的研究思路。王元化说："研究中国文化不能以西学为坐标，但必须以西学为参照系。中国文化不是一个封闭系统。不同的文化是应该互相开放、互相影响、互相吸取的。"① 如此就可以理解刘师培何以能从传统的正名思想、名家名学理论中阐发出归纳、演绎的逻辑学因子，这说明中国名学久已有之：从《周易》的象、爻之训，《公羊》的乱世、升平世、太平世之说中，看到考察世界万象和总结社会规律的社会学方法；从《易》《中庸》等典籍中，找出与西方进化论中"效实""储能"等术语相通的观点，并进而认为周末学派中就有所谓"天演学派"；他将孔子"性相近"说、荀子"性恶说"、孟子"性善说"，告子以食色为性说、道家泯灭善恶之界说，以及管子、墨子论性的言说，都视为中国古代学者对于心理学的研究和探讨，并且勾画出古人由观物到察身的世界观变化轨迹，考察心理学萌芽的原始；他对中国传统的父子有亲、君臣有义、夫妇有别、长幼有序、朋友有信，以及仁、义、礼、智等一套迂腐沉闷、缺乏生机的伦理说教，进行学术意义的伦理学研究，从浩如烟海的诸子言论中，阐发出一系列个人伦理、家族伦理、社会伦理、国家伦理等伦理秩序……这种"认定西方现代的基本价值观念如民主、民权、自由、平等、社会契约等，在中国早已有之，这才是中国的'魂'，不过湮灭已久，必须重新发掘"的做法，是当时一部分学人所认为的解决中国社会困境的途径之一。另一条途径则是刘师培与章太炎等人所宣扬的汉民族西来说，"如中国的人种与文化源出西方，那么中国人仍然处于现代世界的中心，而不在边陲"。② 这种说法自有其所产生的时代背景，其荒谬性一望而知，不过，这种理论构建和思维方式，借助熟悉的中国学术资料，有利于当时的读者以不同的眼光重新审视传统道德伦理，使他们能够较为广泛地接触柏拉图、笛卡尔、康德、斯宾塞等众多西方思想家，进而相对较易地理解这些思想家的观点理论，不能不说是一种简单有效的思想启蒙方式，这也是刘师培本人自觉主动的责任担当："前哲立言，

---

① 王元化：《近人学术述林丛书总序》，载劳舒编《刘师培学术论著》，杭州：浙江人民出版社，1998，第 8 页。

② 余英时：《一生为故国招魂——敬悼钱宾四师》，载余英时《钱穆与中国文化》，上海：上海远东出版社，1994，第 23 页。

发端引绪；发挥光大，责在后儒。"①

在语言文字的研究领域，刘师培跳出传统小学的框架，以世界的眼光考察中国的文字。他不仅将汉字与埃及古文和巴比伦楔文进行比较，来佐证指事、象形乃六书起源的观点，还参照西方近代语言学理论，对中国的传统小学进行了近代转换，以"实字"归纳名词和代词，以"虚字"归纳助词、连词和副词，以"半虚实字"归纳动词、名词和形容词，进而提出"编国文课本，当参酌东、西文之法以为之"的主张。②他还从民族主义的研究立场出发，以西方社会学知识为理论背景，通过具体字例的分析，凸显中国文字在字形上的独特优势，进而提出大胆的设想："使世界人民，均克援中土篆、籀之文，穷其造字之形、义，以考社会之起源。此亦世界学术进步之一端也。"③ 这些简单比附、归纳的思路是非常粗浅和想当然的，有其产生的特定时代背景和民族本位主义的主体局限性，但是，他对本民族语言文字的充分自信，和希望通过吸纳西方语言学知识、重视国文课本中的文法知识等途径，来进一步完善、普及国文教育的思路，是有一定的理论价值和启发性的。

### 三　比较文学的研究视野

刘师培借西学知识对中国古代学术理论和传统小学、文学所进行的重新阐释，不能不说是对中国古代学术的一种近代解读，同时也是对因循守旧的传统学术研究方式的反拨和扬弃，散发出清新别样的近代学术研究气息。但刘师培这种以西方学术系统重新建构中国传统学术的尝试，不是对西学的盲目崇拜，而是希望以先进科学的研究思路，重新发掘传统学术的现代光芒，是一种借西学证明中学的保存国学的自觉追求。以刘师培作为主要撰稿人之一的《国粹学报》在发刊词中表明，"借西学证明中学"是"国粹学派"的主要学术目标，这也可以看作刘师培域外比较研究的学术目的。刘氏汇通中外的学术积累在这里得到了充分而灵

---

① 刘师培：《周末学术史序·哲理学史序》，载刘师培《仪征刘申叔遗书》第四册，万仕国点校，扬州：广陵书社，2014，第1509页。

② 刘师培：《国文杂记》，载刘师培《仪征刘申叔遗书》第十一册，万仕国点校，扬州：广陵书社，2014，第4959页。

③ 刘师培：《论中土文字有益于世界》，载刘师培《仪征刘申叔遗书》第十册，万仕国点校，扬州：广陵书社，2014，第4377页。

活的运用和发挥，而这种"借西学证明中学"的中西比较方法，逐渐成为中国近代学术转型时期重要的且易于被理解和接受的研究途径之一。

有必要提及的是，这种借西学证明中学的研究方法，与王国维"取外来之观念与固有之材料互相参证"① 的比较文学方法，在某些方面具有相通之处。虽然在刘师培的具体文学研究理论中，还没有科学系统的比较文学理论和明确自觉的比较文学意识，但是这并不能否认上述有关刘师培比较研究方法的诸多方面，已经体现了一种世界的、现代的比较文学研究的视野。比较文学的研究对象，是跨民族界限或者跨学科界限的各种文学之间的相互关系，包括实际存在于跨民族界限的文学之间的"事实联系"、两个或几个民族的文学之间的内在"价值关系"，以及文学与其他学科之间的"交叉关系"等。② 因此，刘师培以中西兼容的知识储备，站在比较和借鉴的立场上，对比中西的学术、文字、文学乃至文论，进而以一种联系的和比较的方式，在更广的范围内考察文学现象的研究方法，这已经蕴含了比较文学研究的特征和视野。他在戏曲研究过程中，有意识地将中国古代乐歌与西方德育、体育相比照，以中西比较的视野将戏曲的实用性目的与西方近代教育之目的进行比较，认为古人以乐歌感发人民意志的做法与西方重视德育的方式一致，以乐舞增强民力的意图则与西方崇尚体育的传统相似。他曾写有题为《富强基于兴学，应比较中西学派性情风尚之异同，参互损益，以定教育之宗旨论》的短文，从题目上就能发现，他具备了一定的中西比较的研究思路和比较文学的研究方法。

具体而言，刘师培的比较文学研究视野已经涉及比较文学的诸多领域。首先，刘师培以西学证明中学的相关论述，可以算是一种阐发性研究，在中国与西方的观念、理论和方法之间相互印证、相互阐释，其深层思想是一种借西学逻辑来弥补中国学术及语言文字和文学理论的不足，进而使传统学术发扬光大的民族心理。《论文杂记》中以印度佛书经、论、律的三分法比照中国古代书籍中的文言、语和例的研究大致也属阐发性研究。其次，刘师培对文学与其他艺术、文学与其他学科之间的比

---

① 陈寅恪：《王静安先生遗书序》，载《王国维遗书》第一册，上海：上海书店出版社，1983，序一。
② 陈惇、刘象愚：《比较文学概论》，北京：北京师范大学出版社，1988，第19页。

较研究，则是跨学科研究的范围，跨学科研究也叫"科际整合"，是对文学与其他学科之间关系的研究，尽管这是比较文学中一种新兴的学问，但是对这种学问所进行的研究由来已久，西方有莱辛论诗与画的异同，中国则有西晋佛教传入中土时，人们借汉字解释佛学的"格义"之法。刘师培的跨学科研究，涉及文学与绘画、文学与音乐、文学与宗教等方面。最后，刘师培关于文学起源于巫术的研究，既是文学与宗教的跨学科比较研究，也是一种渊源、影响研究。一方面他从影响的实施者角度，肯定巫祝活动对于文学发展的影响；另一方面，他又从影响的接受者角度，反推文学体裁接受巫祝影响的可能，并以颂和铭两种文体为例，阐发文学与宗教的渊源关系："'颂'以成功告神明，'铭'以功烈扬先祖，亦与'祠'、'祀'相联。"① 影响研究的方法在这里得到了较好的运用。值得一提的是，在《中国美术学变迁论》一文中，他以西方美学"真、美、善"三分的理念，引申出中国"美"与"善"互训的传统，指出中国美学由最初"善"的实用之学逐渐向"美"的方向发展的规律，这不能不说是中西比较诗学的体现，即有意识地将中西方不同的文艺理论进行比较，虽然缺乏系统性的理论分析，但达到了以彼见此的比较效果，使读者明白了中国美术观念与西方美术观念之间的内在关联与主要区别。

作为一门独立的学科，比较文学正式产生于 19 世纪下半叶，以 1877 年世界第一本比较文学杂志的出现，1886 年第一本比较文学专著的出版，以及 1897 年第一个比较文学讲座的举办为标志，② 并在发展过程中形成了包括法国学派、美国学派、俄苏学派在内的不同学派。在中国，直至 20 世纪二三十年代，"比较文学"的概念才逐渐明确，开始出现一些有意识的中西比较的著述，如茅盾的《中国神话研究初探》、陈寅恪的《〈西游记〉玄奘弟子故事之演变》、陈诠的《中国纯文学对德国文学的影响》等；一些学者开始翻译国外比较文学学者的专著，如傅东华翻译的罗力耶《比较文学史》、戴望舒翻译的梵·第根《比较文学论》等。因此刘师培在文学研究中，还没有科学、系统的比较文学理论和方法是情理之中的事情，而且，相对于王国维、鲁迅等人自觉、系统的比较文

---

① 刘师培：《文学出于巫祝之官说》，载刘师培《仪征刘申叔遗书》第九册，万仕国点校，扬州：广陵书社，2014，第 3959 页。

② 乐黛云：《比较文学原理》，长沙：湖南文艺出版社，1988，第 17 页。

学研究而言，刘师培的比较文学方法稍显零散肤浅，缺乏体系性。这就难怪在刘氏之前，人们更多关注的是梁启超、严复等人对中外文化的自觉比较；在刘氏之后，人们熟悉的是王国维、郑振铎、朱光潜等学者的比较文学研究。年轻的刘师培在极短的时间内面临、选择、接受丰富多彩的西方理论，加上深厚的家学传统熏陶，所形成的特殊的中国文人式的接受屏幕显示出浮光掠影、复杂紊乱的局面就在所难免，他的比较文学研究也因缺乏系统的比较文学理论、明确的比较文学意识而少有人提及。但是，通过上述分析，我们可以发现一个传统与现代的刘师培，在传统的比较方法和现代的比较文学方法方面都有实践，他对于中西文化的能动互通以及主动比较，正是刘梦溪所谓的"反思传统和回应西学，构成了中国现代学术的思想基底"。[①] 因此，我们不能忽视刘师培在比较研究方面的实践努力在"五四"前夕那段历史背景下的光芒闪烁，这些闪烁着光芒的新方法，正是中国现代学术黎明前的某种征兆和预示，其历史意义或许只有些微甚或是徒然，但其本身的客观价值和意义不容抹去。

## 第三节　"试证西方社会学"的文艺社会学方法

虽然刘师培以文学作品尤其语言形式作为文学研究的理论中心，但是，他丝毫没有否认文学与时代、社会、地理等外部因素的联系，反而既延续传统文论"知人论世"的思想特征，又以敏锐的感受力和贯通的融合力，积极吸纳西方文艺社会学知识，以独具特色的文艺社会学研究方法，有意识地进行了卓有成效的文学理论研究，成为中国文艺社会学近代化的早期践行者。

### 一　关于文艺社会学

文艺社会学作为一门学科，一般认为，其开山之作是法国学者斯达尔夫人于1800年出版的《论文学》一书，该书的全称是《从社会制度与文学的关系论文学》。"社会制度"一词包括政治制度、宗教、社会机

---

① 刘梦溪：《〈中国现代学术经典〉总序》，载刘梦溪主编《中国现代学术经典：黄侃、刘师培卷》，石家庄：河北教育出版社，1996，第58页。

构与设施、风土人情及民族性格等方面，从中可以看出作者的研究目的。正如她在绪论中所说："我的本旨在于考察宗教、风尚和法律对文学的影响以及文学对宗教、风尚和法律的影响。"① 斯达尔夫人将欧洲文学分为南北两派，其中古典主义的南方文学以荷马为鼻祖，浪漫主义的北方文学以莪相为渊源。在书中，她努力用文学以外的因素来解释文学的原则。斯达尔夫人的理论对后来西方文艺社会学的发展有深远的影响。在她之后，法国学者丹纳继承发扬了其理论，并进一步体系化，丹纳在以 1865 年至 1869 年的课堂讲义为基础出版的《艺术哲学》一书中，归纳出了种族、环境、时代三种因素决定文学的著名理论。他认为每件艺术品都不是孤立的，首先它属于某个具体的艺术家，艺术家的个人风格对于作品必定有深切的影响；其次它属于同一时代的艺术派别，某一特定派别的作品具有相似的风格和类似的创作特色；最后，艺术品、艺术家以及艺术流派都属于更广阔的社会背景，社会的风俗习惯和时代经术以一种大背景的方式，共同感染和影响着艺术派别、艺术家，进而影响到艺术品，因此，"要了解一件艺术品，一个艺术家，一群艺术家，必须正确地设想他们所属的时代的精神和风俗概括"。② 可见，西方文艺社会学自 19 世纪初正式形成至 19 世纪下半叶，已逐渐发展成为一门成熟的理论学科。

中国古典文论历来就有知人论世的社会学批评传统意识，并且有一定的理论表述和批评实践。所谓"知人论世"，就是在研究艺术作品时，重视对艺术家及其所处时代环境等社会因素的了解，唯其如此，才能对艺术作品有较全面的评判。《孟子·万章下》云："颂其诗，读其书，不知其人，可乎？是以论其世也，是尚友也。"③ 在孟子看来，如果不能深入全面地了解"其人"，就不能真正理解古人的"诗"和"书"，因为"从修身的目的出发，儒家重视知人，重视交友，在这样的环境中养成自己的仁德之心"④。后人对此加以引申，发展为一种文学批评方法，即要结合作家的为人、处世来更好地理解其创作的作品。这是中国古代学者对于文学作品与作家关系的初步探讨。这一思想与孔子"有德者必有

---

① 〔法〕斯达尔夫人：《论文学》，徐继曾译，北京：人民文学出版社，1986，第 12 页。
② 〔法〕丹纳：《艺术哲学》，傅雷译，北京：人民文学出版社，1997，第 7 页。
③ 《孟子》，赵岐注，北京：中华书局，1998，第 87 页。
④ 张伯伟：《中国古代文学批评方法研究》，北京：中华书局，2002，第 11 页。

言"的观点相通，因为在传统"诗言志"的文学观中，文学是对作家思想道德的直接反映和具体传达。这种对作品与作家关系的强调逐渐形成了"文如其人""诗品即人品"等批评观念，作家的为人、个性、品德乃至才情都被认为会对作品的风格、特征产生重要影响。因此，《文心雕龙·体性》篇指出："各师成心，其异如面。"① 孔子也强调，不能简单地"听其言而信其行"，必须要"听其言而观其行"②，力求多方面获取信息，从而全面了解人物，从简单之"信"到全面之"观"，显示出观察研究、分析归纳的主动意识，只有这样，才能拨开外在表层的"其言"，透视内在"其行"的真实面貌。司马迁在《史记·孔子世家》里所说的"余读孔氏书，想见其为人"③，正是从这个角度展开对作家与作品之间关系的分析。通过对文学作品的深入解读，可以加深对作家思想的深刻认识，反之亦然。作家自身的道德情怀、学识能力，也被认为是影响其创作水平的决定性因素，正如沈德潜所言"有第一等襟抱、第一等学识，斯有第一等真诗"。④"襟抱"和"学识"成为作家从事创作的根本前提。司马迁的《屈原贾生列传》可以说是从文艺社会学角度进行作家作品研究的典范。他直抒自己的观点："屈平之作《离骚》，盖自怨生也"，贾谊"伤悼之，乃为赋以自广"⑤。这种传统在魏晋期间由于受到当时社会品藻人物风气的影响，得到长足发展，批评者更加重视从作家才情的角度评论作品，与时代审美趣味相接。另外，《毛诗正义·毛诗序》有言："治世之音安以乐，其政和。乱世之音怨以怒，其政乖。亡国之音哀以思，其民困。"⑥ 这是对文学与社会风气和时代政治关系的论述，《文心雕龙·时序》篇详细论述了文学风尚的高下流变："文变染乎世情，兴废系乎时序。"⑦《隋书·文学传序》描述了文学艺术与地理环境的某些关联："江左宫商发越，贵于清绮；河朔词义贞刚，重乎气质。气质则理胜其词，清绮则文过其意。理深者便于时用，文华者宜于咏歌。

① 刘勰：《文心雕龙注释》，周振甫注，北京：人民文学出版社，2002，第308页。
② 《论语》，朱熹集注，金良年导读，胡真集评，上海：上海古籍出版社，2007，第40页。
③ 司马迁：《史记》第六册，北京：中华书局，2013，第2344页。
④ 沈德潜：《说诗晬语》，王宏林笺注，北京：人民文学出版社，2011，第14页。
⑤ 司马迁：《史记》第八册，北京：中华书局，2013，第3010页。
⑥ 《四库家藏·毛诗正义》，济南：山东画报出版社，2004，第9页。
⑦ 刘勰：《文心雕龙注释》，周振甫注，北京：人民文学出版社，2002，第479页。

此其南北词人得失之大较也。"① 明代不少戏曲理论家也经常论及南北戏曲的不同风格，王世贞说："北主劲切雄丽，南主清峭柔远"，他认为研究戏曲不分南北的做法会贻笑大方。② 康海认为："南词主激越，其变也为流丽；北曲主慷慨，其变也为朴实。"③ 吕天成则说："杂剧北音，传奇南调。……北里之管弦播而不远；南方之鼓吹簇而弥喧。"④ 到明清之际，这股文艺社会学暗潮得到进一步发展，体现为文论家们以积极入世的精神推重文艺经世致用，不断加强文学与社会的密切关系。

由于受到中国传统文论特点的制约，上述文艺社会学的线索缺乏较为系统的理论凝练，更多表现为非体系化的表述。这种状况随着西方近代文艺思想和社会学著作的大规模输入，在中国近代文论界得到改观，传统的文艺社会学思想在多种因素的推动下，体现出一定的现代性。

## 二　刘师培的文艺社会学研究方法

1904 年，年仅二十岁的刘师培在《甲辰年自述诗》中说："试证西方社会学，胪陈事物信非诬。"并加按语："予于社会学研究最深。"⑤ 表现出对西方社会学的极高研究兴趣。他广泛接触当时译介的西方主要社会学著作，并对斯宾塞和恩格斯的著作予以高度评价："晳种治斯术者，书籍浩博，以予所见，则斯宾塞尔氏、因格尔斯氏之书为最精。"他多次提及和征引达尔文《物种由来》、岸本能武太《社会学》、斯宾塞《社会学原理》和甄克思《社会通诠》等社会学著作。他对社会学的理解是："英人称为 sociology，移以汉字，则为社会学，与 humanism 之为群学者，所述略符。大抵集人世之现象，求事物之总归，以静观而得其真，由统计而征其实。"他所提出的"集"和"观"的社会学方法、"求"与"征"的社会学目标，比较符合社会学的主要特点。同时在他看来，社

① 魏征编《钦定四库全书荟要·隋书》，长春：吉林出版集团有限责任公司，2005。
② 王世贞：《曲藻》，载《王世贞文选》，陈书录、郦波、刘勇刚选注，苏州：苏州大学出版社，2001，第 215 页。
③ 康海：《沜东乐府序》，载《康海散曲集校笺》，陈巍沅校，孙崇涛审订，杭州：浙江古籍出版社，2011，第 3 页。
④ 吕天成：《曲品》，王卓校释，哈尔滨：北方文艺出版社，2000，第 5 页。
⑤ 刘师培：《甲辰年自述诗·五十三》，载刘师培《刘申叔遗书补遗》上册，万仕国辑校，扬州：广陵书社，2008，第 388 页。

会学与他称为"群学"的人类学的内涵是一致的，以社会现象、社会规律为研究对象，以观察、统计为主要研究方法，使学者能实现"推记古今迁变，穷会通之理，以证宇宙所同然"的学术目的①。他将对社会学的认识融会到学术研究中，写出了《论小学与社会学之关系》《论易学与社会学之关系》等跨学科比较研究的文章，他不仅以小学家的严谨给予文学语言以基础性的重视，而且发明"治小学者，必与社会学相证明"的文学语言研究方法，系统研究汉字字音、字形、字义，阐发汉字有益于世界的独特社会学意义，这种将语言文字、文学与教育普及、中国前途等现实社会问题结合起来的研究，不能不说是一种文艺社会学方法论意识的自觉体现。他以这种比较研究的思路，将社会学知识和方法运用到文学研究领域中，形成具有现代意义的文艺社会学研究方法。在以《文化治术之美唐宋并称，然其国力民质之强弱程度迥异，厥故安在论》为题的短文中，他提出问题的思路，正是典型的文艺社会学思想，即为什么唐朝与宋朝在国力、民质等方面迥然有别，却都在文学方面取得了并肩瞩目的成就。刘师培在思维方式和研究方法方面，具有了文艺社会学的自觉意识，充分考察文学演变的进退、由来和产生背景，他感慨有些史学家由于不明社会学之故，对于"治化进退之由来，民体合离之端委"② 等方面语焉不详，认为这样的史实记载是不值得后人学习的。

　　与斯达尔夫人和丹纳的研究思路相似的一个方面是，刘师培也将中国文学分为南方文学和北方文学两大派，并且也从地理环境对文学影响的角度分析两者不同的艺术风格。他在《南北学派不同论》的系列文章中，分别对诸子学、经学、理学、考证学和文学的南北差异进行了细致梳理。其中，《南北文学不同论》一文从研究文学语言入手，与其在阐发 "文"的理念时对文学语言形式美的重视思路一致，他指出从时间角度看，"大抵时愈古则音愈浊，时愈后则音愈清"，从空间角度看，"地愈北则音愈重，地愈南则音亦愈轻"。在时间与空间的网状结构中定位语音的发展规律，得出南北声音既殊，作为语言艺术的南北文学也迥然有

---

① 刘师培：《论中土文字有益于世界》，载刘师培《仪征刘申叔遗书》第十册，万仕国点校，扬州：广陵书社，2014，第 4375 – 4377 页。

② 刘师培：《周末学术史序·社会学史序》，载刘师培《仪征刘申叔遗书》第四册，万仕国点校，扬州：广陵书社，2014，第 1472 页。

别的论点。接着着重考察创作主体的性情素养，认为生于土厚水少的北方之地的作家多尚实际，因而多著记事、析理的实用之文；生于水势浩洋的南方之地的作家往往崇尚虚无，因而较多创作言志、抒情的文章。他按照时间顺序，梳理了中国文学史上北方文学和南方文学的两条风格特征线索（见本章附表）。我们发现，刘师培心目中的北方文学大致偏向崇高、壮美的美学风格，形式粗厉挺拔，气势刚劲峻雄，而南方文学则普遍体现为深远优美的审美特征，文体飘忽淡雅，情志掩抑纤巧。

在具体的梳理过程中，纵向的时间坐标与横向的空间坐标，在整个文学史的背景上清晰明了，同时他不受自设框架的拘束，充分尊重文学自身特征，对无法确切划分南北的隋代文学，用"折衷南体、北体之间，而别成一派"① 加以概括；对一些特殊文本予以特殊分析，如《淮南》之旨近于庄、列，当为南方文学，但是从文体角度看，又近于荀、吕，则为北方文学。在《论文杂记》一文中他还专门对剧曲文学作了南北区分，指出自古以来南剧就保存着纯正的古乐，因此"南方为古乐仅存之地"，而"北方为胡乐盛行之地，故音杂胡乐"。从这一点出发，他更赞许南剧。他进一步将羌笛、胡笳、羯鼓、琵琶、箜篌等少数民族乐器视为"虏乐"，反对"用夷变夏"，提出"音乐改良"的主张。② 可见他不只从地理环境角度区分剧曲的南北，而且从文化差异的角度探讨南北剧曲的差别。且不论其政治主张偏激与否，单是从他对地理环境、文化差异与戏剧文学的相互影响的研究中，就可见其对文艺社会学方法的充分运用。程千帆曾批评刘师培在《南北文学不同论》中的不足，说他"重在阐明南北之始即有异，而未暇陈说其终则渐同，古则异多同少，异中见同；今则同多异少，同中见异"。③ 的确，刘师培的重点是阐释南北文学的不同之处，而较少顾及南北文学最终趋同的发展方向。但实际上，他并没有完全忽视南北文学之间的互相影响和渗透，对南北文学之间的变迁和影响也有所关注，比如，他指出魏晋之际，北方之士大

① 刘师培：《南北学派不同论·南北文学不同论》，载刘师培《仪征刘申叔遗书》第四册，万仕国点校，扬州：广陵书社，2014，第1651页。
② 刘师培：《论文杂记》，载刘师培《仪征刘申叔遗书》第五册，万仕国点校，扬州：广陵书社，2014，第2121页。
③ 程千帆：《文论十笺》，哈尔滨：黑龙江人民出版社，1983，第125页。

规模仿效南文，更有一些南方作家身旅北方，或者使南方轻绮之文逐渐被北方作家所崇尚，或者转习北方劲直诗歌，从而使南北文学的文风为之一变。

与斯达尔夫人和丹纳的研究思想相似的另一个方面是，刘师培同样注重文学所产生的社会状态和作家的精神状态对文学本身的影响和作用，认为要将文学放到它所产生的当时的复杂现实环境中去，才能更好地理解和研究文学。在文艺社会学中，这是一种对文艺的文化环境的研究。刘师培以文艺社会学的视角研究社会时代因素对文学的影响。在论述建安文学变迁的原因时，他指出有社会风气的影响——"建武以还，士民秉礼，迨及建安，渐尚通侻"；有政治浪潮的波及——"魏武治国，颇杂刑名。文体因之，渐趋清峻"；有时代背景的渗透——"献帝之初，诸方棋峙，乘时之士，颇慕纵横。骋词之风，肇端于此"；有统治阶层的提倡——"汉之灵帝，颇好俳词。下习其风，益尚华靡。虽迄魏初，其风未革"；等等。① 这种从社会时代因素角度考察文学变迁的研究方法，拓宽了传统文学研究的一般视域，取得了独树一帜的研究成果。他归纳出的建安文学"清峻、通侻、骋词、华靡"的艺术特色具有高度概括性，直接启发了鲁迅等后人的研究，并被逐渐完善为"魏晋风骨"及"文学自觉时代"等经典文学理论表述。

在研究过程中，他尤其重视历代统治阶层的导向对文学发展的重要作用，指出：曹丕、曹植对文学的提倡，使得魏国文学独冠于吴、蜀，形成了蔚为大观的建安文学；宋、齐、梁、陈文学的兴盛，同样得益于在上者的提倡。据《陈书·文学传》记载："后主嗣业，雅尚文词，傍求学艺，焕乎俱集。每臣下表疏及献上赋颂者，躬自省览，其有辞工，则神笔赏激，加其爵位，是以搢绅之徒，咸知自励矣。"② 可见最高统治者的爱好直接影响了众多臣僚，他们随相附和，蔚为一时文学大观，名贤士人跟风而起，对文学发展推波助澜。统治者对文学的鼓励肯定或直接创作，对文学发展的促进作用是不可估量的，同时他们的文学偏好也影响着文学风格的转向，齐梁时期"世主所崇，非惟据韵，兼重长篇。

① 刘师培：《中国中古文学史讲义》，载刘师培《仪征刘申叔遗书》第十五册，万仕国点校，扬州：广陵书社，2014，第6839页。
② 姚思廉：《陈书》，北京：中华书局，1972，第453页。

诗什既然，文章亦尔。用是篇幅益恢，偶词滋众，此必然之理也"。① 可见六朝文学华靡文风的形成离不开统治阶层的爱好影响，所谓"楚王好细腰，宫中多饿死"。② 此外，特定时期的学说风尚与统治者的提倡一样，也会形成特定的社会心理，从而对文学创作产生影响，正如刘师培所说："一时代有一时代之流行之学说，而流行之学说影响于文学者至巨。"③ 自晋代而起的清谈、讲论之风，经历宋、齐、梁至陈，逐渐对文学语言产生影响，并显著表现为"属词有序，质而有文"的创作特色，文学创作面貌正是反映社会风气和社会心理的风向标。文学生产和传播过程中涉及的社会因素，在相当程度上制约和影响着文学发展的进程和方向，刘师培对此有充分的认识和准确的把握，比如，他独具慧眼地认识到，交通发展对于文学传播具有巨大推动作用。他说："古代之时，北方之地，水利普兴。殷富之区，多沿河水，故交通日启，文学易输……而荆、吴、楚、蜀之间，得长江之灌输，人文蔚起，迄于南海不衰。"④ 在文学发展之链上，这些事件和条件之于文学的影响作用是不容忽视的。

勃兰兑斯评价现代文学批评家圣佩甫时，说他在作品里看到了作家，在书页背面发现了人。刘师培的作家作品研究具有同样的特点，他将作家的性格才情纳入考察视野，认为创作主体的天赋、性情等先天遗传因素会对文学创作产生影响，从而会有"士衡笔壮，故长于碑铭；安仁情深，故善为哀诔"的不同创作风格，即所谓的文如其人。因此作家作品研究"要须以各人之体性、才略为断耳"。⑤ 这种判断说明了作家因不同的气质、性格等因素会形成不同的创作风格，正如曹丕《典论·论文》

① 刘师培：《中国中古文学史讲义》，载刘师培《仪征刘申叔遗书》第十五册，万仕国点校，扬州：广陵书社，2014，第6944页。

② 《墨子·兼爱中》云："昔者楚灵王好士细要，灵王之臣皆以一饭为节，胁息然后带，扶墙然后起。"《墨子》，毕沅校注，吴旭民校点，上海：上海古籍出版社，2014，第61页。

③ 刘师培：《汉魏六朝专家文研究》，载刘师培《刘申叔遗书补遗》下册，万仕国辑校，扬州：广陵书社，2008，第1535页。

④ 刘师培：《南北学派不同论·总论》，载刘师培《仪征刘申叔遗书》第四册，万仕国点校，扬州：广陵书社，2014，第1612页。

⑤ 刘师培：《汉魏六朝专家文研究》，载刘师培《刘申叔遗书补遗》下册，万仕国辑校，扬州：广陵书社，2008，第1517页。

所说："文以气为主，气之清浊有体，不可力强而致。"① 此外，在文艺社会学中，作家的社会出身和家庭背景往往备受关注，因为它们对作家的思想倾向和性格特征都会产生重要影响。刘师培通过对荀粲、王弼、阮籍等作家的研究，肯定了这种影响作用。他在论述荀粲的生平、家庭背景、交游及其善言名理等事迹的基础上点评其文章，可谓知人论世；他梳理由王粲而王业而王弼的文学承继，指出王弼善于诗论的创作是对前辈的一脉相承；他认为阮籍才思敏捷的文章多得自其父元瑜真传；等等。这种父子、家族之间的文学影响，在古代文人中比较普遍，因此他发现出于同一士族的文人，往往是父子兄弟都以能文擅名。他还注重对作家的书信等有关文献的分析，探究文学创作与作家社会经历之间的关系，找寻研究作家作品的佐证。比如，他认为研究陆机与弟弟陆云之间有关文学的书信，会促进对陆机文学特色的研究，进而理解其文章的得失所在。这一研究理念立足于作品产生的时代，依据历史，参考同时代人对作品的感受，确实是作家作品研究的重要方法之一。郭绍虞主编的《中国历代文论选》，在选编和点校了陆机的《文赋》之后，紧跟着就附录了陆云的《与兄平原书》的节录，以供读者深入理解陆机的文学思想，这种做法正是对刘师培文艺社会学观念的直接认同。

在对文学语言、创作主体、文学传播等方面进行社会时代因素影响研究的基础上，刘师培还从文学接受方面进行了社会学研究。他指出白话比文言更易于被读者接受，因此曲比词、小说比古文具有更广的适用性；由于普通读者更喜欢阅读小说、欢迎白话报，因此白话文学更有益于民众教育，且受教育的民众越多，白话文学就会越发达，这是文学接受对于文学创作的积极反馈。不仅如此，文学批评也能刺激文学创作，比如魏代名贤对当时文学之士的评品之词，有力促进了魏代文学的发展，因此研究作家作品要尽可能多地搜集相关的评论文章，从而对研究对象有较全面的了解。在这些评论中，要以与作家作品同时代的批评为准，因为"去古愈近，所览之文愈多，其所评论亦当愈可信也"。② 对于魏晋文学的研究，刘师培尤其看重刘勰的《文心雕龙》和钟嵘的《诗品》，

---

① 《曹丕集校注》，魏宏灿校注，合肥：安徽大学出版社，2009，第313页。
② 刘师培：《汉魏六朝专家文研究》，载刘师培《刘申叔遗书补遗》下册，万仕国辑校，扬州：广陵书社，2008，第1546页。

认为前者是论文之大成，后者是论诗之大成，且两者所见当时之书比后人要全，其评论也更为允当可信。因此在具体的研究中，他经常直接选取这些论著中的重要观点作为论据，比如他以《文心雕龙·才略篇》"精雅"的评语作为研究蔡邕的定论，并作具体阐发，既切合实际、恰如其分，又充分论证、有理有据。

### 三　刘师培文艺社会学方法的现代意义

刘师培的文艺社会学方法在研究思路和理念上，与斯达尔夫人和丹纳还有诸多不谋而合之处。他认为"一代之文，必有宗尚"①，每个时代都有其代表性的文学和文体，这是由于不同时代具有不同的社会风尚以及不同的文学理论，这些都会对当时的文学发展产生深远的影响。所以他在研究中古文学史的过程中，看到了在上者的提倡对文风的导向作用，突出了"声律说""文笔论"等文学观念对文学创作的积极反馈，他坚持"文以时变"，指出文学是发展变化的，不是静止不变的，而且这种变化是自然发展的，有时代的、环境的和自身内部的多重因素。因此他化解《周易》"观乎天文，以察时变；观乎人文，以化成天下"②的说法，提出"观乎人文，亦可以察时变"的观点，指出"欲考中国民气之迁变，当先知中国学风之迁变"③，看到文学学术风尚对社会民风的反向作用，这些观念都在理论上呼应着斯达尔夫人《论文学》的研究主旨。这主要是因为刘师培与斯达尔夫人一样，都受到了孟德斯鸠的理论影响。孟德斯鸠是18世纪法国启蒙哲学家，他的代表作《法意》（又译作《论法的精神》），着重揭示国家制度的起源和法律的本质，突出地理环境对各民族生活、习惯、政治、宗教等方面的决定性作用，是西方"地理环境决定论"的代表理论之一。被视为孟德斯鸠女弟子的斯达尔夫人，在他的理论基础上提炼和明确了更多合理和系统的看法，但是在"地理环境决定论"的观点方面未能超越孟德斯鸠本人，比如她直接以气候的原

---

① 刘师培《中国中古文学史讲义》，载刘师培《仪征刘申叔遗书》第十五册，万仕国点校，扬州：广陵书社，2014，第6961页。
② 《周易》，金永译解，重庆：重庆出版社，2015，第71页。
③ 刘师培：《论古今学风变迁与政俗之关系》，载刘师培《仪征刘申叔遗书》第十一册，万仕国点校，扬州：广陵书社，2014，第4615页。

因来解释北方文学的特点：忧郁、遐想、思想的强烈、对痛苦的深切感受、对自由的热爱、哲理倾向、对乡村和孤寂的爱、对妇女的尊重等。

尽管直至 1909 年，严复所译的七册《孟德斯鸠法意》才全部出版，但早在 1904 年就已经出版了三册，因此刘师培能够在 1905 年发表的《读左札记》中提及此书："晚近数年，晳种政法学术，播入中土。卢氏《民约》之论，孟氏《法意》之编，咸为知言君子所乐道。"① 孟德斯鸠的"地理环境决定论"极大地启发了刘师培的文学研究，比如《孟德斯鸠法意》第十四卷《论法典与其国风土之对待》的第二章"民以风土不齐而气质辄异"，分析寒带与温带、南人与北人在肌体、气质、情感等方面的鲜明差异，以此证明"以土地之肥硗，天时之舒惨，而民之心灵情志，随以大殊"② 的观点。这一理论被刘师培进一步阐发为："盖五方地气有寒暑燥湿之不齐，故民群之习尚悉随其风土为转移。"③ 但是，与孟德斯鸠对地理环境决定作用的强调相比，刘师培更为突出强调的是地理环境对文学发展的影响作用，而不是决定作用，他看到学术交通，即北学由北而输南、南学亦由南而输北的文学迁变现象，指出"南北固非判若鸿沟"，提出"论研究文学不可为地理及时代之见所囿"④ 的理论补充，从而使偏颇的地理环境决定论转化为更为合理的地理环境影响论。地理环境对社会存在和文学发展的重要意义自不待言，但地理环境不是社会存在的决定力量，也不是文学发展的主导因素。刘师培在重视地理环境对文学风格的重要影响作用的同时，能够关注到文学自身的发展规律，以及文学发展与社会环境之间的过渡关系，一定程度上避免了"地理环境决定论"的理论缺陷。

刘师培的文艺社会学方法使其文学思想体现出现代性的光芒，并对紧随其后的现代文学理论研究产生了一定的影响。以他对南北文学别开生面的历史描述为例，钱基博在《现代中国文学史》中的"中古"一节

① 刘师培：《读左札记》，载刘师培《仪征刘申叔遗书》第二册，万仕国点校，扬州：广陵书社，2014，第 833 页。
② 孟德斯鸠：《孟德斯鸠法意》，严复译，北京：商务印书馆，1981，第 307 页。
③ 刘师培：《南北学派不同论·总论》，载刘师培《仪征刘申叔遗书》第四册，万仕国点校，扬州：广陵书社，2014，第 1611 页。
④ 刘师培：《汉魏六朝专家文研究》，载刘师培《刘申叔遗书补遗》下册，万仕国辑校，扬州：广陵书社，2008，第 1544 页。

里，以较多笔墨重新梳理南北文学的发展脉络，而且其理论提炼，正与刘师培关于南北文学发展规律的提炼相吻合：战国以前"是为北方文学全盛时代"；汉代"实南北文学消长之一大枢机"；东晋之后"厥为南方文学全盛时代"；唐代"文起八代之衰"是北方文学中兴的标志；同时钱基博也看到三国时代曹植等北方之士侈效南文的"变例"。① 基本的线索和案例都与刘师培的主要观点暗相契合，可见刘师培关于南北文学的文艺社会学研究思路在这一领域的影响余绪。此外，郑振铎在采用进化论观点写成的《插图本中国文学史》的绪论中说："文学史的主要目的，便在于将这个人类最崇高的创造物文学在某一个环境、时代、人种之下的一切变异与进展表示出来。"他看重作家所处的"时代""人种""种族"方面的特性色彩在文学作品上的"印染"，② 其中明显可见丹纳的环境、时代、种族三要素说的影响，同时也可看出中国现代文艺社会学方法和意识在刘师培之后得到了进一步发展。

总之，文学的演进必须以社会生活的流变为参照，文学思想的产生同样源自社会生活，但是，这样的关系并不能等同于直线式的"反映论"。因此，与中国古典文论相比，刘师培的文艺社会学方法不是单一关注作品与作家或者作品与社会的简单对应关系，而是在社会时代的层面找寻与文学创作、传播、接受、批评等诸多环节息息相关的影响因素，在文艺创作、文艺作品、文艺欣赏、文艺功能乃至文艺消费等环节上都有理论驻足，同时充分重视和运用观察、调查、统计、比较、综合等具体的社会学方法，在文学的外部研究方面可圈可点。这种贯通研究充分体现了有别于笼统的、似是而非的传统文艺社会学研究视角和研究方法，为中国文学研究增添了别开生面的研究视角。他以西方社会学的思想和方法反观中国文学，在知人论世等经典命题的基础上融入西方现代社会学的知识，实践继承本民族固有文化与学习外来文化长处相结合的建设新文化的途径。尽管与西方文论相比，刘师培的文艺社会学方法缺乏相对系统的理论提炼，只是一种较为零散的方法应用和思想意识，但是，他努力从文学与社会的交汇点上审视文学，为文学寻求自然环境、时代

---

① 钱基博：《现代中国文学史》，上海：上海书店出版社，2007，第 19 – 21 页。
② 郑振铎：《插图本中国文学史》，北京：作家出版社，1957，第 4 – 5 页。

背景等参照物，同时紧密结合中国文学的发展历史和自身规律，以立体交叉的眼光宏观把握、考察文学演变，辩证缜密，既为其以"文"为本的文学思想构筑起丰富立体的多维理论空间，也进一步体现出刘师培文学思想在中国近代文论史上所具有的特定地位和意义。

# 附 表 刘师培对南北文学风格特征的论述

| 时期 | 北方文学 | | 南方文学 | |
|---|---|---|---|---|
| | 代表作家/作品 | 风格特征 | 代表作家/作品 | 风格特征 |
| 先秦 | 《尚书》《春秋》 | 记动记言，谨严简直 | 《周南》《召南》 | 构造虚词，不标实迹 |
| | 《礼》《乐》 | 例严辞约，平易不诬 | | |
| | 《易》 | 索远钩深，精义曲隐 | | |
| | 《诗》之《雅》《颂》 | 从容揄扬，雅近典谟 | | |
| 春秋 | 荀卿、吕不韦 | 刚志决理 | 老子 | 杳冥而深远 |
| | | | 庄子、列子 | 其旨远、其义隐 |
| | | | 屈原 | 矢耿介、慕灵修 |
| | | | 墨子 | 浅察炫词，纤巧弄思 |
| 西汉 | 贾谊 | 刚健笃实 | 司马相如《长门赋》《思大人》；枚乘《菟园赋》 | 语多虚设 |
| | 晁错 | 辨析疏理 | | |
| | 董仲舒、刘向 | 平敞通洞，章约句制 | | |
| 东汉 | 孟坚 | 征材聚事，取精用弘 | 王逸 | 取法骚经 |
| | 蔡邕 | 杰格拮撮，俶诡可观 | 应劭、王充 | 近于诡辩 |
| 魏晋 | 建安七子 | 慷慨任气，磊落使才 | 曹植 | 涂泽律切，忧远思深 |
| | 刘琨 | 凄戾之音，出以清刚 | 嵇康、阮籍 | 飘忽峻伕，言无端涯 |
| | 郭璞 | 彪炳之词，出以挺拔 | 左思 | 广博沉雄，慨慷卓越 |
| 晋宋 | | | 颜延之、谢灵运 | 极貌写物，穷力追新 |
| 齐梁 | | | 阴铿、何逊、柳恽 | 以情为里，以物为表 |
| | | | 庾信 | 掩抑沉怨，哀艳之词 |
| | | | 鲍照 | 义尚光大，工于骋势 |
| 梁陈 | 崔浩、高允 | 硗确自雄 | | |
| | 温子升 | 叙事简直 | | |
| | 卢思道 | 发音刚劲 | | |
| 隋 | 折衷南体、北体之间，而别成一派 | | | |
| 唐 | 杜甫、韩愈 | 体峻词雄 | 李白 | 才思横溢 |
| | 高适、常建、崔颢 | 诗带边音，粗厉猛起 | 温庭筠、李商隐 | 缘情托兴 |
| | 孟郊、贾岛、卢仝 | 思苦语奇，缒幽凿险 | 储光羲、孟浩然 | 清言霏屑 |

| 时期 | 北方文学 | | 南方文学 | |
|---|---|---|---|---|
| | 代表作家/作品 | 风格特征 | 代表作家/作品 | 风格特征 |
| 宋 | 苏洵 | 间近昌黎 | 苏轼 | 出入庄、老之间 |
| | | | 叶适、陈亮 | 文体纵横 |
| | | | 陆游、范成大 | 诗词淡雅 |
| 元 | 北人之文，畏缩铺叙以为平同，朴而不文 | | 南人之文，诘屈雕琢以为奇丽，华而不实 | |
| 明 | 七子之诗 | 雄而不沉 | 几社、复社 | 感愤淋漓，悲壮苍凉 |
| | 归有光、茅坤 | 密而不茂 | | |
| 清 | | | 恽敬、恽鹤生 | 治散文 |

# 第三章　刘师培文学思想的传统积淀

恩格斯说:"历史是这样创造的:最终的结果总是从许多单个的意志的相互冲突中产生出来的,而其中每一个意志,又是由于许多特殊的生活条件,才成为它所成为的那样。"① 任何历史和思想的产生都离不开特定的文化背景,刘师培的文学思想同样如此。这其中,中国传统文化背景成为涵养刘师培文学思想的重要基础和理论源泉。刘师培以聪慧的天赋和过人的勤勉,深入体悟中国古代文学遗产和文学理论的精髓,充分承继刘氏家学渊源和扬州学派学养,通过对文学本体的审美观照实现了对传统文学思想的延续与阐发,形成以"文"为核心理念的文学思想体系。

## 第一节　家学传承与扬州学派的潜移默化

### 一　"少承先业,服膺汉学"的家学传承

清道光八年,仪征刘文淇与宝应刘宝楠、丹徒柳兴恩、句容陈卓人等人因不满于《十三经注疏》的研究状况,商议每人分治其中的一经,以求集成完善,他们约定旧注好的就疏明旧注,不好的就改掉旧注。刘文淇专治《左传》,但他在编完《春秋左氏传旧注疏证》一卷就去世了,其子刘毓崧及孙刘寿曾、刘贵曾都继续先业、接力治经,以成愚公移山之势。到刘贵曾之子刘师培出生之时,刘氏家族的《春秋左氏传旧注疏证》虽然只编到襄公四年,而此时的刘氏家族已经是名满天下的"三代传经"之家,刘文淇、刘毓崧以及刘师培之伯父刘寿曾,同列《国史·儒林传》,以经学名于道咸同光年间,并且同为"扬州学派"代表人物。刘师培这一辈叔伯兄弟四人,分别是刘师苍、刘师慎、刘师培、刘师颖,

---

① 《马克思恩格斯选集》第四卷,北京:人民出版社,2012,第605页。

他们的名字中都镶嵌着一个两汉经师的名字，而且名和字相互对应：刘师苍，字张侯，取法汉代御史大夫张苍的名字；刘师慎，字许仲，取法《说文解字》的作者许慎的名字；刘师培，字申叔，据说取法《汉书·儒林传》中的申公之名①；刘师颖，字容季，取法善于《春秋左氏传》的东汉颖容之名。可见刘师培自出生之日，就带着家族的深切厚望以及汉学立场的家学烙印。

本着"束发受《经》，思述先业"②的家学继承理想，刘师培在家传的《左氏春秋》之学上做出了一定的研究成果，并加以传承和发扬，在《国粹学报》《中国学报》等报刊上发表有《春秋左氏传时月日古例考》《春秋左氏传传例解略》《春秋左氏传例略》《尚书源流考》《毛诗札记》《礼经旧说》《春秋古经笺》等系列文化传承文章。"我续祖业治《左传》"③的经学研究成果，彰显出刘师培渊博深厚的家传学说和通达严谨的治学精神，为经学研究梳理出条分缕析的发展脉络。除《左传》以外，刘师培"童蒙学《易》始卦变，爻象昭垂非子虚"④，八岁就开始学习变卦之法，可见他对于《周易》是相当的熟稔，他不仅完成《周易周礼相通考》的比较研究，在《经学教科书》中按时间顺序写有《两汉〈易〉学之传授》《三国南北朝隋唐之〈易〉学》《宋元明之〈易〉学》《近儒之〈易〉学》等对于《易》学研究历史的论述文章，而且还将《周易》知识用于文学研究，写有《易卦应齐诗三基说》的考证文章和论意象关系的《象尽意论》等文章。从刘师培的相关著述中可以发现，除了《易》，他还广泛涉及《诗》《书》《礼》《乐》等几乎所有经典著作，并都有较深的理解和一定的研究。刘师培认为，只有遍通群经才能真正透彻地研究一经，不能仅仅局限于治一经的狭隘范围内而不复参考他经，这种"旁推交通"的家传治经方法，也正是他本人的治学之法。在刘师培的研究视域中，《公羊》与《孟子》、《毛诗》与《荀子》、《周

---

① 赵慎修编著《刘师培·评传作品选》，北京：中国文史出版社，1998，第8页。
② 刘师培：《读左札记》，载刘师培《仪征刘申叔遗书》第二册，万仕国点校，扬州：广陵书社，2014，第829页。
③ 刘师培：《甲辰年自述诗·三十六》，载刘师培《刘申叔遗书补遗》上册，万仕国辑校，扬州：广陵书社，2008，第385页。
④ 刘师培：《甲辰年自述诗·五》，载刘师培《刘申叔遗书补遗》上册，万仕国辑校，扬州：广陵书社，2008，第378页。

易》与《周礼》等诸经之间都有相通交融之处，都是治经者应该贯通了解的研究对象。

清代学术分汉学、宋学两大阵营，所谓"汉学"与"宋学"，主要是指治经领域的汉儒学说和宋儒学说。汉学注重考据注疏，讲究征实，努力恢复儒家经典的本初意义，宋学注重思辨推演，讲究发挥，试图阐发儒家经典的义理所在，汉学与宋学此消彼长、时而对立时而调和的复杂关系贯穿了整个清代学术史。仪征刘氏家族自刘文淇始就尊崇汉学，他非常佩服汉人贾逵、服虔和郑玄对《左传》的注解，刘氏家族的《左传》研究也一直以还原汉儒《左传》注的本来面目为学术目标。"少承先生业，服膺汉学"① 的刘师培，延续了刘氏家族的汉学立场，在学术研究中往往褒汉贬宋，对宋儒以臆说改经的做法表示否定，反对以想象治经的轻率，而称誉汉儒恪守家法的求实态度，认为"汉人循律而治经，宋人舍律而论学"② 是汉宋学术得失的根本所在。但是，较之祖、父辈，刘师培的汉学立场不仅体现为对汉学的认可，而且升华为以客观求实的汉学治学态度对宋学进行了公允求是的理论研究。他不满近人的门户之见，分别评价汉学、宋学的得失，并对汉学和宋学的治学方法进行了精当的概括。他论述汉儒在理、欲、体用、下学上达等义理学研究方面早开其先，宋儒复续其后，但各有侧重，以此说明汉、宋学术之间并非壁垒森严、毫无关联；他通过探讨汉代谶纬和宋代图书之间的源流关系，说明"卦气之占，九宫之法"等无稽之谈并非完全是宋儒的责任，因为汉儒早已提出此说，并中肯地指出宋人在象数学方面超越汉人的几点可取之处，这是一种发展的学术史眼光；他甚至发掘出宋代张载"两不灭，则一不可见，一不可见，则两之用息"③ 等语中，具有与代数正负相消规则暗合之处，宋儒关于水火土石的言论中含有地质学的思想等，这样的理论发掘未免有过度阐释之嫌，但对于矫正近儒片面排斥宋学的简单做法，和客观评价宋代学术的历史地位颇有实效。因此，刘师培尽管在

---

① 陈钟凡：《刘先生行述》，载刘师培《仪征刘申叔遗书》第一册，万仕国点校，扬州：广陵书社，2014，第 32 页。

② 刘师培：《汉宋学术异同论·总序》，载刘师培《仪征刘申叔遗书》第四册，万仕国点校，扬州：广陵书社，2014，第 1586 页。

③ 刘师培：《汉宋学术异同论·汉宋象数学异同论》，载刘师培《仪征刘申叔遗书》第四册，万仕国点校，扬州：广陵书社，2014，第 1601 页。

家学渊源和学术宗尚上大多以汉学为宗，但并不是一概抹杀宋学的成就和价值，这种态度与晚清汉宋调和的总体倾向相一致。

## 二　"寂寞青溪处士家"的文学影响

刘氏家庭四世治经，名满天下，在功名富贵的求仕之途上却举步维艰，没有一官半职，只能做一些编校和幕僚的工作。这个家族正如刘师培所言是"寂寞青溪处士家"，此种说法来自刘文淇的文集名《青溪旧屋文集》。正是这样一个清贫与寂寞的家庭，赋予了刘师培受用一生的学术和精神财富，童蒙时期系统学习的各种学术思想对于刘师培文学思想的影响也是有迹可寻的。他经常在论及楚辞、诗赋等文学创作特色时，深入发掘文本内含的《易》《诗》等典籍踪迹，穷文于经，通过铺陈这些文学作品的思想底蕴来提升它们的文学史地位。这些理论基本功的获得，离不开他少年时期在青溪旧屋时所受的传统教育，这样的系统教育基础，为他获得"国学大师"的称号奠定了坚实的理论准备，为其文学思想注入了充实的理论素养。

另外，作为刘师培重点关注的研究对象，"谣谚二体"也是其家传的研究：其伯父刘寿曾替杜文澜编写的《古谣谚》[①] 中，有其祖父刘毓崧所写的序，序中表达"言为心声，而谣谚皆天籁自鸣，直抒己志，如风行水上，自然成文"[②] 的观点，被刘师培很好地吸收继承，并加以引申发挥，从学理层面对谣谚之体进行了充分的研究，指出由于声音先于文字出现，谣和谚成为最先出现的文学样式，同时以韵语的形式获得较好的传播效果。此外，刘师培还沿袭了前辈的搜集整理传统，于1907年10月30日的《天义报》八、九、十合册上刊登《穷民俗谚录征材启》，并连续刊登了《穷民俗谚录》《平民唱歌集》（又叫《民劳集》）等民间歌谣。在此理论基础上，刘师培进一步阐发出一系列的音韵小学理论，发明文字以右旁之声为主的理论，写有《小学释例》《字义起于字音说》

---

① 据梅鹤孙记载，《古谣谚》乃杜文澜请刘寿曾编辑，计卷授薪，成书后则署杜氏之名。梅鹤孙：《青溪旧屋仪征刘氏五世小记》，梅英超整理，上海：上海古籍出版社，2004，第20–21页。

② 刘毓崧：《古谣谚序》，载郭绍虞主编《中国历代文论选》第四册，上海：上海古籍出版社，2001，第70页。

《原字音篇》等语言学文章，与许慎说字重左旁之形的观点不同，刘氏认为训同音近的字在最初实际上是同一个字，这些从谣谚文体引发的音韵小学研究，为刘师培的文学思想理论奠定了语言学基础。

刘家世代书香，家族门第的学术积累给予少年刘师培润物细无声的滋养。据说在甲辰、乙巳两年间，他曾经由扬州装十余箱书到上海，① 而这两年正是他初至上海，创作激情最充沛、创作成果最丰富的时期，可见家传书籍所承载的传统学术涵养对他的巨大影响和帮助。当他带着鲜明的家学烙印来到上海，投入革命，进入学术界之后，就迅速地展露锋芒，赢得广泛声名。这些殊荣的获得，除了由于刘师培本人在革命阵营中的种种"激烈"表现外，更离不开他身上笼罩的经学世家的光环影响。章太炎在与刘师培相识不久，就写信给他说："仁君家世旧传贾、服之学，亦有雅言微旨，匡我不逮者乎？"② 刘氏家族世代传承的勤勉治学精神和学术家法，是刘师培取得学术成就的源泉所在。据刘师培《先府君行略》回忆，其父刘贵曾"昼劬粪扫，夕篝镫勤读"，"夕裁书牍兼事校雠，漏三下乃休，历十五年如一日"，并且经常教导他："古语有言：'流水不腐，户枢不蠹。'养身之要，是在勤矣。"③ 家族治经的学术思路、方法，以及先辈刻苦发奋的治学精神和学术态度，深刻地融入了刘师培的学术生命中，使他学有帅承、学有根基，从而能够在传统学术规则遭遇冷场的清末时期，以其学术家法的持守受到章太炎的赞许，同时也给唯新是从的当下学术研究以某种启示。这种系统的学术修养和家学的深厚滋养，使刘师培能以一定的理论高度审视文学现象和美学现象，实现从文字到文章的理论跨越，在中国近代文论史和美学史上留下宝贵的理论研究成果。

## 三　"天下文章在吾扬州"的自觉体认

刘师培的文学思想带着鲜明的家学烙印，而扬州仪征刘氏家族的学

---

① 梅鹤孙：《青溪旧屋仪征刘氏五世小记》，梅英超整理，上海：上海古籍出版社，2004，第 16 页。
② 章炳麟：《与刘光汉书一》，载刘师培《仪征刘申叔遗书》第一册，万仕国点校，扬州：广陵书社，2014，第 45 页。
③ 刘师培：《先府君行略》，载刘师培《仪征刘申叔遗书》第九册，万仕国点校，扬州：广陵书社，2014，第 3889 页。

术研究，一般被认为是扬州学派的组成部分，刘师培与刘氏家族、扬州学派之间存在着千丝万缕的密切联系。"扬州学派"的说法早已在清代学者方东树的《汉学商兑》中出现。梁启超也曾提及以焦循、汪中为领袖人物的"扬州一派"。章太炎亦曰："清代经学，自分布之地域观之，最先为苏州（后又分出常州一支），次徽州，又次为扬州，浙江在后。"[①]因此有学者认为"今人爱说的'扬州学派'，才是晚出之说。……实即'扬州学派'一说基本不存在于昔人心中也"[②]，这种表述有待商榷。一般而言，扬州学派是指清代乾嘉之际，继吴、皖二派之后的一个地域性学术流派，是乾嘉考据学派的重要分支，其代表人物大多为扬州府籍学者。柴德赓说："乾隆时经学流派，吴、皖两派之外，还有扬州一派，扬州派以王念孙为首，汪中等和之，各人有各人的成就。"[③] 张舜徽的《清代扬州学记》是系统论述扬州学派的代表性著作，他概括扬州学派的学风为"能见其大，能观其通"，对该学派在自然科学、哲学思想、经学研究等方面的学术成绩进行归纳总结，并且彰扬扬州通儒的"通学"，指出："余尝考论清代学术，以为吴学最专，徽学最精，扬州之学最通。无吴、皖之专精，则清学不能盛；无扬学之通学，则清学不能大。"[④] 但赵航对张舜徽以籍贯划界、定义扬州学派的做法表示不妥，并给出自己的见解："'扬州学派'是形成于清代乾、嘉时期的治经兼及小学的文派。隶属这个文派的学人都具有学术观点比较接近、治学方法又比较一致而成就卓著的共同特点。他们或祖籍扬州，或客寓扬州，充分利用'淮左名都'、'人文会萃'的地理条件而相互切磋，相得益彰，从而成为一代学术之菁华。"[⑤] 此外，王俊义和黄爱平的《清代学术与文化》列专章研究扬州学派，涉及其产生的文化土壤与学术渊源、治学特点和学

---

①　章太炎：《清代学术之系统》，载章太炎、刘师培等《中国近三百年学术史论》，罗志田导读，徐亮工编校，上海：上海古籍出版社，2006，第 36 页。

②　罗志田：《导读：道咸"新学"与清代学术史研究》，载章太炎、刘师培等《中国近三百年学术史论》，罗志田导读，徐亮工编校，上海：上海古籍出版社，2006，第 15 页注释 1。

③　柴德赓：《章实斋与汪容甫》，载柴德赓《史学丛考》，北京：中华书局，1982，第293 页。

④　张舜徽：《清代扬州学记》，扬州：广陵书社，2004，第 2 页。

⑤　赵航：《"扬州学派"散论》，载扬州师范学院学报编辑部、古籍整理研究室编《扬州学派研究》，扬州：扬州师范学院印刷厂，1987，第 11 页。

术影响等方面，认为扬州学派是"稍晚于吴派和皖派，且在学术渊源上
受吴、皖两派的影响，也可以说是从吴、皖两派分化演进出来的一个学
派。……学派成员大都是扬州人，或长期活动于扬州地区，或相互间存
在师承关系，有着共同的学术倾向"。① 关于扬州学派的学术谱系，尹炎
武在《刘师培外传》中提出："扬州学派，盛于乾隆中叶。任、顾、贾、
汪、王、刘开之，焦、阮、钟、李、汪、黄继之。凌曙、刘文淇后起，
而刘出于凌。师培晚出，席三世传经之业。门风之盛，与吴中三惠、九
钱相望。而渊综广博，实龙有吴、皖两派之长。著述之盛，并世所罕见
也。"② 可见，自刘文淇至刘师培，刘氏家族在扬州学派中具有重要地
位，而且刘师培一般被认为是扬州学派的殿军人物。

　　刘师培虽然不到二十岁就离开家乡扬州，此后几乎一直漂泊在外，
直至生命终结，他对这片故土却始终怀有别样的情感。1903 年，刘师培
在离开扬州赴开封参加科举考试之前所写的《留别扬州人士书》中，对
于素以学术称盛的扬州少有超群识见之人的现状深表遗憾，表现了希望
积极促进扬州教育、提升学风，进而求得民族自立的良苦用心，显示出
身处家乡传统教育之中的他，在初步接触全新理念后对扬州教育的反思
和关心。刘师培科举失利、离开扬州、奔赴上海之后，就一直处于四处
奔波的生活状态中，扬州成为他内心挥之不去的乡愁。在离扬州赴上海
的第二年秋天，刘师培游览上海愚园，作诗二首，其中一首云："一角斜
阳倚石幽，萧骚梧竹自鸣秋。无端触我家园梦，归去羞为马少游。"③ 在
扬州东圈门外的青溪旧屋中，有着同样的斜阳、幽石和竹影，似曾相识
的风景勾起他无尽的思乡之情。他对故乡的深厚情结，在《邗故拾遗》
《扬州前哲画像记》等作品中都有进一步的具体体现。"邗"是扬州的别
称，春秋时期吴王夫差于公元前 486 年在扬州开凿邗沟，由此得名。《邗
故拾遗》是刘师培在焦循《邗记八卷》和汪中《广陵散》的基础上，对
明末时期扬州地区一些高人隐士的补充记录，如隐居于甘泉北湖一带的

① 　王俊义、黄爱平：《清代学术与文化》，沈阳：辽宁教育出版社，1993，第 370 页。
② 　尹炎武：《刘师培外传》，载刘师培《仪征刘申叔遗书》第一册，万仕国点校，扬州：
　　广陵书社，2014，第 40 页。
③ 　刘师培：《愚园·其一》，载刘师培《刘申叔遗书补遗》上册，万仕国辑校，扬州：广
　　陵书社，2008，第 440 页。

范荃、罗煜、张天拱，以及宝应的汤廷颂等逸士，借以"彰乡邦节义之盛"①；《扬州前哲画像记》则对由古至今的扬州侠士之风予以彰扬，歌颂白刃在前、甘之如饴的仁人志士，称赞"曹氏博及群书，掇拾丛残，李氏继之，遂开选学之祖，二徐研覃诂故，续浹长之传，虽间失穿凿，要亦博物之雄"的扬州学术传统，推崇"力持学术之平，不主门户之见"的焦循、阮元等人对扬州学术的杰出贡献等。通过对四十一位扬州先贤群体画像的描述，表达刘师培本人对身为扬州后学的自豪和对"生长斯土"的认同感与使命感。② 此外，刘师培在《运河诗》等作品中同样表达了对扬州的乡土深情。刘师培还为刘永澄、孙兰、徐石麒、蔡廷治、朱泽沄等扬州先贤，及全祖望、戴震等或游于扬州或对扬州产生重要影响的学者作传，彰显人物的高风亮节，表现恢宏乡学的深切愿望。不管何时何地，扬州始终是刘师培"回忆儿时清境乐，青灯风雨读奇书"③的衣胞之地，而扬州学派的学术传统早已不着痕迹地融入他的学术生命之中，这一点鲜明地体现为他对扬州学派的内在学术认同。

　　作为扬州学派的殿军人物，刘师培具有以发扬扬州学派为己任的自觉意识，如尹炎武所言："未冠，即耽思著述，服膺汉学，以绍述先业、昌洋扬州学派自任。"④ 他对扬州学派进行详细的谱系梳理，在吴派和皖派之于扬州学派的影响方面，他更加重视皖派学术的直接惠养，皖派经历了由婺源江永到休宁戴震的学术变迁，而扬州学派更多的是对戴震学术的传承，在为戴震所作的传中，刘师培高度概括了戴氏的学术地位及其之于扬州学派的深远影响："戴先生之学，出于婺源江氏；特由博反约，与江氏稍殊。厥后，训诂之学，传之高邮王引之；典章之学，传之兴化任大椿；而义理之学，则江都焦循能扩之。故先生之学，惟扬州之

----

① 刘师培：《邴故拾遗》，载刘师培《仪征刘申叔遗书》第十二册，万仕国点校，扬州：广陵书社，2014，第 5455 页。
② 刘师培：《扬州前哲画像记》，载刘师培《仪征刘申叔遗书》第十二册，万仕国点校，扬州：广陵书社，2014，第 5450 页。
③ 刘师培：《甲辰年自述诗·四》，载刘师培《刘申叔遗书补遗》上册，万仕国辑校，扬州：广陵书社，2008，第 378 页。
④ 尹炎武：《刘师培外传》，载刘师培《仪征刘申叔遗书》第一册，万仕国点校，扬州：广陵书社，2014，第 39 页。

儒得其传，则发挥光大，因吾郡学者之责也。"① 对于戴震学术与扬州学派之间的渊源关系，刘师培进一步指出："戴氏弟子舍金坛段氏外，以扬州为最盛。高邮王氏，传其形声训诂之学，兴化任氏，传其典章制度之学……咸与戴氏学派相符。仪征阮氏，友于王氏、任氏，复从凌氏、程氏问，故得其师说。……甘泉焦氏与阮氏切磋……亦戴学之嫡派也。"但他同时认识到，扬州学派并不只是戴震学术的地域性传承，而是在吴、皖两派的基础上有所发展和超越，并形成自身风格的独立学派，以经学为例："自阮氏以学古跻显位，风声所树，专门并兴。扬州以经学鸣者，凡七八家，是为江氏之再传。黄承吉……凌曙……先曾祖孟瞻先生……宝应刘宝楠……盖乾、嘉、道、咸之朝，扬州经学之盛，自苏、常外，东南郡邑，莫之与京焉，遂集北学之大成。"② 他概括出扬州学派融会贯通、发明新意的重要学术特点，并高度评价以焦循、阮元为代表的扬州学派的学术地位："焦、阮继兴恢绝学，大衢朗朗日重光。"③ 他盛赞高邮王念孙、仪征阮元等学习戴震简直高古的说经之法，认为他们能达到"属辞比事自饶古拙之趣"的效果，而不似那些不善模仿者，"剿袭成语，无条贯之可寻，侈征引之繁，昧行文之法"。④ 由此可见，尽管刘师培后来"交绝于同盟，铤而走投端幕"，但"其学术主张，终不越乎扬州。其校雠之学，固高邮也。其声音之学则本之黄春谷"。⑤ 作为学术大师，刘师培很好地继承和发扬了扬州学派的治学特点和学术遗产。

对于刘师培的学术研究，研究者往往能注意到他与扬州学派之间的渊源，比如有学者认为"扬州学风对刘师培的影响主要体现在两个方面：

---

① 刘师培：《戴震传》，载刘师培《仪征刘申叔遗书》第十二册，万仕国点校，扬州：广陵书社，2014，第 5328 页。

② 刘师培：《南北学派不同论·南北考证学不同论》，载刘师培《仪征刘申叔遗书》第四册，万仕国点校，扬州：广陵书社，2014，第 1636 页。

③ 刘师培：《甲辰年自述诗·四十一》，载刘师培《刘申叔遗书补遗》上册，万仕国辑校，扬州：广陵书社，2008，第 386 页。

④ 刘师培：《论近世文学之变迁》，载刘师培《仪征刘申叔遗书》第十一册，万仕国点校，扬州：广陵书社，2014，第 4930 页。

⑤ 南桂馨：《序六》，载刘师培《仪征刘申叔遗书》第一册，万仕国点校，扬州：广陵书社，2014，第 79 页。

一是以开阔的视野融铸各科,二是以超越的眼光看待清学"。① 而刘师培
对扬州学派的认同与其文学思想之间有怎样的关系,还需要进一步研究。
扬州学派中尽管有汪中、阮元等人进行过出色的文学创作,或者阐发过
较为明确的文学观念,但是归根结底它是一个学术流派,而不是文学流
派,他们以经学和考据研究作为其立派之根本和扬名之所在。刘师培不
仅在学术层面继承了扬州学派的优良传统,而且有效地将这种学术思想
和学派作风转化到文学观念与文学研究之中。他一方面直接吸收了汪中、
阮元等扬州先贤的文学观念,另一方面扬州学派的深厚学术功底也为其
文学思想灌注理论底蕴,使其表述更具逻辑性和理论特色。扬州学派的
代表人物大多学有本原,以汉学相标榜,在修辞用事讲求根据的骈文创
作领域颇有建树,出现了以汪中为代表的著名学者兼骈文家,形成清代
中叶骈文中兴的局面。阮元的"文笔论"和"文言说"进一步为此潮流
擂鼓呐喊,为骈文创作提供理论支持。刘师培赞扬汪中骈文所体现的六
朝骈文传统,说他的创作深得傅亮、任昉的传神三昧和隐秀之致:"为文
别立机杼,上追彦昇,……修短合度,动中自然,秀气灵襟,超轶尘壒。
于六朝之文,得其神理。"② 汪中轻八家重骈偶的创作思想在刘师培这里
得到延续。此外,刘师培本人就是骈体美文创作的高手,诚如南桂馨所
说:"申叔初年充塞报章文字,伸纸疾书,但以饱满畅达为贵;若其经心
刻意之作,则必体仿六朝,浸浸焉上攀汉魏。"③ 刘师培的骈文创作主要
体现在各类书信序文之中,如《孙犊山春湖钱别图序》《〈骈文读本〉
序》《与廖季平论天人书》《与人论文书》等,都是其刻意经心的骈文代
表作,这些步武齐梁的骈文作品,"文采斐然,汪洋恣肆,超轶流俗,篇
篇凝练,堪称晚清大家"。④ 总之,汪中、阮元等扬州学派学者的创作实
践和理论主张之于刘师培文学思想的深刻影响,可以借用南桂馨的表述:
"清三百年骈文莫高于汪容甫;六朝文笔之辨,则以阮文达为最坚。昔周

① 李帆:《章太炎、刘师培、梁启超清学史著述之研究》,北京:商务印书馆,2006,第
  59 页。
② 刘师培:《论近世文学之变迁》,载刘师培《仪征刘申叔遗书》第十一册,万仕国点
  校,扬州:广陵书社,2014,第 4931 页。
③ 南桂馨:《序六》,载刘师培《仪征刘申叔遗书》第一册,万仕国点校,扬州:广陵书
  社,2014,第 78 – 79 页。
④ 冯永敏:《刘师培及其文学研究》,台北:文史哲出版社,1992,第 301 页。

书昌、程鱼门论定文章，称桐城为天下正宗。申叔承汪、阮风流，刻意骈俪，尝语人曰：'天下文章在吾扬州耳！后世当自有公论，非吾私其乡人也。'"①

## 第二节　楚辞、《文选》与《文心雕龙》的文学滋养

### 一　楚辞研究与"宗骚"立场

被刘师培认为是"骈体之先声，文章之极则"的楚辞作品，在刘氏文学思想体系中具有原发性和拓展性的理论地位，是其"宗骚"观点的形成基础。在《文说·宗骚篇第五》中，他分别从艺术风格、表现内容、艺术手法、写作目的以及表达效果等角度，发掘楚辞乃"《易》教之支流""《书》教之微言""《诗》教之正传""《礼》教之遗制""《乐》教之遗意""《春秋》之精义"，同时，从写作背景、表现思想、语言特色和艺术特征等方面，将楚辞与儒家、道家、墨家、纵横家、法家乃至小说家相联系，探讨它们之间的源流演变，指出阅读楚辞，不但有助于读史、考地、考名物，甚至治训诂者都可以开卷有益。②尽管他创作《文说》意在"隐法《雕龙》"，但如此完备系统地论述楚辞，且以《宗骚》为题，其论述隐含了对刘勰《文心雕龙》中《宗经》与《辨骚》篇的某种解构，"是对刘勰所确立的传统'宗经'批评方式的重大变革"③，一定程度上做到了他谦称不敢为的"竞胜前贤"，而且在文体学意义上，足以启瀹后学在楚辞、骚赋文体上的进一步认识和把握。因为对楚辞有着深厚的偏爱之情，刘师培在感慨楚辞版本"六朝而降，异本滋众"的学术状态之时，遍览群书，沉潜古籍，"按条分缀"地撰写了《楚辞考异》一文，显示出对楚辞研读的精深和广博，同时也为楚辞文本传播的准确性和演变性提供了汇总式的研究资料。

① 南桂馨：《序六》，载刘师培《仪征刘申叔遗书》第一册，万仕国点校，扬州：广陵书社，2014，第78页。
② 刘师培：《文说·宗骚篇第五》，载刘师培《仪征刘申叔遗书》第五册，万仕国点校，扬州：广陵书社，2014，第2075–2078页。
③ 毛新青：《刘师培与中国文论的现代转型》，博士学位论文，山东大学，2007，第73页。

另外，楚辞也是刘师培文学创作，尤其是诗词创作的重要灵感来源和借鉴对象。他专门写了多篇直接以"读楚辞"或"楚辞"为题的诗，在他看来，"小雅哀音久不作，奇文郁起楚《离骚》"①。屈原《离骚》中的经典意象在他的笔下得到反复化用："惟恐鹧鸪鸣，百草先不芳""众芳摇落休相忆，鹧鸪先鸣不忍闻""幽兰纫佩空相赠，椒椒当帷已不芬"等。这些诗歌抒发了刘师培借怀古而发的郁郁不得志和内心的焦虑彷徨，体现出对屈原的深刻历史体验："千秋梦泽水，犹自悲怀王。"综观刘师培的主要诗词作品，随处可见楚辞对他的影响：有语言风格方面对楚辞的刻意模仿，有思想内容方面对楚辞的有益借鉴，更有对楚辞意境如春在花的高超化用……刘师培认为近世文学由顺康之时的渐趋于实，到乾嘉之际的日趋于朴拙，逐渐走向征实之路，这与他"藻绩成章"的形式标准和以楚辞为范的审美追求背道而驰，因此他感叹近世文学的衰歇，批评空疏的枵腹之徒和富于才藻却流于奇诡的文人学士。正是在这样的文化环境下，"刘师培的诗词作品能够从楚辞这一文学源头学起，承继比兴传统，创作富含情思的诗词作品，足见其眼界之大，起点之高，可谓是当时诗坛上的一股清风"②。

## 二　《文选》底蕴与选学态度

如前所述，刘师培对扬州学派代表人物阮元文学观的大力阐发，是其在文学思想方面所受扬州学派影响的重要体现。作为汉学家，阮元在学术研究方面非常重视汉代儒家对经学的经典阐释，在研究途径方面推崇引经据典的考据论证方法，因而颇为欣赏唐代李善等人对《昭明文选》的汉学研究路径，进而对他们的研究对象《昭明文选》大加赞扬。南朝梁武帝长子萧统编选的《昭明文选》是中国现存最早的一部古代诗文总集。自隋代萧该著《文选音义》以来，对《昭明文选》进行训诂注疏的学者就络绎不绝，逐渐形成专门的"选学"，出现了曹宪、李善等著名的扬州"选学"专家。扬州学派阮元、汪中等人在诗文创作和文论观点方面，都继承并光大了扬州的"选学"传统。阮元还以其居高位的

① 刘师培：《甲辰年自述诗·四十九》，载刘师培《刘申叔遗书补遗》上册，万仕国辑校，扬州：广陵书社，2008，第387页。
② 郭院林、朱德印：《论刘师培诗词对〈楚辞〉的接受》，《云梦学刊》2018年第5期。

有利条件①，在家乡扬州建立隋文选楼，以示对"选学"的推崇备至，从而在扬州一方形成了"选学"浪潮。《昭明文选》以"事出于沉思，义归乎翰藻"的编选标准，实现了对文学语言和文学形式本体强调的理论提炼和选文实践。萧统在《文选序》中所说的"譬陶匏异器，并为入耳之娱；黼黻不同，俱为悦目之玩"②，正是对文学作品辞采和声采的本体审美强调，使语言文字的视觉美感和听觉美感得到多元呈现。阮元曾说："《文选》一书，总周、秦、汉、魏、晋、宋、齐、梁八代之文而存之。世间除诸经、《史记》、《汉书》之外，即以此书为重。"③ 把《昭明文选》视为与诸经经典同等重要，是扬州学派一贯的"选学"理路，"选学"成为扬州学派关于文学本体正统观念的主要理论来源。

《文选》所选作品被阮元视为文学的典范，由此阮元形成了对文学的独特看法，认为形式上对偶、用韵的文章才是真文学，并广泛征引六朝人区别"文"与"笔"的例证。阮元与儿子阮福及学海堂刘天惠、梁国珍等弟子，充分论证"文""笔"之分，明确文学作品必须具备两点标准：一是文必有韵；二是文必尚偶。阮元在《文言说》《文韵说》《书梁昭明太子〈文选序〉后》《四六丛话序》《与友人论古文书》等诸多文章中，充分阐发自己的"文笔论"观点，试图统一中国古代文体学长期以来标准不一的分类做法，强调文必有韵、文必尚偶，指出偶词韵语的文学才能称作"文"，散行之体只能称作"笔"。刘师培在《广阮氏文言说》一文中明确拥护阮元的"文笔论"，彰显文学以"尨彰为主"的独特魅力；在《文章原始》一文中，刘师培以阮元"寡其词，协其音，以文其言，使人易于记诵"的理论，证明"学术授受……必杂于偶语韵文，以便记诵"的观点，说明韵文的发展出于传播的需要；④《论文杂记》一文则通过对箴、铭、碑、颂四种韵文文体的源流考证，印证阮

① 阮元于1789年中进士后，历仕乾隆、嘉庆、道光三朝，由翰林累官至体仁阁大学士。先后任浙江学政，浙江、河南、江西三省巡抚，又任漕运总督，官湖广、两广、云贵总督，加太子太保、太傅衔。
② 萧统：《〈文选〉序》，载萧统主编《昭明文选》，北京：华夏出版社，2000，第2页。
③ 阮元：《文选旁证序》，载梁章钜《文选旁证》，穆克宏点校，福州：福建人民出版社，2000，第9页。
④ 刘师培：《文章原始》，载刘师培《仪征刘申叔遗书》第十一册，万仕国点校，扬州：广陵书社，2014，第4922页。

氏《文言说》所言，诚不诬也。显而易见的是，刘师培的文学思想与阮元的"文笔论"观点有直接的继承关系，程千帆、曹虹说："就文学观点而言，刘师培基本上是承接乡先贤阮元鼓吹'文言'、推崇翰藻的血脉。"①

阮元强调"文""笔"之分的直接动因，是以汉学家的朴学姿态，向以宋学为宗的桐城派古文的反拨和挑战，而刘师培重新拾起阮元的文学观加以发扬光大，并非完全如阮氏一样，是汉宋学派的理论论争，而更多地具有了文学研究的学术色彩。他发明"抑扬咏叹，八音协唱，默契律吕之深"的音律标准，扩大"韵"的外延，为《昭明文选》中选录不押韵文章以及章奏之类"非文学"的问题进行辩护；以《昭明文选》为代表的骈体美文，则被他视为文学作品的典范和"骈文正宗"观的有力论据；他高度评价《文选》作为六朝骈文成就的代表之作在文学史上的地位："故汉、魏、六朝之世，悉以有韵偶行为'文'，而昭明编辑《文选》，亦以沈思翰藻者为'文'。文章之界，至此而大明矣"②；其他以《文选》为正的所进行的文学创作也得到了刘氏的肯定，他说："故《文选》勒于昭明，屏除奇体……体制谨严，斯其证矣。厥后选学盛行，词华聿振。徐、庾迁声于河朔，燕、许振采于关中。排偶之文，于斯为盛。"③ 因此，刘师培的骈文创作和"骈文正宗"等文学观的提出，从近处讲，是阮元、汪中等扬州学派创作实践和文学理论的直接继承；从远源看，既有来自传统语言学的小学基础，又有源自《昭明文选》所倡扬的美文传统，正如刘氏在表明自己的文学宗尚时所说："亦惟甄业许书，课型萧《选》，就励受绳，俾有正諗。庶离词殊号，通其指归；沈思翰藻，得其楷则。"④ 刘师培的文学思想继承和发展了扬州学派的"选学"传统，进一步阐发了汉语言的独特形式之美和沈思翰藻的文学观念，并

---

① 程千帆、曹虹：《〈中国中古文学史讲义〉导读》，载刘师培《中国中古文学史讲义》，程千帆、曹虹导读，上海：上海古籍出版社，第 3 页。

② 刘师培：《论文杂记》，载刘师培《仪征刘申叔遗书》第五册，万仕国点校，扬州：广陵书社，2014，第 2097 页。

③ 刘师培：《文说·耀采篇第四》，载刘师培《仪征刘申叔遗书》第五册，万仕国点校，扬州：广陵书社，2014，第 2073 页。

④ 刘师培：《答贺伯中书》，载刘师培《仪征刘申叔遗书》第十二册，万仕国点校，扬州：广陵书社，2014，第 5154 页。

以此作为民族文学的鲜明特征，同时以周密自洽的理论建构，将这一文学思想系统化。因此钱基博说："仪征阮氏之文言学，得师培而门户益张，壁垒益固。"① 换言之，刘师培的"文笔论"是对阮氏理论的"接着说"，而不是"照着说"，在阮元的基础上有所进步和发展。刘立人总结刘师培对于阮元文学思想的三点进步为：第一，高度赞扬本民族文学的语言特色，并进而以之与外国文学争胜，视界较阮元开阔；第二，更多以"沈思翰藻"为文学的形式特征，而以"情文相生"为文学的"立言之旨"，较阮元更为深刻；第三，对桐城派、文笔派的看法比阮元较为客观。② 这三点还是比较中肯到位的，确实点明了刘师培文学思想之于阮元文笔论观点的提升之处。因此虽然说"刘师培关于文学本质的看法是在对阮元主张的系统阐释基础上形成的"③，但正是这样的"系统阐释"体现了理论的拓展和观念的完善，这既是对先贤前辈的理论致敬，又是在文学理论领域的自主研究和理论建构。有学者评价阮元"文笔论"的先天不足："在'文学是一种语言艺术'的认识上，接近了近代文学观念。但对于'彣彰'的价值，仍然归之于儒家之'道'，审美仍然不能成为文学足以自立的依据，这是阮元'文言说'与现代文学观念不符之处。"④ 而刘师培立足"选学"根基，通过丰富"文"的内在理论层面、彰显"文"的外在审美形式等方式，使其文学理论较之阮元的"文笔论"更加切近现代文学观念的内核。

## 三　"龙学"基础与文论汲取

作为中国最具代表性的古代文论巨著之一，南朝刘勰的《文心雕龙》同样是刘氏家族世代研习的重要经典。刘师培的祖父刘毓崧对《文心雕龙》成书年代的考定"几乎成为'龙学'之定论"，该书还是扬州学派重要的理论来源。因此，"以《文心雕龙》为家学，且身处扬州学

① 钱基博：《现代中国文学史》，上海：上海书店出版社，2007，第 109 页。
② 刘立人：《论刘师培的文学史观》，载扬州师范学院学报编辑部、古籍整理研究室编《扬州学派研究》，扬州：扬州师范学院印刷厂，1987，第 134－135 页。
③ 王济民：《晚清民初的科学思潮和文学的科学批评》，北京：中国社会科学出版社，2004，第 62 页。
④ 马睿：《文学理论的兴起：晚清民初的一份知识档案》，台北：文史哲出版社，2017，第 293 页。

派之中，两者叠加，堪谓强化了刘师培某些核心的文学观念"。① 《文心雕龙》确实使刘师培在文学研究领域获益颇多，他多次盛赞该书是"文学之津筏"② "集论文之大成"③，在《文说·序》中一面谦称"非曰竞胜前贤"，一面表明"隐法《雕龙》"的写作意图，可见他对于这部古典文论著作的崇敬之情，与此同时，《文心雕龙》对其文学思想的生发有着深刻影响，他的主要文学理论著述，如《文说》《中国中古文学史讲义》《论文杂记》等，都大量引用《文心雕龙》原文，借此来佐证和阐发自己的文学思想。

　　本着"历代文章得失，后人评论，每不及同时人评论之确切"④ 的观点，刘师培在六朝文学之时，主要借鉴的是同一时代的刘勰的文学批评理论，在他看来，刘勰对于当时文学的评论是允当可信的，后代的管窥蠡测完全不能与之同日而语。此外，《文心雕龙》中对于文学形式美的理论探索也得到刘师培的重视，他整篇摘引《文心雕龙·声律篇》，一方面用以梳理当时学者对于声律说的理论探索，另一方面印证自己关于文学语言音律问题的理论，同时以刘勰之论与沈约之说相互阐释，来论述永明声律理论的内涵，并且认为理论的提炼和文学自然规律的发展，才是六朝文学讲求声律之美的根本原因。关于文笔论的论述，《文心雕龙·总术》篇"无韵者笔也，有韵者文也"的思路，是刘师培"文""笔"区分的重要理论依据。他先后引用了《文心雕龙》中的《序志》《时序》《才略》《风骨》《章句》等篇章的有关论述，佐证他的文笔区别理论，而且对《文心雕龙》以"文"为名，却包含"文""笔"二体的做法予以解释，指出"当时世论，虽区分'文''笔'，然'笔'不该'文'，'文'可该'笔'。故对言则'笔'与'文'别，散言则

① 汪春泓：《刘师培文学思想概述》，载刘师培《中国中古文学史·汉魏六朝专家文研究》，北京：商务印书馆，2010，第 210 页。
② 刘师培：《文说·序》，载刘师培《仪征刘申叔遗书》第五册，万仕国点校，扬州：广陵书社，2014，第 2053 页。
③ 刘师培：《搜集文章志材料方法》，载刘师培《仪征刘申叔遗书》第十一册，万仕国点校，扬州：广陵书社，2014，第 4950 页。
④ 刘师培：《汉魏六朝专家文研究》，载刘师培《刘申叔遗书补遗》下册，万仕国辑校，扬州：广陵书社，2008，第 1546 页。

'笔'亦称'文'"。①《练字》篇对"鸿笔之徒，莫不洞晓"的赞扬，被刘师培引申为基于小学功底的文学语言观；刘勰论文《宗经》而《辨骚》，对于骚体文学持保守肯定的态度，而刘师培则否认骚体文学异乎经典的观点，确立《宗骚》的态度，突出骚体文学的审美形式特色，可见他对文学形式美特性的本体强调和对刘勰文论思想的超越。他将《文心雕龙》中从第六篇《明诗》到第十五篇《谐隐》，列为十篇有韵之文，从第十六篇《史传》到第二十五篇《书记》，列为十篇无韵之笔，这种做法已经成为"龙学"界的共识。

　　刘师培在北大任教期间撰有《文心雕龙颂赞篇》和《文心雕龙诔碑篇口义》等重要讲义。其中在有关论述诔、碑两种文体的源流和体裁特点的章节中，他引经据典，以文本细读的方式，对《文心雕龙》中有关这两种文体的论述进行了鉴别阐释，并分别以《昭明文选》中所选的曹植《王仲宣诔》等八篇诔文，和蔡伯喈《郭有道碑文》等六篇碑文为例，详加评点，从写作方法、风格特色、体裁变化等多方面予以分析解读，既充分有力地补充了《文心雕龙》的理论描述，又使读者易于形象具体地理解这两种文体的特色和写法，同时在行文之中，提炼出"淡雅""和雅""典雅"等理论范畴，他说"安仁文气疏朗，笔姿淡雅"、蔡伯喈"锤炼甚工，而音节和雅"。"读此篇者，第一应看其叙事繁简适中，第二应看其用字典雅合度，第三应看其音调和谐"。② 在刘师培之后，黄侃继续对《文心雕龙》进行了卓有成效的系统研究，他们二人的研究成果和相关理论影响甚巨，奠定了专门以《文心雕龙》为研究对象的"龙学"基础。

## 第三节　"桐城文章有宗派"的理论借鉴

　　有清一代在学术层面的汉宋之争渗透至文学领域，显著体现为宗汉学的骈文家与宗宋学的桐城古文势力之间的骈散之争。由于扬州学派是

---

① 刘师培：《中国中古文学史讲义》，载刘师培《仪征刘申叔遗书》第十五册，万仕国点校，扬州：广陵书社，2014，第6960页。

② 刘师培：《文心雕龙诔碑篇口义》，载刘师培《刘申叔遗书补遗》下册，万仕国辑校，扬州：广陵书社，2008，第1569–1574页。

一个总体偏向学术层面的派别，所以自阮元至刘师培都侧重从学术研究的角度论证"文"；而桐城派作为一个更为专注文学创作、研究文学理论的文学流派，则更多地从文学创作、欣赏等角度阐述"文"，因此二者多有抵触甚至对立之处。一般认为，作为阮元"文笔论"派忠实信徒的刘师培，在阮氏基础上进一步与桐城派保持对立姿势，但总体而言，刘师培对待桐城派的态度较之阮元相对客观公允，而且刘氏文学思想的完备离不开对于桐城派文论的批判与借鉴。

### 一　刘师培对桐城派的批判

清代汉学家素喜推崇提倡践行而少有著述的颜习斋，桐城派方苞却认为北方学术的衰落自颜氏始。对此，刘师培针锋相对，指出颜习斋恰恰是北方学术的兴起标志，强调颜习斋及其弟子"咸注重躬行，不事空文著述"[1]，既否定了方苞的观点，又解释了颜学著述宁缺毋滥的原因，同时暗含了对桐城派"空文著述"的不满，汉学立场和对桐城派的不满态度可见一斑。刘师培在为汉学家戴震作传时，提及人人皆知的姚鼐欲拜戴震为师而遭拒之事时说："自桐城姚鼐以宋学鸣于时，为先生所峻据，因集矢汉学。桐城文士多和之，致毁失其真。呜乎！夫亦不自量之甚矣。"[2]姚鼐在此似乎成为一个心胸狭隘、恼羞成怒的匹夫。实际上，姚鼐确实有过有失体统的表现，他曾经非常露骨地骂道："儒者生程朱之后，得程朱而明孔孟之旨，程朱犹吾父师也。然程朱言或有失，吾岂必曲从之哉？程朱亦岂不欲后人为论而正之哉？正之可也。正之而诋毁之，讪笑之，是诋讪父师也。且其人生平不能为程朱之行，而其意乃欲与程朱争名，安得不为天下所恶！故毛大可、李刚主、程绵庄、戴东原，率皆身灭嗣绝，此殆未可以为偶然也。"[3]如此恶语相向，实在令人震愕，原本的学术之争逐渐演变为门户之争。

在文学批评方面，刘师培对桐城派的评价使用频率最高的词是"空

---

[1] 刘师培：《幽蓟颜门学案序》，载刘师培《仪征刘申叔遗书》第十二册，万仕国点校，扬州：广陵书社，2014，第5181页。

[2] 刘师培：《戴震传》，载刘师培《仪征刘申叔遗书》第十二册，万仕国点校，扬州：广陵书社，2014，第5328页。

[3] 王章涛：《阮元传》，合肥：黄山书社，1994，第174页。

疏"，这个评价与一般汉学家讥讽宋学家的用语大同小异。刘师培有感于桐城派"摹仿欧、曾，明于呼应顿挫之法，以空议相演；又叙事贵简，或本末不具，舍事实而就空文"的创作缺陷，指出文学创作应该具有充实丰富的艺术真实和雍容华丽的形式气象。他仔细梳理由韩柳而欧阳修、曾巩、王安石、三苏以笔为文的写作，直至桐城古文昌盛的发展流变，指出最初古文兴盛的三点原因，一是为矫正六朝以来的文体之弊，二是出于"文以载道"的需要，三是"宋代以降，学者习于空疏。枵腹之徒，以韩、欧之文便于踏虚也，遂群相效法"。① 第三点原因与他评价桐城派后学的说法如出一辙："枵腹之徒，多托于桐城之派，以便其空疏"②，在他看来，自宋代就已经缺乏的脚踏实地的作文态度，是桐城派"空疏"的滥觞和主要原因。针对桐城派文学的内容空乏无生机、形式单薄不丰满以及作文态度浮夸不踏实的"空疏"之弊端，刘师培明确要求作家要以雅正的作文态度、深厚的文字功底和求精的语言形式，去实现"文"之为"文"的审美本质，避免为文"空疏"，这其中也涉及文学创作传承与模仿的问题。

桐城派反对六朝骈文，姚鼐甚至公开嘲笑："昭明太子《文选》，分体碎杂，其立名多可笑者"，因此"古文不取六朝人，恶其靡也"。③ 阮元则在《书梁昭明太子〈文选序〉后》一文中突发其问、针锋相对："非文者尚不可名为文，况名之曰古文乎?"彻底否定了自韩愈至姚鼐的古文主张。刘师培模仿阮元的思路，以穷源竟流的研究方法，详细考证"文"的最初意义，认为桐城古文只应该称作"笔"，不能以笔冒文。他还对姚鼐《古文辞类纂》中"辞"的用法进行质疑，一方面他指出"辞"与"词"及"文"同义，以《说文》中"词，意内而言外也"的训诂，来揭示"词"与"辞"的含蓄修饰的特征，进而点明偶语韵文才能称作"辞"；另一方面，他又考证本训为"讼"的"辞"，与"意内言外"的"词"本来毫无联系，进而质疑"古文辞"这一名称的合理

① 刘师培:《论文杂记》，载刘师培《仪征刘申叔遗书》第五册，万仕国点校，扬州:广陵书社，2014，第2100页。
② 刘师培:《论近世文学之变迁》，载刘师培《仪征刘申叔遗书》第十一册，万仕国点校，扬州:广陵书社，2014，第4930-4932页。
③ 姚鼐:《〈古文辞类纂〉序目》，载钱仲联主编《姚鼐文选》，周中明选注评点，苏州:苏州大学出版社，2001，第111页。

性。两种不同思路的训诂阐释中，包含着一致的对桐城派文学作品及其文学理论的全盘否定，并且同时强化了刘氏本人对文学审美形式的重视。姚鼐在《古文辞类纂》中只是厌恶六朝文学的华靡，因而不予选录，刘师培却从考证"文""笔"区别的角度，直接否定桐城古文作为"文"和"辞"的资格，从而釜底抽薪般地彻底否定了桐城派的古文理论，甚至刘师培对六朝文学的翻案研究，也是为了对当时的贫乏桐城文风进行拨乱反正的针对性研究，一定程度上影响了当时"天下文章，其出于桐城乎"的至高地位。

## 二　刘师培与桐城派文论的共鸣

尽管刘师培对桐城派文论进行了有力的批判，但是客观上蔚为大观的桐城派文学，以及桐城派学人对文学理论的诸多探讨，还是在刘师培的文学思想中得到了某些方面的理论延续和共鸣。桐城派尊奉程朱道统，承继秦汉以至唐宋八家的文统，以方苞的"义法"说为基本理论，讲究古文创作既要"言有物"，又要"言有序"，主张以井然有序的作品承载程朱理学等道统思想。之后，刘大櫆、姚鼐等人进一步对古文的艺术形式美加以引申，提出"神气"说、"义理、考证、文章"说等创作理论，但根本宗旨还是方苞的"义法"说："义即《易》之所谓'言有物'也，法即《易》之所谓'言有序'也。义以为经而法纬之，然后为成体之文。"①刘师培也强调文学创作要"言有序"，他在《国文杂记》一文中，从儿童国文教育的角度，阐发了对于文学创作方法的看法，认为文学应该有一定的规则，作文也要有一定的循序渐进的章法。他在《论近世文学之变迁》中批评日本文学的冗杂空芜时，指出其无文法可言的缺点。这些都可以看出他并不反对所谓的作文之"法"。但是综观他的文学主张，可以发现他所注重的"法"，更多指向文学的艺术形式，而不是像方苞一样偏重于逻辑形式。方苞所排斥的声律、辞藻、用典等文学形式，恰恰是刘师培孜孜以求的美的形式，因而，桐城派的文法被刘师培认为仅仅是"明于呼应顿挫之法"而无其他。再有，桐城派所言的与

---

① 方苞：《又书货殖传后》，载《方苞集》，刘季高校点，上海：上海古籍出版社，2009，
第 58 页。

唐宋古文家"文以载道"思想一脉相承的"言有物"，大致也没有超越具有特殊规定性的儒家价值系统，尤其是他们大力宣扬的程朱理学缺乏真正有意义的内容，特别是缺乏丰富的情感内涵。

在对创作主体素养的要求上，刘师培与桐城派的观点也有相似与重合之处。有学者在概括桐城派本质特点时指出其维护清朝统治，是文学从属于政治的历史范例。因此，尽管桐城派最有价值的理论在于方苞的"义法"说、刘大櫆的"神气、音节、字句"说、姚鼐的"神理气味、格律神色"说等有关作品内部规律的认识和探讨，但是他们都不忘"文以载道"的历史使命和文论传统，坚持创作者的道德修养要高于文学创作本身。方苞说："有其材，有其学，而非其人，犹不能以有立焉。"①姚鼐说："夫文，技耳，非道也，然古人藉以达道。其后文至而渐与道远，虽韩退之、欧阳永叔，不免病此，况以下者乎？"② 在"载道"的旗号下，他们要求作者首先必须是道德高尚的人，学有余力，在立德、立功之后，才来立言。"有德者必有言"，反之，有言者未必有德，因此，道德事功的标准要远高于文学创作水平，要想创作出符合道德规范的作品，作者的道德修养就必须要符合道德规范。刘师培也很注重创作主体的道德修养，他在《清儒得失论》中将袁枚、赵翼、蒋士铨等文人批判一通，鄙夷之极，说袁枚"以通脱之词便于肆情纵欲，为盲夫俗子所乐从"。袁枚是一个性情中人，与主流的儒家道德规范确实有些格格不入，郭绍虞评价说："他的为人，放诞风流，与旧礼教不相容……他的为诗，淫哇纤佻，与正统派不相容……他的诗话，收取太滥，不加别择……他的为学，随园虽喜博览，也谈考据，然不免芜杂，不免浮浅。"③ 如此风流随意的袁枚等人，当然要受到极重作家主体道德素养的刘师培的指责了。刘师培以"士节之盛衰，学风之进退"的观点批评了许多人，而独独称赞阮元、王引之等纯粹的汉学家。所谓"士节"当是指正统的道德观，他在为孙兰、徐石麟等一系列明末清初之人所作的传中，高度赞扬

---

① 方苞：《答申谦居书》，载《方苞集》，刘季高校点，上海：上海古籍出版社，2009，第164页。

② 姚鼐：《复钦君善书》，载钱仲联主编《姚鼐文选》，周中明选注评点，苏州：苏州大学出版社，2001，第192页。

③ 郭绍虞：《性灵说》，载郭绍虞《郭绍虞说文论》，上海：上海古籍出版社，2000，第199页。

他们的高风亮节和洁身之义。他虽然是从学术的角度要求学者的"士节"，但推而广之，包括文士在内的学者都应该具备高尚的节操。他还看到理论和哲学基础对于作家风格的影响："古人学术，各有专门，故发为文章，亦复旨无旁出，成一家言，与诸子同。"① 立论虽有武断，但确实指出了创作主体的思想水平、哲学基础对于文学风格潜在的影响。因此在他看来，只有审美主体具有渊博的学识、高尚的品德、宽广的胸襟，才能够创作出意蕴深远、风格温厚、品格高雅的文学作品。孔子说："弟子入则孝，出则弟，谨而信，泛爱众，而亲仁。行有余力，则以学文。"② 对文人学者的道德要求是儒家自古以来的准则，在这一点上，身处汉学阵营的刘师培和推崇宋学的桐城派达成了一定的共识。

### 三　刘师培对桐城派文学语言观的扬弃

在文学语言观方面，刘师培对桐城派的相关理论进行了扬弃。刘大櫆的"神气、音节、字句"说和姚鼐的"神理气味、格律神色"说，都涉及了文学语言的理论层面。刘大櫆认为作品的最终目的是达到"神气"的审美意蕴，为了达到此目的，需要通过"音节、字句"的艺术形式作为中介。他在《论文偶记》③ 中论述神气和音节、字句的关系时说：

> 神气者，文之最精处也；音节者，文之稍粗处也；字句者，文之最粗处也；然余谓论文而至于字句，则文之能事尽矣。盖音节者，神气之迹也；字句者，音节之矩也。神气不可见，于音节见之；音节不可准，以字句准之。

从中可以看出由字句而音节而神气的作文渐进顺序。他还进一步指出："积字成句，积句成章，积章成篇，合而读之，音节见矣；歌而咏之，神气出矣。"更加细化了由字到句、由句到章、由章到篇的作文顺序，使得抽象的神气标准变为可行的作文要求。

---

① 刘师培：《论文杂记》，载刘师培《仪征刘申叔遗书》第五册，万仕国点校，扬州：广陵书社，2014，第 2101 页。
② 《论语》，朱熹集注，金良年导读，胡真集评，上海：古籍出版社，2007，第 4 页。
③ 刘大櫆：《论文偶记》，载贾文昭编著《桐城派文论选》，北京：中华书局，2008，第 67 页。

　　刘师培有类似的观点："积字成句，积句成文。欲溯文章之缘起，先穷造字之源流。"① 就作文顺序而言，他的思路与刘大櫆的观点相差无几，讲究从字到句再到文的循序渐进的过程。他们的理论旨趣却大相径庭。刘大櫆强调字句、音节是为了达到作品的神气，字句、音节等外在表现形式只是所谓的"粗处"，是达到神气之"精处"的必经阶段而已。因此，他主张向古人学习作文之法时，要先模仿他们的字句，"古人之音节都在我喉吻间，合我喉吻者便是与古人神气音节相似处"，学会古人的字句、音节，自然就能获得古人的神气。"因声求气"的学文方法，归根结底是为了达到对神化境界心领神会的目的，但必经渠道还是具体的字句和音节。刘师培的由字到句再到文的思路，却是源自他作品本位的文学思想。他认为作品的审美特征最主要体现在文学语言形式的特色方面，他由字的最初起源推导文的本初意义，进而为自己独特的文学观寻求考据学的依据，同时，对文学作品形式美的追求，使他不是将字句等语言形式作为"粗处"看待，而是强调要修饰字词、润饰章句，从而达到文学形式的华美和丰富。刘大櫆认为的"粗处"在刘师培这里成了真正的"精处"，在前者那里从属和服务于"神气"的字句音节，在后者这里占据了作品最重要的本体地位。

　　对于文学语言的要求，方苞认为古义中不可入语录中语。姚鼐也说："世有言义理之过者，其辞芜杂俚近，如语录而不文。"② 刘师培同样不赞成以语录为文的写法，他所说的语录主要指六朝时期以日常事物为话题的禅学辩难，以及明代与演说稿类似的书牍序记等杂文学，这些完全口语化和日常化的语录，与他心目中雅致高远的文学相去甚远。但是他又指出，战国时期口吐莲花的纵横家的语录，与当时的书面文字相差不多，因而可以视为当时的文学作品，而且他强调经过史臣的修饰之后，这些语录之体更加趋于纯粹的文学作品了。他所说的战国时代的语录文学，其实就是郭绍虞所谓"语言型的文学"的来源之一。到汉魏六朝之后，语言与文字分道扬镳，语言更多向通俗浅近的方向发展，这时，无

---

① 刘师培：《文章原始》，载刘师培《仪征刘申叔遗书》第十一册，万仕国点校，扬州：广陵书社，2014，第4920页。

② 姚鼐：《〈述庵文钞〉序》，载钱仲联主编《姚鼐文选》，周中明选注评点，苏州：苏州大学出版社，2001，第289页。

论是专注于发挥文字单音特长的辞赋骈文家，还是努力保持古人语言风格的古文家，都一致将当时的口头语言排除在文学之外。刘师培在《论文杂记》中引用姚鼐的相关言论来佐证自己的文学语言观："崇尚文言，删除俚语，亦今日厘正文体之一端也。"① 可见，在追求语言典雅正统的努力上，刘师培与桐城派有相近的观点。但是，桐城派为求得作品风格的雅洁，对文学语言进行了更加繁复而琐碎的规定，比如方苞强调："南宋、元、明以来，古文义法不讲久矣。吴、越间遗老尤放恣，或杂小说，或沿翰林旧体，无一雅洁者。"并说："古文中不可入语录中语、魏晋六朝人藻丽俳语、汉赋中板重字法、诗歌中隽语、南北史佻巧语。"② 如此一来，文学语言就会越发贫乏枯燥，没有生机，只是一堆传达正统思想的干瘪字句而已。在这一点上，刘师培主张从"文"的根本特征入手，对文学语言进行精雕细琢，使其与毫无艺术修饰的日常口语之间产生审美距离，这样的作文之法就具有了一定的合理性和针对性。

此外，姚鼐针对汉学家的考证注疏指出："为考证之过者，至繁碎缴绕，而语不可了当。"③ 刘师培在学术研究层面，十分注重详尽的考证和注疏，同时以此作为文学论证的有力方法，但是在文学创作层面，他同样反对以注疏为文，从而失去文学特有的性灵的做法。他认为注疏考据的作品与案牍之文一样，形式单一呆板，内容缺乏丰富性，更重要的是，注疏考据所采用的征引和判断等理性方法，并不是文学创作的主要方法，因为文学作为一种审美意识形态，其基本特点不是以概念、定理等形式灌输规定内容，而是用具体、鲜明生动的形象来反映社会生活、表达情感观点，与学术理论用抽象概念反映客观世界的思路截然不同；文学讲究的是非理性的直觉和灵感爆发后形成的审美意象，侧重的是想象、联想、情感等形象思维，与注疏考据的逻辑判断的理性思维大相径庭。刘师培从创作主体的思维方式和创作方法的根本区别上，将注疏之文剔除在文学范畴之外，比姚鼐的简单否定要层次丰富得多。

---

① 刘师培：《论文杂记》，载刘师培《仪征刘申叔遗书》第五册，万仕国点校，扬州：广陵书社，2014，第2106页。

② 《方苞年谱》，载《方苞集》下册，刘季高校点，上海：上海古籍出版社，2009，第890页。

③ 姚鼐：《〈述庵文钞〉序》，载钱仲联主编《姚鼐文选》，周中明选注评点，苏州：苏州大学出版社，2001，第289页。

　　刘师培虽然在学术和文学的层面，从汉学的立场对桐城派进行了有力的批判，极为反对桐城派对六朝文学的偏见，但他对桐城派的诸多方面也加以肯定，比如称他们"昌言讲学"的做法为"举世所难能"；对他们中的佼佼者流露肯定之词："惟姚范校核群籍，不惑于空谈""惟海峰较有思想"等①；在创作风格上，肯定姚鼐的丰约、恽敬的峻拔和曾国藩的博大雄奇……作为与桐城派晚期作家同时代的刘师培有时甚至被认为是桐城派的发展余绪②。因此不难理解在刘师培具体的文论研究中，体现出与桐城派理论的共鸣之处。但是正如他在《甲辰年自述诗》中所称："桐城文章有宗派，杰作无过姚、刘、方。我今论文主容甫，采藻秀出追齐、梁。"③ 真正融入刘师培文学思想中的文化影响，主要还是深厚的刘氏家传以及以汪中、阮元等为代表的扬州学派的氤氲，但是依然不能忽略桐城派文学和理论之于他的客观影响。

　　总之，刘师培的文学思想浸润着丰富多样的文化语境，既有刘氏家族世代治经的文化血脉，又有扬州学派及桐城派前人的理论积淀和创作启发，更有基于传统文学、文论阐扬的理论底蕴支撑。同时他还以"文"的眼光对明末的复社和几社、顺康之交的易堂诸子、余姚黄氏为代表的浙东学者、江淮以南吴越之间的文人学士等，一一做了精到细致的点评，这些传统文化为刘师培形成"文"的基本观念和文论阐发注入了丰富的理论内涵。

---

① 刘师培：《论文杂记》，载刘师培《仪征刘申叔遗书》第五册，万仕国点校，扬州：广陵书社，2014，第 2101 页。

② 艾斐：《论桐城派的艺术流变与美学特征》，载安徽省社会科学院文学研究所等编《桐城派研究论文选》，合肥：黄山书社，1986。

③ 刘师培：《甲辰年自述诗·七》，载刘师培《刘申叔遗书补遗》上册，万仕国辑校，扬州：广陵书社，2008，第 387 页。

# 第四章 刘师培文学思想的时代感染

刘师培所生活的 19 世纪末 20 世纪初，正是近代中国社会处于启蒙与救亡的特定时期，这两大思想主线使当时的文学创作及文学批评以经世致用、宣传教育为主要目的，白话文运动也正当蓬勃兴起之时，此时的文学主潮偏向实用而疏离审美。在此语境下，刘师培的文学思想无可回避地打上了时代的烙印，同时以其独特的文论阐发，体现出对传统理论与西方新学的融合态度，具有一定的现代性意义，也展示了个人政治局限之于文学理论研究的方向性导引，表现出对文学功能和社会现实的当下关注，更折射出中国现代出版业的发展对近代文论转型的重要推动作用。

## 第一节 "西籍东来迹已陈"的西学融合

### 一 西学东渐的时代背景

经过明末清初西学东渐的初步发展，以及鸦片战争期间魏源等开明士大夫对西学的提倡，西方文化在清朝社会逐渐蔚为潮流。中国近代西学传播大致经历了两次高潮，第一次是鸦片战争之后到 19 世纪六七十年代之间，一些有识之士对西方自然科学进行了较为广泛的介绍；第二次是戊戌变法之后到辛亥革命期间，西方社会科学被大规模翻译介绍。第一次西学传播高潮使中国人眼界大开，明白了"师夷长技以制夷"的道理，开始以现实主义的态度接纳近代自然科学成果；第二次西学传播高潮，在更深层次震撼了中国知识分子的思维方式和价值观念，使他们从传统走向现代，成为新型知识分子，在中国近代史上谱写了全新的文化篇章，社会民众对西学的反应，亦随之逐渐由排拒到接纳到倡扬。在第二次西学传播高潮中，西方大量社会科学方面的著作，如雨后春笋般涌入中国，并产生了很大的社会影响。其中具有代表性的译作有严复翻译的赫胥黎《天演论》（1898）、亚当·斯密《原富》（1902）、斯宾塞《群学肄言》（1903）、约翰·穆勒《群己权界论》（1903）、甄克思《社会通诠》（1904）、孟德斯鸠《法意》（1904－1909）、约翰·穆勒《名学》（1905）、耶方斯《名学浅说》（1909）八种译作，以及杨廷栋翻译的卢梭《民约论》（1900－1901）、冯自由翻译的那特硁《政治学》（1902）、马君武翻译的斯宾塞《社会学原理》（1903）等。此外，一些日本学者的社会科学著作也被大量翻译介绍，如樊炳清翻译的桑原骘藏《东洋史要》（1899）、稽镜翻译的高田早苗《国家学原理》（1901）、章太炎翻译的岸本能武太《社会学》（1902）……这些著作与以往输入的自然科学著作主要不同在于，它们不是有关"器"的层面的物质技术，而是关于"道"的层面的世界观、价值观以及方法论、思维方式等。迫切寻求救亡图存之途的中国近代知识分子们，如饥似渴地吸纳一切新鲜的有用的社会哲学思想，以期弥补儒家文化的不足，达到从体制上救国强国的目的。这股翻译热潮带来了中国传统文化和学术的巨大变革，相继出现"诗界革命""文界革命""小说界革命""戏剧革命"等思想浪潮。同时哲学、历史学、经济学、文学理论等全新的学术门类也应运而生，西方的理论体系和理论思想迅速为有识之士采纳利用。

刘师培始于 1884 年的自然生命和以 1903 年来到上海为崭新起始的学术生命，正好契合了这一段西学传播的高潮时期。身处这股来势汹涌的西学译介大潮中的刘师培，为自己不通外文无法及时获得新知表示遗憾，他说："西籍东来迹已陈，年来穷理倍翻新。只缘未识佉卢字，绝学何由作解人。"① 但是，勤勉好学、天资聪颖的他，"东西洋哲学，无不涉猎及之"②。加之自 1896 年起，清政府开始向日本派遣留学生，张之洞等人关于留学日本"路近费省""东文近于中文，易通晓"③ 之类的说法，对当时的青年学生极具诱惑力。1905 年至 1906 年间，在日官费和自费的中国留学生总数近万名。刘师培也于 1907 年至 1908 年间，两次东

---

① 刘师培：《甲辰年自述诗·五十二》，载刘师培《刘申叔遗书补遗》上册，万仕国辑校，扬州：广陵书社，2008，第 388 页。

② 冯自由：《刘光汉事略补述》，载冯自由《革命逸史》第三集，北京：中华书局，1981，第 186 页。

③ 张之洞：《劝学篇》，载赵德馨主编《张之洞全集》第十二册，武汉：武汉出版社，2008，第 155－192 页。

渡日本，而日本又是当时国内西学所由转译的主要来源国，这样的经历使他获得了广泛的西学知识。刘师培在各种著述中能够出入中西之间，显现出中西融合的知识储备以及借西学证明中学的比较研究意识。据李帆统计，刘师培于 1903 年到 1908 年间，发表了大量具有中西交融色彩的论著，涉及社会学、历史学、哲学、政治学、经济学和文学等众多领域，至少征引了五十部西方著作，提到苏格拉底、柏拉图、亚里士多德、笛卡尔、康德、培根、边沁等许多西方与日本学者，这些足以说明他所读的西方著作绝不止这五十部。[①]

但与当时一些醉心欧化者不同的是，刘师培对于西学的积极吸收不是出于盲目崇外的心理，恰恰相反，他是为了借西学证明中学。他所属的国粹派阵营对待西方文化的态度，整体上呈现"向传统文化回归"[②]的倾向，他们要求重新审视并积极肯定传统文化价值，倡言中西会通和弘扬固有文化。刘师培在文学研究领域，以"夷夏之辨"的命题，将此种回归的倾向彰显得尤其鲜明。夷夏观念是儒家传统思想的重要组成部分，体现了文化程度较高的汉族优越感，和对边缘地区其他民族文化的心理排斥。这种在本质上反映民族不平等心理和对立情绪的封建思想，在特定的历史条件下，可以成为民族斗争有力的思想武器。刘师培步入政治之途之始，即倡言排满、发表《攘书》、申述夷夏之辨，为当时的民族革命取得了广泛的社会影响。他指出，两汉时期之所以国力强盛、疆土恢宏，除了兵力强大的军事原因之外，诸儒学者关于内夏外夷的言论思想具有不可忽视的重要作用。强烈的民族主义思想和倾向，使他将内夏外夷认定为中国的立国之基，并赞成以此为出发点的开边战争。他甚至将《周易》中的爻分阴阳理解为贵华夏贱殊族的象征；对虞翻所注《易》、郑玄所注《易》《书》、马融所注《书》、刘向所治《诗》、董仲舒所作《春秋繁露》，乃至于汉儒所辑《礼·王制》和所注《论语》《孝经》都进行了种族学视角的阐发；他还从小学研究的角度，取许慎《说文解字》对"羌""闽""狄""貉"等字的训诂，将少数民族视为羊、蛇、犬、豸等异类，宣称"造字之初，

---

① 李帆：《刘师培与中西学术——以其中西交融之学和学术史研究为核心》，北京：北京师范大学出版社，2003，第 87 页。

② 郑师渠：《晚清国粹派文化思想研究》，北京：北京师范大学出版社，2000，第 28 页。

隐含贱视殊方之义"。① 一言以蔽之，刘师培研究种族学的出发点，是狭隘的民族主义立场，而不是客观求实的学术研究态度，这与当时刘师培的政治思想密切相关。作为一个激进的民族革命战士，他时刻不忘激发人们的排满思想，"攘除清廷，光复汉室"是他这一段时期的嘹亮宣言，因此行文处事往往偏执的他，全方位阐扬尊夏攘夷的民族思想，宣扬他的独特民族学研究成果。另外，夷夏观念还被一些知识分子沿袭运用到对待西学的立场之中，以否定性的眼光俯视来自西方国家的科学技术、人文知识，将外国列强视为"夷"。这种概念的改变和借用，使夷夏之辨成为一部分人抗拒西学的心理依据，但同时也成为另一部分有识之士主张学习西方的策略观点，即在严防夷夏之辨、杜绝用夷变夏的前提之下，实行中体西用的途径和方法。刘师培借西学证明中学的行动，正是在夷夏之辨基础上所进行的中体西用。

## 二　刘师培的中体西用

有学者指出："西学东渐以来，西学就作为一种优势性的参照物持续对中国学术构成压力，无论中国学界的反应是对抗性的还是认同接纳性的，都深度影响了学术发展的目标选择。"② 刘师培正是在这样的大背景中，广泛涉猎新学，运用西方理论思想解释中国传统学术史和文学史，进行了颇具特色的中体西用的文学理论研究。

首先，他以海纳百川的广博胸襟吸纳来自西方的学术分类方法。在刘师培的学术观念中有两个不同的学术体系，一个是中国传统的经、史、子、集无所不包的总体学术框架，这是一个博学的类似现代人文学科的大学术体系，在不同的历史阶段，经学、史学、诸子学、理学、小学等学术分支各领风骚。另一个学术体系则是接受西方学科分类的影响，尤其是受到以前未曾被正眼注视过的声光化电等科学技术的冲击而形成的近代学术谱系，其中既包括传统的文字学、文章学，更多的是以西方全新的学术门类为参考，中西结合形成的心理学、伦理学、

---

① 刘师培：《两汉学术发微论·两汉种族学发微论》，载刘师培《仪征刘申叔遗书》第四册，万仕国点校，扬州：广陵书社，2014，第1566页。

② 马睿：《文学理论的兴起：晚清民初的一份知识档案》，台北：文史哲出版社，2017，第26 - 27页。

社会学乃至理科学、术数学、工艺学、法律学等。这就不难理解刘师培在1905年《国粹学报》上连载的同以"学术"为研究对象的几组文章，其学术分类却分属不同层次的原因所在了，其中，《汉宋学术异同论》是传统的学术分类，包括义理学、章句学、象数学和小学等门类；《两汉学术发微论》和《周末学术史序》则是近代学术分类，涉及政治学、种族学、社会学等方向，以及诸多"欧西""泰西""西人""希腊""伊大利"等国家的新学，可以说是现代学术视野下的中国古代学术史研究。全新的切入视角，使古代学术焕发出与近代融合的时空感和现代性，传统的学术资料也得到了前所未有的崭新阐释，使读者得以从不同的角度重新认识那些原本耳熟能详的诸子学说和经典理论，使这些司空见惯的传统文化得到焕然一新的重新阐发。他自己也说这部学术史研究与前儒常用的学案体例有所不同，不是以人为主，而是以学为主，是以理论分析为主要研究方法的分门别类的纵向学术历史研究。他打破了传统的诸子学研究、经学研究等泾渭分明的学术界限，以西方现代学术分类为参照系，包容接纳各种学派的观点和相关理论，将整个广义的学术史视为有机的整体，进而重新整合梳理。但由于对西方学术即学即用的表层性和断章取义性，刘师培还只停留在较浅的接受与理解层次。因此所谓的周末学术史研究，实际上还是有关诸子学说的研究，很少有对周末社会在政治、军事、经济、法律、教育等方面的专门深入研究，而更多的是从诸子百家的理论言说中归纳提炼，进而阐发出与西方学术精神相吻合的理论观点，并加以整合梳理。从这里可以侧面看出另一种学术倾向，即西方文化中的诸多内容都可以在中国历史和文化经典中找到原型，比如刘师培笔下所谓的"宗教学史"，实际上就是将诸子百家关于宗教方面的言论进行搜集整理，重新划分为孔墨派、老庄派和阴阳术数派，同时以西方学说加以证明某些理论。这是刘师培暂时无法超越的水平，也是当时中国近代学术界的普遍困境，是中国学术转型期的典型案例。

其次，由学术分类而带来的西方学术研究方法使刘师培受益匪浅。他以放眼世界的宏观视野实事求是地指出，中国关于探索研究"群治之进，礼俗之源"方面的专家学者为数不多。因此，在对文学史现象进行理论探索的时候，西方社会学的方法给刘师培提供了崭新的视角，比如他在论及建安文学变迁的缘由之时，正是从社会学的角度进行了充分的剖析，指出汉魏之际，文体特征伴随着社会风气、时代背景和政治因素的影响，呈现出由渐趋清峻、渐尚通侻，进而向骈词、华靡之风发展的演进图像。另外，西方统计学的方法，其实也暗合了他在文学史研究中详细摘录的方法，他以谨严的态度尽可能全面地排列出尽可能多的相关材料，来充分印证自己的观点。因此，在论述了汉魏文学的变迁历程之后，他再次以祢衡等人的十二篇文章为例，细细考证当时文章的变迁之由，使读者有更深入和感性的理解。

最后，刘师培善对比研究中西的学术问题。在探寻学术起源问题时，他以西方国家最初由教会操纵学校，学术亦由教会掌控，后来随着教会势力的日渐衰退，学术也逐渐回归民间的文化历史，来比照中国古代从周代学术出于史官，到后来官学变为私学的学术历史，指出官学变为私学对于促进学术昌盛的重要学术史意义："诸子百家以学相竞，仰观俯察，研精覃思，以期自成其学术。上者深造自得，卓然成家。即有怪奇驳杂，出乎其间，亦足以考思想之迁变，辨古学之源流。识大、识小，虽判浅深，然推显阐幽，足与白民争耀，可不谓学术之昌与？"① 并且认为这种主合的官学，就是西方所谓的归纳学，贵分的私学，就是中国古人所指的演绎派。除此之外，"自《大学》一书，于伦理条目析为修身、齐家、治国、平天下四端，于西洋伦理学其秩序大约相符"。理由是："'修身'为对于己身之伦理，'齐家'为对于家族之伦理，'治国、平天下'为对于社会及国家之伦理"。② 这样，中西不同的理论表述被一一对照列出，可见刘师培确实"尝观泰西学术史"，并加以借鉴吸纳，从而有助于国人更好地理解中国学术史包括文学史。

当然，与严复等人相对完整深入的西学理论体系相比较，"刘师培对西学的理解自然是浅薄的，未能逃离'好依傍'的'痼疾'"，比如中国

---

① 刘师培：《周末学术史序·哲理学史序》，载刘师培《仪征刘申叔遗书》第四册，万仕国点校，扬州：广陵书社，2014，第1498页。

② 刘师培：《两汉学术发微论·两汉伦理学发微论》，载刘师培《仪征刘申叔遗书》第四册，万仕国点校，扬州：广陵书社，2014，第1570页。

传统学术里最缺乏的是逻辑性特征和逻辑学理论,刘师培却认为"逻辑"这个术语早就具有中国本土的理论对应,他以近世西方逻辑学中的归纳和演绎,分别比附荀子的"大共"和"大别",说明名学即逻辑学,在中国历史上久已有之。其实,"逻辑"是在近代中国西学东渐的过程中由严复翻译而来的新名词,刘师培的附会之说可见一斑。不可否认的是,这种论述方式使刘师培的某些言论难免有牵强之感,有过犹不及的遗憾。尽管如此,刘师培并没有回避中国传统文论逻辑性不够的缺陷,同时他又对西方逻辑学深有体会,因此在文论研究中他有意识地取长补短,使古典的文论思想焕发出现代性的光芒,许多看似冲突的材料,经过他的理论转化,成为其理论观点的重要佐证。比如刘氏对于其所梳理的辞采演变史中三代之文对偶之法未严的例子,所给出的解释是:"偶寓于奇,非奇别于偶。虽句法奇变、长短参差,然音律克谐,低昂应节"[1],使"奇"之文学蕴含了"偶"的因素,差强人意,可见其深厚的理论学养和逻辑能力。

此外,尽管刘师培在文论阐述中夹杂了一些即学即用的西方理论知识,使理论表述呈现出一种"不中不西,又中又西;不新不旧,又新又旧""'混合型'、'过渡型'、'转型型'"[2]的思想特色,但他也明确反对将中国旧籍与西方学说附会相证的无稽之谈。归根结底,他是从民族主义的立场,高度评价中国传统学术在当今的丰富内涵,西方学说是其用以证明中学的参照而已,从这个意义来看,刘师培的中体西用"自有其意义所在,即在中国古典学术逐步与西学融合从而迈向现代形态的过程中,刘之简单、肤浅的中西学比附因具有代表性和较易为人接受的特质,可能恰恰发挥了更重要的作用。在这方面,他的'援西入经'和从小学入手接纳西学的方式,能促使经学分化瓦解,有助于近代学术转型"。[3] 作为一名学贯中西的年轻学者,刘师培与同时代的知识分子一样,同时受到来自传统文化和西方学术的思想冲突和深刻影响。当此之

---

① 刘师培:《文说·耀采篇第四》,载刘师培《仪征刘申叔遗书》第五册,万仕国点校,扬州:广陵书社,2014,第2072页。

② 刘桂生:《序二》,载李帆《刘师培与中西学术——以其中西交融之学和学术史研究为核心》,北京:北京师范大学出版社,2003,第6页。

③ 李帆编《中国近代思想家文库·刘师培卷》,北京:中国人民大学出版社,2015,第12页。

时，一些学者选择了新兴的西方文化体系，全盘否定中国传统文化，也有一些学者因循守旧，抗拒西化，视西方文化如洪水猛兽。身处这样的时代大潮中，刘师培的思想不可避免地呈现出多重驳杂之乱，但在具体的文学研究过程中，刘氏表现出不论传统与现代、中国与西方，统统为我所用的广博海纳之势。这样的学术态度和思想方式，还是比较符合历史的发展规律的，是有助于促进中国传统学术研究以及文学理论体系的现代转型和深远发展的。

## 三　中西碰撞中的民族立场

当下的文学理论建设所面临的传统文学及文论现代化的问题，很大程度上受到西方文学理论大举涌入的影响，这就涉及中西文化交流中所谓话语权的问题，这是关系民族文学及文论生存状态的重大问题，同时也是中国自近代以来一直延续的问题。范伯群、朱栋霖说："近代以来，中国文化之所以迫切地取西方文化为参照系，正是因为历时两千余载的中国传统文化迫切地需要改造自我，审时度势地改变自我形象，以崭新的文化面貌回应二十世纪的召唤"，"正是中国文化机体自身需变、思变，才引来西方文化为参照系，在中西文化的碰撞、冲突、对话中寻求自我的文化生路"①。诚然，西方文艺、哲学思潮是中国近代义论尤其是文学革命的重要理论源泉。对中西学术知之颇多的严复曾在《论世变之亟》中如此比较中西文化："中国最重三纲，而西人首明平等；中国亲亲，而西人尚贤；中国以孝治天下，而西人以公治天下；中国尊主，而西人隆民；中国贵一道而同风，而西人喜党居而州处；中国多忌讳，而西人众讥评。"虽然他自称"未敢遽分其优绌"②，当时的西学涌进之势却使一些人产生了欧化主义的倾向，甚至发展为全盘西化、否定传统的极端思想。在全球化进程势如破竹的当下，这种思想倾向得到另一种表现，那就是既抛弃传统理论话语体系的表述方式，又无法实现外来话语的本土转化。曹顺庆等学者将这种现象形象地称为"失语"，认为中国当代文化、当代文论的重要任务，就是要"实现

---

① 范伯群、朱栋霖：《1898－1949 中外文学比较史》上卷，南京：江苏教育出版社，2007，第 36－37 页。
② 王栻主编《严复集》第一册，北京：中华书局，1986，第 3 页。

'西方文论的中国化'，而要实现'中国化'首要的不是处处紧追西方，而应处处以我为主，以中国文化为主，来'化西方'，而不是处处让西方'化中国'"①，同时指出，"在学习西方文论的过程中，应注意中外文化交流中西方文论的异质性。西方文论进入中国文论，要进入中国的文化'场'中，要用中国的文化规则和话语方式进行理解"。②当此之时，回首刘师培面对西学所表现出的"以我为主"的文化重建的主体性，和冷静的借西学证明中学的民族立场，我们不能不体会到某种启示。

　　具体而言，刘师培采用中体西用的方法，不只是为了更好地开展学术理论的本体研究，更主要的是借以激发国人对中国学术、中国文化和中国文学的热爱之情。他一方面是"西方学术思想的积极介绍者"，另一方面又是"运用西方学术思想解释中国古代文化的躬行者"。③关于刘师培借西学证明中学的种种努力，已经在研究其比较的研究方法一节中进行了一定的讨论，从中可以看出其坚定不移的民族立场。此外，在20世纪初期中国知识分子关于"言文合一"问题的讨论热潮之中，创刊于巴黎的宣称无政府主义的刊物《新世纪》，于1908年发表吴稚晖、笃信子等人的文章，宣扬使用所谓"万国新语"或"世界语"而废除汉语。对于此种论调，刘师培予以明确否定，坚决反对废弃中国文字的谬论。他通过对汉字造字之法精审到位的研究，针锋相对地提出，汉字确实存在笔画繁多、语义含混等弊端，但对于作为汉语语言艺术的中国文学而言，汉字具有有益于世界的独特社会学意义。他从社会学和语言学的角度，系统研究汉字的字音、字形、字义，阐发证明"中土之文，以形为纲，察其偏旁，而往古民群之状况，昭然毕呈"，凸显中土文字在字形上的优势，认为通过考察汉字造字的形和义，就可以考社会之起源。指出应当以世界语作为辅助工具，对中国的篆文和籀文进行言与义的转化，并进而将汉字推广于全世界。在刘师培看来，这可谓是世界学术进步的

---

　　① 曹顺庆：《文学理论的"他国化"与西方文论的中国化》，《湘潭大学学报（哲学社会科学版）》2005年第5期。
　　② 曹顺庆、靳义增：《论"失语症"》，《文学评论》2007年第6期。
　　③ 劳舒：《编者叙意》，载劳舒编《刘师培学术论著》，杭州：浙江人民出版社，1998，第3页。

表现之一。这一提法可行与否暂且不论，单就相对那些醉心欧化的人士对于中国文字的彻底否定而言，刘师培对汉字生命力和优越性的宣扬是值得称道的。这种对中国文字的热爱，以及期望中国文字走向世界、征服世界的热情溢于言表。我们也就不难理解他视骈文律诗为华夏民族所独有的澎湃热情了，这一种民族精神足以让那些主张废除汉语的人汗颜。刘师培通过语言系统中的文化信息，发掘出汉语所凝聚的文化价值，他的努力也启发当下的我们在面对西方文论时，需要立足于民族文论、传统文学，有针对、有选择地取舍和改造，而不是一味地全盘吸收，更不是简单地全盘否定。

　　刘师培为了使文学实现"文"的审美特性，主张文学创作要创造一种美的形象，实现一种观赏价值。中国文字与西方抽象字母最主要的不同点在于，汉字本身在音、形、义三方面就体现出具有高度表现力和审美特性的优势。中国文字得天独厚的字音、字形特征最易组合成押韵对偶的文学形式，"这些语言上的特质，可说是本质上倾向于美文的内质之所在，在其他语言中未见，是汉语的特色"①。这种特殊性与汉字极强的情感表现力一起，赋予文学作品华美的形式和婉转的情思，以骈俪为特征的文体最充分最大限度地发挥了汉字音与义的美学特征，因此最有资格成为中华文化的典型代表和中国文学的最佳形式。刘师培正是充分挖掘中国文字在字形、声韵方面的特色，突出汉字在营造排偶骈俪和声调韵律之美方面的独特功能，指出这种美以及传达这种美的文学，是华夏民族文化独有的精神财富，足以代表本民族的美学和文学成就，与外域竞长。他认识到语言形式之美是文学的根本属性，同时加入自己对汉语文字形式美的感悟和发现，精心建立起具有民族自尊和中国特色的文学理论。刘师培从这个角度阐发文学形式美的特征，具有中西文学比较研究意识的萌芽和对传统文化的回归，以及借此与外域文学一较高下的民族自豪心理。他一直密切关注历史上文学在两国交往过程中的作用。由于史臣词令、交通文书体现和代表了一国风范，华夏民族的外交文辞总是力求典雅高贵，充分体现"文"的审美特色。他举例："如陆贾之流，

---

①　〔日〕前野直彬主编《中国文学史》，骆玉明、贺圣遂等译，上海：复旦大学出版社，2012，第 56 页。

以辨士使绝域，而六朝以降，凡奉使通好之臣，皆以文才相高，即将命于外夷者，亦以文学为重。……即北宋使契丹之臣，亦以文学优长者充其选"，从而使"奉使之臣，词翰见珍于绝域。雍容华国，不愧德音"。①在中西文化日益交融的清末民初，刘师培重申骈文正宗的思想正是这一思路的延续，是对传统文化价值的重新阐发。张少康指出："我们感到中国的文艺学缺少中国的气息、中国的特色。"② 如此看来，刘师培的文学思想无疑是一种努力体现民族特色的理论。其理论的建构能力，尤其是对传统文论思维和话语言说方式的继承和转化，对于当下文论界面对西方文论所展现的"失语"症状，对于我们当下的文论建设，不能说没有一定的启发和借鉴意义。

季羡林说："我们中国文论家必须改弦更张，先彻底摆脱西方文论的枷锁，回归自我，仔细检查、阐释我们几千年来使用的传统的术语，在这个基础上建构我们自己的话语体系，然后回头来面对西方文论，不管是古代的，还是现代的，加以分析，取其精华，为我所用。"③ 刘师培立足本土，借西学证明中学，从而予以传统文学以现代因子的文学研究，正是建构自身话语体系的努力。陈雪虎认为，"如何将西学为我用，将西学与中学碰撞会通，激活中国传统，并进行文化会通、解析和重建"，是章太炎从事学术的根本措意所在。④ 在我们看来，与章太炎同时代的，并在学术旨趣方面与章氏互相引为知己的刘师培，其对待西学的立场同样如此。他的这些理论努力，为当下文论建设在面对西方文论的吸收融合问题时，提供了可资借鉴的方法与途径。从这个角度讲，我们对刘师培文学思想的回顾和研究，也可算是对传统文论的检查和阐释，期望能更好地理解传统、构建当下。

---

① 刘师培：《周末学术史序·文章学史序》，载刘师培《仪征刘申叔遗书》第四册，万仕国点校，扬州：广陵书社，2014，第 1546 页。
② 张少康：《古代文论和当代文艺学的建设问题》，载张少康《夕秀集》，北京：华文出版社，1999，第 2 页。
③ 季羡林：《门外中外文论絮语》，《文学评论》1996 年第 6 期。
④ 陈雪虎：《"文"的再认：章太炎文论初探》，北京：北京大学出版社，2008，第243 页。

## 第二节　"未应党祸虑东林"的政治影响

### 一　刘师培的革命生涯及政治心态

刘师培的生命历程虽然只有短短三十余载，却经历了中国近代历史上的数次重要时刻，尤其是 1898 年的戊戌变法、1906—1911 年的立宪运动、1911 年的辛亥革命、1916—1921 年的"五四运动"这四件对中国影响极为深远的"知识分子的运动"①，它们恰好贯穿刘师培人生之路的始终。不过刘师培真正的政治生涯是在 1903 年之后才正式拉开帷幕的。少年刘师培主要是浸润书斋，致力科举以求功名，大体与政治无涉；青年刘师培科举失意，立刻奔赴上海投身革命，此后的人生之路便深刻地融入了政治革命的色彩。然而，他在政治生涯中缺失坚定不移的革命理想，更多的是急功近利的简单狂热，以及不可思议的各种变化：他初入政坛之时，迅速以畅言排满的激烈言辞名噪一时；两年后加入中国同盟会，旋即又转向无政府主义阵营；1904 年，他寄函给湖北巡抚、湖广总督端方，大义凛然地劝其"舍逆归顺"；短短三年之后，他就背信弃义、投诚端方，居心叵测地上书献计，密谋平定革命党人；后来他与杨度、孙毓筠、严复等人为袁世凯复辟推波助澜，更是争议不断的政治败笔……综观刘师培的政治生涯，可谓善始却未能善终。

刘师培何以能在二十岁出头之时就名声大噪，在革命和学术领域都大展头角、声名鹊起？又何以在政治生涯中数次转向和倒退，终至身败名裂？这其中具有复杂的政治生态因素。应当是时代背景和主观条件使其获得了崭露头角的可能和基础。当时的中国社会正渴望呼吁对中国革命和传统文化有进一步的充分认识，复杂多变的政治形势和社会历史，加之刘师培的革命思想导师王郁仁的适时出现，激发了刘师培深藏心底的排满意识和革命热情，他以千斤之笔将这些情感和思想蓬勃喷发而出，恰好满足了当时社会的迫切需要，可以说，如果不是刘师培，也会是别人乘势而起。同时，刘师培具有深厚的家传经学积淀，他以渊博的学识

---

① 张朋园：《清末民初的知识分子（一八九八——一九二一）》，载徐复观等《知识分子与中国》，台北：时报文化出版事业有限公司，1980，第 330 页。

和过人的聪敏，迅速揆时度势，发出了震耳欲聋的排满革命最强音，成为众人瞩目的主角和英雄，实现了自我价值的提升，借用余英时评价胡适的话说："他对自己所要扮演的历史角色不但早有自觉，而且也进行了长期的准备。"① 刘师培同样具有如此的自觉和准备。另外，刘师培汲汲于功名利禄的急切心态，又使他一次次做出错误的选择，正如陈平原所言："作为大学者，刘师培的陷落，并非因其'问政'的激情，而是因其介入社会的心态及手段。"② 这个结论较为迫近刘师培的性格特征，他的初始革命热情激烈澎湃，乃至曾亲自介入行刺清廷大臣王之春的实际行动，只可惜功败垂成，但是这样的突出表现为其获得了很高的声望，就如其自称"激烈派第一人"，这其中的纯粹革命理想和个人出名心切之间，似乎很难说哪一个比例更高。刘师培之后的政治变化和叛变行径，都可以看到个人私利的动机，正如其叔父刘富曾在为他所作的墓志铭中说："厥性无恒，好异矜奇，悁急近利。"③ 刘师培自己也坦言："飞腾无术儒冠误，寂寞清溪处士家""一剑苍茫天外倚，风云壮志肯消磨"。④ 为求"飞腾"，他的"风云壮志"可以表现为民族革命运动中的激烈言论，也可以表现为宣扬无政府主义思想的蓬勃斗志，同样可以表现为借《君政复古论》为袁世凯复辟造势的良苦用心。积极入世、骑墙摇摆的"飞腾"之念，使刘师培一误再误，终至无法回头，可惜可叹。

## 二　政治热情对刘师培学术思想的激发

刘师培一次又一次的失节行为，使他在近代史上的国学大师地位大打折扣，人们不禁要像昔日蔡元培一样感慨："向使君委身学术，不为外缘所扰，以康强其身而尽瘁于著述，其所成就宁可限量？惜哉！"⑤ "外

① 余英时：《重寻胡适历程：胡适生平与思想再认识（增订版）》，台北：联经出版公司，2014，第197页。
② 陈平原：《当年游侠人：现代中国的文人与学者》，北京：生活·读书·新知三联书店，2006，第71页。
③ 刘富曾：《亡侄师培墓志铭》，载刘师培《仪征刘申叔遗书》第一册，万仕国点校，扬州：广陵书社，2014，第37页。
④ 刘师培：《甲辰年自述诗·一/二》，载刘师培《刘申叔遗书补遗》上册，万仕国辑校，扬州：广陵书社，2008，第377页。
⑤ 蔡元培：《刘君申叔事略》，载刘师培《仪征刘申叔遗书》第一册，万仕国点校，扬州：广陵书社，2014，第43页。

缘所扰"与"委身学术"的冲突似乎成为人们为刘师培开脱的主要症结所在，似乎他只适合做一位两耳不闻窗外事的书斋学者，而不是一腔热血驰骋政坛的复杂政客。实则未必如此，甚至恰恰相反，刘师培的学术生命离不开其政治活动的刺激，二者在他身上体现出奇特的如影随形的关系，这一点我们在描绘其生平时已经有所展示，而朱维铮更加直接地指出，或许作为纯学者的刘师培还达不到积极参政的他所达到的成绩。

诚然如此，刘师培正式走上历史舞台的叩门砖，就是一篇篇激扬文字的战斗檄文。《攘书》取"攘夷"之义，宣扬反清排满，包括华夏、夷狄、夷种、苗黎、胡史、溯姓、辨姓、变夏、帝洪、罪纲、史职、周易、孔老、正名等十六篇，篇篇发人深省；《黄帝纪年论》主张摒弃清朝年号，反对康梁以孔子纪年，举起黄帝纪年的大旗，借以"发汉族民族之感觉"，他的主张得到众多革命党人的响应，钱玄同认为刘氏此文乃"民国开国史上之重要文献"[1]；《中国民约精义》编搜《诗》《书》《论语》《孟子》等前圣曩哲的著述，撷取其中与卢梭《民约论》相关的说法，加以阐发引申出中国特色的"民约"传统，比如他认为《国语》中"防民之口，甚于防川"的经典表述，正好契合了《民约论》中关于"必全国中意见相同，然后可不背舆论"的说法等[2]，刘师培因此被视为中国的卢梭。这些文章不仅为刘师培赢得了万众瞩目的革命声望，而且与章太炎的《訄书》《驳康有为政见书》、邹容的《革命军》、陈天华的《猛回头》等著名革命文字一起，为民族革命构筑了空前激烈、振奋人心的文化阵地。刘师培这一时期的文学创作也大多以民族革命为主要题材，诸如《满江红》《昆仑吟》《元旦述怀》等，这些诗文强烈地表达了他"立国首树威，非种当先锄"[3]的排满思想。另据林獬附记所言，刘师培创作洋洋洒洒数千字的《昆仑吟》，只用了两个小时左右。该文"富于历史之知识、种族之思想，字字有根据，而复寓论断于

---

① 刘师培：《黄帝纪年说》，载刘师培《仪征刘申叔遗书》第十一册，万仕国点校，扬州：广陵书社，2014，第4964页。

② 刘师培：《中国民约精义》，载刘师培《仪征刘申叔遗书》第四册，万仕国点校，扬州：广陵书社，2014，第1666页。

③ 刘师培：《元旦述怀》，载刘师培《刘申叔遗书补遗》上册，万仕国辑校，扬州：广陵书社，2008，第137页。

叙事中"①，刘氏卓越的创作才能、深厚的理论功底和高亢的民族情怀都可见一斑。

刘师培的热血文字为民族革命摇旗助威，而革命热情也为他的学术研究和文学思想注入了全新的内容，他深潜其中的政治生涯，客观上为其世代治经的厚重家传生命底色增添了多重色彩。他的学术研究和文学思想变得更为直面当下，思想激变中产生出新旧碰撞、交融互通的现代性转化，同时具有了流动性、可变性和多样性，获得了更多的有效传播。刘师培初入政坛之时广结革命豪杰，与章太炎、张继等人既在政治思想方面互为呼应，同时在文学思想方面也进行良性的互动，主要体现为他与章太炎之间的文学问题考察。这既是学者之间的学术响应，也是中国文学主动自觉的理论内省，是文学思想现代化构建进程的先声预兆。之后的刘师培借助《国粹学报》《中国白话报》等革命报刊的力量，进一步深入阐发了自己的文学思想，获得了广泛的社会传播，产生了一定的文化影响，革命阵地成为他的另一片重要的学术土壤。

## 三　学术与政治中的"不变"与"善变"

朱维铮如此评价刘师培的双重人生轨迹："一行属于学术的，特色是'不变'；另一行属于政治的，特色是'善变'，而且是倒行式的变化。"②这种评价大致不差，暗含着对刘师培政治失节的惋惜之情，研究者亦大多薄其政治失节而厚其学术研究。需要指出的是，在刘师培总体"不变"的勤勉扎实的治学特点之下，其实也有不少"善变"的部分，而这种学术方面的"善变"，同样是政治生涯之于其学术研究的重要影响。这种影响首先体现在学术立场方面，一般认为，刘师培继承了刘氏家族及扬州学派纯粹的汉学立场和经古文家传统，但是与章太炎的学术立场相比，"章的汉学立场更坚定，而刘有时稍近宋学"。③ 这种调和汉宋的学术改变，刚好契合了清代学术以汉宋之争始、以汉宋调和终的主要倾

---

① 刘师培：《昆仑吟》，载刘师培《刘申叔遗书补遗》上册，万仕国辑校，扬州：广陵书社，2008，第 98 页。

② 朱维铮：《〈刘师培论学论政〉序》，载李妙根编《刘师培论学论政》，上海：复旦大学出版社，1990，第 1 页。

③ 罗志田：《导读：道咸"新学"与清代学术史研究》，载章太炎、刘师培等：《中国近三百年学术史论》，罗志田导读，徐亮工编校，上海：上海古籍出版社，2006，第 21 页。

向和时代学术的发展趋势，本质上吻合扬州学派"通"的治学特色。同时在《近儒学术统系论》《清儒得失论》《近代汉学变迁论》等文章中，刘师培比较公正地观察了中国传统学术的脉络和走向，注意到今文学由湖南向四川的走向，体现了扬州学派今古文并存的特色。但正如刘梦溪所言："章太炎、刘师培、黄侃等人采取的古文经学的立场，如同晚清今文经学的代表人物龚自珍、魏源以及康有为一样，学术立场是与政治态度难免情非所愿地纠缠在一起。"① 因此刘师培对经世之学和义理之学"假高名以营利"和"借道德以沽名"的批评，是带有政治态度的，除了是今古文家派别的意识之外，还出于他反清革命的观念，他认为今文家的经世之学更多涉及时政，希望有所作为和有所收获。这种影响和学术转变还体现在刘师培对戴震的评价方面，刘氏对戴震向来是景仰无比的，不仅撰写了《东原学案序》以及包括戴震在内的《六儒颂》以及《戴震传》等激赏之作，尊称戴氏为"戴先生震"，充分赞扬其在小学、音韵学、地理学等方面的成就，及其对扬州学派的深远影响，而当刘师培在政治方向上转向无政府主义之后，则在《天义报》上发表《非六子论》，将戴震等近世巨儒的学说指为"乱政、败俗、蠹民"② 的殃民之说，出口无忌，底线尽失，令人瞠目结舌。

在文学本体论认识方面，孜孜于"文"的雅驯审美意识，是刘师培坚持不变的重要文学思想。但是当他在政治革命宣传之际，面对小说、戏曲等俗文学形式，和白话文浪潮突出的普及大众思想教育功能之时，依然表现出"变"的通达，将通俗文学接纳至文学研究的范围，延展了其文学思想的触角。如此又回归到刘师培投身政治活动的原始动机上来，一旦其为求名利而投身革命的假设成立，那么这些看似纯学术的立场转变亦值得怀疑其纯粹性，难怪陈平原认为刘师培在确定学术方向方面"不乏媚俗以博功名的个人欲望"。③ 此说是否恰当暂且不谈，但政治观念对于其学术价值观的影响，在刘师培身上的体现不容置疑。

---

① 刘梦溪：《〈中国现代学术经典〉序》，载刘梦溪主编《中国现代学术经典——黄侃、刘师培卷》，石家庄：河北教育出版社，1996，第30页。

② 刘师培：《非六子论》，载刘师培《刘申叔遗书补遗》下册，万仕国辑校，扬州：广陵书社，2008，第812页。

③ 陈平原：《当年游侠人：现代中国的文人与学者》，北京：生活·读书·新知三联书店，2006，第78页。

陈平原说："世俗名声与学术贡献不说风马牛不相及，也是关系不大。单纯以学术成就而倾动朝野者，古今中外实为罕见。公众对古音之甄别与制度之考辨，远没有像对现实政治那样感兴趣。"① 正如章太炎是得名于提倡种族革命而不是音韵训诂之学一样，刘师培也是通过《攘书》等激烈的革命言论获得极高的政治声名，但这条能够使他风光无限的政治之路一旦偏向错误的不归途时，同样能够置他于遭受唾弃的下场。令人难以理解的政治失足，使人们在很长时间内对他的学术贡献避而不谈，这大概是刘氏始料未及的。不过，正如我们无法回避刘师培所走过的政治歧路一样，我们同样不能抹杀其爱国、救国之心，革命救国、暗杀救国、教育救国、文学救国……几乎那个时代所有的救国路线他都积极实行过，这种不是空谈理论，而是通过果断采取行动而实现理想的做法，呼应的是东林书院学术遗产继承者们"终于日常恭行实践"② 的实干特色，身处革命浪潮之中的刘师培，表现出"天下兴亡匹夫责，未应党祸虑东林"③ 的毅然决然和崇高理想。诚如冯永敏所言："刘师培一生不像康有为、孙中山、宋教仁等人具有坚定政治信念……以致陷入游移不定，依违两可的尴尬窘境。……处在思潮迅速改变的时代，不满于现实的有识者，往往一本书、一次演说、一个小刺激都会成为转变的契机，刘师培就是这个巨浪滔滔时代的真实记录者。"④ 因此，不管刘师培倾心于政治之途的最初动因是否是为了自身的"飞腾"，我们都无法假设他的政治失节不存在，也不能回避他的政治遭遇对其学术研究以及文学思想产生的折射影响。

徐复观指出："知识分子的性格，首先是关系它所持载的文化的性格。中国文化精神的指向，主要是在成就道德而不在成就知识。因此，中国知识分子的成就，也是在行为而不在知识。"⑤ 这就能够理解，刘师

① 陈平原：《中国现代学术之建立：以章太炎、胡适之为中心》，北京：北京大学出版社，1998，第55页。
② 胡明辉：《青年戴震：十八世纪中国士人社会的"局外人"与儒学的新动向（1740－1750）》，载张寿安主编《晚清民初的知识转型与知识传播》，北京：北京师范大学出版社，2018，第313页。
③ 刘师培：《甲辰年自述诗·五十六》，载刘师培《刘申叔遗书补遗》上册，万仕国辑校，扬州：广陵书社，2008，第389页。
④ 冯永敏：《刘师培及其文学研究》，台北：文史哲出版社，1992，第62－63页。
⑤ 徐复观：《中国知识分子的历史性格及其历史的命运》，载徐复观等《知识分子与中国》，台北：时报文化出版事业有限公司，1980，第202页。

培的政治失节行为何以会严重影响其学术成就和文学思想的应有历史地位。罗志田更加全面地指出："清季民初读书人在社会学意义上从士转化为知识分子似乎比其心态的转变要来得彻底。士与知识分子在社会意义上已截然两分，在思想上却仍蝉联而未断。民初的知识分子虽然有意识要扮演新型的社会角色，却在无意识中传承了士以天下为己任的精神及其对国是的当下关怀。身已新而心尚旧（有意识要新而无意识仍旧），故与其所处之时代有意无意间总是保持一种若即若离的状态。这是民初知识分子的许多行为在当时既不全为时人所理解接受，在今人看来也充满'矛盾'的一个根本因素。"① 从这个角度出发，我们对于刘师培文学思想的研究，应该在客观考察其政治行径对于思想影响的同时，努力避免因政治失节而遮蔽理论光彩，甚至将政治表现与文学思想混为一谈的做法。龚书铎所言不无道理："时代潮流以及他的政治立场、观点，不能不影响其国学研究。因此，研究刘师培的学术，不可能完全与政治分离，作'纯学术'的评析。只有将二者结合，实事求是地探究，才能更合乎实际地评析其学术。"② 只有这样，才能从他多变的外在表现和理论表述中，着重梳理出一条不变的"文"的立场，并细描深研出刘师培文学思想与政治生态的内隐关联。

## 第三节　刘师培与中国现代出版业

刘师培所处的 18 世纪末至 19 世纪初的前后大约三十年的时间，被认为是"中国思想文化由传统过渡到现代、承先启后的关键时代"，因为"在这个时代，无论是思想知识的传播媒介或者是思想的内容，均有突破性的巨变"。③ 这里的传播媒介，主要包括报纸杂志、新式学校及学会等制度性传播媒介的大量涌现，以及新的知识社群的不断出现。此时的中国现代出版业在报纸、杂志和图书等多方面都得到了长足发展并初

---

① 罗志田：《权势转移：近代中国的思想、社会与学术》，武汉：湖北人民出版社，1999，第 206 页。

② 龚书铎：《序一》，载李帆《刘师培与中西学术——以其中西交融之学和学术史研究为核心》，北京：北京师范大学出版社，2003，第 3 页。

③ 张灏：《时代的探索》，台北：中研院、联经出版公司，2004，第 37 页。

具规模。这一时期的现代出版历史上，留下了刘师培风雨兼程的孜孜身影，同时，新兴繁荣的现代出版业也对刘师培文学思想的阐发起到了推波助澜的客观作用。他以极高的热情和极强的才华驰骋于现代出版领域，发表和出版了有关学术、政治、社会、教育等多方面的文章著述。

## 一　刘师培的主要出版活动

自 1858 年中国人自己主办的第一份近代化的中文报纸《中外新报》在香港创刊之后，维新变法运动阶段逐渐掀起了国人办报的第一次高潮。维新派办报的主要目的在于宣传思想、改良政治，报刊是他们用以"发动、向导和武装"的"旗帜与武器"。[①] 中国近代报刊传媒最初的实际功用确实主要在于思想宣传，正如梁启超总结《清议报》的宗旨所言："广民智振民气"[②]。中国现代出版业在进入 20 世纪之后，得到了更加显著的发展，甚至在少年时期刘师培所生活的家乡小城江苏扬州也有长足发展，不仅有当地的《淮南日报》《广陵涛》等报纸杂志发行，而且对于《申报》等著名报刊也有了可观的市民订阅的记录——1903 年 9 月《国民日日报》发表的《扬州报界之调查》介绍，《新闻报》《同文沪报》《江苏》等近二十种报刊在扬州都有一定的发行量，其中《中外日报》360 余份，《申报》300 余份。[③] 中国现代出版传媒的发展主要得益于近代印刷工业的发展，据统计，1911 年 5 月之前，在刘师培正式走上革命历史舞台和报刊发展事业的上海，加入书业公所的书局和印刷所就有 110 家。[④]

而此时，资产阶级革命报刊成为第二次国人办报高潮的主流。1900年 1 月《中国日报》在香港创刊，标志着中国资产阶级革命派办报活动的兴起，以报刊为主要宣传途径的思路在这一时期得到进一步延续和发扬。"此次革命事业，数十年间屡仆屡起，而卒观成于今日者，实报纸鼓吹之力。报纸所以能居鼓吹之地位者，因能以一种之理想普及于人人之

---

① 徐松荣：《维新派与近代报刊》，太原：山西古籍出版社，1998，第 59 页。
② 梁启超：《清议报一百册祝辞并论报馆之责任及本馆之经历》，载《梁启超全集》第二卷，北京：北京出版社，1999，第 478 页。
③ 万仕国编著《刘师培年谱》，扬州：广陵书社，2003，第 31 页。
④ 宋原放：《中国近代出版大事记》，《出版史料》1990 年第 2 期。

心中。……惟知报纸有此等力量，则此后建设，关于政见政论，仍当独拒一真理，出全力以赴之。"以上孙中山在《民主报》为他举办的一次欢迎会上的演讲，"可谓是十九世纪末二十世纪初中国报刊业蓬勃向上的写照"，同时也可见当时报刊传媒强大的思想宣传功能。[1] 著名新闻学家戈公振评论说当时的主要报刊："其中一大部分，始因外侮之刺激，倡议维新，继以满人之顽固，昌言革命"[2]，这个评论一语中的，点明了中国近代报刊传媒的主要特点和宗旨。

刘师培的人生经历恰逢中国现代出版事业的蓬勃兴起之时，既有第一次维新派办报高潮的影响余绪，更有第二次资产阶级办报高潮时的声气相通。这些报刊出版对于刘师培文学思想的影响是显露无遗的。1903年3月，刘师培在赴开封参加科举会试之前，将其有关地方教育的一系列思考写成《留别扬州人士书》，寄给《苏报》，后分两次连载于同年3月10日、11日《苏报》新辟的"学界风潮"专栏。这是他在报刊上正式发表的第一篇文章，文章从广阔的社会现实和时代潮流背景入手，以扬州教育为个案，论述了他对振兴地方教育的观点和建议，涉及留学问题、学校教育、师范教育、妇女教育等诸多方面，颇有见地，表现出异乎寻常的爱国热忱。他在文章中盛赞有志之士"或游学东京，或私立学塾，务祈广开智识，输入文明"[3] 的举动，大谈扬州教育的落后积习，提出设立师范学会、重视女子教育的明确主张，对当时的政治形势和教育形势都有一定的认识，而且对留学日本的事情有非常详细的了解，包括路费几何，路途多远等。同年，《苏报》又刊载了刘师培所订《创设师范学会章程》《协助扬州乡人出洋留学社章程》以及《论留学生之非叛逆》一文（见本章附表）。这些章程和文章所传达的进步思想，与刘师培此前固守书斋、汲汲功名的表现截然不同。这不是无缘无故的突变，而应该是由于得到一个重要人物对他思想上的洗礼，这个人就是王钟麒。王钟麒，字郁仁，号无生，祖籍安徽歙县，寄居于扬州江都，是一个倡言革命、宣扬新潮的南社成员，只比刘师培年长四岁。据刘师培外甥梅

---

① 马宝珠：《中国新文化运动史》，台北：文津书局，1995，第288页。

② 戈公振：《中国报学史》，北京：生活·读书·新知三联书店，1955，第119页。

③ 刘师培：《留别扬州人士书》，载刘师培《刘申叔遗书补遗》上册，万仕国辑校，扬州：广陵书社，2008，第38页。

鹤孙回忆，王郁仁是一个"清瘦有神的人，手携《浙江潮》一本，坐在梅花岭石头上，与舅氏谈到天黑方归"。[①] 梅花岭是刘师培扬州故居附近的史可法纪念馆所在，而王郁仁所携的《浙江潮》是浙江留日学生同乡会于1903年2月在东京创办的月刊，这份刊物"着重揭露清政府的腐败和帝国主义的侵华罪行，明确地提出了'革命造反'的主张"，并且销量为留日学生刊物之冠，最初几期还多次重印。[②] 在这样一个抗击外族侵略的民族英雄史可法纪念馆的地方，带着《浙江潮》这样一份主张革命造反的刊物，年岁略长的王郁仁和刘师培促膝长谈的内容自然呼之欲出。从刘师培在《留别扬州人士书》中所表现的革命热情，以及不久之后就追随王氏奔赴上海、毅然投奔革命的举动看，王郁仁极有可能是刘师培走上革命道路的重要启蒙者，他后来又介绍刘师培与林獬、林宗素兄妹相识，他们之间保持了非常密切的革命友人关系。王郁仁对刘师培而言，应当具有非同一般的意义，因此在王氏去世之后，刘师培"沈忧不可排"[③]，先后写下《哀王郁仁》和《王郁仁哀词》，称自己与王氏"少同州里，有伐木之谊"[④]，表达了对他难以排遣的深厚怀念之情。

　　毫无疑问，时年二十岁的青年刘师培受到了这些革命人士和革命出版物的深刻影响，并且自此与出版事业结下了贯穿一生的不解之缘。他的早期主要出版活动也往往与革命政治目的息息相关：1903年12月，他参与创办革命报刊《俄事警闻》，与蔡元培、林獬、陈去病等一起撰稿揭露沙俄侵略中国的真相，反对媚外卖国的清廷；后来他又与林獬等共同担任由《俄事警闻》改名的《警钟日报》的主编，甚至为此遭到追捕，四处逃亡；同时他积极为《中国白话报》《扬子江白话报》《政艺通报》等报刊撰写反清革命文字；1905年，他成为《国粹学报》的主要撰稿人和"国粹派"的代表人物，继续借国粹言革命；1907年东渡日本后，他又成为章太炎主编《民报》的主要作者，并与妻子何震共同创立

---

① 梅鹤孙：《青溪旧屋仪征刘氏五世小记》，梅英超整理，上海：上海古籍出版社，2004，第35页。

② 黄瑚：《中国新闻事业发展史》，上海：复旦大学出版社，2001，第76页。

③ 刘师培：《哀王郁仁》，载刘师培《仪征刘申叔遗书》第十二册，万仕国点校，扬州：广陵书社，2014，第5530页。

④ 刘师培：《王郁仁哀词》，载刘师培《刘申叔遗书补遗》下册，万仕国辑校，扬州：广陵书社，2008，第1337页。

《天义报》，宣传无政府主义；《天义报》被迫停刊后，他又发行了十余期《衡报》。叛变革命后的刘师培，自然放弃了对革命报刊的热情，也停止了撰写革命文章，但是他并没有离开报刊出版事业和学术研究领域：辛亥革命爆发后，刘师培流亡四川，在这期间，《四川国学杂志》《国故钩沉》等刊物成为他的创作园地；在人生的最后一年，他还与北大师生一起创立《国故》月刊。此外，《江苏》《醒狮》《广益丛报》《复报》《中国学报》《雅言》《制言》等，那个时代几乎所有代表性的政治报刊和学术杂志，都有刘师培笔耕不辍的踪迹。（见本章附录）

　　其中，刘师培与妻子何震、友人张继一起创办的《天义报》具有多重的历史意义。一方面，它与同时期由李石曾、吴稚晖等在巴黎创办的《新世纪》一样，是中国早期具有代表性的无政府主义思想报刊。不过这两份报刊虽然都以宣扬"无政府共产主义"为宗旨，但是"其想法与志向都很不相同。大而言之，《新世纪》着力于介绍欧美的学说，而《天义》则重视中国自身的问题"。① 由此大致可见《天义报》的办报出发点，是希望借助无政府主义解决近代中国的现实社会危机，只不过刘师培等人的无政府主义，渐入文化虚无主义以及文化复古主义的泥潭，他们认为："处政府擅权之国，则物资文明亦为民生之大害。"② 因此，无政府主义者反对在中国建立资本主义性质的新政府，主张恢复中国古代的文化与制度，刘师培甚至提出"维新不如守旧，立宪不如专制"③这样荒谬的倒退理论。所以有学者评论："无政府主义者在当年《天义报》上发表的议论，提供了一个借文化保守主义为文化虚无主义制造佐证的典型。这实在是中国近代文化史上值得深入研究的奇特现象。"④ 需要提及的是，1908 年的《天义报》先后刊登了刘师培撰写的《〈共产党宣言〉1888 年英文版序言中译本跋》和《〈共产党宣言〉中译本序》，

① 〔日〕佐藤慎一：《近代中国的知识分子与文明》，刘岳兵译，南京：江苏人民出版社，2006，第 262 页。
② 刘师培：《论种族革命与无政府主义革命之得失》，载刘师培《刘申叔遗书补遗》上册，万仕国辑校，扬州：广陵书社，2008，第 765 页。
③ 刘师培：《论新政为病民之根》，载刘师培《刘申叔遗书补遗》上册，万仕国辑校，扬州：广陵书社，2008，第 794 页。
④ 丁志伟、陈崧：《中体西用之间：晚清中西文化观述论》，北京：中国社会科学出版社，1995，第 387 页。

这应该是中国近代党史上的重要研究资料。

另一方面,《天义报》是一份以女性视角切入政治世界的报刊。在社会主义、无政府主义和斯宾塞《女权篇》等思想的影响下,《天义报》大力宣传男女平等,认为"男女平等亦系人类平等之一端,女子争平等亦系抵抗特权之一端"[①],并且在《复报》第十期刊出的《天义报》出版启事中,提出"无论男女,均与以相当之教养、相当之权利,使女子不致下于男,男子不能加于女,男对于女若何,即女对于男亦若何"[②] 的主张,《天义报》陆续发表《女子解放问题》《女子革命与经济革命》《〈共产党宣言〉"论妇女问题"案语》等有关妇女解放和革命的战斗文章。自 1898 年 7 月,中国第一份妇女报刊《女学报》问世、1904 年 1 月《女子世界》杂志在上海出现之后,"杂志间的呼应不只反映出女报界的已成声势,更重要的是,省查与谁结盟,可帮助判定刊物的性质。就密切程度而言,《女子世界》(续办)更亲密的'盟友'无疑是《中国女报》与《天义报》"。[③] 陈志群《女界二大杂志出现》一文在着重介绍《中国女报》与《中国新女界杂志》之余,提及《天义报》"系东京新出,尤为完善"。这些都侧面可见《天义报》在当时的报业具有一席之地。虽然《天义报》对外宣称的发起人是何震、张旭等人,但其实际的主要负责人和撰稿人就是刘师培。刘氏本人也是主张男女平等的,他认为汉儒有关伦理学的理论大多主张男女平等,只有班固《白虎通》等典籍禁止妇女自由,主张一夫多妻,从而造成"婚姻之道苦"[④] 的历史现象。由此不难理解刘师培对于女性的尊重,以及对于文学史上众多女性作家的特别留意。不过,由于刘师培本人鲜明的政治倾向与强烈的理论色彩,使得该份报纸的受众非常狭窄,除了少数的激进知识者之外,少有普通读者,因而并未产生更为广泛的社会影响。

---

① 《社会主义讲习会第一次开会记事》,《新世纪》1907 年第 22 期。
② 万仕国编著《刘师培年谱》,扬州:广陵书社,2003,第 106 页。
③ 夏晓虹:《晚清报刊、性别与文化转型》,吕文翠编,台北:人间出版社,2013,第 124 页。
④ 刘师培:《两汉学术发微论·两汉伦理学发微论》,载刘师培《仪征刘申叔遗书》第四册,万仕国点校,扬州:广陵书社,2014,第 1577 页。

## 二　现代出版业之于刘师培文学思想的推动

在近代中国历史上，"报刊繁荣与政治的封建色彩退减及文学的现代化同步进行着"。① 刘师培孜孜不倦对出版事业的积极贡献，客观上与同时代的众多出版业人士一起，推动了中国出版事业和文学研究现代化的进程。同时，中国现代出版业也顺理成章地影响了刘师培的学术研究方式和文学思想发展。

首先，刘师培文学思想主要以当时的报刊出版物作为传播载体。刘氏文学思想方面的核心著述，除了《中国中古文学史讲义》最初是他执教北京大学时期的讲义之外，其他诸如《文说》《论近世文学之变迁》等文学理论文章，以及《左盦诗录》《左盦词录》中的大部分诗词作品，都是在各类报刊上首次发表，后结集成册的。在他生前，上海开明书店、成都存古书局、北大出版部等现代出版机构为其出版过十余种著作，其中文学创作与文学理论方面的著作主要有《左盦诗（一卷）》《左盦长律》《中国中古文学史讲义》《国文典问答》等。这些报刊和现代出版物使得刘师培的文学思想得以广泛传播，并产生一定反响，从而奠定了其国学大师的地位。

其次，刘师培所倾心致力的出版事业，成为他不断更新创作内容和开拓写作思路的外在动力。他短短的一生曾担任多份出版刊物的主笔或主编，这使得他在内在创作动机之外，还有着外在写作责任的压力，从而造就了他高出常人的学术产出。这其中尤其以《国粹学报》最为典型，刘师培在该报所倾注的心血有目共睹，所涉及的写作领域既有《国学发微》《读左札记》等国粹派研究论述，也有《论文杂记》《文章原始》等专门性文学理论，同时还有《幽兰吟》《长亭怨慢（送春）》等抒情达意的诗词创作。

最后，出版事业尤其是白话报刊的发展，促使刘师培对白话文学有较为充分的理解。作为能够敏锐地审时度势的报人刘师培，他在 1903 年从家乡小城初至上海不久，就与蔡元培等人创办《俄事警闻》这样的政

---

① 朱栋霖等主编《中国现代文学史：1917～1997》上册，北京：高等教育出版社，1999，第 4 页。

治性报纸。同年年底，又赶时代之先，察觉到白话发展的社会风气，与林獬先人一步地创办《中国白话报》，并投入大量精力撰文发表，该报宣称主要是办给那些"种田的，做手艺的，做买卖的，当兵的，以及那十几岁的小孩子阿哥姑娘们"看的，这也是当时各种白话报刊的主要出发点。同时刘师培在《扬子江白话报》等其他白话报刊上也有文章发表。此外，他还专门写作一篇名为《论白话报与中国前途之关系》的文章，积极认同白话文学的历史地位，他明确表述："白话报之创立，乃中国言文合一之渐也。"他在文中列举了《杭州白话报》《新白话报》《中国白话报》等完全采用白话的报刊，以及《大公报》《中国日报》等参用白话的报刊，印证了蓬勃发展的白话报事业对于白话文学的巨大推动作用。诚然，在白话文的发展历程中，白话报刊起到了非常重要和关键的作用。据统计，1897—1911 年出版的完全采用白话的报刊，至少有130 种，[1] 这些白话报刊以白话文的表达方式有力地促进了传播的广度，对民众接受革命宣传和白话文学都发挥了春风化雨的陶染作用，正如刘师培所言："近岁以来，中国之热心教育者，渐知言文不合一之弊，乃创为白话报之体，以启发愚蒙。自吾观之，白话报者，文明普及之本也。"[2] 为了充分实现白话的教育普及功能，刘师培还认为有必要以白话报作为教科书，对全国各省的语言求同去异，统一官话，使白话报能够得到更为广泛的传播。刘师培深刻体会到，教育、出版等方面的白话普及，能够有效提高民众识字和阅读的能力，进而提高公众的思想认识及参与政治的可能性。因此大致来讲，刘师培的办报、撰文等积极的出版业活动，对中国现代白话文学的发展是具有一定的推动和促进贡献的。与此同时，他又从理论探讨的角度，理性审视白话文学与传统文学的关系，对白话文学保持冷静的学术态度，这固然主要是其本质性的国粹立场和"文"之观念使然，但客观上有益于中国近代文学的健康发展和传统文学的价值保存。

---

① 夏晓虹：《中国现代文学语言形成说略》，载夏晓虹等《文学语言与文章体式：从晚清到"五四"》，合肥：安徽教育出版社，2005，第 10 页。

② 刘师培：《论白话报与中国前途之关系》，载刘师培《刘申叔遗书补遗》下册，万仕国辑校，扬州：广陵书社，2008，第 166 页。

### 三 现代出版传媒与刘师培的文论表达

中国古典文论的经典表达方式主要集中在统治阶层的价值导向，或者文人精英阶层的写作与交流。《昭明文选》《文心雕龙》等典籍的写作主体特殊性自不必说。让刘师培引以自豪的扬州学派代表人物阮元，更是有其得天独厚的政治条件和先天优势，他被尊为三朝阁老、九省疆臣、一代文宗，在杭州建立诂经精舍，在广州创立学海堂书院，在扬州修建文选楼，编纂《揅经室集》《诂经精舍文集》等，影响深远，也非常人所能及。而到刘师培所处的时代，现代出版传媒为当时的普通知识分子提供了更为广阔的表达空间和便捷高效的表达途径。"这些媒介的关联关系形成一种纽带后，以一种平等的交往模式，公开地讨论见解，并通过阅读公众传播开来，扩大了社会影响力。"① 因此，作为普通知识分子的刘师培才能够在这样的时代背景下，不依赖任何经济或政治的力量，成为出版活动的积极践行者，他的文学思想也才能得以迅速广泛地传播。

另外，文论受众面的变化促进了刘师培文学思想的进一步发展。传统文论的生成和表达往往侧重于书斋自得型，或敝帚自珍、束之高阁，或藏之名山、流芳百世。正如刘氏家族虽然累世治经、声名在外，但治学心得与研究成果主要还是局限在家族内部传播与继承。因此总体来说，中国传统文论思想的受众是有限的，有时甚至只是写作主体的自我意识梳理，缺乏主动沟通读者的自觉意识，也少有大张旗鼓宣扬宣扬的做法。现代出版传媒的长足发展，促使近代学者学会面向更广泛的普通读者展示自己的学术观点，王国维、梁启超、章太炎等无不如此。刘师培的文论表达借助现代出版物的传播，不能不顾及读者受众的阅读体会，因此在文论思想、表达方式以及学术立场等方面，都逐渐形成了中国文论的现代转型特征，从传统的案牍点校式体悟和点到即止的诗话词话式表达，转向以现代出版物为主要载体的现代论文式阐述，这是近代文论表达方式的一大重要转变。这种传播载体的变化，要求理论主体既要有符合受众心理、准确传达理论内涵的文字表达能力，又要有符合出版物发行需

① 艾萍：《清末民初报刊的公共性研究——以梁启超、刘师培的报刊活动为探究对象》，《现代传播（中国传媒大学学报）》2014 年第 2 期。

求的迅速成文模式，同时还要有适应社会市场反应的思想内容底蕴。刘师培以其深厚的国学功底和超强的学习能力，比较成功地实现了这种现代化转变，成为中国现代出版业发展的积极参与者与客观推动者。但是，由于外在社会政治环境的瞬息万变和刘氏本人仓促行文的原因，在他的诸多报刊文章之中，还是存在着诸种自相抵牾之处，这也是其个人历史局限。

当然，刘师培借助现代出版传媒传播而改变的文论表达方式，根本上还是迥异于当时颇为流行的消遣型、娱乐型小报的表达形式的。虽然刘师培具有积极入世、随遇善变的性格特点，但是归根结底还是保持着沉着客观、实事求是的学术立场。因此，一方面他的文学思想借助于出版传媒得到了前所未有的流畅输出，另一方面也并未减少其厚重扎实的学术内涵。从这个角度看，近代出版传媒是传统文论现代化转换过程中不可忽视的重要媒介，"中国现代出版事业与中国文化的变革更新逐渐发生密切关系，它的现代步伐与整个文化的现代化出现了一致性"。① 刘师培在中国现代出版领域展示出广泛的涉及面和一定的影响力，他的文学思想也在现代出版历史的背景上，实现了从传统向现代的重要转变，体现出中国近代文论转型的典型特色。

---

① 陈思和：《试论现代出版与知识分子的人文精神》，《复旦学报（社会科学版）》1993 年第 3 期。

## 附　表　刘师培在相关刊物发表文章概览

| 发文时间 | 刊物 | 刊物信息 | 主要篇目 |
| --- | --- | --- | --- |
| 1903 年 | 《苏报》 | 1896 年创刊于上海；1903 年增设"学界风潮""舆论商榷"两个专栏 | 《留别扬州人士书》《创设师范学会章程》《论留学生之非叛逆》《协助扬州乡人出洋留学社章程》 |
| 1903 年 | 《国民日日报》 | 1903 年创刊于上海 | 《黄帝纪年论》 |
| 1903—1904 年 | 《江苏》 | 1903 年留日学生创办《湖北学生界》，后改为《汉声》《浙江潮》《江苏》 | 《史可法遗书五首》《中国对外思想之变迁》《扬州六百二十年之纪年》 |
| 1904 年 | 《中国白话报》 | 1903 年 12 月，林獬在上海创办，刘师培为主要撰稿人 | 《论激烈的好处》《讲授国文的法子》《中国历史大略》等 45 篇 |
| 1904 年 | 《警钟日报》 | 1903 年 12 月，刘师培与蔡元培等在上海创办《俄事警闻》，于 1904 年 2 月改为《警钟日报》 | 《论强权之说之发生》《论白话报与中国前途之关系》《论中国人民依赖性之起源》等 30 篇 |
| 1904—1906 年 | 《政艺通报》 | 1902 年创刊于上海，创刊人是邓实、黄节 | 《变夏篇》《近儒学案序》《古政原论》等 41 篇 |
| 1904 年 | 《觉民》 | 1904 年创刊 | 《杂咏》 |
| 1904—1910 年 | 《扬子江白话报》 | 1904 年创刊 | 《讲扬州人没有人格》《幼稚园之创立》 |
| 1905 年 | 《醒狮》 | 1905 年创刊 | 《读〈天演论〉》 |
| 1905—1906 年 | 《广益丛报》 | 1902 年杨庶堪与朱必谦等创办 | 《中国文字改良论》《国文典问答小序》《国学发微》等 14 篇 |
| 1905—1911 年 | 《国粹学报》 | 1905 年 2 月，邓实、黄节等人在上海创立 | 《论文杂记》《文章原始》《文说》《论近世文学之变迁》等 205 篇 |
| 1906—1907 年 | 《复报》 | 1905 年由柳亚子等人在苏州同里创刊 | 《运河诗》《万树梅花绕一庐》 |
| 1906 年 | 《北洋学报》 | 1906 年 2 月创刊，在天津出版 | 《西汉伦理学发微》等 3 篇 |
| 1907 年 | 《天讨》 | 《民报》临时增刊 | 《普告汉人》 |
| 1907 年 | 《民报》 | 中国同盟会的机关报；1905 年 11 月创刊于东京 | 《利害平等论》《清儒得失论》等 4 篇 |
| 1907 年 | 《新世纪》 | 1907 年由中国留法学生创刊，在法国巴黎出版 | 《吾道不孤》 |

续表

| 发文时间 | 刊物 | 刊物信息 | 主要篇目 |
|---|---|---|---|
| 1907—1908 年 | 《天义报》 | 1907 年 6 月，刘师培创办女子复权会，以妻子何震的名义出版《天义报》 | 《废兵废财论》《〈共产党宣言〉中译本序》等 29 篇 |
| 1908 年 | 《衡报》 | 1908 年创刊于日本东京 | 《〈衡报〉发刊词》等 19 篇 |
| 1908 年 | 《江西》 | 1908 年创刊于日本东京 | 《祝词》 |
| 1912—1916 年 | 《四川国学杂志》 | 1912 年 9 月在四川成都创刊 | 《白虎通义源流考》等 49 篇 |
| 1912—1913 年 | 《独立周报》 | 1912 年创刊于上海 | 《刘申叔最近与某君书二首》《师培文录》《刘师培诗》 |
| 1912—1916 年 | 《中国学报》 | 1912 年创刊 | 《廖氏学案序》《与廖秀平论天人书》等 40 篇 |
| 1913 年 | 《国故钩沉》 | 1913 年创刊 | 《周明堂考》《休思赋》等 10 篇 |
| 1913 年 | 《宪法新闻》 | 1913 年 4 月创刊，在北京出版 | 《诗录》 |
| 1913—1914 年 | 《雅言》 | 1913 年创刊 | 《周书略说》《庄子斠补》等 11 篇 |
| 1914—1915 年 | 《国学荟编》 | 1914 年创刊 | 《庄子斠补》《左盦长律》《左盦诗抄》 |
| 1914 年 | 《甲寅》 | 1914 年在日本东京创刊 | 《咏史》 |
| 1915 年 | 《娱闲录》 | 主刊《四川公报》，1914 年 7 月在成都创刊 | 《感怀三首》 |
| 1916 年 | 《民权素》 | 1914 年创刊于上海 | 《王郁仁哀词》 |
| 1918 年 | 《戊午周报》 | 1918 年创刊于成都 | 《与贺伯中书》《春兴》 |
| 1919 年 | 《国民》 | 1919 年创刊 | 《逸礼考》 |
| 1919 年 | 《国故》月刊 | 1919 年 1 月，刘师培、黄侃、陈汉章及北大学生陈钟凡、张煊等发起成立"国故月刊社"，刘、黄为总编辑 | 《蜀学祀文翁议》 |

# 第五章　刘师培文学思想的同代比较

刘师培一生虽然年寿不长，但是交游广博，更有不少深交挚友。有引领他接受思想洗礼走上革命道路的同乡王郁仁；有与他在革命阵营并肩作战、肝胆相照的林獬、张继、陈独秀、马君武等一批先驱；有在他政治生涯崩塌瓦解、走投无路之际，对他顾念旧谊、聘为教授的北大校长蔡元培；有在他英年早逝、后继无人之时，慨然承其遗愿，全力编纂平生著作的南桂馨、钱玄同、郑裕孚等生前旧友；还有在学术研究领域与他交相辉映、继往开来的章太炎、黄侃、鲁迅等先辈后学……这些人物都在刘师培的人生中留下了或浓墨重彩或雁过留痕或过眼云烟的踪迹和线索。单就文学思想方面而言，刘师培与章太炎有过关于文学观的思想交锋，和钱玄同在治学之道方面有所交集，与王国维在戏曲理论领域暗自相合，与鲁迅之间也存在着有关文学观点的联系，甚至与同时代的俄国形式主义文论之间也有着一定的理论关联。

## 第一节　"交密"与"途分"——刘师培与章太炎、
### 钱玄同的复杂关系

在刘师培的人生轨迹中，章太炎具有举足轻重的地位和作用，刘章二人"初以说经而交密，晚以政治而途分"①，他们不仅在政治革命领域有着从互相唱和到反目成仇的曲折经历，而且在文学思想方面亦有或明或暗的交流与争锋。作为章太炎爱徒的钱玄同，也与刘师培之间有着颇多明暗错综的交往关联，尤其是作为《刘申叔先生遗书》的实际主持者，钱玄同与章太炎一样，都是研究刘师培及其文学思想无法绕过的重要人物。

---

① 南桂馨：《序六》，载刘师培《仪征刘申叔遗书》第一册，万仕国点校，扬州：广陵书社，2014，第79页。

## 一　刘师培与章太炎的人生交集

当年少气盛的刘师培刚刚从科举失意的故乡扬州抵达革命都市上海之时，当属学界前辈的章太炎很快将他引为知己，二人倾盖如故。章太炎十分钦佩刘氏本人及其家族传承的学术积淀，在《与刘光汉书》《再与刘光汉书》《丙午与刘光汉书》等多封章刘书信往来中，"或谈学问，或叙离阔，或述期望，或致推挹，读之可见二君彼时交谊之笃"①，他多次感慨"今者奉教君子，吾道因以不孤"，"与君学术素同，盖乃千载一遇"，并且称赞刘师培的《驳太誓答问》和《小学发微》等文章"条理明�
，足令龚生钳口"，"妙达神指，研精覃思之作"。② 刘师培对章太炎的学识也十分推崇，他曾在《岁暮怀人》的长诗中怀想思念蔡元培、马君武、张继等九位友人，其中以章太炎居首，称他："枚叔说经王、戴伦，海滨绝学孤无邻。薑斋无灵晚村死，中原遍地多胡尘。"③ 章太炎发表著名的《訄书》之后，刘师培紧随其后，以《攘书》与章呼应，在他们的排满论中，"不仅反对国内的封建统治和民族压迫，而且也坚决反对帝国主义的殖民侵略。我们应当充分看到这些主张的革命性和正义性"。④此时的章刘二人在学识、观念等方面相见恨晚，同时都具有高涨的革命热情和深厚的学术支撑，成为早期民族革命的先锋力量和精神领袖。

当然，颇具讽刺意味的是，1907 年，刘师培很快叛变，腆然投靠清廷大臣端方，上《与端方书》以献"弭乱之策"，其中专门论及章太炎，居心叵测地建议让章太炎出家，如此"则国学得一保存之人，而革命党中亦失一辑学工文之士"。刘师培对章太炎的这种出卖之举，对比后来刘师培因端方被革命党人所拘而受到牵连，以至流离失所之时，章太炎与蔡元培等人四方奔走呼告，设法营救他，呼吁不要杀他以保存"读书种子"的做法，真是高下立判。难怪鲁迅始终保持对章太炎的崇敬之情，

① 钱玄同：《章太炎、黄季刚二君关于刘申叔君之文十首》，载刘师培《仪征刘申叔遗书》第一册，万仕国点校，扬州：广陵书社，2014，第 44 页。
② 章太炎：《与刘光汉书》，载《章太炎全集》（四），上海：上海人民出版社，1982，第 147 页。
③ 刘师培：《岁暮怀人》，载刘师培《刘申叔遗书补遗》上册，万仕国辑校，扬州：广陵书社，2008，第 425 页。
④ 唐文权、罗福惠：《章太炎思想研究》，武汉：华中师范大学出版社，1986，第 51 页。

称赞他为"有学问的革命家"①，而对刘师培，则在肯定其学术成就的同时，对其明嘲暗讽，甚是不屑。至于章刘二人之间的政治龃龉，学界有不同的观点，一方面是郑师渠、喻大华等人认为，章太炎对于刘师培的政治失节应当负有一定的责任，主要证据就是，刘师培妻子何震公布了章太炎与张之洞、端方等清廷大臣的私下交往之事，而这应当是刘师培变节的直接诱因，也是后来章太炎屡次宽容刘师培的深层原因；②另一方面，汤志钧等人则认为，刘师培、何震在《神州日报》上发表的《炳麟启事》和《章炳麟与刘光汉及何震书》均为伪造，刘师培夫妇的险恶用心可见一斑。③当然，不管历史真相究竟如何，这些毕竟都只是起影响作用的外在因素，归根结底，刘师培变节的深层原因还在于其自身"耐不住黎明前的黑暗"，是"主观上的功利劣根性"使然。④这些问题暂且搁置不论，二人在学术研究及文学思想方面的共鸣和交锋还是很有理论价值的。

## 二　刘师培与章太炎的文学观念比较

刘师培与章太炎在学术思想领域，尤其是关于文学本质问题方面，具有诸多或互为阐发或各持己见的观点。对于"什么是文学"这样一个关于文学本质问题的思考，历来人们提出了不可胜数的见解，这些思考和观点，促进了文学观念的逐渐形成、发展和趋向明确。《论语·先进》云："文学：子游、子夏。"⑤"文学"与"德行""言语""政事"同属于孔门四科，指的是文章和博学，是包括所有艺术文化在内的泛文化概念，现代意义上的文学不过是其中一个普通的组成部分而已。之后，人们逐渐以"文章"来专门指称具有独特性质的、与经史学术不同的文学辞章，而以"文学"专指博学之学术，这个分化大致出现于两汉。魏晋

---

① 鲁迅：《关于太炎先生二三事》，载《鲁迅全集》第六卷，北京：人民文学出版社，2005，第566页。
② 郑师渠：《晚清国粹派文化思想研究》，北京：北京师范大学出版社，1997，第407－416页。喻大华：《晚清文化保守思潮研究》，北京：人民出版社，2001，第125－131页。
③ 汤志钧：《章刘交谊及其他》，载杨晋龙主编《清代扬州学术》（下），台北："中央研究院中国文哲研究所"，2005，第875页。
④ 喻大华：《晚清文化保守思潮研究》，北京：人民出版社，2001，第129页。
⑤ 《论语》，朱熹集注，金良年导读，胡真集评，上海：上海古籍出版社，2007，第27页。

南北朝时期，人们重新划分广义的博学文化之学，出现所谓四种之"学"：一为墨守五经章句的儒，二为博穷子史而不能通其理的学者，三为擅长"笔"的作者，四为擅长"文"的作者。① 至此，文学观念完成了从周秦到魏晋南北朝时期越来越纯的三期演进阶段，人们对文学的理解大致显示出由笼统而明确、由宽泛而纯粹的发展趋向，魏晋时期的"文学的自觉"与现代纯文学的观念之间，似乎只有一步之遥。可惜的是，这种乐观的趋势在从唐至宋的复古思潮侵袭之下戛然而止，"文以贯道"或"文以载道"的唐宋思想主潮，生生剥夺了文学的独立价值和地位，并使之重新回归到模糊的状态——最初是广泛文化领域的附庸，此时是经学道统的附庸。历史总是螺旋式地上升发展着，文学史也不例外。当文学再次失去独立地位之时，人们又开始在新的历史阶段赋予文学新的独立存在，这就是以阮元为代表的清代"文笔论"派的理论贡献。一般认为，六朝"文"与"笔"的区别自唐宋混淆以后，直至阮元才被再次强调，并得以发扬光大。以阮氏父子为代表的"文笔论"派成为清代文论的重要一支。

　　阮元的"文笔论"存在着一些明显的理论缺陷，比如他所推崇的《昭明文选》，除了选录符合偶语韵词标准的骈文之外，更有许多不押韵的文章以及章奏之类的"非文学"，似乎有悖于"有韵为文"的标准，"昭明之序，亦称碑碣志状，此亦史家之流也，与阮氏所谓'子史正流，终与文章有别'者，语不尽合"。② 这个问题到了刘师培这里，经过他的精心理论建构不但不是问题，反而使得"文笔论"得到更为系统的理论阐发。刘师培以"沈思翰藻"的标准充分肯定《文选》不容置疑的文学史地位，并且对《文选》中的"无韵之文"做如下的解释："故昭明之辑《文选》也，以沈思翰藻者为'文'。凡文之入选者，大抵皆偶词韵语之文。即间有无韵之文，亦必奇偶相成，抑扬咏叹，八音协唱，默契律吕之深。"③ 在押韵脚和奇偶相成的条件之外，再加上"抑扬咏叹，八音协唱，默契律吕之深"的音律标准，引申沈约的"一简之内，音韵尽

---

①　萧绎：《金楼子·立言》，载郭绍虞主编《中国历代文论选》第一册，上海：上海古籍出版社，2001，第341页。

②　朱东润：《中国文学批评史大纲》，上海：上海古籍出版社，2005，第65页。

③　刘师培：《文章原始》，载刘师培《仪征刘申叔遗书》第十一册，万仕国点校，扬州：广陵书社，2014，第4926页。

殊"的理论，为"韵"扩大外延，用心良苦。

刘师培如此严密自足的"文笔论"文学观念引发了章太炎的积极回应。在《国故论衡·文学总略》中，章太炎为"文学"重下定义："文学者，以有文字著于竹帛，故谓之文；论其法式，谓之文学。"这种以文字为准的界定，使"文学"成为一个经史子集无所不包的大概念。在该文中，章太炎通过一系列咄咄逼人的反问句，重点批评阮元以采饰为文、曲解《易·文言》的理论，并明确指出："夫有韵为文，无韵为笔，则骈散诸体，皆是笔而非文。藉（借，编者）此证成，适足自陷。"① 这种观点应该说不无道理，但是一般认为，章太炎看似针对阮元，其实是意在刘师培。② 后来，章太炎又在 1922 年的公开讲演中再次申明："什么是文学？据我看来，有文字著于竹帛叫做'文'。"③ 对此观点，郭绍虞如此点评："若探究文学之原始，不能泥于他所使用的工具；其所用以发抒情感者无论是语言或文字，总之只须含有文学的性质，便都可以称之为文学。"④ 虽然没有点名道姓，但是不难看出，所谓"泥于他所使用的工具"，正指向章太炎"以有文字著于竹帛"的文学定义。可见，郭绍虞对此定义是持否定态度的，他赞成刘师培关于"上古之时，未有诗歌，先有谣谚"⑤ 的史前口头文学的研究，认同在没有文字之前，谣谚就是初民的文学形态，因为它们抒发了吟诵者的真情实感。因此尽管章太炎对于文学的定义在近代文学史上被认为具有学科定义的前驱意义，但是在文学观念演进阶段的历史过程中，他的文学定义反而将逐渐趋向纯粹

① 章炳麟：《国故论衡·文学总略》，载刘琅主编《精读章太炎》，厦门：鹭江出版社，2007，第 8 页。

② 王风认为刘师培基于阮元理论的文学观念与章太炎的"质言观"形成了尖锐对立，刺激了章太炎的思考，但出于道义和当时二人关系良好的背景，章氏只好将阮元作为批判的靶子，而且这其实是一场根源于语言文字领域的论争。王济民则认为章太炎在《文学总略》中的看法"显然也是针对刘师培的"。王风：《刘师培文学观的学术资源与论争背景》，载夏晓虹等《文学语言与文章体式：从晚清到"五四"》，合肥：安徽教育出版社，2005，第 238－259 页。王济民：《晚清民初的科学思潮和文学的科学批评》，北京：中国社会科学出版社，2004，第 69 页。

③ 章太炎：《国学概论》，曹聚仁整理，上海：上海古籍出版社，1997，第 49 页。

④ 郭绍虞：《中国文学演化概述》，载《郭绍虞说文论》，上海：上海古籍出版社，2000，第 2 页。

⑤ 刘师培：《论文杂记》，载刘师培《仪征刘申叔遗书》第五册，万仕国点校，扬州：广陵书社，2014，第 2124 页。

的文学观念再次推向混沌，"无异于取消了大半部中国散文史"①，并且将对文学的研究从属于对经史的研究之中，这似乎是一种不应该的逆转。相对而言，刘师培近接阮元、远续六朝的文学观念，更符合文学观念的历史趋向，更接近"文"的本质要求。因此，论及这一时期的代表性文学观念，我们以为刘师培的文学思想不可忽视。

在刘师培的人生历程中，章太炎毫无疑问是具有莫大的提携与促进作用的，没有当初章太炎的礼贤下士和慧眼识珠，只身一人奔赴上海的青年刘师培是很难迅速站稳脚跟的，更不用提以弱冠之年与长他十五岁的早已享有盛名的章太炎比肩而立，以"申叔"之字与章太炎以"枚叔"之字被并称为"二叔"，成一时美谈。而在文学思想的发展方面，虽然刘师培素以扬州学派传人自居，以阮元"文笔论"为主要理论基础，但是以章、刘二人当时的学术交流来看，在刘师培的文学思想体系中也不难发现章太炎文学观的印记。刘师培与章太炎一样，都选取了从小学基础入手探讨文学理论问题的做法。这一点与他们都是小学家出身的背景有关。比如章氏认为，虽然《说文》《传》等典籍中的"文章"或谓"彣彰"，但是《传》和《雅》中同样有反例表明，"文章"不可作"彣彰"，并进而得出"榷论文学，以文字为准，不以彣彰为准"的观点。②刘师培则明确强调"'彣彰'即'文章'别体"。章太炎的《文学说例》和《国故论衡》等重要文学理论文章，或多或少都对刘师培的文学观产生了影响。其中，成文于1901年的《文学说例》一文，强调文学的出发点是文字，如此一来，不管是"有句读之文"还是"无句读之文"，都统称为"文"，这样的观点"显然已经对阮、刘论文尚'文言'之论，构成明显的威胁"。③对此，刘师培接连在《文章原始》《论文杂记》《文说》《广阮氏文言说》等一系列文论著述中，反复而充分地建构其"文"的理论构架，并且有针对性地回应了章太炎的文学观点。由此可见，刘师培文学思想的逐步完善，离不开与章太炎之间有关文学观方

---

① 王琦珍：《论刘师培的文学观与文学史研究》，《文学遗产》1986 年第 5 期。

② 章炳麟：《国故论衡·文学总略》，载刘琅主编《精读章太炎》，厦门：鹭江出版社，2007，第 7 页。

③ 李裕政、严程：《偏于字而忽于文：从阮元到刘师培、章太炎的文笔论》，《广西师范大学学报（哲学社会科学版）》2016 年第 4 期。

面的理论探讨,这样的探讨是平和友好而又很有学术价值的。

　　刘师培与章太炎同时代表了那个特定历史背景下近代知识分子学术思想的典型特征。他们都对中国传统文化抱有深切的认同之心,并且不遗余力地发扬光大,"代表了当时朴学家从其特有的传统知识结构来整理文学理念的线索,融合了有关史学、经学、小学的知识而达到的最完备的水平"。① 刘师培不仅自觉地运用西方近代学科的理论和研究方法,以西方近代学科的分类方式,在《两汉学术发微论》《周末学术史序》等文章中重新梳理政治学、种族学、社会学等方向的中国传统学术,而且套用西方近代学术的思路,编写了《中国文学教科书》《中国地理教科书》等颇具近代教育改革理念的教材。章太炎则专门创建"章氏国学讲习所",全面发掘中国文化史学意义,并且声称:"对于本国文化,相与尊重而发扬之,则虽一时不幸而山河易色,终必有复兴之一日。"② 他们这种"将传统儒学向近代学科转变"的努力,使他们成为"传统学术到近代的各门学科建立的承前启后的关键人物,是传统学术向近代化学科体系转换的中坚力量"。③ 但是在这种转变过程中,由于时代语境的瞬息万变和理论主体的思想变更,刘师培与章太炎的身上都不同程度地体现出先后不一的地方,对此,李泽厚评说章太炎的话同样适用于刘师培:"在如此庞杂繁多的议论和思想变化过程中,当然会有极多的先后出入和自相矛盾。一生针对那么多的问题,发了那么多的议论,又接受吸取那么多的学派思想的影响,如果其思想主张、言论、行为以及政治态度等等没有矛盾变化,倒是非常奇怪的事了。"④

## 三　刘师培与钱玄同的关系梳理

　　按出生年份看,钱玄同(1887—1939)与刘师培(1884—1919)应该算是同辈关系,但是由于早期人生轨迹的不同,当刘师培在革命阵营呼风唤雨之时,钱玄同还处在沉静潜学的准备状态,而且这时的他早已

① 靳大成:《浅论刘师培〈南北文学不同论〉与章太炎〈文章总略〉——从传统文论通向现代文学理论的过渡环节》,《中国中外文艺理论研究》2011年卷。
② 章炳麟:《读史与文化复兴之关系》,载刘琅主编《精读章太炎》,厦门:鹭江出版社,2007,第314页。
③ 桑咸之:《晚清政治与文化》,北京:中国社会科学出版社,1996,第329页。
④ 李泽厚:《章太炎剖析》,《历史研究》1978年第3期。

被刘师培的革命声名所吸引。1903 年，刘师培发表著名的《攘书》之后，正在苏州求学的钱玄同费尽周折地买到一本，并大受感染，立刻剪辫明志。在十八岁那年大量阅读刘师培的《国学发微》《周末学术史序》《两汉学术发微论》等著述之后，钱玄同对刘师培就一直保有仰慕和追随的心态，他说，刘氏 1903—1908 年的著作，除登在《芜湖白话报》上的以外，"余尝尽读之"①。刘师培的思想和言论对钱玄同的影响是明显的。1906 年，十九岁的钱玄同赴日本早稻田大学留学，并通过章太炎结识了他慕名已久的刘师培。为表示光复大汉的决心，钱玄同为自己取号曰"汉一"，这其中可以看出对刘师培当年改名"刘光汉"行为的学习和模仿。在日本期间，刘师培大力宣扬无政府主义，开设讲习班，推广世界语，钱玄同是积极的追随者之一，钱、刘二人有过数次有关社会主义讲习班的通信往来。刘师培也很欣赏钱玄同，盛赞其"处浑浊之世，而具高旷之思"②。

钱玄同对于刘师培的感情是复杂的。早期的刘师培确实算得上是他的思想启蒙者之一，不过在刘师培去世二十年后，钱玄同开始摒弃青年时代对刘的狂热仰慕之情，较为客观冷静地表达自己的态度，认为自己与刘之间"谊兼师友，以年而论则为友（彼长于我三岁），以学为论，则实堪为我之师也"，同时他又强调"章刘诸公在距今前二十年至前三十年间，实有重大发明，理宜表彰，但亦不可太过"。因此当他看到别人代他所写的《刘申叔先生遗书跋》时，非常不满于文中的"执谦"，声称自己与刘师培之间是"朋友"而非"师生"，并且"申叔晚年之学，弟实不'服膺'"③。卢沟桥事变后，北平沦陷，日伪再三礼聘钱玄同出仕，均遭其严词拒绝，这与刘师培的叛变革命之举形成鲜明对比，判若云泥。这些因素并没有影响钱玄同对刘师培的人生情谊和学术尊重。1934 年，钱玄同在刘师培生后为他精心编纂囊括刘氏主要学术著述的《刘申叔先生遗书》，费心尽力，光是为一些编纂过程中的校对、编排、

---

① 钱玄同：《序五》，载刘师培《仪征刘申叔遗书》第一册，万仕国点校，扬州：广陵书社，2014，第 74 页。

② 刘师培：《丁未答钱玄同书》，载刘师培《仪征刘申叔遗书》第十二册，万仕国点校，扬州：广陵书社，2014，第 5120 页。

③ 钱玄同：《钱玄同文集》第六卷，北京：中国人民大学出版社，2000，第 193、299、300 页。

字句等具体事宜，他与任此书校对的郑裕孚的通信，就达七十封之多，甚至连用什么样的纸张来影印刘师培遗像之类的问题，他都事无巨细一一留心，而且他抱病撰文，为此书著有《左盦年表》《左盦著述系年》《刘申叔先生遗书序》《刘申叔先生遗书总目说明》等文，盛赞刘师培的学术贡献。该书成为研究刘师培及其文学思想的重要学术资料，"为中国学术界做了一件功德无量的好事"。①

在学术研究方面，钱玄同对于刘师培的诸多观念是深表赞同的。他们都接受了传统的小学教育，具有深厚的古典学术修养；他们在经学研究领域，都主张融汇汉宋、沟通古今，主张学以致用。当然，钱玄同的学术观念在刘师培的基础上有更深远的发展和发扬。刘师培认为，学术研究首要工作非搜集资料莫属，钱玄同不仅意识到搜集史料的重要性，同时更加强调"审查史料的真伪"才是第一步必要的工作，而辨伪工作不仅是钱玄同终其一生孜孜以求的重心，同时也是刘师培经学研究的重要思路，比如"伪古文经这个大骗局把人家蒙了 1800 年，从刘申叔开始侦查，经了 100 年之久，到崔觯甫师，才把它完全破案"。② 钱玄同在此基础上，经过长期的研究和辨伪，再次证实康有为在《新学伪经考》中所指出的《孔壁古文经》为刘歆伪造的观点。他们的这种扎实求真、敢于疑古的学术态度，无疑对于推进学术研究的科学性和真实性具有重要的意义。

在文学思想方面，一般认为，刘师培与钱玄同身处不同的文学阵营。刘师培的文学思想以"文"之本义为基本观念，以"文笔论"为主要理论，以骈文为正宗文体。而钱玄同则是"五四"新文学的中坚力量，白话文学的代表人物。他将刘师培的学术生涯分为前后两期，"前期趋于革新，后期趋于循旧"，③ 并且对于刘师培后期在复刊后的《中国学报》上发表的文章不以为然："申叔之文无可复言。噫！三世传经，结果至此，

① 李可亭：《钱玄同与刘师培关系述论》，《淮北煤炭师范学院学报（哲学社会科学版）》2008 年第 2 期。

② 吴锐：《钱玄同评传》，南昌：百花洲文艺出版社，2004，第 109 页。

③ 钱玄同：《序五》，载刘师培《仪征刘申叔遗书》第一册，万仕国点校，扬州：广陵书社，2014，第 69 页。

本师昔谓汉学之祸，昔疑过当，今乃知其信然。"① 在不久之后的"五四"新文化运动的浪潮中，钱玄同甚至将批判的矛头直指刘师培所代表的传统文学阵营，提出打倒"选学妖孽"和"桐城谬种"的响亮口号，猛烈抨击以"《文选》文章为千古文章之正宗"的观点，与刘师培的文学观形成针锋相对之态。虽然刘师培本人对于桐城派文章也表示过批判和不满，但他应该没有想到，自己会和桐城派一起，都被钱玄同列为必须打倒的旧文学代表。

另外，钱玄同在新文化运动过程中，对传统文学彻底决绝全盘否定的做法，其实是有着当年刘师培作为"激烈派第一人"相似的作风。正如刘师培早年激扬文字于革命的风口浪尖一样，钱玄同的文章里往往也"透着火，语句轰然而下，痛快淋漓"。② 当然，钱玄同这种对传统文学一棒子打死的不当做法，已经在文学史的发展历程中得到检验与纠正。而钱玄同后期所致力于的白话文运动、拼音汉字改革等事业，其实早就在刘师培的文章里得到过较多的提倡。他们都接受西方进化论来阐发自己的语言文字观，进而积极推进中国文字的言文合一。刘师培就曾在《论文杂记》等文章中明确提出近代中国文学"必经俗语人文之一级"③的观点；钱玄同也在进化论的指导下，大力提倡汉字改革和世界语推广，迫切宣扬要创造一种适合于当下的新文化。钱玄同本人在编写《刘申叔先生遗书》时深刻地发现了这一点："刘君以为宜简省汉字点画，宜添造新字，宜改易不适用之旧训（说见《攘书·正名篇》及《外集》卷六《中国文字流弊论》），宜提倡白话文（说见《论文杂记》及《外集》卷六《中国文字流弊论》），宜改用拼音字，宜统一国语（说见《读书随笔》'音韵反切近于字母'一条）。凡此数端，甚为切要，近二十年来均次第着手进行，刘君于三十年前已能见到，可谓先知先觉矣。"④ 刘师培的早年激烈、后期保守都被钱玄同囊括笔下，他的文学思想被钱玄同学

---

① 钱玄同 1916 年 2 月 10 日日记，载杨天石主编《钱玄同日记》上册，北京：北京大学出版社，2014，第 288 页。

② 李可亭：《钱玄同传》，开封：河南大学出版社，2002，第 236 页。

③ 刘师培：《论文杂记》，载刘师培《仪征刘申叔遗书》第五册，万仕国点校，扬州：广陵书社，2014，第 2085 页。

④ 钱玄同：《序五》，载刘师培《仪征刘申叔遗书》第一册，万仕国点校，扬州：广陵书社，2014，第 71 页。

习过、批判过，又在钱玄同呕心沥血的编纂下，得到较为完整的展示和相对中肯的评价。

## 第二节 "原戏"与"戏曲史"——刘师培与王国维戏曲理论之比较

在中国戏曲理论研究领域，王国维的相关研究历来备受赞誉，其戏曲理论研究专论《宋元戏曲史》自单行本发行不久，就获得了空前的推崇：梁启超将他视为曲学的不祧之祖；傅斯年称该书于当时各种有关文学史和文学评议之书中最有价值。相对于王国维在中国戏曲理论研究领域的权威成就，刘师培的戏曲理论研究所受关注并不充分。长期以来，也少有人对刘、王二人的戏曲理论进行系统的比较研究。事实上，不管是在写作时间和写作背景方面，还是在具体的戏曲起源理论研究层面，刘师培与王国维的戏曲研究之间，都有着千丝万缕的联系和某些理论暗合。1913 年 1 月王国维写成《宋元戏曲史》之时，[①] 距离 1904 年刘师培首次发表有关戏曲理论的论著《原戏》，已经跨过了八九年之久，而且刘师培关于戏曲起源观等方面的论述，在王国维的著述中有多方面的折射。王国维自己也承认："从事既久，续有所得，颇觉昔人之说，与自己之书，罅漏日多。"[②] 所谓"昔人之说"当是指包括刘师培在内的前期学者在此领域的相关研究，而刘师培的戏曲理论某种意义上堪与王国维的戏曲理论比肩，这两种理论称得上是中国戏曲理论发展史上的两个重要节点。对二者戏曲理论的比较研究，对于重新审视中国戏曲理论发展史应当具有一定的理论启示意义。

### 一 二者在写作时间和背景方面的联系

从写作时间和写作背景的角度，可以找寻到王国维与刘师培之间有关戏曲研究的某种联系。早在 1904 年 10 月 30 日的《警钟日报》上，刘

---

① 关于王国维该书的成书时间，及书名为《宋元戏曲史》而非《宋元戏曲考》，参见叶长海：《〈宋元戏曲史〉导读》，载王国维《宋元戏曲史》，叶长海导读，上海：上海古籍出版社，1998，第 16 – 18 页。

② 王国维：《宋元戏曲史》，叶长海导读，上海：上海古籍出版社，1998，第 1 页。

师培就发表了系统论述戏曲起源理论的《原戏》，文章研究了戏曲与乐舞之间的源流关系，后来此文又在 1907 年《国粹学报》第 34 期上重新发表，并被收入刘师培《左盦外集》第十三卷；同年他又在《国粹学报》第 27 期上发表了《舞法起于祀神考》，博稽古籍追溯舞法的起源；1905 年，他分别在《国粹学报》第 4、6、8、11、12 等期上连载《古政原始论》，其中第十一篇《古乐原始论》同样是对戏曲的起源研究；另外，在据钱玄同推测编定于己酉（1909 年）、出版于庚戌（1910 年）的刘师培自订文集《左盦集》中，第一卷的《广释颂》和第四卷的《说文巫以舞降神释》都是研究戏曲起源的学术文章，从最初源头上探寻乐舞出自巫法。刘师培的戏曲理论重点主要集中于对戏曲审美意识萌芽的起源研究，概括而言，他的戏曲起源理论大致涉及以下几个主要方面：第一，古代乐舞是戏曲产生的最初源头；第二，古代乐舞最初用以降神，因此古代乐官与巫官常常合二为一；第三，现代傩戏是古代乐舞的遗风体现；第四，古代乐舞已经具备歌、舞及表演故事这三个关键的戏曲要素；第五，戏曲的审美发生与原始宗教和社会生活紧密联系；第六，乐舞在发展过程中逐渐由降神的实用目的走向享宾的审美用途，再转向教民的实用目的，这是一种美学意义层面的否定之否定。

　　1908 年至 1909 年之交，王国维在刘师培主笔的《国粹学报》第 47、49、50 期上，发表了《人间词话》中的六十四则，到 1915 年，王国维在这六十四则文字和其他手稿的基础上删订为三十一则，刊发于《盛京时报》，"以一种浓缩文本的方式不断做着扩大《人间词话》学术影响的努力"。① 由此可以侧面理解王国维与《国粹学报》的重要学术联系。作为一名具有深厚国学修养、继承汉学客观严谨治学方法的学者，王国维在对戏曲进行历史考察、广征资料的基础性研究过程中，不可能不熟悉甚至忽略作为《国粹学报》主笔的刘师培重新发表于该报的《原戏》等相关戏曲理论文章。换言之，刘师培的一些戏曲理论文章应当对王国维后来在戏曲方面的学术研究具有客观的影响。

---

　　① 彭玉平：《俞平伯与〈人间词话〉的经典之路——〈人间词话〉百年学术史研究之一》，《学术研究》2008 年第 2 期。

## 二　二者关于戏曲起源理论的暗合

有关戏曲的起源问题是刘师培和王国维共同关注的理论重点，而且二者对于这一问题的研究表现出一脉相沿的暗合，他们都将戏曲的起源追溯至宗教祀神活动之中。刘师培认为，巫祝之官在举行祀神等宗教活动中所使用的祈祷语言充满炽热的虔诚和信仰，具备与日常语言不一样的宗教情感和音韵、修辞等艺术特征，这些语言成为具有审美形式的"文"的萌芽和雏形，并对诸多文学体裁产生深远影响，而巫祝之官往往身兼数职，他们为了祀神的宗教目的，既要有工于文辞的语言表达，又要掌管用以降神的音乐和舞蹈，所以"钟师、大司乐诸职，盖均出于古代之巫官。巫官所掌，盖不独舞雩之事也"。① 刘师培找寻出戏曲与文学共同的起源在于宗教祀神活动。王国维同样认为古代之巫蕴含着戏曲的萌芽，他说："灵之为职，或偃蹇以象神，或婆娑以乐神，盖后世戏剧之萌芽，已有存焉者矣。"② 所谓"灵"，正是刘师培所说的"巫"。诚然，巫祝之官的祀神活动除了文词特工的特征之外，往往还要借助于音乐和舞蹈的艺术形式来达到降神的目的。刘、王二人的戏曲起源理论都基于同一个被普遍认可的学术观念，即诗、乐、舞同源，诗歌与音乐、舞蹈最初是三位一体的与宗教活动息息相关的混合艺术，后来尽管这三种艺术逐渐在发展进程中向不同的方面分化开去，"音乐尽量向'和谐'方面发展，舞蹈尽量向姿态方面发展，诗歌尽量向文字意义方面发展，于是彼此距离遂日渐其远了"③，但是它们依然保留了共同的节奏命脉。这种节奏特色在戏曲艺术中得到了延续与发展，而刘、王二人将戏曲起源追溯至诗、乐、舞同源之初的宗教祀神活动，使戏曲艺术的源流演变轨迹得以明朗。在研究过程中，刘师培充分运用训诂、考释等传统文学研究的方法，通过对《说文解字》"巫"字条的引申阐发，论述古代乐舞以舞降神的问题，指出巫师的主要职责就是通过乐舞向神祷告，因此最初的掌乐之官与降神之巫往往合二为一，乐舞从一开始就与巫法、宗

---

① 刘师培：《舞法起于祀神考》，载刘师培《仪征刘申叔遗书》第十一册，万仕国点校，扬州：广陵书社，2014，第 4914 页。
② 王国维：《宋元戏曲史》，叶长海导读，上海：上海古籍出版社，1998，第 3 页。
③ 朱光潜：《诗论》，合肥：安徽教育出版社，2006，第 10 页。

教结下了不解之缘。他又以《虞书》有关舜帝命夔典乐的典故，证实古代掌乐之官即降神之官，并使读者明白，乐舞本初之用虽然被解读为宣导其民，实则仍然以降神为主。王国维同样采用训诂的研究方法，指出："《楚辞》之灵，殆以巫而兼尸之用者也。其词谓巫曰灵，谓神亦曰灵，盖群巫之中，必有象神之衣服形貌动作者，而视为神之所冯依：故谓之曰灵，或谓之曰灵保。"因此，尽管王国维宣称："凡诸材料，皆余所搜集；其所说明，亦大抵余之所创获也。世之为此学者自余始，其所贡于此学者，亦以此书为多"①，表现出一种自信的骄傲，但是，作为后学的我们在仰视王国维里程碑式的研究成就时，不能无视刘师培在此之前在此领域的丰富的研究成果。

## 三　二者各自的理论深发和延展

与王国维相同的是，刘师培将戏曲的起源定位于宗教祀神活动；与王国维不同的是，刘师培进一步研究了祀神活动中的主要形式——乐舞，并提出"戏曲者，导源于古代乐舞"的戏曲艺术源流论。他以《吕氏春秋》"葛天氏之乐，三人操牛尾，投足而歌八阕"，以及阴康氏"作为乐舞以宣导其民"的材料，佐证"古代以乐舞为最先"的观点，指出："古代之舞，乐舞最先，故乐官与巫联职"，"乐舞则为降神之用"②，同时引用《虞书》《墨子》《山海经》等文本中的相关论述，说明以往典籍中所说的"恒舞"与"萧韶"，其实就是各种乐舞的名称，"操翳操環"正是古人表演乐舞的记载。首先，他从美学和美育的角度指出，具有表演性质的乐舞较之乐歌而言，不仅在形式上以歌舞相兼的特点获得可观的美感，而且其表现古人事迹的内容可以使观众受到感化，从而达到教育的目的，因此歌舞相兼的九歌九辩等古代乐舞，其实就是后世声容相兼的戏曲的滥觞。古代乐舞成为刘师培找寻出的戏曲文学的最初艺术表现形式。戏曲在发展演变的过程中，首先在音律节奏方面保留了古代乐舞"以歌节舞，复以舞节音"的特色，表演者的演唱、宾白，包括动作，一般都要与音乐的节奏相契合，所谓"歌舞本于诗，故歌诗以节

---

① 王国维：《宋元戏曲史》，叶长海导读，上海：上海古籍出版社，1998，第1-2页。
② 刘师培：《说文巫以舞降神释》，载刘师培《仪征刘申叔遗书》第九册，万仕国点校，扬州：广陵书社，2014，第3804页。

舞"，成为融合音乐、舞蹈于一体的综合艺术形式。其次，从表现内容角度看，古代乐舞为了向神灵诉说人类艰苦卓绝的奋斗事迹和英雄人物的非凡功绩，大多以演示战争、表现战功为主要内容，"有容可象"的乐舞已经具备了戏曲以歌舞演故事的原始形态，尤其与表现战争题材的戏曲特点非常契合，逐渐融合为"本歌诗所言之事而演之者"的类似传奇的戏曲雏形。最后，在道具使用方面，古代乐舞"执其干戚"，可以视为戏曲持器操械的源头，而古代乐师或舞师头配羽毛、面戴面具，则是戏曲中面施粉墨的最初表现。另外，古代乐舞往往假设宾主，这种艺术形式正是戏曲中人物扮演形式的雏形，这好比古希腊酒神祭典中，主祭官和与祭者的对唱演变为悲剧和喜剧的艺术规律。

　　王国维则在戏曲起源于宗教祀神活动观念的基础上，提出戏曲形成多源论的观点，说明戏曲的正式形成有殷周之前就出现的巫祝、春秋战国时的俳优，以及北齐时代的《代面》《踏摇娘》等戏这三个不同时期的来源，进而为戏曲定义："合歌舞以演一事者"。①王国维勾画出了中国传统戏曲上至殷周之前的原始氏族社会，下至魏晋南北朝时期的漫长形成发展历史。刘师培对源自周官方相氏"掌蒙熊皮，黄金四目，玄衣朱裳"的戏曲面具、涂面艺术细节点到即止的论述，在王国维《古脚色考》中得到了系统的梳理，形成了对古代戏曲的面具考和涂面考；刘师培所注意到的戏曲史上因禁降神而禁演乐舞的现象也被王国维详加阐述；刘师培历时考察文学语言时，一带而过的"元代以来，复盛行词曲"的扫描，经过王国维"一代有一代之文学"理念的观照，真正实现了元杂剧的重现光芒，王国维本人则被视为开阐扬元剧筚路之功的人物；刘师培从文化地理学的角度按时间顺序梳理南北戏曲的区别，归纳出南剧"虽伤轻绮，糅杂吴音"、北剧"吐音粗厉，声杂华夷"的不同风格特色，并得出南剧善于北剧的结论，被王国维进一步学理化和体系化，从理论上总结为"北剧悲壮沉雄，南戏清柔曲折，此外殆无区别。此由地方之风气，及曲之体制使然"②的经典表述。最重要的是，王国维通过以"意境""自然"等审美标准对戏曲进行的审美评价，从根本上改写

---

①　王国维：《宋元戏曲史》，叶长海导读，上海：上海古籍出版社，1998，第 6 页。
②　王国维：《宋元戏曲史》，叶长海导读，上海：上海古籍出版社，1998，第 120 页。

了传统戏曲的卑下地位，而且他在戏曲研究的基础上进一步完善了所谓
"真正的戏剧"理论："后代之戏剧，必合言语、动作、歌唱，以演一故
事，而后戏剧之意义始全。故真戏剧必与戏曲相表里。"这些观点为后来
者的研究拓展了广度和深度，可见王国维的戏曲研究确实具有超越前人
的理论高度，堪称"权威的成就"。① 侧面可见刘师培戏曲理论原创性有
余而系统性不足的特点。

### 四　对刘师培戏曲理论的再认识

刘师培感慨"近人仅知乐舞之法，足备美术之观，而古代用舞法以
降神，则无有知之者"②，暗含了对乐舞由最初的实用目的到审美功能的
转变的认识。巫祝之官利用乐舞，一方面是以演绎氏族祖先的丰功伟绩
来告慰神灵，另一方面是通过载歌载舞的形式形成一定的宗教仪式，所
以"翩跹起舞只是巫术礼仪的活动状态"③，表现的是降神祀神的宗教仪
式，并没有体现自觉的审美意识。这些起源于宗教活动的乐舞形式在发
展过程中逐渐发挥出降神之外的享宾和教民作用，成为具有审美意识的
"有意味的形式"，当然，这种转变是一个漫长的过程。乐舞最初是用于
宗教祭祀的，这些宗教活动中的歌唱、舞蹈以及演故事等艺术要素成为
戏曲的重要起源，无形中催发了戏曲的产生和发展。但戏曲艺术毕竟不
是蒙昧状态中的不自觉的单纯宗教活动，而是独立自主的审美存在，这
种独立性主要体现为戏曲从降神的宗教实用目的，逐渐演变为享宾的审
美追求。刘师培对戏曲这一演变规律的把握，隐含了他由实到虚、由实
用到审美的发展美学观及其关于"善"与"美"的本质思考。他以具有
实用价值的内涵赋予"善"，进而认为用以强民躯体的舞蹈、宣民疾声
的歌唱、行军考地所需的图画、昭告万民的书契、明别尊卑的仪礼等这些
被后世视为美术的种种文化艺术，包括用以降神的戏曲之源——乐舞，

---

① 郭沫若在《鲁迅与王国维》中说："王国维的《宋元戏曲史》和鲁迅的《中国小说史
略》，毫无疑问，是中国文艺史研究上的双璧。不仅是拓荒的工作，前无古人，而且是
权威的成就，一直领导着百万的后学。"载蔡震编《郭沫若作品新编》，北京：人民文
学出版社，2010，第428页。

② 刘师培：《舞法起于祀神考》，载刘师培《仪征刘申叔遗书》第一册，万仕国点校，扬
州：广陵书社，2014，第4914页。

③ 李泽厚：《美学三书》，天津：天津社会科学院出版社，2003，第15页。

最初都是出于实用的目的，是"善"而非"美"，及至发展为独立审美形式的戏曲之时，才真正实现了由"善"到"美"的转变。

刘师培虽然没有像王国维一样，明确地将作为表演艺术概念的"戏剧"与作为文学概念的"戏曲"区分开来，但是从研究立场来看，刘师培实际上主要研究的是作为文学体裁的戏曲文学，这主要体现在他对戏曲和文学同源于巫祝祀神的宗教源头的系统研究中。他指出初民由于迷信灵魂不死，而产生天神、人鬼和地祇等宗教意识，加上古代统治者利用人民的这种迷信心理，使君权与神权并重，从而导致一切学术政治都与宗教相关。通过刘师培的戏曲起源研究，我们发现了另一种关于诗、乐、舞同源的重要阐释，即诗、乐、舞最初共同结合在一些与宗教活动、宗教仪式有关的巫祝之官的活动中，他们出于敬神、降神的目的，一方面要以文词宣己意以达神，另一方面要辅以乐舞以降神，诗、乐、舞三种形式在他们身上融为一体，最终都是为了宗教祭祀。因此，文学源于巫祝之官的宗教活动，戏曲同样源于巫祝之官的乐舞，以巫祝之官作为载体的宗教祭祀活动，成为沟通祈祷的文词和祀神的乐舞之间的中介。如此，戏曲在起源之初就获得了列为文学文体的资格和特征。刘师培由此视戏曲文学为其文学研究领域中的重要研究对象，在《论文杂记》《文章原始》《文说》等专门的文学研究著述中，都涉及相关的戏曲理论。他附会明代八比之体为戏曲的变体，认为"八比一体，当附入曲剧之后"①，出发点是不满于近数百年间人们视八比为至尊而视曲剧为至卑的现象，借以提高戏曲文学的地位。他认为中国文学的发展与罗马文学"韵文完备，乃有散文；史诗既工，乃生戏曲"的发展规律是相似的，承认戏曲在继诗、词之后的文学史地位，且默认文学形式"由骈俪相偶之词，易为长短相生之体"②的转变，肯定韵文和散体都是文学的表现方式，这既是对戏曲形式的关注，也是对其"骈文正宗"文学思想的有力补充。此外，他指出《孔雀东南飞》等汉代叙事乐府开始将《春秋》家的叙事与乐教的音律融合，这正是金元戏曲的滥觞，是戏曲的远源，

---

① 刘师培：《论文杂记》，载刘师培《仪征刘申叔遗书》第五册，万仕国点校，扬州：广陵书社，2014，第2116页。
② 刘师培：《文章原始》，载刘师培《仪征刘申叔遗书》第十一册，万仕国点校，扬州：广陵书社，2014，第4926页。

而唐代传奇小说则是戏曲的近源，暗示了对戏曲的音乐性和叙事功能的认识。

我们比较刘师培与王国维的戏曲理论，不是要削弱王国维戏曲研究的重要历史地位和价值，而是想通过王国维戏曲研究与刘师培戏曲理论的内在联系，说明刘师培戏曲理论在中国戏曲理论史上的应有地位。客观而言，尽管刘师培关于戏曲的专门论述相对于他的其他文学理论而言，在数量方面不是很多，却是掷地有声，经得起学术考察，具有较高的学术价值。目前已有一些学者开始注意到刘师培与王国维二者在戏曲理论方面的某种联系①，但相较于学界关于王国维戏曲理论的研究深度，我们认为有必要对刘师培的戏曲理论进行价值重估，这对于重新审视中国戏曲理论发展史应当具有一定的理论启示。

## 第三节　"文说"与"诗力说"——刘师培 与鲁迅文学观之比较

在刘师培与鲁迅所处的 20 世纪初叶，中国社会正经历着传统文化与现代文明、本土思想与西方观念的更替、碰撞和交融。在文学理论层面，20 世纪初叶古今中西的文学思想共同在场、交汇杂糅，在这个重要的中国文学的现代转型时期，刘师培与鲁迅的文学观具有许多相似的时代特色。他们都以传统的文言形式探讨了文学理论的基本问题，正面直论何为文学，并拓展了关于文学起源和文学功能等方面的理论研究，体现出传统文学研究的学理性，折射出中国文学转型期的现代性。二者的文学观既体现出时代的共同特征，又各具特色，具有承前启后的内在学术关联。

---

①　陈燕《刘师培及其文学理论》（台北：华正书局，1989）高度评价刘师培在提高戏曲的地位和价值方面不可抹杀的功绩。胡健《论刘师培的美学思想》［《西北师大学报（社会科学版）》1996 年第 2 期］认为"后来的中国戏曲研究者们在论及中国戏曲的起源时大都采用了刘氏的说法"。姚文放《文学理论》（南京：江苏教育出版社，2000）直接将王、刘二人视为艺术起源巫术说的代表人物。王立兴《刘师培戏剧起源观论略》（载《中国近代文学考论》，南京：南京大学出版社，1992）明确表示，王国维的《戏曲考原》《宋元戏曲史》《古剧角色考》以及今人关于戏曲起源的观点基本上都肇始于刘师培的"戏曲源于乐舞"说。张晓兰《刘师培戏曲观研究》［《兰州大学学报（社会科学版）》2008 年第 6 期］认为刘师培的戏曲观对于王国维等人的戏曲研究有重要的启发和影响，指出刘氏在中国古典戏曲理论史上的地位和贡献有待得到进一步肯定。

## 一　"文"与"诗力"：刘师培与鲁迅对文学本质的关注

刘师培与鲁迅都对文学本质问题进行了理论关注。刘师培是转身找寻过往的传统资源，从"文"的本源入手，研究文学的定位。"藻缋成章"是刘师培对文学本质的主要认识，这种对文学形式饰观作用的理解，是对文学审美特征的把握和强调，这是往圣先贤在著书立论、阐述观点时未被忽视的重要方面之一，但是将这一文学形式要求提升到文学本质观层面的理论努力，则是刘师培文学思想的重要理论贡献。这一时期的鲁迅，直接以拿来主义的姿态融汇中西方文化，从西方文化中寻求"诗力"，以求刺激当时低迷沉顿、毫无生机的中国文学现状。与刘师培在《论文杂记》《文说》《广阮氏文言说》《文章原始》《南北文学不同论》《文学出于巫祝之官说》《论近世文学之变迁》《中国中古文学史讲义》等一系列文学著述中洋洋洒洒直接论"文"不同，鲁迅的早期文学观念主要体现在 1907 年的《摩罗诗力说》和 1913 年的《拟播布美术意见书》两篇文章中。其中《摩罗诗力说》是他所写的第一篇长篇文学论文，是鲁迅早期文学观念的集中反映。在这篇文言论文中，鲁迅所论"诗力"放眼世界、融汇中西，比较系统地介绍了拜伦、雪莱、普希金、莱蒙托夫、密克威支、斯洛伐支奇、兑拉辛斯基、裴多菲等西方浪漫派诗人，他将这些诗人命名为"摩罗诗派"。"摩罗"这个词出自梵语，意思是恶魔。鲁迅如此称呼他们的原因，在于他们的作品无一例外地体现出反抗现实、抗争强权的强大"诗力"，好似恶魔一般具有震慑人心的强硬力量。而这正是当时中国文学所缺失和迫切需要的力量。这种"诗力"实际上是一种巨大的精神感召力，是他所认为的文学本质所在。他举例说因为波兰人民受到密克威支、斯洛伐支奇、克拉辛斯基等诗作的感染，从而爆发了 1830 年和 1863 年的两次起义，文学艺术的强大生命力和精神感召力不言而喻。

与刘师培直面"文"之本源不同，鲁迅侧重论述何为"诗力"，就是要求诗人作家的创作要有一股穿透心灵、刺激读者之力，这是文学的本质和力量所在。只有具备了这种力量，诗歌或文学才能成为鲁迅所认为的种族的"心声"和文明的"荣华"。在《摩罗诗力说》中，鲁迅在对拜伦进行长篇介绍和热切歌颂时，明确表示了对一些文学作品中"虚伪之毒"的痛恨，他强调文学应当具有"真"的美学追求，指出"英当十八世纪时，社会习于伪，宗教安于陋，其为文章，亦摹故旧而事涂饰，不能闻真之心声"[①]。一个"真"字鲜明地体现出鲁迅对文学的本质要求在于真情实感、抒发心声和直面现实。这一点与他后期革命现实主义的文学创作和文艺思想是一脉相承的，也体现出与刘师培不一样的学术出发点。刘师培虽然也强调文学内涵的重要性，但是在文论表述中，更多的是从作品外在表现形式的层面彰显"文"之审美特性，以求获得区别于"笔"的浓郁强烈之美。

刘师培的文学思想随着1919年其自然生命的终结而停滞，鲁迅的文学观和文学创作则在此后的十余年中继续发展和完善。此外，鲁迅在文学的语言文字方面缺少系统的专门论述，因为他的文论出发点是诗学与政治的融合；刘师培对文学本质方面的研究，则主要从语言文字的角度入手，展示深厚的朴学传承和小学功底，体现出传统学术的学理性和纯粹性。同时，鲁迅的早期文学观念较多地融合了启蒙主题和政治诉求，旨在启蒙新民、救亡图存；刘师培的文学思想虽然也经常与政治倾向交相杂糅，但是在关于"文"之本质问题的相关论述中，却显得相对更为学术化和理论化。

## 二　"古民神思"与"巫祝之辞"：关于文学起源论的观点

在关于文学起源论的问题上，鲁迅与刘师培分别表达了"古民神思"与"巫祝之辞"的观点。鲁迅在《摩罗诗力说》的开篇就谈及文学起源的问题，他说："古民神思，接天然之閟宫，冥契万有，与之灵会，道其能道，爰为诗歌。"[②] 这就将诗歌的起源与原始人的泛神论进行了理论沟通，也就是文学起源于宗教理论。这种理论在1908年的《破恶声论》中再次得到论述："宗教由来，本向上之民所自建，纵对象有多一虚实之别，而足充人心向上之需要则同然。顾瞻百昌，审谛万物，若无不有灵觉妙义焉，此即诗歌也，即美妙也。"[③] 鲁迅早期的文学起源观侧

---

①　鲁迅：《摩罗诗力说》，载《鲁迅全集》第一卷，北京：人民文学出版社，2005，第102页。

②　鲁迅：《摩罗诗力说》，载《鲁迅全集》第一卷，北京：人民文学出版社，2005，第65页。

③　鲁迅：《破恶声论》，载《鲁迅全集》第八卷，北京：人民文学出版社，2005，第30页。

重于文学与宗教的关系据此可见一斑，究其实质，他的理论出发点主要还在于"古民神思"之于文学创作的重要心理推动作用，文学可以看作是远古人类为满足自身对崇高、神灵、宗教等意象的无限澎湃的心理需求而抒发心灵的审美表现方式。因此可以说，鲁迅"文学源自宗教"的思路，其实是对文学创作的心理结构的探讨和阐发。

刘师培的文学起源论与鲁迅的早期观点相似，他同样看到了文学与宗教的关系，认为文学起于巫祝之官。但鲁迅是从宗教神话的审美特征本身与诗歌起源的关系角度进行研究的，刘师培则更多从文学语言的角度分析巫祝之官在文学起源方面的推动作用。当然，鲁迅的文学起源论在后期发生了明显的改变，经历了从宗教说到劳动说的发展。他在1924年的《中国小说的历史的变迁》中，认为诗歌起于劳动和宗教，后来在翻译了普列汉诺夫的《艺术论》之后，鲁迅开始明确认为最初的文艺就是起源于劳动。1934年，鲁迅在《门外文谈》中说了一段广为流传的关于文学起源的话，即所谓"杭育杭育派"的劳动起源说。如果说鲁迅的文学起源观是发展和变化的，那么刘师培的文学起源观则是多元和立体的。除了从文学语言角度而言的文学起源于巫祝之官的观点之外，刘氏还看到了史官之职及其史书书写在文学起源发展中的作用，这种作用尤其凸显在口头文学向书面文学的转换过程中，从而推进了文学"抒己意以示人"的表达功能的发挥。此外，在文学的传播过程中，行走四方、出使各国的行人之官以及工于辞令的纵横家，有力地推动了文学的传播范围，提升了文学抒发情感与宣扬思想的表达功能。如此，刘师培的多元文学起源论较为立体地探讨了关于文学起源的多重方面。其实在文学起源的问题上，鲁迅后期所认为的劳动因素确实具有重要的地位，但正如鲁迅早期对"古民神思"的关注一样，文学源初的创作心理机制、传播途径、表达方式等方面的因素同样不可低估。因此，刘师培的文学起源论较为多元，具有更多的历史和考古的理论依据。在有关巫祝、史官、行人的多元文学起源论中，刘师培关注到文学语言之于文学发展和文学传播的巨大推动作用，这些最初的文学形式往往都具有口耳相传的共同特征，以及与之相适应的可读可诵的音韵形式特征，之后的文学语言在发展过程中，逐渐表现为形的方面的辞采和声的方面的押韵，这是文学获得审美特性的根本出发点和内在原因。

### 三 审美与教化之间：关于文学功能论的认识

刘师培和鲁迅都明确表达过对文学审美功能的重视。刘师培在这方面的强调与其"藻缋成章"的文学本质观一脉相沿，他不仅为"文"正名定义，强调"文"的形式美学特征，而且重申自南朝刘勰至清代阮元等人的"文笔之辨"，极力限定"文"的审美形式特征，指出文学创作要不断追求雅驯渊懿的审美效果，他的文学审美功能论应该说是为推崇以骈文为代表的六朝文学所进行的理论铺设。刘师培在大力宣扬骈文为正宗文体的同时，将其他文体（尤其是小说）视为下品。在他看来，小说的稗官家言语言风格完全不能登大雅之堂，不是纯粹的审美之"文"。不难看出，刘师培对文学审美功能的强调主要侧重于文学的审美形式。

鲁迅同样重视文学的审美功能，在他看来，"由纯文学上言之，则以一切美术之本质，皆在使观听之人，为之兴感怡悦。文章为美术之一，质当亦然，与个人暨邦国之存，无所系属，实利离尽，究理弗存"①，这种使读者"兴感怡悦"的审美感受，正与刘师培的希望通过文学作品的审美形式愉悦读者耳目，使阅读过程充满审美享受的文学功能论相互契合。但是鲁迅对文学审美功能的论述并不仅限于此，而是以此为理论起点进行了升华，使之体现出较高的审美境界，他在《拟播布美术意见书》一文中指出，"实则美术诚谛，固在发扬真美，以娱人情，比其见利致用，乃不期之成果"。所谓"发扬真美，以娱人情"②，就是以审美快感为表现形式，以审美理想为核心追求，这样才能达到更进一步的"见利致用"的审美效果，实现文学作品之于读者内心世界的精神感召作用。他认为，文学由于具有这样的审美功能，从而使"文章之于人生，其为用决不次于衣食，宫室，宗教，道德""所以者何？以能涵养吾人之神思耳。涵养人之神思，即文章之职与用也"。③ 文学看似无用，无法

---

① 鲁迅：《摩罗诗力说》，载《鲁迅全集》第一卷，北京：人民文学出版社，2005，第73页。
② 鲁迅：《拟播布美术意见书》，载《鲁迅全集》第八卷，北京：人民文学出版社，2005，第50页。
③ 鲁迅：《摩罗诗力说》，载《鲁迅全集》第一卷，北京：人民文学出版社，2005，第73-74页。

实现衣食、宫室、宗教、道德之类在人们现实生活中产生的实际功用，但由于文学对人的审美情感具有潜移默化的感染力量，因而具备了"不用之用"的巨大作用，"从这里可以看出，鲁迅非常强调文艺的审美特性，认为文艺的多种社会功用是通过文艺的审美作用而产生的'副产品'"①，实乃"不期之成果"。通过对鲁迅文学审美功能论的分析，我们可以发现他的观点体现出启蒙教化的意味，《摩罗诗力说》"在根本上就是一部启蒙诗学"②，他寄希望于中国能出现一批"精神界之战士"，进而通过这些战士实现依靠文学的力量来振兴中华的梦想。可以看出，鲁迅文学功能论的落脚点在于以审美功能感召读者人心，进而发挥其启蒙教化的功能。这一点在鲁迅后期的文学创作和文艺观点中日渐凸显和张扬，可以说是从始至终的内在思路，所以他说"盖诗人者，撄人心者也。凡人之心，无不有诗"③。

　　鲁迅这种寄希望于通过文学的审美功能来发挥社会教化功能的思想，在刘师培的文学思想中也有体现。刘师培在面对近代中国风云变幻的社会文化现象和亟须改变的中国教育现状之时，给出了因时制宜的文学功能论——他向自己先前所设立的雅驯之语和俚俗之言的界限表示了妥协，一方面认为雅驯之语能够予以读者赏心悦目的审美体验，有助于提升文学作品的传播效果，进而增强义学作品教化功能的有效发挥；另一方面，在"文"的审美底线之上，他默许了俚语、白话等大俗之语进入文学作品的现象和可能，并肯定了这些作品在普及民众教育方面的重要作用。他不仅大力倡导文学的教育功能，发表了《中国文字流弊论》《论白话报与中国前途之关系》等论述，提出通过提倡俗语、白话，实现言文合一，进而发挥文学对普通大众的教育功能，而且从启发民智、普及教育的实际作用角度肯定小说的功用，前后态度判若两人。这些思想改变一定意义上也具有了文化启蒙的意味，传统的文学教化观念与现实的文学发展现状，为刘师培的文学功能论注入了新的时代内容。总之，鲁迅将文学的教化和启蒙功能建立在文学的审美功能基础上，而刘师培的文学

---

①　闵开德、吴同瑞：《鲁迅文艺思想概述》，北京：北京大学出版社，1986，第 13 页。

②　李震：《〈摩罗诗力说〉与中国诗学的现代转型》，《中国社会科学》2009 年第 3 期。

③　鲁迅：《摩罗诗力说》，载《鲁迅全集》第一卷，北京：人民文学出版社，2005，第 73 页。

功能论则是多层结构的，既有对文学审美价值超功利的认同，又提倡文学教育感化的社会功用，这是时代发展和客观现实在他们文学思想上留下的历史印迹。

在他们所处的时代，中国的文论思想界众说纷纭，是"中国思想文化由传统过渡到现代、承先启后的关键时代"①。刘师培和鲁迅同处于这个重要的转型期和过渡期，所以二者的文论之间隐含着内在的承前与启后的关系，这主要体现于二者对文学本质的理解以及对文学特征和功用的认识。此外，鲁迅曾经不仅多次称赞和推荐刘师培的《中古文学史讲义》，而且亲自抄录刘师培的《穆天子传补释》和《读道藏记·穆天子传》两部著作，并且与刘师培持相似的学术观点，把《穆天子传》看成是上古的神话传说。② 如果说鲁迅初入文坛的文论《摩罗诗力说》是直面西学，以旁征博引西方诗人的丰富素材展示他对外族文化、世界文学和现代哲学的阐释的话，那么，刘师培以《论文杂记》《文说》等著述所展示的则更多是对传统诗学的整合，以中学为主，从上古之音论至《文心雕龙》《昭明文选》等。鲁迅文学观的发展和刘师培的文学理论都折射出特定时期中国文论发展的复杂路径。可惜刘师培由于个人局限和辞世过早的客观原因，其文论观点仅止于此；鲁迅则在此后不断对传统文论进行扬弃，对文学起源、文学功能等方面的理论持续加强和修复，直至发展为典范和标杆，成为一面启迪后世的旗帜。

## 第四节 "正名"与"陌生化"——刘师培 与俄国形式主义"文学性"之比较

刘师培在关于文学本质、作品形式以及文学语言等方面的理论研究中，贯穿着对于文学特性的本体关注，他指出要通过"正名"方式来实现"文"的审美特性。这种理论思路与俄国形式主义文论通过"陌生化"手法实现"文学性"的文学理论之间存在着内在的一致性，他们都选择从改造文学语言入手来突出文学作品的"文学性"，二者的关系值

---

① 张灏：《转型时代在中国近代思想史与文化史上的重要性》，载《张灏自选集》，上海：上海教育出版社，2002，第109–125页。
② 顾农：《鲁迅手抄刘师培著作二种》，《鲁迅研究月刊》2011年第5期。

得研究。

## 一　"文"与"文学性"——异曲同工的"正名"思路

刘师培与俄国形式主义者都对文学的独立性保持高度自觉，分别提出"文"与"文学性"两种具有相似内涵的表述。刘师培以"正名"方式旁征博引地确立文学的本质特性，不遗余力地彰显"文"的最初本义，指出"文"以"藻缋成章"为本义，"文章"以"乂彰"为主，强调"文"离不开文采彰彰的表现形式。在他看来，作家在作"文"时应当选取交错纷繁的表现形式，致力于修辞润色，文学作品的语言不应该只是停留在浅显的意思表达的能指层面，而要为读者精心设计可供鉴赏回味的思维空间，使阅读过程变得曲径通幽、峰回路转，使语言具有审美的丰富的所指，使读者于精密有致的形式艺术和典雅讲究的文辞之间体验琦错优雅的艺术境界，这正是文学获得独立审美价值的开始。按照这样的"文"之标准，他评价《昭明文选》所收之文虽然并不只是限于有韵之文，却是以辞藻文采的标准作为选择范围的，再次强调文章形式的辞采之美是"文"的必要审美条件。

俄国形式主义文论的出发点同样是为了给文学以准确的命名和科学的定义，艾兴包姆在论述什么是"形式主义方法"的问题时说："名称本身是次要的事，可是如果它引起人们的误解，毫无道理的争论，则必须认真对待这个问题。"他说的是形式主义方法，其实也能看出俄国形式主义者为何将着眼点放在对文学本身的界定上。在他们看来，研究文学的前提是要明确什么是"文学"，也就是要厘清文学理论的研究对象，"问题不在于文学研究的方法，而在于建构文学科学的原则，亦即该学科的内容，研究的主要对象，以及建构作为特殊科学的文学的问题"。[①] 因此他们努力探究作为特殊科学的文学的本质特征，指出文学研究的对象不是作为经验事实存在的所谓文学，也不是作为总体的文学，而是作为一类特殊现象的文学，是"使该作品成其为文学作品的那种内涵"[②]，他

---

① 〔俄〕艾兴包姆：《关于"形式主义者"问题的争论》，载〔俄〕扎娜·明茨，伊·切尔诺夫《俄国形式主义文论选》，王薇生编译，郑州：郑州大学出版社，2005，第256页。

② 〔俄〕雅可布松：《现代俄罗斯诗歌》，载〔俄〕扎娜·明茨，伊·切尔诺夫《俄国形式主义文论选》，王薇生编译，郑州：郑州大学出版社，2005，第321页。

们称之为"文学性"，并且"刻意用'文学性'概念廓清文学与非文学之间的界限"①，以此作为文学研究的起点和落脚点。这一点与刘师培为"文""正名"的做法和理论出发点是不谋而合的。

## 二　从语言入手——不约而同的理论切入口

如何实现"文"和"文学性"？刘师培和俄国形式主义者不约而同地选择从文学语言的角度入手，将文学的本质特征归结于对文学语言的全面改造，进而探讨文学审美特性的具体体现。正如雅可布松所说："诗歌就是具有自身价值的使用游刃有余的一种语言的样式"，同时"我们在文艺作品中大部分不是用思想而是用语言事实来作业"。②为了让读者强烈地感受到文学的"文学性"，俄国形式主义者提出文学语言"陌生化"的概念，认为这是使一部作品获得"文学性"的关键途径。在他们看来，只有通过"特殊手法创造出来的作品"才能"被感受为艺术作品"，而"陌生化"就是所谓"特殊手法"的具体运用，其实质在于增强读者对艺术形式尤其是文学语言的感受难度，延长审美过程，通过对语言的扭曲、颠倒、强化等手段，构筑起陌生化的文学语言之围，为读者提供新鲜刺激的阅读体验。什克洛夫斯基说："那种被称为艺术的东西的存在，正是为了唤回人对生活的感受，使人感觉到事物，使石头更成其为石头。……艺术的手法……增加了感受的难度和时延。"③他认为，文学的根本目的在于达到审美感受，而"陌生化"的语言手段有助于强化读者的审美感受。

在刘师培看来，"'文'也者，乃经、史、诸子之外，别为一体者也"。④文学是具有与众不同的独立本质属性的，创作者应该积极主动地对这种属性加以区别，实现为"文""正名"的目的。他同样选取文学

---

① 姚文放：《"文学性"问题与文学本质再认识——以两种"文学性"为例》，《中国社会科学》2006年第5期。
② 〔俄〕雅可布松：《现代俄罗斯诗歌》，载〔俄〕扎娜·明茨，伊·切尔诺夫《俄国形式主义文论选》，王薇生编译，郑州：郑州大学出版社，2005，第321页。
③ 〔俄〕什克洛夫斯基：《作为手法的艺术》，载〔俄〕扎娜·明茨，伊·切尔诺夫《俄国形式主义文论选》，王薇生编译，郑州：郑州大学出版社，2005，第216页。
④ 刘师培：《文章原始》，载刘师培《仪征刘申叔遗书》第十一册，万仕国点校，扬州：广陵书社，2014，第4926页。

语言作为使文学获得独特审美特性的理论切入口,并多次明确提出关于文学语言的审美主张。在刘师培所认为的高雅的文学领域,他坚持文学语言必然是雅驯化、审美化的,他努力改变文学语言的浅白,讲求使事用典。虽然他的主要出发点是维护文学的高雅地位,而不是明确地提倡艺术感受过程本身,但客观上取得了与"陌生化"理论相同的效果:都使读者在阅读过程中增加了理解的难度和时间,都认同只有经过艺术处理的文学语言,才能使读者在欣赏过程中充分感受艺术的新颖别致,进而经过一定的审美过程完成审美感受活动。

有学者评价俄国形式主义文论的意义时指出:"'文学性'问题的提出转换了文学理论研究的问题结构和知识结构","围绕着'文学性'问题,以语言为中心,按照语言学的研究方法和思维模式,建构起了新的形态的文学理论。"① 文学是语言的艺术,因此从文学语言的角度达到"文学性"的目的就不是缘木求鱼,以此为基础所开展的文学研究也就言之有据。刘师培的文论思路也具有类似的意义,他从"文"的文字意义出发,引申出基于语言学的文学创作论,主张文学应当在语言特色方面以其审美特性取得独有的"文学性",文学语言的雅驯使文学作品的"文学性"得到落实和体现。

### 三　"雅""俗"之间——同中有异的"陌生化"途径

虽然二者为了实现文学的审美特性,不谋而合地采取从文学语言入手的理论思路,但是在对文学语言的风格取舍方面,却表现出一"雅"一"俗"的审美差异。

在中国文学批评史和文学创作的传统观念里,人们对于"雅"的认识一般表现为有意识地使文学作品体现纯正、正统的风格。刘师培沿用了"雅"的文学标准,并以此来衡量"文"的语言,指出真正"文"之雅驯语言应当区别于鄙词俚语,如此,俗语、俚语、方言等日常语言就不符合"文"的雅驯化语言标准。一部作品一旦使用这些语言,就会由于语言本身的"俗"而被正统"雅"文学排斥,无法成为纯正之"文"。

---

① 李龙:《"文学性"问题研究——以语言学转向为参照》,北京:人民出版社,2011,第34页。

因此，他对在语言方面具有主叙事、无韵律特征的小说文体冠以"鄙俚"之词，在默认可以借用小说的俗话俚语作为宣传政治、普及教育和感化民众之临时工具的同时，仍然不忘强调要厘正文体。可见，求"雅"的语言要求，是刘师培"文"之观念的审美底线。另外，文本注疏之类的实用语言也不符合文学语言在韵律方面的雅化要求，无法达到朗朗上口的审美效果，因此他严格区分"语录"、"注疏"与"文"的界限，强调"文"在语言形式上应该具备更多的对偶、押韵和用典等雅化美学形式。可见，刘师培的文学思想是力求出语雅驯、避免鄙俗，拒绝日常语言和实用语言进入正统文学。当然，刘师培后期对于"言文合一"的阐发，以及对白话文学的重视还是符合文学发展的客观规律的，但是，归根结底，在他的正统"文"之观念里，白话文学语言还是无缘于"雅"言正"文"的。

俄国形式主义者在对待日常语言和实用语言方面表现出不同的态度。雅可布松认为，"诗歌词法与民间实用语言的词法是并行不悖的"，而且这些民间日常语言和实用语言中的"新词语丰富着诗歌的内容"。① 因为这些语言富于表现力，能给读者以新鲜感，吸引人们的注意，甚至会产生意想不到的标新立异的效果，而这正是"陌生化"理论所致力要达到的目标，因此俄国形式主义者对待所谓的"雅"与"俗"，并无厚此薄彼的态度，而是一视同仁地将日常语言和实用语言纳入"文学性"的视域，只要能实现"陌生化"的效果即可。当然，如果这种"陌生化"思路仅仅停留在简单使用方言土语制造阅读困难上，那还不是真正的文学性，他们做到了"纳俗于雅"②，对这些非文学语言加以文学性的改造和运用，使其为文学语言注入鲜活的生活色彩，促进文学语言不断更新变化。应该说，俄国形式主义者的雅俗语言观是符合文学语言的发展规律的，而如果按照刘师培的雅化文学语言思路，单纯为雅而雅，排斥来自生活和大众的日常语言对文学语言的贡献，那么文学和文学语言的发展很可能会走向固步自封甚至毫无生气的境地。

总之，刘师培立雅驯，求规范；而俄国形式主义者赞通俗，求陌生。

---

① 〔俄〕雅可布松：《现代俄罗斯诗歌》，载〔俄〕扎娜·明茨，伊·切尔诺夫《俄国形式主义文论选》，王薇生编译，郑州：郑州大学出版社，2005，第322页。
② 钱钟书：《谈艺录》，北京：中华书局，1984，第320页。

前者将读者的审美感受建立在典雅规范的字词语段和正宗高雅的文学形式方面，求"雅"避"俗"是其主要途径；后者则认为文学创作的根本目的是要实现一见而惊的审美感受，这种审美感受主要依靠"陌生化"语言手段在审美过程中加以实现，"雅""俗"之间并无对立的界限。

## 四 两种现代性——不一样的文论命运

形成于 20 世纪初的俄国形式主义文论，一直受到来自政治领域的批判，并解散于 20 世纪 30 年代，却在半个世纪之后再度盛行，并且成为20 世纪西方文艺学众多流派的理论源头，包括英美新批评、结构主义、接受美学、解构主义等，它们均从形式主义文论中获得了理论启发。俄国形式主义文论以科学性的态度关注"文学性"理论，提出"陌生化"手法，被众多研究者奉为文学理论走向科学化的开端，"成为百年文学理论的现代性风标"①，不少中外学者都大力阐述过该学派文论的现代性。刘师培的文学思想却有着截然不同的文论命运，他的文论长期以来并没有如其政治表现和经史研究那样引人关注，关于刘师培文学思想的研究主要肯定了其在中古文学史和骈文理论方面的价值。近年来也有学者重新审视刘师培文学思想的现代性意义，认为他刻意突出文本表达的审美特性，对于现代中国文学的独立发展，尤其是"五四"新文学的独立发展具有一定的启发和推动作用。但这些阐述在学界少有反响，一方面是由于其理论体系不够完备、理论主体政治污点遮蔽等，另一方面则是由于刘师培为"文""正名"的思想趋于保守，在狂飙突进的现代文学浪潮中逆流而上，因此往往被视为近代文化思想的逆行者。

刘师培的文学思想不但没有如俄国形式主义文论一般激进、求新，反而表现出主张树立和模仿典范的不同审美趣味；不但没有像俄国形式主义者那样，通过不断探索新的陌生化语言形式来延续"文学性"，甚至追求文学语言的新奇怪诞，反而明确表示对出语诡谲做法的不满，并且以"讹"来界定一些作品中字词活用、隐语运用、词序颠倒等语言现象，认为这样做只会以文害词、不合逻辑，是作家猎奇心理的表现，有违温柔敦厚的诗教传统。可见刘师培追求的是言有尽而意无穷的雅驯表

---

① 姚文放：《文学性：百年文学理论的现代性追求》，《社会科学辑刊》2007 年第 3 期。

达效果，以华美的语言营造典雅含蓄的审美境界，使读者赏心悦目、唇齿留香，得到愉悦的审美享受；俄国形式主义则主张以新奇怪异的陌生语言形式不断刺激读者的思维模式，体验与无意识的习惯思维迥异的审美历程，在这过程中，读者的感受可能是愉悦的，也可能是紧张的，甚至是恐怖的，只要与平淡无奇的感觉产生距离，就达到了"文学性"的目的。这种一味求新求奇的"陌生化"理论与求正求雅的中国诗教传统格格不入，与刘师培为"文""正名"的理想观念亦有距离。

从文论指向角度看，刘师培为"文""正名"是为了求正统、立标准，因此他的文论主要是针对一些所谓"不正宗"、不入流的难登大雅之堂的写作而言的，这是对白话初兴之时文学语言芜杂现状的一种反拨。他选择从文学语言入手，使其在典雅讲究方面区别于日常语言，在用韵辞藻方面区别于一般实用写作，旨在强调如何实现语言雅驯，进而给文学建立规则、维护文学的高雅地位，从而使其从传统经史子集的模糊分类中明晰出来。而俄国形式主义的"陌生化"理论则主要是对当时俄国历史文化学派的逆反，他们反对该学派用社会历史规律来研究文学作品的做法，强调文学的独特性，提倡通过"增加认知的难度和时间长度"的陌生化手法来破坏语言的原则和规范，为文学生命力注入强烈的刺激，从而增强文学的艺术感受力，亦即"文学性"，因此他们反对"节约创作力"的熟视无睹的惯性写作规则[1]，强调从突破读者的感受方面入手，用受阻的、扭曲的言语帮助人们恢复审美感受，从而以诗意的眼光去感觉惯常的事物。总之，他们强调形式上不断求新、不断推翻现行规范，一旦旧的形式由于反复使用而逐渐变得僵化，就应该被翻新，克服自动化。

从上述比较中可以看出，刘师培对于"文"的理论阐发和俄国形式主义者对于"文学性"的关注，都是对文学本体的理论关注，是文学理论的研究基石。俄国形式主义从文学语言角度提出以"陌生化"手法作为实现"文学性"的根本途径；刘师培同样选择文学语言作为实现为"文""正名"的主要途径，但是他强调的是雅化文学语言的审美特性。

---

① 〔俄〕什克洛夫斯基：《作为手法的艺术》，载〔俄〕扎娜·明茨，伊·切尔诺夫《俄国形式主义文论选》，王薇生编译，郑州：郑州大学出版社，2005，第 228 页。

这种求雅语言观其实是正统思想和审美理念的交相融合，这其中的审美因子不容忽视，对白话文学发展初期一些语言失范、缺乏审美特色等现象，不能说没有美学方面的启示，侧面可见他的文论本意是使文学特性鲜明。既要使"文"从传统经史子集中脱颖而出，又要避免俗语入文可能会造成的文学边缘模糊化的情况，其为文学"正名"的良苦用意可见一斑。刘师培对文学语言和文学形式的本体性强调，与传统重教化的文学他律观相比，可以视作文学审美自律观，是现代文论研究向内转的重要特征之一。另外，尽管刘师培的文论与俄国形式主义文论相比趋于保守，但并不是绝对的抱残守缺，俄国形式主义认为文学史的发展其实就是文学形式不断更新的历程，对于这一点，刘师培也明确提出"文""实与时代而迁变"的相似文学发展观，他甚至在文学史研究中引入社会学的进化论，尊重文学本体的发展规律，而且他在对小说和白话文的态度方面也有所折中。

综上可见，刘师培希望通过为"文""正名"方式来实现"文"的审美特性的理论思路，与俄国形式主义者通过"陌生化"手法实现"文学性"的文学理论之间遥相呼应，体现出致力于彰显文学作品的审美特性的理论一致性。他们都选择从改造文学语言入手来突出文学作品的"文学性"，但他们在对文学语言的取舍方面表现出雅与俗的审美差异，在文论命运、审美趣味和文论指向等方面也存在不同。通过对二者文论的平行比较，我们可以进一步认识近代文论史上一抹曾经与俄国形式主义文论同时出现的文论异彩。另外，刘师培对"文学性"的强调和对文学语言审美特性的把握，客观上为当代中国理论界认识俄国形式主义文论铺设了先路。

# 第六章　刘师培文学思想的意义价值

刘师培所处的清末民初，正是古典与现代交汇、西学东渐对中国传统文论产生重大冲击的特殊时期，同时也是"五四"新文化运动兴起的重要酝酿时段，他的文学思想自带了这一特定历史背景下中国文论发展的某些共性。虽然由于外界瞬息万变的时代背景、文论主体驳杂交融的理论接受以及急切速成的成文方式，刘师培对于"文"的多角度研究时有前后相悖的理论表述，但他的文学思想较好地向"五四"及当下学人展示了面对传统文化的现代视角，面对西方文论的民族立场以及构建当下的文化自信，值得我们将其文学思想置于当时及当下的广义文论场域中，结合其产生的具体文化语境，揭橥其中的精义要眇和意义价值，进而揭示中国文论由古典到现代变迁过程中的一些特点。

## 第一节　"文"的美学意义

传统文论赋予文学经世之用，将社会政治盛衰系于文学，而刘师培却以"藻缋成章"作为"文"之本训，以"彣彰"作为"文章"别体，认为真正的"文"离不开文采彰彰的形式，对文学形式予以本体性的强调，表现出对于"文"的审美关注。与重教化的文学他律观相比，刘师培的文学思想体现出重视文学本体特征的审美自律观和独特的美学观，而这正是近代文论研究向内转的重要特征，也是刘师培文学理论现代性的重要体现。

### 一　近代中国的"美学"概念

"美学"一词来自日本学者中江肇民对西文 Aesthetics 的翻译，这个词最初由德国哲学家鲍姆加登用于指感性认识的学科。一般认为，王国维最早将此术语由日文转译成中文，他在 1901 年所译的《教育学》中开始使用"审美哲学"和"审美的感情"等概念，在 1902 年所译的《教育学教科书》与《哲学概论》中也使用了"审美"的概念，同年，他在《哲学小辞典》的译文中使用"美学"和"审美学"的概念并为之定义："美学者，论事物之美之原理也"。1904 年，他开始在自己的著作《孔子之美育主义》和《叔本华之哲学及其教育学说》中使用"审美""审美学""美学""美术""美育"等概念。同年 7 月，他在自己的第一篇文艺评论文章《红楼梦评论》中使用"审美""美学""美术"等词语，这是我国文学评论中最早出现的美学用语。① 当时的中国学界对于"美术"与"美学"的内涵区分并不十分严格。实际上，"美术"乃是明治维新之后的日本学者由英文 fine art 意译过来的，字面含义是指美丽的艺术。20 世纪初的近代学人笼统地视美术为美学，既指审美感受，也指包括文学在内的一切艺术，同时还指从审美感受出发所进行的审美创造。在实际的理论用语上，"美""美学""美术""审美"等概念往往互相通用而不致引起歧义。比如王国维曾慨言："美术之无独立之价值也久矣。此无怪历代诗人，多托于忠君爱国劝善惩恶之意，以自解免，而纯粹美术上之著述，往往受世之迫害而无人为之昭雪者也。"② 这里的"美术"侧重指的是文学艺术层面的美学创作。

　　由此可见，当时学人虽然对这一系列极具西方观念的美学概念积极认同，但对这些理论概念的认识还未达到精确规范的水平。1905 年，严复在所译《孟德斯鸠法意》第十九卷中专门以一则按语对"美术"进行说明，他认为"美术"在我国最为缺乏，应该却未能得到讲求，并将"美术"界定为"凡可以娱官神耳目，而所接在感情，不必关于理者"，他进一步将"美术"具体到各种艺术样式中："其在文也，为词赋；其在听也，为乐，为歌诗；其在目也，为图画，为刻塑，为宫室，为城郭园亭之结构，为用器杂饰之百工，为五彩彰施、玄黄浅深之相配，为道涂之平广，为坊表之崇闳。"这些论述和理解浅近形象，确实涉及美学的一些基本理念和精神，包括对于文学艺术中形式美的认可。严复在此申明"美术"观念的用意，不在于要对此进行理论的探讨，而是希望引起国人对此进行学术研究的关注，他说："东西古哲

---

① 参见姚文放《"审美"概念的分析》，《求是学刊》2008 年第 1 期。
② 王国维：《论哲学家与美术家之天职》，载姚淦铭、王燕编《王国维文集》第三卷，北京：中国文史出版社，1997，第 7 页。

之言曰，人道之所贵者，一曰诚，二曰善，三曰美。或曰，支那人于诚伪善恶之辨，吾不具知，至于美丑，吾有以决其无能辨也。愿吾党三思此言，而图所以雪之者。"① 不久，严复的愿望就在刘师培处得到了实现，刘师培的美学观及其对"美术"的相关研究，客观上促进了国人对于美学的深层理解，并使其关于"文"的审美特性的强调获得了理论的支持。

## 二　刘师培的美学观

1907 年 3 月，《国粹学报》顺应时代潮流开设"美术篇"新栏目，该栏目该年的稿件主要来自刘师培。从时间角度看，该年 2 月，刘师培应章太炎等人的邀请东渡日本，3 月，《国粹学报》即开设此栏目，而且该栏目的第一篇文章就是刘师培的《古今画学变迁论》，此后将近一年恰好是刘师培在日本的时间，而日本又是当时学界获得关于"美术""美学"等理论的主要来源国，因此有理由推测，此次日本之行很可能是促使刘师培开始思考有关"美术"问题的关键契机，甚至极有可能是由于他对这一新兴热门话题的敏感和兴趣，促成了《国粹学报》"美术篇"栏目的设立。这种推论是否成立未有确证，但《国粹学报》"美术篇"的初期美学思想以刘师培的美学观为主要代表，这一点是无可争议的事实，由刘师培在这个栏目中的重要美学作品亦可略窥其美学观的大概。刘师培的美学观侧重于艺术形式美的方面。美的事物往往以具体的形态和外在的形式获得相对独立的审美特性，形成独特的形式美，这一点在绘画、书法、雕刻等造型艺术中表现得尤其明显。这些美的艺术在长期的形成、发展过程中，逐渐积淀成吸引人、感动人和耐人寻味的美的形态，从这些形态中可以反推出中国美学源远流长的历史，正如刘师培所说，从周代镂金之法的精妙中，"美术之发达，亦于斯可睹矣"。②他对于这些形式美艺术所体现出来的美学风格也有深刻的论述，而且他从"汉人重庄严，晋人则崇疏秀；汉人贵适度，晋人则贵自然；汉人

① 〔法〕孟德斯鸠：《孟德斯鸠法意》上册，严复译，北京：商务印书馆，1981，第399页。
② 刘师培：《古代镂金学发微》，载刘师培《仪征刘申叔遗书》第十一册，万仕国点校，扬州：广陵书社，2014，第4851页。

戒求新，晋人则崇自得"① 的并举对比中，得出晋代美术更为进步的结论，可见他的审美理想偏向于独标远致的自然优美风格。

刘师培正是以其接受的近代美学理论，积极丰富着《国粹学报》的"美术篇"栏目，通过《古代镂金学发微》《释矩》《论考古学莫备于金石》等系列考证文章，对古代美术进行学理上的研究，使相对一般读者而言虚无缥缈的美术之学变得切实可观，并归纳出古代美术与征实之学之间唇齿相依的密切关系。刘师培还以宏观的视野总结中国美术史的历程和规律，在《中国美术学变迁论》中对华夏文明几千年传统美学进行回顾与巡礼，从远古时期美与善互训，到传说中夏铸九鼎的形式美意识萌芽，到先秦诸子以理性精神对文胜之弊的否定，到魏晋时代追求神韵的审美风度，再到唐代"超然于声利之外"的美学理想，史论结合，线索分明；同时敏锐地捕捉到有关传统美学理论研究的重要历史资料，比如南朝之士开始出现审美批评的自觉意识，涌现了谢赫《画品》、庾肩吾《书品》等品第优良的美学理论著作，盛唐之时，随着美术学的兴盛，有关的理论著述亦相继出现，如孙过庭、张怀瓘、窦泉、张彦远的论书之作，裴孝源、朱景元、韦续、荆浩的品画之论等。这些资料的搜集，完善和丰富了关于中国美学历史的研究，对于充分了解中国美学思想的演变发展具有重要意义。刘师培没有对美学原理进行充分的铺展，而是以审美现象为思想主线，描绘各个时代各个阶段艺术现象所反映出来的审美理想、趣味、标准和倾向等。可以说是一部审美意识史，而不是审美思想史，但是美学思想的凝结总是以一定的美学现象为背景的，而且对于当时的读者而言，这样的审美意识史更加形象具体、可读性强，客观上能起到美学启蒙的作用。在刘师培的这些论述中，"美""饰美""美术""审美"等概念频频出现，显示了刚刚获得新知的年轻学者对这一领域的研究热情，以及急于推广美学而未及系统理解的迫切心情。

自 1907 年刘师培在《国粹学报》的"美术篇"栏目中以绝对的优势大力推阐近代美学理论、发掘中国美学传统之后，最早翻译"美学"一词的王国维，于次年成为该栏目继刘师培之后的主要作者，从中可见

---

① 刘师培：《中国美术学变迁论》，载刘师培《仪征刘申叔遗书》第十一册，万仕国点校，扬州：广陵书社，2014，第 4887 页。

刘、王二人在中国近代美学史上若隐若现的历史联结。此后，"美学""美术""美育"等概念成为近代学人的重要理论论述对象。鲁迅于 1913年发表的《拟播布美术意见书》中，论述艺术不是简单的抄袭或者模仿，而是经过作者加工提炼的"美化"后成为的具有美学意义的作品。文章还对审美感受、审美创造等美学基本问题有所论述，同时指出"几案可以弛张，什器轻于携取，便于用矣，而不得谓之美术"。① 这种思想与刘师培关于实用与审美区别的观念具有理论上的相通之处。之后，蔡元培于 1916 年发表的《康德美学述》一文中，涉及优美、壮美等美学范畴，以及审美判断、美感、美学等术语。在 1917 年发表的《以美育代宗教说》中，蔡元培指出："美以普遍性之故，不复有人我之关系，遂亦不能有利害之关系。"② 1921 年，他又连续发表《美术的进化》《美学的进化》《美学的研究方法》《美术与科学的关系》等文章，表现出对这一领域的浓厚研究兴趣。他们对审美观念、审美趣味的探讨都属于审美经验的范畴，在刘师培的美学研究基础上，进一步推动了中国近代美学理论的发展。

## 三　"文"的观念的美学意义

毋庸置疑的是，刘师培是将文学艺术归入美术之列的，他对"文"的形式美追求已经表现了较为明显的审美意识，使其文学思想在形式与教化之间的审美张力得到美学观念的理论支撑，获得现代性的学术意义。既然文学是美术中的重要组成部分，那么文学必然要遵循美术的各种规律和要求，其中重要的一点就是要具备美丽的外在表现形式。这种形式美的要求与刘师培"文"的思想达到了共通，换言之，刘师培的文学思想中也蕴含着美学观。为了能够更好地使文辞发挥明道的功能，刘勰在《文心雕龙·原道》篇中指出，文章有必要像玄黄色杂、山川焕绮、动植藻绘贲华一样注重文采，像玄黄、方圆、日月、山川、龙凤、虎豹一样讲究对偶，像竽瑟般的林籁、球锽似的泉石一样讲求声律；在《徵

---

① 鲁迅：《拟播布美术意见书》，载《鲁迅全集》第八卷，北京：人民文学出版社，2005，第 50 页。
② 蔡元培：《以美育代宗教说》，载《蔡元培全集》第三卷，杭州：浙江教育出版社，1997，第 61 页。

圣》篇中从"政化贵文之徵""事迹贵文之徵""修身贵文之徵"三个方面，说明"志足而言文，情信而辞巧"① 才是作文的金科玉律，强调为文不能缺乏动人美好的文辞文采；《情采》篇同样肯定了追求形式的形文和追求声韵的声文，说明文章要有华美的文采。当时的齐梁文坛过分追求文采、对偶、声律的骈文形式，甚至达到某种浮靡的程度，引起了刘勰对文质关系的一定思考，但无论如何，他还是肯定形式美是文章必不可少的前提。与刘勰一样，刘师培也坚持这种源自孔子"言之无文，行而不远"思想的文学形式观，以形式美的追求作为"文"的重要标度和文学批评的重要理论。他对汉代辞赋、屈宋骚体、六朝骈文等文学形式都予以高度的关注，通过对这些文学作品形式美的肯定，表现对这些文学创作的自觉状态的肯定，即文学不是经、史、子的附庸，而是文人有意为之的作品，尤其是魏晋时期的文人开始有意识地进行自觉的文学创作，一时蔚然成风。刘师培的文学思想在浅层的形式主义倾向之下，暗含的是对文学独特性和艺术美的强调，是对"文"之特性的深刻认识。通过前文的讨论我们已经看到，"文学"的概念发展至六朝时期，开始以"文""笔"区别的形式趋向纯粹，但是经过唐宋复古思潮的冲击，"文学"概念再度回归混沌，不仅"文"与"笔"不分，而且"文"还要担负"载道"的重任，文学特性屈居从属地位。有感于"名不正则言不顺"的正名思想，刘师培从对"文"的正本清源入手，廓清文学的特性，减轻其不堪重负的"载道"之职，使文学还原为六朝时期"为文学而文学"的无为状态，因此看似矫枉过正的正名定义，实则是对文学审美理想的凸显。

在刘师培看来，文学作品必须在形式要素上符合"文"的基本内涵，才是名副其实的"文学"，而"文"的主要指向就是文学作品的语言辞采之美，从这样的标准出发，不仅中国传统的骈文形式是最相吻合的，而且骈文是汉民族独有的文学形式。因此无论是出于保存国粹的目的，还是从"文"的审美标准出发，骈文都是最正宗的文学样式。这种理念在形式主义的表面追求之下，暗合的是一种审美的理念。刘师培对"美术"的界定颇为切近近代美学观念："美术云何？即仪文、制度是

---

① 刘勰：《文心雕龙注释》，周振甫注，北京：人民文学出版社，2002，第 11 页。

也。郑子太叔有言：'礼为天地之经，发为五色，彰为五声。'欲奉五色，由是有九文、六采、五章；欲奉五声，由是有九歌、八风、七音、六律。"① 既然美术的目的不在实用而在审美，那么句式对仗骈行、音韵琅琅可诵的文学样式正符合真正的审美要求，而这样的杰出代表非骈文莫属。刘师培在《论美术与征实之学不同》一文中表示了对文学审美特征的看法："贵真者近于征实，贵美者近于饰观。……美术者，以饰观为主者也。既以饰观为主，不得不迁就以成其美。"② 以"饰观"为主要特征的文学，就是王国维所说的只为描写人生而无其他附属目的的纯文学。这类纯文学的美学形式当然不容忽视，从这个角度出发，句式对偶、语言华丽的骈文当然是美文的最佳形式。刘师培用偶词俪语的雅驯标准，树立骈文的正宗地位，正反映了他对文学形式美的执着追求。在具体作家作品研究中，他称赞阮籍的《通易论》《达庄论》《乐论》，因为它们或"文体奇偶相成，间用韵语"或"多韵语，然词必对偶，以气骋词"或"文尤繁富，辅以壮丽之词"；他推崇嵇康的《声无哀乐论》和《难张辽叔自然好学论》，因为它们"文词尤为繁富"，近乎"至美"，完全符合他对"文"的形式的美学要求。③

刘师培所坚持的"藻缋成章"的文学本质观，彰显了他对文学审美形态的肯定，这就将文学与考据、训诂、哲学、道德等其他学术区别开来，使文学创作成为如马克思所言的人类对于世界的艺术的掌握方式④，成为与学术研究趣味迥异的审美创造。考据注疏之学在清代获得了较强的生命力，成为清代朴学的重要研究门径，宋学和汉学两大学派分别从语录和注疏入门，从而给学者造成语录和注疏也属于文学的误导，致使"学日进而文日退"。刘师培通过溯源梳理，郑重指出，注疏、考据等形式都不能视为文学艺术。他给出两点理由。其一，对经典古籍的注疏考

---

① 刘师培：《中国美术学变迁论》，载刘师培《仪征刘申叔遗书》第十一册，万仕国点校，扬州：广陵书社，2014，第4885页。
② 刘师培：《论美术与征实之学不同》，载刘师培《仪征刘申叔遗书》第十一册，万仕国点校，扬州：广陵书社，2014，第4890页。
③ 刘师培：《中国中古文学史讲义》，载刘师培《仪征刘申叔遗书》第十五册，万仕国点校，扬州：广陵书社，2014，第6882－6885页。
④ 马克思：《〈政治经济学批判〉导言》，载《马克思恩格斯选集》第二卷，北京：人民出版社，2012，第710页。

据当属于严肃的学术研究，不可能为追求艺术形式而破坏学术规范，因此难免枯燥单调，在语言上失去抗坠抑扬的可诵特征，不能满足文学语言的要求。其二，考订经史之作的行文之法，一般不外乎征引和判断两种，都是为求得客观真实，这种通过理智判断和科学求证获得的客观真实，既不同于以艺术想象和形象思维获得的艺术真实，也不同于文学抒写性灵的审美追求风格。他看到文学不同于学术，指出不能以学为文，因为文学"以性灵为主"，允许虚构、夸张等文学手法的使用，如果以考据求实的眼光看待这些文学手法，那么就有用字、造语、造句、用事等讹误，但是一旦将这些讹误统统删除，文学又不能成其为文学，这一点是他将文学与学术进行比较研究时得出的最有价值的理论观点，此观点向文学的本质迈近了一步。

　　刘师培承继了传统学术的求实精神，反对虚无荒诞的学说，但是对文学审美特性的认识，使他明确体会到"美术与征实之学不同"。他强调美术和实学具有"以性灵为主"和"以考覆为凭"的审美取向差别，并且，他对于"蹈虚"的文学现象其实是深以为然的。他以严谨的治学态度提醒读者，虚构、反常的文学手段是不符合句法、语法和文法的，有时甚至是不符合客观历史事实的，千万不能以征实的态度信以为真，否则就成大"讹"之误了，显示了他对美学基本规律的正确认识以及对文学创作规律的深切体会，体现了文论的审美自律倾向。他说："列子贵虚，庄、周谲诡，借物寓意，夫岂有征？"[①] 文学创作中的想象、夸张等艺术手法和浪漫主义的艺术风格，是文学与生俱来的特征和品质，为读者营造出与现实生活的距离美感和艺术享受。但是一旦将这种艺术想象坐实，那么艺术真实将不复存在，而且会贻误读者，使其误以为史实。这种做法"是犹待兔而守株，岂仅刻舟而守剑"，扼杀了艺术创造的想象，违背了文学创作的规律。刘师培又曾这样表明自己对文学研究的看法："予作文以《述学》为法。"[②] 所谓"作"与"述"，可以理解为创作与阐述。如果说对待传统学术，孔子是"述而不作"的经典诠释，那

---

① 刘师培：《文说·记事篇第二》，载刘师培《仪征刘申叔遗书》第五册，万仕国点校，扬州：广陵书社，2014，第 2057 页。

② 刘师培：《甲辰年自述诗·四十八》，载刘师培《刘申叔遗书补遗》上册，万仕国辑校，扬州：广陵书社，2008，第 387 页。

么刘师培则是既述且作的近代研究，主要是以严肃的学术立场和述学态度进行文学研究和文学创作；而对待"作文"，刘师培更加赞成运用丰富深厚的学术修养，尤其是语言学知识，使文学作品渊懿自华，使文学语言氤氲吐芳，使"文"成其为"文"，符合"文"的本初特征，实现"文"的审美本质。陈平原感慨："时至今日，谈论可以作为文章品味的'述学'，或者有学问作为根底的'美文'，均近乎'痴人说梦'。"① 从中可以看出刘师培对作"文"与述"学"辩证关系探讨的现代意义。

在近代以前的中国文论历史中，以审美追求为主要特征的纯文学观念几乎湮没无闻，在魏晋时期文学自觉之前，经史子集混杂交错，文学尤其是文学理论并无独立发展的地位；同时在中国传统文论语境中，以文载道、强调文学政治教化功能的观点长期占据主导地位，鲜有真正凸显审美功能的纯文学观。因此，朱东润于20世纪三四十年代，在《中国文学批评史大纲》中认同"美"和"激情"乃"文艺之奥府"的文学观，被章培恒点评为"简直有点像奇迹"，② 具有彰显文学审美功能的纯文学观的重要意义。那么照此思路，刘师培早于朱东润三十多年就开始提倡此种审美文学观，更可见其文论思想在中国文论现代转型过程中的重要价值。总之，刘师培发现了文学与学术具有求审美与求科学的不同性质，但是"文原于学"的观点，使他既反对视词章为雕虫小技的轻薄之徒，也反对简单排斥考证之学、以为考证不利于展示词章之美的错误看法，指出既要以严肃的学术研究态度对待文学研究，又要以深厚的理论素养创作出渊源有自的厚重之文。可见，刘师培的文学思想中贯穿着一条美学理想的线索，他以这样的审美立场诠释"文"的理论，并贯穿到文学研究的各个层面，同时延续诗教和乐教的文论传统，使"文"之内涵彰显出美学的意义，正是这条隐含的美学之线，使他的文学观念脱离了传统文论的狭隘空间，在新的文论发展中获得理论的延续。

---

① 陈平原：《中国现代学术之建立》，北京：北京大学出版社，1998，第445页。
② 章培恒：《前言》，载朱东润《中国文学批评史大纲》，上海：上海古籍出版社，2005，第7页。

## 第二节　文学观念的“五四”启迪

### 一　“前五四”与“后经学时代”

作为“五四”新文化运动的重要组成部分，“五四”文学革命以其摧枯拉朽的宏大气魄和改天换地的决绝姿态，当仁不让地成为中国文学史传统与现代的绝对分水岭和中国文学现代化的不二起点。一大批“五四”新青年以与传统决裂的态度相标榜，他们思想上追求民主与科学，抛弃封建和落后，反对专制和剥削；语言上提倡通俗易懂的白话，否定“之乎者也”的文言；创作上蜂拥于新诗、新小说，不屑于八股、旧古文。文学革命的先驱们对新文学的提倡和探讨，推动了中国文学现代化的进程，促进了新文学的发展和现代文学观念的生成。但这一段“五四”时期并非是无本之木、无水之源，它必然是经历了足够的前期酝酿，加之特定的契机，才由量变产生质变，演绎出这一段彪炳史册的光辉时期。因此有学者提出，对于“五四”的全面研究，以及对于中国文学现代化的研究，应当防止“五四”、“神话化”和独白主义的倾向，应该将研究的触角回归和延伸到“前五四”阶段。[①] 所谓“前五四”，并不只是从时间角度所论的“五四运动”前的一段客观时间轴，而更多是从文化传承的基点所指的“五四”前夕的思想文化暗潮，这股暗潮在思想、文化、文学等众多领域潜滋暗长，或许还准备不足、略欠火候，或许只缺时代导火索而没有能够如“五四运动”一样燃放出光华夺目的历史火花。但对于这段时期这些思想文化的研究，无疑有助于在具体的历史语境中全面考察有关“五四”的前因后果，这种研究思路似乎与刘师培主张不割断历史的渐变文学史观具有某种共鸣，他在《中国中古文学史讲义》的第一课概论中就表明，如果想要全面系统地研究六朝文学，就应当把六朝以前的文学也纳入考察的视野之内。

---

① 陈雪虎：《“文”的再认：章太炎文论初探》，北京：北京大学出版社，2008，第19－20页。

这一段"前五四"时期恰好正是中国文论开始表露出"后经学时代"① 特色的转型期。中国传统经学思想对文学创作和文学批评历来都保持着引领、规范和渗透的导向性地位，尤其体现为"文本于经"的理论认同。所谓"经"，从狭义上说，一般特指汉代所立《诗》《书》《礼》《易》《春秋》这"五经"，或者指这"五经"再加上失传的《乐》所构成的"六经"，其他还有在此基础上的"七经""九经""十三经"等不同归类和说法；从广义上说，"经"不仅指具体的经典古籍，而且引申为融合儒家经典与学术规范为一体的理论体系和思想意识。一方面，"文本于经"是中华文明中长久以来处于绝对文化高地的经学系统对于文学领域的渗透与俯视；另一方面，这也是传统文论家久已有之的托体自尊的思路和策略，借经学之正统背景为文学立一席之地。刘勰在这方面给出了影响深远的论述范式，他在《文心雕龙·宗经》篇中溯源诸经典籍，梳理文学谱系，勾勒"五经"与各类文体之间的源流发展，在他之后，"文本于经"的文论表达几乎都是如出一辙。

但在刘师培所生活的清末民初，传统经学已然由独尊的话语地位逐渐式微，其对文学、文化的直接作用也在悄然变化。在不久之后的"五四"新文化运动期间，传统经学甚至被当作陈腐的禁锢民众思想的封建文化，遭到前所未有的漠视和否定，甚至被激进地全盘阻隔。梁启超接二连三地提出"诗界革命""文界革命""小说界革命"，鼓励突破传统经学之于文学的藩篱；鲁迅奋笔直书《摩罗诗力说》，大声疾呼中国需要"摩罗诗力"，需要彻底突破儒家经学诗教的束缚；王国维则通过《红楼梦评论》《人间词话》《宋元戏曲史》等具体的小说、词和戏曲文体理论研究实践，尽力摆脱传统经学的研究立场，开创了中国近代新文论的研究模式和研究方法。刘师培身处这样的"后经学时代"，切身感受到传统经学的今非昔比，同时深受动荡不安的社会潮流和蓬勃涌进的外来学说的刺激，在文学思想方面表现出古今交融、中西合璧的表达风格和适应性改变。因此他在阐述自己对于"文"这一研究对象的理论观点时，并没有单纯简单地回归"经"的文化语境，而是系统把握既有经

---

① 马睿：《走向后经学时代的文学之思——关于王国维文学研究的重新认识》，《西南师范大学学报（人文社会科学版）》2004 年第 1 期。

学资源并加以合理利用，延展"文本于经"的思维模式，合理继承传统经学的学术资源和治学方法，加以近代文学理论的拓展研究，客观上促进了近代纯文学观念的生成。

## 二　"文"的界定对"五四"新文学的理论启迪

刘师培跳出传统"文""笔"区分的具体问题本身，将这一问题提升到纯粹理论的高度，开始讨论"文"之本体。这种理论自觉在中国文学理论的发展脉络中，具有承前启后的过渡作用，一定意义上开启了"五四"时期对文学进行理论界定的先声。此外，"文"的观念对于文学审美形式的强调，在"五四"时期得到另一种形式的理论延续。刘师培希望借助富有诗意的文学形式营造出意蕴深厚的审美空间，使读者于精密有致的形式艺术之间体验绮错优雅的艺术境界。他还认为，这种引人入胜的文学形式，正是"文"之审美特性的关键所在，文章以"彣彰"为本训，对审美形式的自觉意识是文学获得独立审美价值的开始，作品的"文学性"自然也应该以形式之美作为指归。刘师培将审美认识和审美感受看作文学创作目的的两端，既要实现"言以足志"的表达功能，使读者完成审美认识，又要使读者领略到"文以足言"的审美感受，在某种程度上，增强读者审美感受可以更好地促进审美认识，甚至于审美感受本身也是一定意义上的审美认识，因为出言有章的文学语言可以提升读者对于文学艺术的深刻把握，陶冶雅致情操。实际上，"五四"时期"文的觉醒"，李金发、戴望舒、袁可嘉等人对文学语言形式的探讨，闻一多著名的"三美"主张等，都体现了审美意识的觉醒和文学本体的张扬。闻一多所提倡的"音乐的美"（音节）、"绘画的美"（词藻）和"建筑的美"（节的匀称和句的均齐），几乎是刘师培文学思想的另一种表述，"戴着脚镣跳舞"的主张，正是既雅且驯的"文"之语言特色的体现，在闻一多的诗中，随处可见双声叠韵的乐感、抑扬顿挫的声调和色彩浓烈的词藻。刘师培所坚持的"文"之内核，以其形象性、审美性，获得了对于文学本质特征的现代把握，这种追求审美特色的文学思想，在刘师培之后的"五四"时期，获得了理论的涅槃。

刘师培对文学作品审美形式的强调，客观上彰显了文学的艺术审美特色，予以文学定义必要的形式标准，使文学以形式美打动人心的语言艺术方面的特征得以显露，这对于推进近代纯文学观念的生成具有去伪存真的辨析作用。谢无量在考察"中国古来文学之定义"和"外国学者论文学之定义"的基础上，吸取英国学者庞科士在《英国文学史》中对文学的定义，明确提出对文学要做"精神上之观察"，要注意文学"美的特质"。① 在文学创作领域，对文学审美特性的追求也逐渐成为比较自觉的意识，1921 年 7 月成立于日本东京的创造社，以及稍后成立的浅草社、沉钟社等文学社团，都主张"为艺术而艺术"的文学理念，讲求文学的美感；"五四"时期，周作人、俞平伯等人创作的"美文"，平和冲淡、独抒性灵、用笔深厚，尤其是周作人，他借鉴外国文艺运动的经验，反对"非人的文学"，提倡"人的文学"，② 坚持以创作者的正确态度来确保文学独立自主的品格，这些理论和实践与刘师培凸显文学独特地位的努力一脉相沿。不过，以周作人、郑振铎为代表的"五四"学人不只看到了文学的形式艺术要素，而且明确认识到文学创作过程中的情感、想象等审美心理机制，他们在刘师培文学思想的基础上，对文学的认识更趋于文学本质，有力促进了文学研究的现代发展。以周作人为例，他既反对只关心如何制作纯粹的艺术品，而不顾及人世种种问题的艺术派文学观，也不赞成将文艺作为伦理和说教工具的人生派文学观，而主张文艺的自由和独立，主张作家"应当用艺术的方法，表现他对于人生的情思，使读者能得艺术的享乐与人生的解释"。③ 郑振铎将文学定义为"人生的自然的呼声"，指出人类情绪的流泄于文学中的，不是以传道为目的，更不是以娱乐为目的，而是以真挚的情感来引起读者的同情的。④由此可知，无论是对"文学不是什么"的否定性界定也好，还是对"文学是什么"的肯定性定义也罢，"五四"学者都已经意识到文学的独立存在，并努力予以其明确的内涵和外延，这是"五四"新文学运动的特色和成就，也是文学观念近代转变的开始。这样的改变和进步，离不开

---

① 谢无量编《中国大文学史》卷一，郑州：中州古籍出版社，1992，第 2 页。
② 周作人：《人的文学》，载鲍风等选编《周作人作品精选》，武汉：长江文艺出版社，2003，第 3 页。
③ 周作人：《新文学的要求》，载鲍风等选编《周作人作品精选》，武汉：长江文艺出版社，2003，第 19 页。
④ 郑振铎：《新文学观的建设》，载《郑振铎文集》第四卷，北京：人民文学出版社，1985，第 347 页。

"前五四"时期学人的理论探索,包括刘师培"文"之观念的理论启迪。有学者认为,刘师培的文学思想刻意突出文本表达的审美特性,从而"呈现出文学非工具论的某些特性,同时也因应了现代西方专科意义上的文学与历史哲学之间的分类观,这对现代中国文学的独立发展,尤其是五四新文学的独立发展无疑具有一定的启发和推动作用",① 由前文可知,此言非虚。

刘师培充分认识到"美术与征实之学不同",尽管"中国的传统'实学'观随着东西方文化一次次的交融碰撞,已悄然变异"②,但是刘师培所谓的"征实之学"依然是对科学求实研究态度的强调,与中国传统的格物致知、伦理修身等"实学"观念的精神实质仍然相通。以这种征实的态度研究学术真谛的求实精神,是清代学术研究的主要特征,同时也是"五四"学人倡导的科学精神的心理基础。刘师培曾总结汉人治学的方法特色为:"求之事类,以解其纷;立为条例,以标其臬。或钩玄提要而立其纲,或远绍旁搜以觇其信。"③ 这正是刘氏本人对待学术研究的基本立场,同时辐射到文学研究领域,也表现出客观求实的学术研究特色。他意识到,作为一种学术理论,文学研究绝不应该是纯粹主观和武断意见的似是而非,而应该是一丝不苟的全心投入和全面准确的理论阐发。乔纳森·卡勒认为,理论是一种分析和话语,"它试图找出我们称为性,或语言,或文字,或意义,或主体中包含了些什么"。④ 文学理论也不例外,它是以文学批评和文学史为基础所进行的对文学的基本原理、基本规律和基本范畴等的理论研究,它具有超出文学学科的作用的话语,它是分析的、批评的和反射性的,这些特性源自文学理论自身独特的研究对象和研究方法。"后经学时代"的刘师培保留了经学研究的严肃态度,特别强调要以学术研究的心态对待文学研究,比如文学史研究,他

---

① 段怀清:《刘师培的语言—文学观》,《杭州师范大学学报(社会科学版)》2009年第1期。

② 陈义海:《明清之际:异质文化交流的一种范式》,南京:江苏教育出版社,2007,第235页。

③ 刘师培:《汉宋学术异同论·总序》,载刘师培《仪征刘申叔遗书》第四册,万仕国点校,扬州:广陵书社,2014,第1585–1586页。

④ 〔美〕乔纳森·卡勒:《当代学术入门:文学理论》,李平译,沈阳:辽宁教育出版社,1998,第16页。

认为这就是一种必须落到实处、不得虚妄的"征实之学"。在刘师培的学术史研究中，学者的研究与文人的视野重叠，他将"文章学"的文学史研究置于学术史背景中考察，增强了研究立场的学术特色。在资料的搜集、源流的考证等方面，刘师培要求研究者必须具备客观求实的学术研究态度，才能恢复文学史的本来面目，揭示文学发展的客观规律。这种观念可以借用韦勒克的说法表述为：文学理论研究"必须成为一个系统的知识整体，成为对结构、规范和功能的探索，它们包含了价值而且正是价值本身"。[①] 因此，在文论发展历程中，不论是"外部研究""他律"论等面向社会现实的实践性努力，还是"内部研究""自律"论等文论自性的转向，都应该具备与研究"征实之学"相似的高度使命感和深沉关注的责任感。

尽管客观求实的学术研究态度是文学研究所必须具备的，但并不意味着所有学术研究的方法都适用于文学研究。因为文学理论的研究对象是文学作品，而文学与其他艺术样式一样，有着独特的艺术价值，这与自然科学的价值无涉、价值零度截然不同。文学理论终究是对以文学为研究对象的价值判断以及相关的理论提升，阅读和欣赏文学作品与阅读理论学术著作的心理过程和心理感受当然是不同的，这是一个带有创造力、主动性，同时又不乏理性深度的审美活动。文学研究因为这种对象的特殊性和理解过程的丰富性，而显示出与学术研究不同的方法和特色。这一点刘师培有时颇为混淆，在《文说·记事篇第二》中，他以历史学的眼光考量所谓记事之文时，文学作品中的想象、夸张、虚构等艺术手法都被他归结为寓言、虚设和讹误三种弊端而加以批判；在文学批评中，他以严谨客观的句法、语法和文法知识，冷静剖析诗文的逻辑理路，指出杜甫《秋兴》中的"红豆啄余鹦鹉粟，碧梧栖老凤凰枝"违背了语法规则，应当是"鹦鹉啄余红豆粟，凤凰栖老碧梧枝"，认为这是以文害词、背于正名之义的失误。同样是杜甫《秋兴》中他所谓"造句之讹"的例子，在他论述美术与征实之学不同之时，又成为值得称赞的显例。虽然刘师培对杜甫的这些分析批评，算得上是不拘泥古人、敢于提出疑

---

① 〔美〕韦勒克：《批评的诸种概念》，丁泓、余徽译，周毅校，成都：四川文艺出版社，1988，第 59 页。

义的批评理念，以及对自身小学功底的自诩，他说："夫今日所以不敢议江淹、杜甫者，以其名高也。若初学作文之人，造语与江、杜同，必斥之为文理不通矣"①，但这毕竟是欠妥的批评方法和立场，近于迂腐，所幸刘氏这种类似汉儒"胶于章句，坚固罕通"②的墨守成规和迂腐不变通，经过扬州学派"通"的治学特色的熏染而得到淡化。

刘师培对文学与学术、文学创作与文学研究之间界限分明的认识，在"五四"前后关于"文学"概念的热烈探讨中得到进一步延伸。王国维在《国学丛刊序》中将文学与科学、史学并列为三，并区分其相异之处，指出文学乃"知识与感情交待之结果"。郑振铎与王国维的研究思路相似，通过对文学与科学和其他艺术门类的比较，发现文学的特征，进而定义文学为："文学是人们的情绪与最高思想联合的'想象'的'表现'，而它的本身又是具有永久的艺术的价值与兴趣的。"③这种为文学重新定义的研究风气成为近代学者的一种自觉理论思考。钱基博在《现代中国文学史》中开篇即云："治文学史，不可不知何谓文学，而欲知何谓文学，不可不先知何谓文。"④其对"文"之"复杂""组织""美丽"三要素的归纳，对"文学"之狭义、广义定义的总结，以及对文学与哲学、科学不同之处的评点，显示了近代学者对文学观念演变的通透认识，从中可以略窥以刘师培为代表的"前五四"学者过渡性转型研究的深远影响。

总之，刘师培对"文"的审美特性的凸显，既是对文学本体的确认，也是将文学从模糊状态之中剥离出来，恢复"文"之为"文"的本质特征，"五四"文学理论者使这种剥离实现为文学的真正独立，这是对刘师培等"前五四"学者的理论继承和光大，换言之，刘师培等人的文学思想客观上启迪了"五四"新文学的发展。刘师培"对'文'的探索堪称是对传统'文'之核心的最大限度、同时也可能是最后一次的逼

---

① 刘师培：《论文杂记》，载刘师培《仪征刘申叔遗书》第五册，万仕国点校，扬州：广陵书社，2014，第2126页。

② 刘师培：《汉宋学术异同论·汉宋章句学异同论》，载刘师培《仪征刘申叔遗书》第四册，万仕国点校，扬州：广陵书社，2014，第1591页。

③ 郑振铎：《文学的定义》，载《郑振铎文集》第四卷，北京：人民文学出版社，1985，第310页。

④ 钱基博：《现代中国文学史》，上海：上海书店出版社，2007，第1页。

近和展示"，"所谓'文'之'正名'，乃是在传统积弊与西方影响共同集聚而来的当前压力下的不得不为之举"①。作为以经学、小学、国学为主要学术底色的传统学人，在面对纷繁复杂的文学现象以及杂乱无章的外来文学的现实情况之下，刘师培首先考虑的是文学自身的定位问题，迫切感到有必要对中国文学正本清源，从而使其不至于迷失在传统文学和外来文学的交相流变中，而是能够获得清晰明确的学科定位。

### 三　"言文合一"理念对"五四"白话文的理论启迪

刘师培关于"文"的核心理念要求文学作品具备雅驯的文言用语和错彩镂金的审美追求，但在这样的理论底线之上，身处风云激荡的"前五四"之时，刘师培同样认可了更具普通读者接受度的通俗文学的地位，提倡白话文在普及教育方面的功用。这种审美与实用的矛盾和悖论，与"五四"时期的文言白话和新旧文学之争，以及文学研究会"为人生而艺术"和创造社"为艺术而艺术"的论争之间存在着内在联系。可见刘氏本人的理论困境，恰恰是当时及"五四"时期整个文艺理论界的普遍难题，也体现了刘师培作为"前五四"学人的典型特征。刘师培不仅对白话文学、通俗俚语予以实用目的的重视，而且从理论研究的高度探讨了关于"言文合一"的问题。他在这个问题上的驻足，对"五四"白话文的发展具有理论启迪的意义，某种程度上说，是"前五四"时期有关白话文学的理论先行。

"五四"新文化运动最显著的标志和成果之一就是废除文言、提倡白话，目的是通过实现语言交流与文字表达的一致性，为普及社会教育、提高全民素质和促进社会文明奠定文化基础。这一改革浪潮的主要领导者和代表人物当首推胡适，他不仅将传统文言文视为"死文学"，将新兴白话文学视为"活文学"和中国文学的正宗，将中国的文学史完全看作是一部"白话文学史"，而且亲力亲为地创作白话文学，特别是白话诗。以胡适的白话文理论和创作实践为代表的白话文运动，使白话文学在"五四"时期大获全胜。但是，"五四"的理论爆发离不开"前五四"时期的理论酝酿，而关于"言文合一"的提倡同样在"五四"之前、胡

---

① 沙红兵：《古代文学研究的"早期现代"》，《文学评论》2011 年第 3 期。

适之先就已经出现。正如有学者指出，在"五四"之前，"其实晚清确实存在一个白话文运动，且直接开五四白话文学的先声"，胡适的"白话文写作的训练，白话文的观念的启迪乃来自清末办白话报的影响"，"不是偶然在美国凭空发明的"。① 1887 年，黄遵宪在《日本国志》中最早提出"我手写我口"的要求，提倡创作诗文要使用接近口语的通俗晓畅的语言，并且认识到言与文的一致与否与国民识字者的众寡之间有密切的关系。梁启超在黄遵宪的基础上，进一步明确提出了"言与文合"的理论主张。这些信息暗示了"前五四"时期的学者对于文言与白话关系的问题已经有了初步的认识。因此可以说，白话文学的主张并不是"五四运动"中胡适等某一个人或几个人的首创，而是经过了包括刘师培在内的"前五四"学者对于"言文合一"问题的深思熟虑的铺垫。根据陈平原的研究，胡适的白话文学主张经历了一个由温和到激烈的转变过程："1915 年 8 月，胡适的演讲题目还是'如何可使吾国文言易于讲授'，立论前提是'吾国文言，终不可废置'。第二年起开始讨论'作诗如作文'以'救此文胜之弊'以及中古文学史上的六次'文学革命'，基本上还没超越传统中国文学改革思路。"② 而刘师培却早已于 1904 年在《警钟日报》上发表《论白话报与中国前途之关系》这样的文章，强调"吾非谓中国古文之可废，特以西人之教科，国文、古文，区分为二种"。因此，任访秋认为胡适的《文学改良刍议》"不过是继晚清梁启超与刘师培的余绪"③，这个看法是有一定道理的，而且相较于胡适等人后期激进的全盘否定文言文的偏激之见，刘师培对待白话文和文言文的包容态度和审慎思考更显得符合历史发展的规律。

刘师培首先探讨了白话报刊繁荣的现象背后所隐含的"言文合一"的问题，他详细论述了雅言与方言、文言与白话的发展演变历史，通过中西比较，指出"语言与文字合，则识字者多；语言与文字分，则识字者少"，提出要"以通俗之文，助觉民之用"，因此他说："吾愿白话报

---

① 陈万雄：《五四新文化的源流》，北京：生活·读书·新知三联书店，1997，第 133 - 134 页。

② 陈平原：《中国现代学术之建立：以章太炎、胡适之为中心》，北京：北京大学出版社，2010，第 167 - 168 页。

③ 任访秋：《中国近代文学作家论》，郑州：河南人民出版社，1984，第 304 页。

之势力，日渐膨胀，以渐输灌文化于各区域，而卒达教育普及之目的。"出于同样的观点，他进一步指出："曲之于词，小说之于古文，孰为适用，可推而知也"，① 由此可以从另一个角度理解他对戏曲、小说进行理论研究的出发点之一，就是借这两种文体的通俗语言来实现启发民智的功能。刘师培的这些观念似乎与其"文"的理念以及"骈文正宗"的文学观相抵牾，其实不然，"言文合一"理念是在"文"的总体观念范围内的关于文学语言演变规律的探讨，"文与时俱变"的文学渐变观使刘师培认识到文学语言的历史演变符合进化论的规律。对这种规律的发现和对白话文的理解，不仅不意味着刘师培放弃了以"文"为本的文学观，反而表明，尽管他认识到文学以及文学语言是会发生变化的，却坚守骈文的正宗地位和"文"的底线的美学理想。可见刘师培对白话文学的认同是有前提条件的，即这些文学作品在语言形式层面是不符合对偶用韵的形式标准的，只是在思想内容层面具有直接有效的教化功能。可见对以形式美为特征的作品审美特性的追求，自始至终都是刘师培所坚持的文学理念。这就不难理解早就倡言白话的刘师培何以在白话文运动蓬勃兴起之时转而提倡国粹、创办《国故》月刊的举动。无论如何，"文"的理念是他不变的文学宗旨，对白话文学的关注，毕竟只是出于社会启蒙实际需要的权宜做法而已。

因此，刘师培所谓正宗之"文"的思想观念，所要解决的现实问题是，如何解释文学史上俗语入文的现象以及当时社会白话文风潮的现状，这些语言表达形式究竟算不算文学，"文"的观念到底能不能获得现代生命。对此，刘师培深入化解、灵活运用他所接受的西方进化理论，并将其恰到好处地铺设于文学语言的研究思路中。在《论白话报与中国前途之关系》一文中，他以进化论的眼光观察文学语言的发展规律，得出中国文字"必经白话盛行之一阶段"的结论。该文相关论述即《论文杂记》一文的重要内容，后者再次明确指出，文学语言"由文趋质，由深趋浅"的"退化"规律，造成了语言和文字渐渐合一的趋势，恰恰符合由简趋繁的进化公理。同时他还结合文言合一有利于国民教育的观点，

---

① 刘师培：《论白话报与中国前途之关系》，载刘师培《刘申叔遗书补遗》上册，万仕国辑校，扬州：广陵书社，2008，第 166 – 167 页。

从语言演变的角度，给出了俗语、古文两全的理论。进化的观点支撑了他有关文学语言由简趋繁的论述，并进一步引申出语言与文字合一的必然发展趋势，为俗语入文的文学通俗化和白话文学普及化做了理论上的准备，使进化理论同时具备了学术深刻性和革命宣传性。这种"六经注我"式的论述方法不能说没有其合理性，甚至体现出一定的现代阐释精神，使其对于文学语言雅俗流变的阐释言之成理、持之有故。在他的笔下，一部中国文学史呈现出言与文互相交错、分离、融合的复杂多变的图像：上古之时，先有语言，后有文字，言与文在起源之初就不在同一起点；文字产生之后，由于刻印传播的不便，古人崇尚文言以求精简，言与文自然不能合一；东周以降及至宋代，文词日益浅近，言与文的距离日渐缩短；这种距离缩短的趋势在元明戏曲和小说文体中，比较充分地实现为语言文字的趋向交错与重合。他说："《水浒传》、《三国演义》诸书，已开俗语入文之渐。"① 一个"渐"字，可见刘师培延续了基于进化论思想的"渐变"的文学观念，对于这一历史进程，刘师培以西方进化论的观点加以解释，认为文学语言与一切社会现象一样，都是遵循进化的公理、天演的规律，莫不由简趋繁，因此言简意赅的文言词汇在发展的过程中不可避免地伸展、扩容，趋于言语表达的充实完备，进而实现言文合一，这是进化论在文学语言领域的体现，刘师培据此进一步推导出近代中国的文学也必将经历俗语入文的阶段的结论。这些论述比较契合文学史实际，同时也为俗语入文的现象提供了理论解析，客观上为白话文学的发展实行了理论预设，使白话文学获得了应有的文学史地位。刘师培的这些论述已经接近中国现代文学，乃至现代语文的相关领域，堪称"前五四"时期的理论先行。

其实，刘师培对于"言文合一"问题的研究，归根结底还是其"言以足志，文以足言"的文学表达功能论，和"启瀹齐民"的文学教化功能论的延伸，即为了实现文学更为广泛的传播效果和润物无声的教育功能，俗语入文的做法未尝不可取。但尽管如此，刘师培在这一问题上的探讨，始终未曾远离其"文"的研究重心，这体现在关于"言文合一"

① 刘师培：《论文杂记》，载刘师培《仪征刘申叔遗书》第五册，万仕国点校，扬州：广陵书社，2014，第 2185 页。

问题的探讨方面，他没有如胡适一样以革命的勇气彻底否定文言，以"死"与"活"的对立彻底颠覆文言、宣扬白话，而是相对折中地提出了以俗语推行社会教育和以古文保存传统国学的二元主张，在保存国粹之文言的基础上，认可在启蒙教育层面上的俗语入文。这一主张在一个世纪之后的今天得到了一定的认同，有学者这样表述："文言与白话这两个传统，实应由提倡白话、偏废文言，到文言之不宜偏废以及不必偏废了。"① 因此，我们不能苛责于刘师培的骑墙立场②，因为作为具有一定体系结构的理论表述，他的二元主张是服从于对"文"的理论建构的，更主要的是，他毕竟只是"前五四"时期的理论探索，他的历史责任在于启迪后学，我们从胡适等"五四"学人的研究中看到了这种启迪意义，就足以见证刘师培文学思想的意义价值了，历史的偶然亦是必然，他注定不能成为胡适，但应当可以称得上"中国新文学运动的先驱者"③。

刘师培的文学思想正处于文论界否定形式注重内容、反对文言旧文学提倡白话新文学的历史过渡期，此时的人们普遍面临着如何对待传统文学的问题。在"后经学时代"的文化大背景下，对新文体的提倡和对传统经学笼罩下的旧文学的批判成为主流，这种对传统文学的否定性态度，在"五四"时期落实为胡适、陈独秀的"文学革命"主张：胡适在《文学改良刍议》中指责传统文学的流弊，陈独秀在《文学革命论》中，以"三大主义"向整个传统文学宣战，表明要推倒陈腐的铺张的古典文学。在这些激进的文学革命观念中，传统文学沦为被批评的反面教材，当时文学革命先驱们的共识是，只有抛弃传统的文学，才能建设新的革命的文学。对此，我们充分肯定这些主张和观念对于实现中国文学现代化的革命意义，在时代背景、社会环境以及革命现实的多重作用下，"五四"一代学人不得不做出历史的选择。但是，我们又不无惋惜地看到，这些迫不得已的做法使得传统文学价值遭受空前漠视，给当代中国文学和文论带来的后果之一，就是传统话语的严重缺失。刘师培孜孜于文学

---

① 童元方：《两个传统——文言与白话》，载周宪、徐兴无编《中国文学与文化的传统及变革》，南京：南京大学出版社，2008，第125－126页。

② 陈雪虎认为，相对于胡适对白话文的一元坚持和章太炎"文学"观念的整体性，刘师培关于古文与白话文的二元论体现了一种"骑墙态度"。陈雪虎：《"文"的再认：章太炎文论初探》，北京：北京大学出版社，2008，第289页。

③ 黄兆汉：《黄序》，载陈燕《刘师培及其文学理论》，台北：华正书局，1989，第1页。

的形式美特征，对骈体文学尤其推崇，这与"五四"时期声势浩大的新文化运动和白话文潮流似乎格格不入，从而使他成为所谓"选学妖孽"的代表，与"桐城谬种"一起沦为被批判的对象。他的文学思想往往与"国粹化""文化保守主义"等含有否定性情感的历史词汇相联系，甚至被简单地盖棺定论，并且由于他本人政治污点的干扰，及其文学思想本身的一些矛盾性和随笔性，其文论价值一直得不到足够的重视，"文"的审美追求也常被忽视。喻大华说："所谓'倒退'、'转变'的说法失之于武断和皮相，经不起仔细的推敲和长久的考验"，"因为在激荡变革的近代时期，支配着中国学者思想的主要是发端于晚清、成型于'五四'的文化激进主义思想，站在这一视角来看问题，文化保守主义自然只有批判的必要而无研究的价值"，"这造成了中国文化思想史研究上的一个空白，既有违于历史的客观，也不利于全面阐述中国文化的近代历程"。① 刘师培的自然生命和学术研究，恰恰都终止于 1919 年这一特定的"五四"之年，他的文学思想毫无疑问是属于"前五四"时期的。从这个角度看，作为经学传承人和国学大师的刘师培，在"后经学时代"的特定文论转型期着眼于文学本体层面的审美考察，不仅以坚守的"文"之内涵，使传统文学具备了赖以存续的价值意义，而且在"言文合一"问题上成为"前五四"时期的重要理论代表，给予现代文学观念的生成以启发，他的文学思想因为有了"前五四"的语境衬托，更加具备了再次审视和研究的历史意义，其文学史价值无论如何都不可以简单否定甚至一笔抹杀。

## 第三节　中古文学史研究的理论贡献

基于"文"的思想观照以及相应的文学史观的指导，刘师培的文学史研究所选择的书写对象无不被他赋予"文"的色彩。在从古至今的文学史上，文学的审美光彩被刘师培浓墨重彩地描绘了出来，"文"的触角上抵远古三代之时，下延近代当今之世，他既对以扬州学派汪中为代表的清代骈体文学创作风尚表示肯定，更加称颂齐梁的时代华美文风。

---

① 喻大华：《晚清文化保守思潮研究》，北京：人民出版社，2001，第 2 页。

纵横穿梭间，"文"的线索如草蛇灰线，一脉千里。在文学的漫长发展过程中，中古时期六朝文学以其"藻缋成章"的形式美特征，被刘师培认为是"文"的典范，并予以高度的重视。

## 一 中古文学的审美图像

刘师培非常看重六朝文学历史，无论在创作实绩还是在理论探索方面，这一段文学史都比较契合他的文学思想和文学史观念。长期受人诟病的齐梁文风，不但被他阐释为"文"的典范，而且被他推崇为与外域文学竞长的唯一资本。具体而言，这种推崇主要是对文学辞采和声采方面的考察。如前所论，刘师培文学思想的基本特征之一，就是重视"文"的审美形式，这种形式美往往体现为语言的外在形象和音响，六朝文学恰恰在辞采和声采方面高度吻合了这种要求。按照刘师培的一贯研究思路，循名责实才能名正言顺，既然"文"之本训在于文采彰彰，那么符合这一本训的六朝文学，自然是不容忽视和否定的文学精华。刘师培将六朝文学确定为文学史书写的主要对象，并予以终生关注，不仅在多种著述中对此段文学史褒扬有加，而且镕裁伟词，著成《中国中古文学史讲义》一书，这本书"既是中国文学史阶段史的肇始之作，也是最先注目于'文学的自觉时代'的力作"①，获得了鲁迅的高度称赞："研究那时的文学，现在较为容易了，因为已经有人做过工作……辑录关于这时代的文学评论有刘师培编的《中国中古文学史》。这本书是北大的讲义，刘先生已死，此书由北大出版。……对于我们的研究有很大的帮助。能使我们看出这时代的文学的确有点异彩。"② 在这些著述之中，刘师培精心勾勒了一段华彩洋溢的中古文学史图像。

这一段光彩夺目的文学时代长久以来却几乎黯然无闻，尤其是最能代表其文学成就的骈文创作，因为过多注重形式表现而一直备受訾议，人们往往以"绮丽""华靡"之语表示对中古尚文之风的不屑。以往的文学史研究对于中古文学的历史，尤其是这段文学史的形式美特征，一

---

① 刘立人：《论刘师培的文学史观》，扬州师范学院学报编辑部、古籍整理研究室编《扬州学派研究》，扬州：扬州师范学院印刷厂，1987，第129页。
② 鲁迅：《魏晋风度及文章与药及酒之关系》，载《鲁迅全集》第三卷，北京：人民文学出版社，2005，第524页。

般都一笔带过或只字不提，反映了自隋唐以来，人们对于中古文学"八代之衰"根深蒂固的偏见。隋代李谔批判齐梁绮靡的文风说："以傲诞为清虚，以缘情为勋绩，指儒素为古拙，用词赋为君子。故文笔日繁，其政日乱。良由弃大圣之轨模，构无用以为用也。损本逐末，流遍华壤，递相师祖，久而愈扇。"① 他对齐梁文风的批判现象上是客观的，评价上是主观的，否定了文学之为文学的审美特性，其理论的角度是文学功用，而"构无用以为用"恰恰道出了六朝文学类似"为艺术而艺术"的纯粹文学形式追求，文学的特性得以彰显，文学因其华美的形式成其为"文学"，中古时期也成为人们重视文学辞采之美、个性情感之美的开始。近代以来，对这种文风的批评则经常与"形式主义"的批评挂钩。换个角度思考，这些批评从另一个侧面揭示了六朝文学的主要特征在于其文采斐然的形式之美，只不过这种特征与传统重内容轻形式的文论主流之间产生错位，因而通常处于被批判和否定的地位。

这段文学史的重放异彩，往往主要归功于鲁迅所归纳的"文学的自觉时代"的提倡。这个评价使文学的形式特征得到审美的彰显，进而推动了后人对于中古文学史的全新研究。但鲁迅此论并非凭空构思，而是在充分的研究和前人启发之下的理论提炼，这其中离不开刘师培以《中国中古文学史讲义》为代表的关于中古文学史研究成果的影响。刘师培于 1917 年在国立北京大学任教时讲授中古文学史，大张旗鼓地为中古文学正名定义，真正开启了这一段文学史的学术研究新阶段。刘师培的研究使得对于这一段文学的研究达到一个新的水平，正如有论者言："做过贡献的学者，刘师培氏是最早的一位"②"二十世纪的汉魏六朝文学史的研究……真正为这门学科奠定坚实研究基础的当首推刘师培的《中国中古文学史讲义》"③"这部书当然不是一个普通的讲义，而是近现代中古文学史研究领域的开山之作""刘氏的研究实践促使了国文门文学史课教学思想的成熟。刘氏当然也是近现代学术体系中的文学史学科的奠基

---

① 李谔：《上隋文帝论文书》，载肖占鹏主编《隋唐五代文艺理论汇编评注》，天津：南开大学出版社，2002，第 4 页。
② 沈玉成：《沈序》，载曹道衡《中古文学史论文集》，北京：中华书局，2002，第 3 页。
③ 董乃斌、陈伯海、刘扬忠主编《中国文学史学史》第二卷，石家庄：河北人民出版社，2003，第 125 页。

者之一"。① 之后才有鲁迅、黄节、罗根泽、余冠英、萧涤非、王瑶等先生的成果。鲁迅在著名的《魏晋风度及文章与药及酒之关系》中所归纳的汉末魏初文章"清峻、通脱、华丽、壮大"的特点，显然就是建立在刘师培对建安文学清峻、通脱、骋词、华靡的特点的阐述基础上的。自鲁迅在刘师培的研究基础上彰显中古文学的自觉特征之后，人们开始重新审视这一段文学史近乎湮灭的形式特征，并取得了较为显著的研究成果。宗白华在《论〈世说新语〉和晋人的美》一文中，审美地描述了六朝文学的错彩镂金之美。李泽厚在《美的历程》中，以"魏晋风度"一节肯定六朝文学讲求文辞华美、文体划分和文笔区分的重要意义，并充分研究了汉字修辞的审美特点。辛刚国的博士论文《六朝文采理论研究》，专门对六朝文学理论关于辞采和声采的形式理论进行了审美的辨析，再次彰显了这段文学史的奇光异彩。专著方面，王瑶撰写于1942年的《中古文学史论》，至今已再版四次；詹福瑞的《中古文学理论范畴》、陆侃如的《中古文学系年》、蔡彦峰的《中古文学杂论》等铺展了关于中古文学研究的先验之路；陈引驰的《中古文学与佛教》、王云路的《中古诗歌语言研究》、张伟然的《中古文学的地理意象》、王琳的《六朝辞赋史》等则是有关中古文学专门化的系统研究。总之，刘师培的研究开创了中古文学史的书写史之端，具有至关重要的作用和地位。

　　在刘师培的笔下，中古文学呈现为一段流光溢彩、余韵缭绕的声色俱佳的美文历史图像。以往被人不屑的华靡形式得到重新发掘和阐释，成为刘师培所认为的代表中国文学史上正宗地位的华夏文学的典范。《中国中古文学史讲义》于1920年初版，1959年人民文学出版社的校点本更名为《中国中古文学史》，现在通行的版本则名为《中国中古文学史讲义》。"《中国中古文学史讲义》已是经典之作，要理解魏晋南朝文学变迁之大势，还没有比它更贴切精要的。"② 该书共分五课，第一课"概论"，明确偶词俪语、沈思翰藻的齐梁俪文律诗是华夏所独有的能与外域文学一争高下的文学，国粹主义的立场融合了中西比较的视角；第二课"文学辨体"着重阐明刘师培自己独特的文学观；第三、四、五课分别

① 钱志熙：《旧学之殿军　新学之开山——刘师培〈中国中古文学史〉》，《文史知识》1999年第3期。
② 陈引驰编校《刘师培中古文学论集》，北京：中国社会科学出版社，1997，第280页。

论述汉魏、魏晋、宋齐梁陈的文学概略和变迁，勾勒出六朝文学萌芽于建安之初重视文辞的风气之中，经过一系列变迁最终走向骈俪化道路的成熟骈文的发展脉络。此著作充分体现了刘师培的文学史观，是其文学史著作中最优秀的代表作之一。作者专列第二课"文学辨体"充分说明"文"与"笔"的不同，并逐一区分"文笔""辞笔""诗笔"等概念，指出"言无藻韵，弗得名'文'。以'笔'冒'文'，误孰甚焉！"① 在这样的文学史观的烛照下，全书的论述对象就是以偶词俪语和沈思翰藻为主要特色的六朝文学。

　　董乃斌在《中国文学史学史》的序言中所说的"再比如断代史之首重六朝……似亦含有某种深意在"② 指的当是刘师培的这部断代六朝文学史名著，那么这"某种深意"何在？我们以为此种深意最明显地体现为论者对六朝文学地位的深刻确认，甚至于认为只有六朝文学才是文学的正宗，这是对六朝文学长期被边缘化乃至负面化的逆反和更名，实在是惊世骇俗之语，在六朝文学崇尚华美、标榜藻饰的趋势和浪潮之中，各种实用性文体同样表现出追求形式之美的倾向，如"晋代表疏，或文词壮丽，或择言雅畅""至陈，则志铭、书札，亦多哀思之音，绮靡之词"。③ 以至于赞、论、序、述之类，亦因作品形式的审美风格，而得以进入刘师培文学史研究之列。另外，这种深意还体现在刘师培借由对六朝华丽文学的青眼有加，着力展示作为文学审美特性的形式美特征，他独具只眼地看到，在中古文学的发展史中，随着文学形式的日益精雅，文学逐渐摆脱了原先附庸和暧昧的状态，成为具有审美价值的独立学科，并获得空前繁盛，刘师培对这一段文学史的审美关注和理论研究，体现出独到的学术眼光和深远的学术意义，客观上驱动了"五四"时期纯文学观的提炼明朗，成为近代文论史的重要理论背景。另外，渐进论的文学史观在此书中也得到充分体现，既体现于论者在行文中频繁使用"渐"字，强调文学演变的渐进发展规律，同时究其"渐"之本源，乃

---

① 刘师培：《中国中古文学史讲义》，载刘师培《仪征刘申叔遗书》第十五册，万仕国点校，扬州：广陵书社，2014，第 6839 页。

② 董乃斌、陈伯海、刘扬忠主编《中国文学史学史》，石家庄：河北人民出版社，2003，第 22 页。

③ 刘师培：《中国中古文学史讲义》，载刘师培《仪征刘申叔遗书》第十五册，万仕国点校，扬州：广陵书社，2014，第 6870 – 6910 页。

出于"自然"之因。"自然"这个术语在刘师培描述文学历史轨迹时常常用到，正因为历史的变迁本于自然之理，所以文学的发展也不是突变而是渐变了，因此他说："不知文学变迁，因自然之势""惟音律由疏而密，实本自然，非由强致"。① 刘师培借由以上诸种理论贡献，辅以独特精到的文学史观和胪列排比的摘录法，使这部六朝文学断代史意义深远、影响甚巨。

## 二　中古文学理论的自觉意识

刘师培不仅勾勒了中古文学辞采与声采的审美历史，而且注意到文学自身的发展规律，揭示出中古文学理论的自觉意识，主要表现为这一时期涌现出了众多对文学内部规律系统深入的理论研究。

"文笔论"的发展促进了文学辞采理论的张扬。随着六朝"文""笔"区分理论的成熟完善，人们对于文学的理解也在这一时期达到丰富，开始意识到文学与众不同的审美特质，这种特质在文学形式尤其在辞采方面得到鲜明的体现和强调，进而引发了人们对文学与非文学的区分意识。刘师培认为，齐梁文学之所以能在漫长的文学发展史中表现出光彩夺目的辞采之美，"文""笔"区分意识是重要原因之一，因此可以理解当任昉听到时人评价他与沈约的作品为"任笔沈诗"时，他"甚以为病"的反应，这是他对自己的创作被认为是"笔"的介怀，体现了作家对于文学创作的自觉审美追求。也有人认为，六朝"文""笔"之辨并不是文学与非文学的分水岭，而是"在泛文学框架内诸种文类的划分。六朝批评家坚持泛文学的观念，这是体认文学的文采特征而在逻辑上必然顺延出的结论"。② 我们认为，六朝人的"文""笔"之辨，主观上是文采理论的延展生发，但毋庸置疑的是，这种区分客观上推动了纯文学观念的发展。从"文笔论"的理论出发，刘师培描绘了独具特色的文学辞采史：三代之文，训辞尔雅；东周以降，文体日工；西汉文人，俪形已具；迨及东汉，文益整赡；正始开基，联翩竞爽；演变至六朝，则"刻镂之精，昔疏而今密；声韵之叶，

① 刘师培：《中国中古文学史讲义》，载刘师培《仪征刘申叔遗书》第十五册，万仕国点校，扬州：广陵书社，2014，第6870、6955页。
② 辛刚国：《六朝文采理论研究》，北京：中国社会科学出版社，2005，第133页。

旧涩而新谐"。① 刘师培重申"文""笔"之辨，在时空上呼应了六朝文学理论家的相关阐述，彰显了文学的美感特征。

另外，"声律说"的发明推动了文学声采理论的深化。刘师培认为，上古之时，人们依照自然的天籁之音，无意识地以符合自然音响的谐音、谣谚的形式抒发情感，形成了声律文学的萌芽。通过对文学审美意识自觉历程的考察，他发现"声律说"逐渐成为指导文学创作走向声韵和谐的重要理论。通过历史考察，刘师培揭示了文学从凭直觉的口头创作，到自觉的文字创作的发展规律，以及文学创作日趋精雅的内在规律，他发现："宫羽之辨，严于魏、晋之间，特文拘声韵，始于永明耳。"② 这一音韵学的演变历程，使之愈来愈成为文学创作的自觉规范，进而使文学作品越来越具备审美的形式和悦耳的音响，而魏晋以至永明阶段的文学创作自然也更具备了审美的自觉。从"声律说"的理论出发，刘师培逐渐勾勒了线索分明的文学声采史：太古之文，谣谚是为有韵之文；三代之时，经典莫不声韵相叶；秦汉以降，骈字以音为主，偶文以韵为宗；齐梁之间，文士盛解音律；隋唐之际，韵学日精。诚如有学者所指出，声律说"不是南朝浮靡文风的产物，它是汉民族深层文化心理的诗艺结晶，是民族审美意识与诗歌形式发展的瑰宝"，同时"意味着中国文学批评超越了注重内容的阶段，开始进入独立思考文学形式本身审美意义和效用的时期"。③

对于这一段文学史的研究，刘师培重点关注到文论著述的蓬勃发展。"中古文学"是自觉的文学，不仅在创作上涌现了规模空前的大量优秀文学作品，而且在创作态度上逐渐发展为自觉的为艺术而艺术的文学本体创作观，更为重要的是，文学意识的日益独立，催生了蔚为大观的文学理论著作，成为文学批评的黄金时代，如这一段时期出现了第一篇文学理论和文学批评的专论《典论·论文》、先秦以来文学批评的集大成专著《文心雕龙》、第一部专论诗歌的专著《诗品》等。这个时期的文

---

① 刘师培：《文说·耀采篇第四》，载刘师培《仪征刘申叔遗书》第五册，万仕国点校，扬州：广陵书社，2014，第2073页。

② 刘师培：《中国中古文学史讲义》，载刘师培《仪征刘申叔遗书》第十五册，万仕国点校，扬州：广陵书社，2014，第6948页。

③ 辛刚国：《六朝文采理论研究》，北京：中国社会科学出版社，2005，第101页。

学理论不仅对文学的特点和文学创作的规律，都有了明确自觉的认识，而且提出了一系列开创性的文学理论和范畴，诸如风力、风骨、形象以及言义关系、形神关系等。诚如宗白华所言："汉末魏晋六朝是中国政治上最混乱、社会上最苦痛的时代，然而却是精神史上极自由、极解放、最富于智慧、最浓于热情的一个时代。因此也就是最富有艺术精神的一个时代。"[①] 这些理论著作正是对中古文学形式本体论的自觉审视，刘师培不仅予以高度重视，而且直接吸收其中的文论理念，加以整合，丰富完善了其文学思想的理论体系。这一时期的几乎所有重要文论著述，在刘师培的行文之中都得到了或多或少的展示：从刘勰的《文心雕龙》到曹丕的《典论·论文》；从陆机的《文赋》到钟嵘的《诗品》；从挚虞的《文章流别论》到萧统的《昭明文选》；从四声八病的音韵理论到沈思翰藻的辞采主张……刘师培仔细梳理了六朝文学理论的主流，彰显了这一段文学历史的本质特征，同时也回归了文学批评作品本体的转向，"文"的思想与此段文学史相得益彰。

## 三　文学史学史意义

中国历来有作史的悠久传统和以史为鉴的史学精神。从司马迁、班固到刘知几、司马光，从《史记》、《汉书》到《史通》、《资治通鉴》，众多伟大的史学家和史学著作光耀千载，成为古代学术的重要主体。在漫长的发展过程中，中国史学研究逐渐形成了系统完备的体系和方法，梁启超将中国史学的派别详细划分为十类，每一类别又有两至三种文体，并各举代表性史著为例，而且他以一种改良的愿望从中看到中国传统史学的诸多弊端：知有朝廷而不知有国家、知有个人而不知有群体、知有陈迹而不知有今务、知有事实而不知有理想以及能铺叙而不能别裁、能因袭而不能创作等。[②] 梁启超对中国旧史学的透彻认识和恨其不足的指缺，侧面体现了中国传统史学研究的卓著成就。相对而言，专门的文学史研究在传统史学领域显得微不足道，这主要是由于文学观念的演变不

---

① 宗白华：《论〈世说新语〉和晋人的美》，载宗白华《美学散步》，桂林：广西师范大学出版社，2005，第205页。
② 梁启超：《新史学》，载《梁启超全集》第三卷，北京：北京出版社，1999，第737—738页。

能完全摆脱其附庸的地位，从而使文学一直难以获得独立的意义。尽管从《汉书》开始，一些正史之中为文学专辟《艺文志》《经籍志》《文章志》等表述领域，但归根结底并不是文学史的自觉书写，而是在作史过程中因涉及文学现象而附带进行的史料性质的记载。近代以来，随着西方各种研究方法和思维方法的涌入，逐渐有了"文学史"的明晰概念，黄人的《中国文学史》、林传甲的《中国文学史》和谢无量的《中国大文学史》等著作，就是文学史著现代形态的代表作，这些论著对于文学史书写对象和文学性质有着各自的理解和认识。1917 年，刘师培在北大讲台上讲授《中国中古文学史讲义》之时，正是中国文学史编写的近代发展初期，而他在《文章学史序》《文章原始》等论文中对古代文学史的相关论述，同样显示了其在文学史领域的开创性努力，渊博的学识和深厚的小学功底，使他在文学史书写的过程中能够从容有余地追本溯源，从而建立起独特的文学史框架系统。刘梦溪说："史学在中国自有不间断的传统，由传统史学转为现代史学，应该顺理成章。然而向传统史学置疑容易，提出史学的新概念、真正建立新史学，殊非易易。"[①] 刘师培的文学史观、文学史研究方法以及文学史实践在当时和当下都具有不可忽视与不可取代的独特意义。

　　刘师培在中国文学史研究史上，首次明确提出了"中国中古文学"的文学史概念，并对其进行了内涵界定和本体研究。在史学界，"中古"一般指魏晋南北朝至唐宋之间的一段历史时期，有时也包括两汉在内；一般认为，在文学史领域使用"中古文学"的概念肇自刘师培。这一思路早在 1907 年刘师培写作未完稿《中国美术学变迁论》之时就已经萌芽，该文从起源论角度指出上古之时"实用之学即寓于美术之中"，而"爰迄有周，舍质崇文，不复以美术为实用"。[②] 这一模糊的上古、中古分野的想法，在《中国中古文学史讲义》中落实为以建安文学为起点，延续至南朝陈的"中古文学"，简而言之，就是魏晋六朝文学。"中古文学"的概念实践了刘师培关于文学分期的历史想象，这

---

① 刘梦溪：《〈中国现代学术经典〉总序》，载刘梦溪主编《中国现代学术经典——黄侃、刘师培卷》，石家庄：河北教育出版社，1996，第 33 页。

② 刘师培：《中国美术学变迁论》，载刘师培《仪征刘申叔遗书》第十一册，万仕国点校，扬州：广陵书社，2014，第 4884、4885 页。

一历史分期的思路，对于中国后来的文学史研究具有深远的影响。郑振铎说："他书大抵抄袭日人的旧著，将中国文学史分为上古、中古、近古及近代的四期。"① 此言非虚，郑振铎自己也沿用了这个分期思路，只不过在具体分期时代上有进一步的思考。钱基博在所著《现代中国文学史》中同样将从古至今的文学史划分为上古、中古、近古和近代四期，其中中古即从两汉到南北朝期间，体现出"渐趋词胜而辞赋昌，以次变排偶，驯至俪体独盛"② 的文学特色。鲁迅的相关理论研究则进一步促使"中古文学史"的思路彰显出非凡的历史意义，使建安文学是上古文学和中古文学分界点的学术观点，成为当今中国古代文学史研究中不容置疑的论点。其后王瑶自称其《中古文学史论》"是沿用刘师培《中古文学史》的习惯称法"，并且论述的时代范围也大体与刘师培相同，即"起于汉末，讫于梁陈，大略相当于旧日所谓八代的范畴"。③

　　刘师培基于中古文学史的研究视角，一定程度上恢复了六朝文学的文学史价值。对"文"的审美功能的重视，引发了刘师培对六朝文学的情有独钟。既然文学的审美功能主要体现于"藻缋成章"的文学形式，那么沈思翰藻的六朝文学自然具有极大的研究价值，六朝文学以其光彩焕发的审美形式得到刘师培与众不同的青睐。刘师培以审美的观点探讨了这个时期的文学，除《中国中古文学史讲义》之外，他还撰写了《汉魏六朝专家文研究》等专门著述，他对六朝文学的审美评价，既有对偶词俪语的形式美特征的宗尚，也包括对雅懿清俊的格调和清丽秀逸的文风的肯定。他以独特的理论内涵使六朝文学"得以正当地进入修史者的视域"④，他的文学观念和理论表述，都比较适合这个时期文学演进的特点，实现了对文学本体审美特征的发掘，彰显了文学本身的独特价值，具有文学史和美学史的意义。

---

①　郑振铎：《插图本中国文学史》，北京：作家出版社，1957，第 2 页。
②　钱基博：《现代中国文学史》，上海：上海书店出版社，2007，第 10 页。
③　王瑶：《中古文学史论》，北京：北京大学出版社，1986，第 4 页。
④　程千帆、曹虹：《〈中国中古文学史讲义〉导读》，载刘师培《中国中古文学史讲义》，程千帆、曹虹导读，上海：上海古籍出版社，2000，第 6 页。

## 第四节　"发明国学、保存国粹"的文化自信

刘师培既是扬州学派的殿军人物,又是执教北京大学的年轻国学大师,更是国粹观念的倡导者和代表人物。国粹理念作为传统文化语境的重要一维,在刘师培文学思想体系中发挥着画龙点睛的重要作用。在当时的时代背景下,以刘师培为代表的国粹派立足传统文化,宣扬国粹思想,激发文化自信,以此作为革命斗争的重要途径,他们以"发明国学、保存国粹"的文化自觉,对中国传统文化学术进行了较为系统的梳理和研究,体现出对传统文化和民族精神的高度自信和自觉传承。同时,刘师培以坚定的文化自信,从容不迫地借用传入中国的各种西方理论方法,阐发中国传统学术,促进了传统学术的现代转型。刘师培国粹思想的最初动机在于革命宣传,导致其理论观点缺乏足够的体系性和严谨性;及至后期,在其政治追求的停滞时期,他的国粹思想转而显露出保守拘囿的状态。在近代中国反帝反封建的时代背景下,国粹思想往往被视为保守、落后的典型,然而在刘师培个人的国粹观中,贯穿的是对中华民族传统文化的坚定自信,从中可以发掘和传承多重值得借鉴的文化自信维度,同时也有许多在当下文化自信构建过程中应当引以为戒的偏差和失误。

### 一　保存国粹的文化动机

20 世纪初,年近二十、科举失意的刘师培刚来到上海就积极投身革命,以各种激烈的方式活跃在革命抗争浪潮之中。他与蔡元培、章太炎等人一起创办刊物、撰文写书,广得盛名。同时他身体力行,积极参加革命组织,参与革命暗杀活动,可惜经验不足,行刺失败。马君武为其赋诗云:"白日无光地狱黑,万鬼狞狰相抟啮。先生若口为说法,出入泥涂愈皎洁。"[1] 由此侧面可见严峻的斗争形势,以及当时的刘师培勇往直前、满腔热血的革命形象。

---

① 马君武:《赠光汉》,载刘师培《刘申叔遗书补遗》上册,万仕国辑校,扬州:广陵书社,2008,第 442 页。

1905 年，刘师培与邓实、黄节等人在上海发起成立国学保存会，该会以《国粹学报》为机关学术刊物，称以"发明国学、保存国粹"为办报宗旨。"国学"和"国粹"这两个词都是日本舶来词，主要是指一种无形的民族精神，一个国家特有的遗产，以及无法为其他国家模仿的特性。[①] 这里被刘师培等人拿来作为对传统文化和民族精神的传承，他们在风起潮涌的革命背景下"保存国粹"，其实是从自觉保存传统文化角度所开展的曲线救国方针路线。在他们看来，汉族的文字、语言、学术、文化，乃至礼仪、风俗等都是民族国粹，都应该复兴光大，并且既然近代欧洲的社会振兴发端于文艺复兴运动，邻国日本的明治维新起源于尊王攘夷思潮，那么，中国要实现革命胜利和民族复兴，就应当从国学复兴开始。他们希望通过对传统文化和文学的研习来倡扬国粹，激发人民爱国、保种的思想。"他们认为'革命'、'共和'、'平等'、'人权'、'自由'，甚至'民约'等都是中国古代已有的东西，是我们的'国粹'，不过被后人遗忘了、丢失了。他们认为政治上要以极端的方式把两千年的君主专制推翻。要建立一个共和的民主国家。这是恢复固有的国粹。"[②] 正如《国粹学报发刊辞》所言，"保种、爱国、存学"是他们的主要意图，在刘师培看来，这种思路更加着眼长远："爱国之心既萌，保土之念斯切，国学保存，收效甚远"。[③] 他们"看到了民族危机与文化危机的一致性，相信文化危机是更本质、更深刻的民族危机"，[④] 他们相信坚守和保存民族文化，才能从根本上传承民族精神、激发民族斗志。刘师培等人这种试图从个体的直接暗杀行为，转向全民族的文化复兴努力，与鲁迅当年弃医从文的行为具有内在相通之处——面对斗转星移的时代和暗无天日的社会，他们都看到了传统文化的巨大感召力量，并以积极发掘的实际行动抓住文化思想建设的重要把手，试图从根本上保存国粹

---

① 〔美〕马丁·伯纳尔：《刘师培与国粹运动》，载傅乐诗等《近代中国思想人物论：保守主义》，台北：时报文化出版事业有限公司，1982，第 95 页。

② 余英时：《中国近代思想史上的激进与保守——香港中文大学廿五周年纪念讲座第四讲（一九八八年九月）》，载余英时《钱穆与中国文化》，上海：上海远东出版社，1994，第 196 页。

③ 刘师培：《论中国宜建藏书楼》，载刘师培《仪征刘申叔遗书》第十一册，万仕国点校，扬州：广陵书社，2014，第 4840 页。

④ 郑师渠：《晚清国粹派文化思想研究》，北京：北京师范大学出版社，2014，第 35 页。

精华、保全民族文化，进而实现民族革命的最终成功。

在《国粹学报》发表的诸多文章中，刘师培往往以保存国粹之文，载爱国救亡之道，正如戈公振对《国粹学报》的评价一样，"虽注重旧学，而实寓种族革命思想，是其特色也"。① 刘师培以"刘光汉"之名创作《孙兰传》《王艮传》等"史篇"文章之时，模仿司马迁"太史公曰"的写作笔法，于文末加以"刘光汉曰"，以阐明传外之意。比如在《全祖望传》中写道："刘光汉曰：……祖望生雍、乾之间，诛奸谀于既死，发潜德之幽光，其磊落英多之节，有足多者。"② 这种"发掘中国的传统学术，特别是明末以来近三百年间进步思想家重立志、重责任心、重独立，反对趋利避害、反对奴性的思想，教育、启发人们警醒、觉起，承担起救国救民的责任，是刘师培鼓吹御侮、反清的又一形式"③，也是他确立文化自信、进行文化宣传的重要渠道之一。在《广陵三奇士传》中，刘师培描写了三位广陵义士，他们或"耻事二姓，一意孤行，于节义为最完"，或"爵赏当前，视之若浼"，或"观其晚节所为，殆实子房、荆轲之志"，④ 展示出伟岸正义的高洁人格和警示当下的独立精神。刘师培希望借此来树立民族文化自信，从而实现革命宣传的真正目的，为民族革命造势宣扬。此外，刘师培不停重申、始终坚持的"骈文正宗"文学理念，也是他从"文"的立场出发的保持国粹的一种努力。其出发点是想通过树立民族特有的骈文形式的正宗地位，来澄清国人对本国文化尤其是文学的认识，达到增强民族意识、促进革命的目的。

虽然刘师培等人提出国粹思想的宗旨名曰"发明国学、保存国粹"，但他们借国粹倡言革命的用意有目共睹，体现了由传统文化滋养而来的民族心理认同在革命斗争中的重要意义。这是与当时的社会文化大环境息息相关的，而且也确实在特定时期发挥了文化宣传的积极作用。作为一名具有高涨革命热情的青年知识分子，刘师培以笔为枪，在国粹思想

---

① 戈公振：《中国报学史》，北京：生活·读书·新知三联书店，1955，第131页。
② 刘师培：《全祖望传》，载刘师培《仪征刘申叔遗书》第十二册，万仕国点校，扬州：广陵书社，2014，第5321页。
③ 郭院林：《彷徨与迷途——刘师培思想与学术研究》，南京：凤凰出版社，2012，第17页。
④ 刘师培：《广陵三奇士传》，载刘师培《仪征刘申叔遗书》第十二册，万仕国点校，扬州：广陵书社，2014，第5301页。

的旗帜下，以中国传统思想文化为立足点，发动文化层面的宣传教育之役，这种对民族文化的充分体认是深度的自我认同，是一种自觉的文化精神和文化担当。当下要实现中华民族伟大复兴的宏伟梦想，必须众志成城，以强化民族文化认知为立足基石，才能真正激发由内而外的文化自信。

## 二　发明国学的文化自觉

《国粹学报》的创办虽然是出自民族革命斗争的需要，但是自创刊之日起，刘师培等人围绕着"发明国学、保存国粹"的宗旨，以高度的文化自觉，较为系统地梳理和研究了中国传统文化学术。据统计，1905年至1911年间，刘师培在《国粹学报》上发表的文章多达两百余篇，尤其是创刊之年，他在每一期上都用力颇深，在初始的第一至第八期，平均每期有十篇左右的文章见报（见本章附表）。一方面可见刘师培对自己主笔的刊物倾心培育，以期壮大；另一方面，可见他发明国学的文化自觉和坚定决心。比如，关于中国古代学术起源问题，刘师培在《国粹学报》第一期上发表了《古学出于史官论》，在第八和第十一期上连载《古学起源论》，之后又陆续发表《补古学出于史官论》和《古学出于官守论》等系列文章。在这些被归为"学篇"目录的文章中，刘师培以追踪溯源的探究态度，对中国传统学术进行了源头研究，他的主要学术观点在于：古代之宗教"为一切学术之祖"，"一切学术，咸因经验而发明"[1]，"吾观古代之初，学术诠明，实史之绩"。[2] 在他的笔下，中国古代学术发展的脉络得到了较为明晰的梳理——古代学术最初的萌芽在于宗教的启发，学术研究的正式形成要归功于学术经验，而学术发展的主要动力则来自史家之功。

类似这样的传统学术研究，在刘师培的国粹文章中随处可见，体现出刘师培对传统文化自觉传承的责任意识。更加难能可贵的是，他对中国传统学术进行了谱系式的归纳总结。在《周末学术史序》中，刘师培表明自己在长期的阅读沉潜过程中，不仅对周末学派"反复论次"，而

---

[1]　刘师培：《古学起原论二·论古学由于实验》，载刘师培《仪征刘申叔遗书》第十册，万仕国点校，扬州：广陵书社，2014，第4482页。

[2]　刘师培：《古学起原论二·古学出于史官论》，载刘师培《仪征刘申叔遗书》第十册，万仕国点校，扬州：广陵书社，2014，第4487页。

且一反传统学案以人为主的写作体例，借鉴参照西方学术史的发展规律和学术分类范式，列出了中西结合的心理学史、伦理学史、论理学史、社会学史、宗教学史、政法学史、计学史、兵学史、教育学史、理科学史、哲理学史、术数学史、文字学史、工艺学史、法律学史和文章学史十六门学科门类，并一一作序，逐一探究它们的起源与发展。在《文章学史序》中，他列举出"太祝掌六祈以司鬼神""即后世祭文之祖""殷史辛甲作《虞箴》以箴王缺""即后世官箴之祖"① 等多种文体起源观点。在《两汉学术发微论》中，刘师培用类似的研究方法和思路，探讨了西汉时期的政治学、种族学和伦理学。这些重要的梳理与阐发，对于保存传统民族文化具有非常重要的作用和意义，这是作为知识分子该有的文化自觉和文化担当，也是刘师培作为国学大师学术分量的重要体现。

刘师培国粹思想的立足点在于发明国学，意在使传统文化得以发扬光大，体现出充分的文化自觉意识。在创报办刊等文化实践中，他与国粹派同仁一起，努力自觉地对传统学术展开当下阐释，对传统文化保持不遗余力的自觉发掘，深层阐发中国国粹的文化价值和思想价值，这是一种国粹主义，更是一种文化自信，因为他能切实把握中华传统文化的精髓，沉潜中国传统学术的底蕴，体现出文化自信的延续性和发展性。当下的文化自信构建，也应当努力沟通传统文化艺术与现代文化发展，创造文化重生之美，使传统文化获得生生不息的历史传承，并且观照当下、直面现实，实现经典传统的现代转型，使根植于中华民族血脉之中的文化自信焕发出现实主义的耀眼光芒。

### 三　面对西学的文化自信

刘师培国粹思想的直接文化动机，是特定时刻革命宣传的实际需要。当时的中国学界正广泛接受着前所未有的西学洗礼，从进化论到社会学，从无政府主义到共产主义，各种理论各种学说被迅速传播和多方解读。面对芜杂纷乱的西学涌入之势，向来领时代风气之先的刘师培，成竹在胸地游刃于各种理论之间。对于不断涌入的西学思想，他不是简单排斥，

---

① 刘师培：《周末学术史序·文章学史序》，载刘师培《仪征刘申叔遗书》第四册，万仕国点校，扬州：广陵书社，2014，第 1541 页。

也不是盲目宣扬，而是积极接触、审慎吸收。在文化意识领域，向来都是百花齐放、百家争鸣，因此在跨文化碰撞与交流过程中，不应该是单向主导式的孤立发展，而应是交融并进式的多重构建。发展中华民族传统文化，既要有放眼世界的气魄和胆识，又要有坚守立场的定力和自信。在文化自信的横向异域交融方面，刘师培的国粹观具有文化借鉴与理论重构的内在意义。

刘师培以坚定的文化自信遍涉西方学说，从容大方地吸纳有用的西方理论，并加以为我所用的整合借鉴。他融会吸收西方学术的科学因素，以西方的学科分类体系界定中国古典学问。他主动模仿西方学术分类体系，撰写具有中国特色的《中国历史教科书》《中国地理教科书》等多本教科书，体现出底气十足的"拿来主义"立场。这种以西学分类的外在形式重新整合中国传统文化的方式，既有益于实现"发明国学"的目的，又在一定程度上促进了中国学术的现代转型。

面对当时学界开始出现迷信一切西方学说，乃至于处处将中国传统文化简单比附于西方理论的现象，刘师培表现出一定的忧患意识，他担忧传统文化被异域文明所冲击，他意识到，要想保存中国独有的民族文化和传统文学，归根结底在于破除对西方文化的迷信，树立民族文化的自信。在刘师培看来，西方理论学说归根结底只是提供了不同于以往的研究思路和方法，中国学术的真正出路还是应当以民族国粹为根本，他说："今欲斯学得所折衷，必以中土文字为根据"，所谓"斯学"指的是以斯宾塞、恩格斯为代表的西方社会学、人类学等学术思想，在他看来，用中土文字来验证社会学的研究，才能做到"言皆有物，迥异蹈虚"，他以中国传统小学与西方社会学互为证明与阐发，以严谨考据的小学研究方式反复诠释汉字中的社会学现象。他期望将中国的篆文籀文向世界传播，使社会学的理论在汉字的字形中得以发扬，这在他看来不仅是对传统汉字文化的传承，更是"阐发国光"的重要体现，他大声疾呼："世有抱阐发国光之志者，尚其从事余兹乎！"① 这是对中国文字和传统文化的充分自信和高度认同。

---

① 刘师培：《论中土文字有益于世界》，载刘师培《仪征刘申叔遗书》第五册，万仕国点校，扬州：广陵书社，2014，第4377页。

　　这种在西学蔓延之际对传统思想文化的自信，还体现在刘师培对中国传统文学的充分肯定方面。他认为汉民族独有的骈文律诗是世界文学中的瑰宝，足以媲美其他外国文学，从中可见他对民族文学的强烈自信，这是一种"深深的责任意识，一种传承祖国传统文明的历史责任感"①，更是一种自觉的文化建设意识，是复兴民族文化，使"国学不堕"② 的高度自信。文化自信是对传统文化价值的充分肯定和发扬光大，是基于对自身文化深刻认同基础上的由内而外的心理表现。只有充分体认本民族文化传统，并内化为强劲文化底气，才能具体外化为树立民族形象的文化符号。面对外界多元文化的输入和冲击，虚怀若谷、从善如流是应有的态度，我们应当如刘师培一样积极吸纳先进的文化思想，不断促进传统文化的多维发展和多重构建；同时更加要坚定文化自信，立足本土，在眼花缭乱的西方文化面前不能自乱阵脚、盲目西化，甚至全盘西化。钱玄同在新文化运动中曾经为了有力促进社会文化迅猛发展，武断提出"将东方文化连根拔去，将西方文化全盘承受"③ 的激进思想，这是在文化自信建构中应当引起警惕的文化偏差。真正的文化自信，是面对异域文化的审慎借鉴和底气十足的文化构建，如此才能以纵横交错的多维视角和异域交融的文化定位，更深入有效地利用西方现有的文化价值体系中所包含的合理成分为我所用，展开我们的文化价值解释④，在世界文化发展大格局中获得独立自主的话语领地和意义深远的价值显现。

## 四　国粹思想的文化困惑

　　刘师培的国粹思想起因并不是纯粹学术的动机，而是革命与学术的交融，因此他常常通过古为今用的功利性方式，借国粹倡言革命，或者为了论证某个切入当下的论点，从浩如烟海的国学汪洋中撷取与之相关

① 柯镇昌：《刘师培的文体学思想及其研究方法刍议》，《中国社会科学院研究生院学报》2015 年第 4 期。

② 刘师培：《国粹学报三周年祝辞》，载刘师培《仪征刘申叔遗书》第十二册，万仕国点校，扬州：广陵书社，2014，第 5257 页。

③ 《钱玄同致周作人》，载《钱玄同文集》第六卷，北京：中国人民大学出版社，2000，第 65 页。

④ 欧阳雪梅：《中华文化国际影响力的现状及制约因素》，《毛泽东邓小平理论研究》2014 年第 3 期。

的理论，加以衍生和论述。这些功利性的国粹研究，势必影响到纯学术性的成果提升，造成其理论观点体系性不够、纯粹性不足，甚至出现自相矛盾的表述以及为数不少的文化盲点。在当下的文化自信构建中，可以通过加强学术理论建设、深入发掘文化内涵、广泛拓展文化模式等途径来弥补这些缺陷。

以刘师培的语言文字观为例，从保存国粹的角度出发，他大力阐发汉字的重要社会学意义，坚持骈文正宗，提倡文言雅词，以较高的文学审美标准，倡导"立言咸有渊源，而出词远于鄙倍"①的美文妙语。然而，从革命宣传的角度出发，刘师培在《中国文字流弊论》等文章中，几乎全盘否定自己关于文辞审美论的观点，罗列出汉字具有"字形递变而旧意不可考""一字数义而丐词生""假借多而本意失也""数字一义""点画之繁"等所谓的流弊，实际上这些问题只是众所周知的汉字固有特征，他为了提出自己的汉字改良理论，故意将这些汉字特征说成流弊，这是明显的牵强附会。他言之凿凿地说："评文者每以行文之雅俗定文词之工拙，此固中国数千年积月使然而不可骤革者也"，②他不惜将自己经年信奉的文学审美观念作为批判和改革的靶子，实为自相矛盾。同时，作为一名积极的革命人士和具有大众教育意识的公共知识分子，刘师培不仅在理论层面大力提倡白话文，撰写《论白话报与中国前途之关系》等态度鲜明的文章，而且身体力行，与林獬在上海创办《中国白话报》，成为中国近代白话文运动的先声。在写作实践中，他积极运用白话语言，大力扩大普通读者的阅读范围和提高他们的理论素养，在《中国白话报》上发表系列文章：《中国理学家颜习斋先生的学说》《黄黎洲先生的学说》《王船山先生的学说》等。他默许俚语、白话等大俗之语进入文学作品的现象，并肯定了这些作品在推行普及社会教育方面的重要作用。刘师培文学思想的前后不一在此得到体现——提倡国粹时，雅言为重；宣传革命时，俗语为先。他采取的是既启瀹民智，又保存国粹的折中之策。到了1907年间，刘师培的政治倾向变成了无政府主义，于

① 刘师培：《文说·析字篇第一》，载刘师培《仪征刘申叔遗书》第五册，万仕国点校，扬州：广陵书社，2014，第2056页。
② 刘师培：《中国文字流弊论》，载刘师培《仪征刘申叔遗书》第十册，万仕国点校，扬州：广陵书社，2014，第4381页。

是他又开始学习世界语，相信世界语对于实现社会主义和无政府主义具有重要作用，并于 1908 年发表《ESPEARNTO 词例通释》，公开宣扬世界语。但是刘师培并没有如吴稚晖等人那样，主张废除中国的语言文字，而是认为中土文字有益于世界，可以与世界语合二为一，更好地实现他们的理想世界。他再次提出取中土文字之形，切 Espearnto（世界语）之音的折中办法，这不能不说是激情中的冷静，这应当是源自中华传统文化根深蒂固的民族自信力量。

所以在刘师培的折中方案里，我们看到的是他的两难之境和矛盾变化：他本质上是一位国粹主义者，他的国粹观念以中华传统学术文化为主要内容，涉及经学、文学、小学等诸多值得传承和发扬的文化精髓和精神宝藏，对传统文化和民族文字的高度自信和不变坚守是他的底色和主线；但是由于革命宣传的需要，他看到了白话文对于推进大众教育的重要价值；后来，他又希望通过推行共产制度和通行世界语的方式，实现世界大同。这些都是刘师培国粹思想的矛盾和杂乱之处，也是急剧变化的社会思潮的真实反映。此外，我们还应当看到，传统文化中既有精华也有糟粕，不能全盘承受，而应区别对待。在刘师培所撰写的一系列人物传记中，既有高风亮节流芳百世的文人志士，也有游侠仗义赤诚不渝的英雄好汉，同时还有一批愚孝贞洁的孝子贤妇，他们或兄妹争相为母吮脑疽，或雪天剜肉侍奉父亲，或妻子刺血为丈夫和药……一个个事迹触目惊心，俨然是二十四孝故事的改编，刘师培一律对他们予以褒扬，体现了对传统愚孝观念和封建贞洁思想的简单认同。类似这种不分良莠、不辨是非的国粹观念，是阻碍文化自信科学发展的内在不利因素，甚至会导致民族文化的畸形生长。当下的文化自信构建应当坚决摒弃这些文化糟粕，发掘具有真正精神意蕴的文化精华，使之成为具有生长性的文化自信。

如果说上述矛盾性和不一致性，主要是由于救亡启蒙的时代需求使然，那么刘师培后期走向国粹保守主义，变得停滞不前、自我拘囿，在那样一个新文化运动如火如荼的时代大背景下，就变得不合时宜、令人扼腕了。1919 年初，时任北大文科教授的刘师培与黄侃、陈汉章一起大力支持"以昌明中国固有之学术为宗旨"的《国故》月刊，《公言报》刊登《请看北京学界思潮变迁之近状》，将刘师培视为旧文学派之首。刘师培致函《公言报》云："《国故》月刊由文科学员发起，虽以保存国粹为宗旨，亦非与《新潮》诸杂志相互争辩也。"① 也许诚如其所言，此时的他真没有与新文学对抗的意思，支持《国故》月刊，埋头故纸堆这些发扬国粹主义的做法，或许只是他在政治失意、文化迷茫之际，重回属于自己文化阵地的无奈选择。传统文化成为刘师培多变人生中唯一坚守不变的文化基石，也是他在历经大起大落、数次落败之后，对他不离不弃的文化港湾，这是他心灵的栖息地，是他真正能自由驰骋的文化沙场，是其安身立命之本、重塑尊严之地。这种变化主要在于其政治立场的改变，与他的精神能力和存在状态息息相关。而这也正是鲁迅对他极力贬损挖苦的原因所在，鲁迅在致钱玄同的信中说："中国国粹，虽然等于放屁，而一群坏种，要刊丛编，却也毫不足怪。该坏种等，不过还想吃人，而竟奉卖过人肉的侦心探龙作祭酒，大有自觉之意。即此一层，已足令敝人刮目相看，而猗欤羞哉，尚在其次也。"② 所谓"侦心探龙"就是讽刺对《文心雕龙》颇有研究的刘师培曾经当过清廷侦探的政治污点。后来鲁迅又说："我居然从此悟出了将来的'国粹'，当以诗词骈文为正宗。史学等等，恐怕未必发达。即要研究，也必先由老师宿儒，先加一番改定工夫。唯独诗词骈文，可以少有流弊。"③ 鲁迅的反语讽刺确实一语中的，被鲁迅讽刺的"少有流弊"的诗词骈文，确实是刘师培精心呵护的国粹圣地和文化正宗，他用最诚最真的学术研究态度，奉守着这一方国粹宝藏，是他重要的文化自信来源。然而文化自信不代表文化自闭，更不能倒退守旧，文化自信应当具有时代性和发展性，否则就是刻舟求剑、削足适履。

　　传统文化在发展过程中，始终面临着对话当下和现代转型的问题，如何使传统文化焕发出切合当下的文化生机，充分发挥其在文化自信构建方面的核心作用，是关系到文化传承和现代转型的关键所在。对传统文化自觉传承的学术意识，是文化自信的源泉所在；结合当下开展传统文化的现代阐述，是文化自信的创新发扬。刘师培的国粹思想中体现出对传统文化的充分体认与内化，这是文化自信的立足基石；他以"发明

---

① 万仕国编著《刘师培年谱》，扬州：广陵书社，2003，第 271 页。

② 鲁迅：《致钱玄同》，载《鲁迅全集》第十一卷，北京：人民文学出版社，2005，第 363 – 364 页。

③ 鲁迅：《谈"激烈"》，载《鲁迅全集》第三卷，北京：人民文学出版社，2005，第 500 页。

国学、保存国粹"的文化自觉，对中国传统文化学术进行了较为系统的梳理和研究，这是对传统文化和民族精神的高度自信和自觉传承；他以坚定的文化自信，较为理性地借用西方理论方法，阐发中国传统学术，促进了传统学术的现代转型和对异域文化的吸收、借鉴，使文化自信维度更为充实丰满。文化自信是文化传承发展的必要条件，是一个民族得以延续、发展、壮大的重要精神内力，但文化自信绝不是平面的理论，也不是静止的观念，而应当具有多重内涵和多维展示。真正的文化自信应该要有沉若磐石、镇定自若的文化底气，不自卑，有底蕴，胸有成竹，在刘师培身上体现为刘氏家族的深厚家学传承、扬州学派的学术积淀，以及自身博采众家的学殖学养，这些都使其自负甚高、激扬文字、自信张扬。真正的文化自信还要有海纳百川、集思广益的文化胸襟，如刘师培早期面对西方文化、白话趋势，都保持积极的认知态度，兼以国学底蕴的衬托，不自负，有气度，兼收并蓄。由于政治观念和时代环境的多重原因，刘师培的国粹思想中也表现出一些顽固不通、抱残守缺的文化偏差和失误，甚至走向革命的对立面。从这个角度看，我们可以从刘师培的国粹观中，总结出一些需要在文化自信构建过程中修正或避免的误区和不足，比如要加强理论建设，构建具有体系性的文化表述；要抛弃文化糟粕，树立具有生长性的文化价值观，以传承与发扬的立场，实现文化自信的现代转型；要拒绝文化自闭，培养具有时代性的文化发展观，以借鉴与重构的方式，促进文化自信的异域交融。所以当下的文化自信建构应当避免文化自傲，排除文化盲从，谨防文化逆流，剔除文化糟粕；应当注重树立具有体系性、生长性与发展性的文化自信；应当多层次、多维度地系统构建内涵丰富、意象深远、坚定不移的当代中国文化自信。

# 附　表　刘师培在《国粹学报》发表文章
# 概览（1905—1911 年）

| 类别 | 主要篇目 | 小计 |
|---|---|---|
| 丛谈 | 《读左札记》《国学发微》《读书随笔》《驳〈太誓答问〉》《小学发微补》《老子韵表》《光汉室丛谈》《法言补释》《王会篇补释》《晏子春秋补释》 | 10 篇 |
| 学篇 | 《周末学术史序》《论古学出于史官》《南北学派不同论》《东原学案序》《汉宋学术异同论》《理学字义通释》《两汉学术发微论》《群经大义相通论》《典礼为一切政治学术之总称考》《中国哲学起原考》《孔学真论》等 | 25 篇 |
| 文篇 | 《论文杂记》《文章原始》《文说》《论近世文学之变迁》《荀子词例举要》《骈词无定字释例》《文例举隅》《论说部与文学之关系》《〈新方言〉后序》《文例释要》《读〈全唐诗〉发微》《转注说》 | 12 篇 |
| 撰录 | 《跋顾亭林手札》《跋王怀祖〈与宋定之书〉及王伯申〈与焦理堂书〉》《跋江晋三〈致汪孟慈书〉》《跋袁季枚〈刘张侯传〉》《跋章实斋〈任幼植别传〉》等 | 29 篇 |
| 诗录 | 《台湾行》《齐侯罍》《文信国祠》《咏明末四大儒》《咏汉长无相忘瓦》《谒冶山顾亭林先生祠》《题陈去病〈拜汲楼诗集〉》《鸳鸯湖放棹歌》等 | 25 首 |
| 诗馀 | 《扫花游·读南宋杂事记》《桂殿秋·望月作》《扫花游·汴堤柳》《如梦令·游丝》《长亭怨慢·送春》《菩萨蛮·无题》《壶中天慢·元宵望月》等 | 17 首 |
| 文录 | 《孙犊山〈春湖钱别图〉序》《重刊洪氏〈元史西北地附录释地〉》《函谷关铭》《〈天宝宫词〉序》《谶纬论》《招蝙蝠文》《六儒颂》《雁荡金石志序》《扬州前哲画像记》《节孝君陈母传》《凌晓楼先生遗像赞》《书〈曝书亭〉后》《书〈汪小谷先生遗书〉后》《〈松陵文集〉叙》《与邓秋枚书》《〈梵文典〉序》 | 16 篇 |
| 政论/政篇 | 《论古代人民以尚武立国》《古政原始论》《春秋时代地方行政考》《论孔子无改制之事》《论历代中央官制之变迁》《氏姓学发微》《政治名词起源考》《古代要服荒服考》《春秋时代官制考》《义士释（附：文献解）》《王制篇集证》《论中国古代财政国有之弊》 | 12 篇 |
| 社说/社启/附录 | 《古学起原论》《论中国宜建藏书楼》《编辑乡土志序例》《近儒学术统系论》《儒学法学分歧论》《近代汉学变迁论》《论中土文字有益于世》《左氏学行于西汉考》《劝各省州县编辑书籍志启（并凡例）》《答章太炎论〈左传〉书》《祝辞（一）》 | 11 篇 |
| 史篇 | 《孙兰传》《王艮传》《全祖望传》《梁于涘传》《戴震传》《戴望传》《刘永澄传》《朱止泉传》（即《朱泽沄传》）《汪绂传》《崔述传》《蔡廷治传》《广陵三奇士传》《田宝臣传》《〈穆天子传〉补释》《汪仲伊先生传》《周书略说》 | 16 篇 |

| 类别 | 主要篇目 | 小计 |
|---|---|---|
| 博物篇 | 《物名溯源》《中国古用石器考》《物名溯源续补》《〈尔雅〉虫名今释》《论前儒误解物类之原因》《格物篇》 | 6篇 |
| 美术篇 | 《古今画学变迁论》《古代镂金学发微（附古器图）》《释矩（附图）》《舞法起于祀神考》《论美术援地而区》《书法分方圆二派考》《论美术与征实之学不同》《原戏》《论考古学莫备于金石》《〈琴操〉补释》等 | 13篇 |
| 地理篇 | 《辽史地理考》《秦四十郡考》《〈金史·地理志〉书后》《邯郸卫考（附殷韦同字考）》 | 4篇 |
| 子篇 | 《白虎通德论补释》《白虎通义阙文补订》《管子斠补》《〈东之文钞〉序》 | 4篇 |
| 通论 | 《白虎通义源流考》《读道藏记》《敦煌新出唐写本提要》 | 3篇 |
| 经篇 | 《古历管窥》《春秋左氏传时月日古例考》 | 2篇 |
| 合计 | 205篇 | |

# 结　语

对于"文"的本体认识是刘师培文学思想的出发点和理论立足点；使"文"成其为"文"的意图是刘氏文论的不变主线和内在逻辑。刘师培文学思想主要在于以下几个方面。

首先，"藻缋成章"的审美要素是"文"的第一表现形式，包括选词用字的典雅化、声律节奏的可诵化、字句形式的骈俪化等。因此文学创作离不开深厚沉实的语言功底，只有不断提高遣词造句的表达能力，才能使文学语言准确传神、雅驯规范，使文学作品华彩瑰丽、富有底蕴。其次，"藻缋成章"的文学形式和"归于雅驯"的文学语言，都是为了更好地实现文学作品的审美功能，使读者获得文学鉴赏的审美享受，进而促进作品更好地表情达意，有助于实现文学的教化功能。最后，在文学研究方法层面，刘师培充分运用为树立"文"的独立审美地位的托体自尊法、为"文"正名定义的小学训诂法等传统文论方法，同时在对"文"进行外部规律的多角度研究时，体现出比较文学的现代视野，为深入研究"文"的特征，他还自觉运用了文艺社会学的研究方法。刘师培以"文"为内核的文学思想，在文学观念、研究方法、逻辑思路，以及专著、论文的阐述方式等方面，体现了有别于传统文论的中国近代文学理论的特色。

刘师培于众声喧哗、思想多元的背景之下，独守"文"的一方天地，认为骈文以偶词俪语的辞采之美和音韵典雅的声采之美，契合"文"之本意，并在发展演变过程中，成为符合"文"之标准的完备形态和独有的正宗民族性文学样式。他对骈文文体进行了系统研究，对以骈文为时代文体代表的中古文学予以绝对关注和重新审视，以形象性、审美性等现代视角，对这段文学史进行了卓有成效的理论研究，使其名正言顺地进入修史者的视域，恢复了六朝骈文的生命活力，彰显了文学的审美特性，推动了近代文学概念的形成。可以说，刘师培树立和研究"中国中古文学"概念，系统研究六朝文学的价值和意义，深入发掘以往作为经学附庸和载道工具的文学的独立特色，具有重要的文学史学史意义，体现了阐发传统文学现代意义的批判与重建精神，为实现古代文论的现代转型提供了理论借鉴。

刘师培在西方文论和近代文论交光互影之时，坚持对"文"之本体进行以不变应万变的理论研究，并以此为基点，对传统文学展开了批判性反思，推进了对西方文论和近代文论的建设性重构。本着发挥文学教化功能的实用目的，刘师培对小说文体也有一定的探讨，其策略性的雅言与白话的二元主张，对"五四"新文学而言，既是一种潜在的理论铺垫，也是一种必要的理性制衡。以胡适的科学方法为代表的近代文学研究，长期以来一直处于文学理论和文学史研究的主流地位，新文化运动的文学观念所传达的文学政治改良与社会变革的工具化意识，在相当长时间内深刻影响了中国文学的创作与批评。在这种主流之下，总是回响着回归文学本体的文学性诉求，可见刘师培对文学本体的理论研究和方法论实践，特别是对文学审美特征的系统阐发，在近代文学和文论的场域中持续保有一定的反响和回应。20 世纪末，随着西方文论的引进，人们逐渐恢复了对文学独立审美价值及"文学性"的重视，而这种意识在刘师培的文学思想中一直有着深刻的展示和执着的坚守，因此以当下的视域反观刘氏文学思想，可以在他与当时主流逆向而行的"倒退""保守"之中，获得关于"文"的另一种现代阐释。我们应该理解、体会处于新旧转型时期的刘师培文学思想的合理内核，这或许有助于弥补当下文学研究的某些缺憾。在此意义上，对刘师培文学思想的研究，也可算是发掘被埋没的文学研究的"另一种可能性"①。近年来，随着学界对于清末民初时期文学、文论的深入研究，不少学者开始意识到，刘师培的文学思想有许多启迪后人的精华。他所追求和彰显的"文"之审美特性，在当下的文论视域中，表现出某种放之四海而皆准的理论超越性，许多观点和理念都比较契合文学的本质特征。因此对于刘师培的文学思想不能简单地一笔带过，更不能因为理论主体的政治问题弃之如履，而应该使其获得必要的理论延续。

---

① 陈平原：《中国现代学术之建立：以章太炎、胡适之为中心》，北京：北京大学出版社，1998，第 267 页。

刘师培的文学思想深深浸染着刘氏家族和扬州学派的文化痕迹,其中,以阮元"文言说"为基础的"文笔论"思想、以楚辞作品为文学创作标杆、以《文心雕龙》《昭明文选》为理论典范的古代文论传统,流淌于刘师培的文学思想脉络之中,并且他通过对桐城派文论的批判和借鉴,进一步提升"文"之内涵的理论价值。当时的中国正是西学涌进、新知爆发之时,刘师培获得了全新的认知视角和研究方法,他不仅冷静审视自己所处时代的文学状况,体现了一位知识分子积极切入当下的现世关怀和人文参与,而且在文学研究的领域保持着可贵的中西碰撞中的民族立场。他"最早从世界格局中考察中国文学的特性,又从传统文化中寻找资源'回应'现代'西学'"。① 这种理论努力对于当下的文论建设不无启发,尤其在文学理论传统问题的现代进展、西方文学理论的本土转化等方面,具有诸多可资借鉴的理念及策略。刘师培本人复杂多变的政治生涯既强有力地刺激着他的学术热情,又折射出其"善变"的革命路径背后"不变"的学术态度。刘师培参与创办或主笔许多重要的报纸杂志,这其中,白话报刊的发展促使他对白话文学进行了较为充分的语言学研究和创作实践,他所倾心致力的出版事业成为他不断更新创作内容和开拓写作思路的外在动力。现代出版传媒为刘师培这样的普通知识分子提供了更为广阔的表达空间和便捷高效的表达途径,文论受众的变化使他的文学思想得到有效深入的阐发和迅速广泛的传播。

在与刘师培交游往来的学人中,章太炎与他的关系扑朔迷离,从挚交密友到形同陌路,章、刘之间的错综内幕已成历史,但是二人关于文学问题的理论探讨具有文学史的意义。钱玄同不仅是全力以赴编纂刘师培身后遗著的真挚友人,而且与刘师培在治学之道、文学立场等方面也有值得比较研究的地方。刘师培与这些同时代学人之间的交游唱和,刺激和丰富了他的文学思想体系。此外,戏曲在语言形式上源于古代颂诗,且保留了音乐、舞蹈等节奏因素,比较接近"文"的形式审美观念,因此受到刘师培的关注,他对戏曲文体进行严肃的学术研究,而对小说文体则否定性的简单扫视,其实正是文体等级观念的表现,他的相关戏曲理论研究与王国维的戏曲研究,在许多方面具有理论暗合之处。刘师培

---

① 陈雪虎:《"文"的再认:章太炎文论初探》,北京:北京大学出版社,2008,第56页。

的文学研究曾被鲁迅大加称赞，个人经历却遭鲁迅冷嘲热讽，但是二人的文学观却是 20 世纪初中国文论史上值得比较的研究对象。从世界文论范围的时代语境来看，刘师培为"文""正名"的研究思路，与同时期俄国形式主义文论的"陌生化"理论暗相契合，对二者文论的比较研究，有助于深入理解有关"文学性"的问题。

刘师培对"文"的坚守，统属于其"国粹"的立场之中。他与国粹派同仁一起，结合革命实际，将对中国传统文化的认同，提炼为"发明国学、保存国粹"的文化自信，获得了较为广泛的社会反响，并且对当下的文化建设具有一定的启发意义。他对国学、国粹的密切关注，在"前五四"的特定时期，似乎有复古和保守的倾向，其实恰恰不然，因为以刘师培、邓实、章太炎等为代表的"国粹学派"，实际上是一个借国粹言革命的激进团体，他们对传统国学的坚守，是为了更好地切入现实、直面当下。目前悄然升温的"国学"热潮，已经是对刘氏等人国学坚守一定意义上的时空呼应。余英时曾在一次演讲中较为充分地论述中国近代思想史上的"保守"与"激进"，他说："相对于任何文化传统而言，在比较正常的状态下，'保守'和'激进'都是在紧张之中保持一种动态的平衡。例如在一个要求变革的时代，'激进'往往成为主导的价值，但是'保守'则对'激进'发生一种制约作用，警告人不要为了逞一时之快而毁掉长期积累下来的一切文化业绩。相反的，在一个要求安定的时代，'保守'常常是思想的主调，而'激进'则发挥着推动的作用，叫人不能因图一时之安而窒息了文化的创造生机。"① 刘师培的一生以激进的姿态，开启热血沸腾的人生之路，又以保守的形象终结于"五四"动荡之年，当年的激进确实产生了战鼓擂动的旗帜意义，而在推倒一切传统文学的激进时代，他在文学思想方面的保守客观上发挥了保留传统文学根基的作用，而这样的保留与传承体现的是对传统文化的高度体认和充分自信。因此刘师培的国粹思想不仅体现了中国近代史上一股延续至今的重要文化思潮，而且展示了文化自信在时代变革、社会更替时期的重要意义，并启示当下的文化自信建设应当扬长避短，不断

---

① 余英时：《中国近代思想史上的激进与保守——香港中文大学廿五周年纪念讲座第四讲（一九八八年九月）》，载余英时《钱穆与中国文化》，上海：上海远东出版社，1994，第 216 页。

提高传承传统文化的自觉性、阐扬传统思想现代意义的创造性和积极吸
纳融合多样文化的包容性，同时避免盲目自信和保守封闭，真正提振中
华民族的文化自信，使其成为"更基本、更深沉、更持久的力量"①，进
而永葆优秀传统文化的生命力、奠定深厚的民族文化根基。

　　刘师培本身的思想和人生经历复杂性，使其文学理论呈现出前后冲
突甚至抵牾对立的情况，他的理论表述中经常体现出非此即彼的绝对性。
为了强调文学的审美功能，刘师培全然只重视作品的形式是否雅驯精美，
摒弃一切不具备审美要素的文字，只认同骈文形式为正宗文体。但是为
了突出文学的宣传教育功能，他又充分肯定小说文体在以鄙俚语言隐喻
劝善惩恶方面的深意，及其以浅显通俗性推广白话、教育民众等方面的
重要作用。同时，作为站在时代潮流之巅的青年学者，刘师培借鉴进化
论等西方理论和欧洲教育史等实际案例，指出中国文字和教育的种种弊
端，认为"言文合一"乃大势所趋，只有语言与文字相符才能使更多人
识字，进而促进社会教育的普及，而小说等文体的通俗语言表达正符合
这样的发展趋势，这其中表达方式和前后观点的不一致显而易见。应该
说，刘师培文学思想的矛盾性一方面暗合了文论主体人生性格的多变性，
"是他的政治立场和政治观点发生变化的反映"②，另一方面也折射出特
定时期中国文论发展的复杂性和现代性，"自 19 世纪末到 20 世纪 1917
年的大张旗鼓的文学革命兴起前的近 20 年，是中国文学现代化的发生
期"。③ 而这将近二十年的时间，正是刘师培走向政治和文学舞台激扬表
演直至黯然落幕的时间，也是近代文论史新旧交替、中西交融的特殊历
史时期。此时的中国文论思想界纷繁复杂，既有对本土文论的继承和剥
离，又有对外来思想的吸收和糅合。处于这个特定"前五四"历史时期
的刘师培，其文论思想必然受到时代的感染，既有传统脉动，也有独特
亮点，更有当代阐释。他以特有的理论和方法重新审视和研究中国文学，
使其焕发出新的生机，但也表现出一些明显的矛盾和芜杂。另外，作为

---

① 《习近平在哲学社会科学工作座谈会上的讲话》，《人民日报》2016 年 5 月 19 日，第 2 版。
② 安平秋：《序一》，载郭院林《彷徨与迷途——刘师培思想与学术研究》，南京：凤凰
　　出版社，2012，第 2 页。
③ 朱栋霖等主编《中国现代文学史：1917～1997》上册，北京：高等教育出版社，1999，
　　第 3 页。

"后经学时代"的经学传承人,刘师培的文学理念和研究方法既有区别于经学意识笼罩下的近代纯文学观意识,又未能彻底跳出中国传统经学思维的窠臼。其研究的出发点和落脚点主要集中于"正名"的儒家伦理诉求,缺乏基于现代科学意识的"求真"认识目标,这也是刘师培文学思想所体现的传统局限和理论不足。

　　国粹与西化,政治与学术,骈文与白话,刘师培的一生是矛盾冲突的,他的文论是复杂多样的,他的文学思想展示了一位近代学者对文学本体的能动阐发和理性思考,折射出近代文论现代性的光芒,成为传统与现代的融合体。法国著名史学家费尔南·布罗代尔曾经创造性地将历史时段分为长时段、中时段和短时段三个层次,并且表现出对长时段理论的情有独钟,他说:"长时段具有非同寻常的价值……因为它构成人类历史的深层,正是深层的历史决定着历史的结构。"① 那么,从历史的长时段角度来看,刘师培的生命虽然如流星一般,光华转瞬即逝,但其文学思想在中国近代文论史上的意义之光却未完全消逝。他的文学研究和文学观念具有对传统观念的总结意义和对近代观念的历史性开端意义,值得后人深入发掘其文学思想所体现的美学追求和学理性价值,以现代的视角考量其文学思想对"五四"及当下文论建设的启发。厚积方能薄发,融会才能贯通。刘师培充分承继家学渊源、扬州学派、桐城派文论及中华传统文化的学术积淀,与同时代学人志士或志趣相投或理论暗合,积极吸收整合西方近代学术思想的精髓,借由现代出版业的发展动力,超越受人非议的政治瑕疵,通过对文学思想的再造和对文学本体的审美坚守,获得了一定的理论高度和时代前沿性,并启迪、推动了"五四"新文学发展、中古文学史研究和当下文化自信建设,实现了文论层面的价值超越。

① 〔法〕费尔南·布罗代尔:《资本主义论丛》,顾亮、张慧君译,北京:中央编译出版社,1997,第44页。

# 参考文献

## 古籍文献

蔡元培：《蔡元培全集》，杭州：浙江教育出版社，1997。

曹丕：《曹丕集校注》，魏宏灿校注，合肥：安徽大学出版社，2009。

方苞：《方苞集》，刘季高校点，上海：上海古籍出版社，2009。

康海：《康海散曲集校笺》，陈麒沅校，孙崇涛审订，杭州：浙江古籍出版社，2011。

梁启超：《梁启超全集》，北京：北京出版社，1999。

梁章钜：《文选旁证》，穆克宏点校，福州：福建人民出版社，2000。

刘勰：《文心雕龙注释》，周振甫注，北京：人民文学出版社，2002。

刘知几：《史通》，浦起龙通释，上海：上海古籍出版社，2015。

刘师培：《刘申叔遗书》，南京：江苏古籍出版社，1997。

刘师培：《刘申叔遗书补遗》，万仕国辑校，扬州：广陵书社，2008。

刘师培：《仪征刘申叔遗书》，万仕国点校，扬州：广陵书社，2014。

鲁迅：《鲁迅全集》，北京：人民文学出版社，2005。

钱大昕：《潜研堂集》，上海：上海古籍出版社，1989。

阮元：《揅经室集》，邓经元点校，北京：中华书局，1993。

司马迁：《史记》，北京：中华书局，2013。

王国维：《王国维遗书》，上海：上海书店出版社，1983。

王世贞：《王世贞文选》，陈书录、郦波、刘勇刚注，苏州：苏州大学出版社，2001。

严复：《严复集》，王栻主编，北京：中华书局，1986。

萧统主编《昭明文选》，北京：华夏出版社，2000。

严羽：《沧浪诗话校释》，郭绍虞校释，北京：人民文学出版社，1998。

姚鼐：《姚鼐文选》，钱仲联主编，周中明选注评点，苏州：苏州大学出版社，2001。

章太炎：《章太炎全集》，上海：上海人民出版社，1982。

张之洞：《张之洞全集》，赵德馨主编，武汉：武汉出版社，2008。

郑振铎：《郑振铎文集》，北京：人民文学出版社，1983。

## 研究著作

安徽省社会科学院文学研究所等编《桐城派研究论文选》，合肥：黄山
　　书社，1986。

曹道衡：《中古文学史论文集》，北京：中华书局，2002。

曹顺庆主编《中外文化与文论》，成都：四川大学出版社，2004。

柴德赓：《史学丛考》，北京：中华书局，1982。

畅广元：《文艺学的人文视界》，北京：首都师范大学出版社，2001。

陈惇、刘象愚：《比较文学概论》，北京：北京师范大学出版社，1988。

陈鸿祥编著《〈人间词话〉〈人间词〉注评》，南京：江苏古籍出版
　　社，2002。

陈军：《文类基本问题研究》，北京：北京大学出版社，2013。

陈平原、夏晓虹编《二十世纪中国小说理论资料》（1897—1916），北
　　京：北京大学出版社，1989。

陈平原：《中国现代学术之建立：以章太炎、胡适之为中心》，北京：北
　　京大学出版社，2010。

陈平原：《当年游侠人：现代中国的文人与学者》，北京：生活·读书·
　　新知三联书店，2006。

陈奇：《刘师培思想研究》，贵阳：贵州人民出版社，1999。

陈奇：《刘师培年谱长编》，贵阳：贵州人民出版社，2007。

陈万雄：《五四新文化的源流》，北京：生活·读书·新知三联书店，1997。

陈雪虎：《"文"的再认：章太炎文论初探》，北京：北京大学出版社，2008。

陈燕：《刘师培及其文学理论》，台北：华正书局，1989。

陈引驰编校《刘师培中古文学论集》，北京：中国社会科学出版社，1997。

程千帆：《文论十笺》，哈尔滨：黑龙江人民出版社，1983。

褚斌杰：《中国文学史纲要》，北京：北京大学出版社，1999。

戴燕：《文学史的权力》，北京：北京大学出版社，2002。

丁守和主编《辛亥革命时期期刊介绍》,北京:人民出版社,1983。

丁伟志、陈崧:《中体西用之间:晚清中西文化观述论》,北京:中国社会科学出版社,1995。

董乃斌、陈伯海、刘扬忠主编《中国文学史学史》,石家庄:河北人民出版社,2003。

范伯群、朱栋霖:《1898-1949中外文学比较史》,南京:江苏教育出版社,2007。

方光华:《刘师培评传》,南昌:百花洲文艺出版社,1996。

方汉奇:《中国近代报刊史》,太原:山西人民出版社,1981。

方珊:《形式主义文论》,济南:山东教育出版社,1999。

方习文:《五四文学思想论稿》,合肥:合肥工业大学出版社,2008。

冯永敏:《刘师培及其文学研究》,台北:文史哲出版社,1992。

冯友兰:《三松堂自序》,北京:生活·读书·新知三联书店,1984。

冯友兰:《中国哲学史》,上海:华东师范大学出版社,2000。

冯自由:《革命逸史》,北京:中华书局,1981。

傅乐诗等:《近代中国思想人物论——保守主义》,台北:时报文化出版事业有限公司,1980。

戈公振:《中国报学史》,北京:生活·读书·新知三联书店,1955。

龚书铎:《中国近代文化探索》,北京:北京师范大学出版社,1988。

关爱和:《古典主义的终结——桐城派与"五四"新文学》,上海:上海文艺出版社,1998。

郭沫若:《郭沫若作品新编》,蔡震编,北京:人民文学出版社,2010。

郭绍虞编著《中国文学批评史》,天津:百花文艺出版社,1999。

郭绍虞:《郭绍虞说文论》,上海:上海古籍出版社,2000。

郭绍虞主编:《中国历代文论选》,上海:上海古籍出版社,2001。

郭院林:《彷徨与迷途:刘师培思想与学术研究》,南京:凤凰出版社,2012。

洪治纲主编《刘师培经典文存》,上海:上海大学出版社,2004。

胡适:《白话文学史》,骆玉明导读,上海:上海古籍出版社,1999。

胡希伟编《辛亥革命与中国近代思想文化》,北京:中国人民大学出版社,1991。

胡亚敏主编《文学批评与文化批评》,武汉:华中师范大学出版社,2007。

黄旦：《范式的变更：新报刊史书写》，上海：上海交通大学出版社，2018。

黄瑚：《中国新闻事业发展史》，上海：复旦大学出版社，2001。

黄雅琦：《刘师培之伦理思想研究》，台北：花木兰文化出版社，2010。

贾文昭编著《桐城派文论选》，北京：中华书局，2008。

姜义华：《章太炎思想研究》，上海：上海人民出版社，1985。

蒋立松主编《文化人类学概论》，重庆：西南师范大学出版社，2007。

劳舒编《刘师培学术论著》，杭州：浙江人民出版社，1998。

李帆：《刘师培与中西学术——以其中西交融之学和学术史研究为核心》，
　　北京：北京师范大学出版社，2003。

李帆：《章太炎、刘师培、梁启超清学史著述之研究》，北京：商务印书
　　馆，2006。

李帆编《中国近代思想家文库·刘师培卷》，北京：中国人民大学出版
　　社，2015。

李昌文：《传播语言：演变、特征与趋势》，济南：山东人民出版社，2018。

李何林：《近二十年中国文艺思潮论：1917－1937》，西安：陕西人民出
　　版社，1981。

李龙牧：《五四时期思想史论》，上海：复旦大学出版社，1990。

李妙根编《刘师培论学论政》，上海：复旦大学出版社，1990。

李妙根编选《国粹与西化——刘师培文选》，上海：上海远东出版社，1996。

李泽厚，刘纲纪：《中国美学史》，北京：中国社会科学出版社，1984。

李泽厚：《美学三书》，天津：天津社会科学院出版社，2003。

梁漱溟：《中国文化要义》，上海：上海人民出版社，2005。

刘师培：《刘师培辛亥革命前文选》，北京：生活·读书·新知三联书
　　店，1998。

刘师培：《中国中古文学史讲义》，程千帆、曹虹导读，上海：上海古籍
　　出版社，2000。

刘师培：《清儒得失论》，北京：中国人民大学出版社，2004。

刘师培：《中国中古文学史　汉魏六朝专家文研究》，北京：商务印书
　　馆，2010。

刘贵福：《钱玄同思想研究》，北京：北京师范大学出版社，2011。

刘琅主编《精读刘师培》，厦门：鹭江出版社，2007。

刘黎红：《五四文化保守主义思潮研究》，北京：中国社会科学出版社，2006。

刘梦溪主编《中国现代学术经典——黄侃、刘师培卷》，石家庄：河北教育出版社，1996。

刘人锋：《中国妇女报刊史研究》，北京：中国社会科学出版社，2012。

刘叔成等：《美学基本原理》，上海：上海人民出版社，2001。

刘小枫选编《接受美学译文集》，北京：三联书店，1989。

刘增杰、孙先科主编《中国近现代文学转捩点研究》，上海：上海文艺出版社，2008。

刘志琴主编《近代中国社会文化变迁录》，杭州：浙江人民出版社，1988。

卢善庆：《王国维文艺美学观》，贵阳：贵州人民出版社，1988。

罗志田：《权势转移：近代中国的思想、社会与学术》，武汉：湖北人民出版社，1999。

罗志田：《道出于二：过渡时代的新旧之争》，北京：北京师范大学出版社，2014。

马宝珠：《中国新文化运动史》，台北：文津出版社，1996。

马森：《中国文化的基层架构》，台北：联经出版公司2012。

马睿：《文学理论的兴起：晚清民初的一份知识档案》，台北：文史哲出版社，2017。

梅鹤孙：《青溪旧屋仪征刘氏五世小记》，梅英超整理，上海：上海古籍出版社，2004。

佴荣本：《悲剧美学》，南京：江苏文艺出版社，1994。

聂振斌：《王国维美学思想述评》，沈阳：辽宁大学出版社，1997。

漆绪邦、王凯符选注：《桐城派文选》，合肥：安徽人民出版社，1984。

钱基博：《现代中国文学史》，上海：上海书店出版社，2007。

钱穆：《中国史学名著》，北京：生活·读书·新知三联书店，2000。

钱钟书：《谈艺录》，北京：生活·读书·新知三联书店，2007。

钱玄同：《钱玄同文集》，北京：中国人民大学出版社，2000。

钱玄同：《钱玄同日记》，杨天石主编，北京：北京大学出版社，2014。

任访秋：《中国近代文学作家论》，郑州：河南人民出版社，1984。

汝信、曾繁仁主编《中国美学年鉴》，郑州：河南人民出版社，2007。

桑咸之：《晚清政治与文化》，北京：中国社会科学出版社，1996。

申笑梅、张立真:《独树一帜:戴震与乾嘉学派》,沈阳:辽宁人民出版社,1997。

史和、姚福申、叶翠娣:《中国近代报刊名录》,福州:福建人民出版社,1991。

孙克强:《雅俗之辨》,北京:华文出版社,1997。

孙燕京:《晚清社会风尚研究》,台北:知书房,2004。

汤哲声等编著《黄人》,北京:中国文史出版社,1998。

唐文权,罗福惠:《章太炎思想研究》,武昌:华中师范大学出版社,1986。

陶东风主编《文学理论基本问题》,北京:北京大学出版社,2005。

陶菊隐:《六君子传》,台北:仲文出版社,1986。

滕守尧:《文化的边缘》,北京:作家出版社,1997。

田汉云:《六朝经学与玄学》,南京:南京出版社,2003。

万仕国编著《刘师培年谱》,扬州:广陵书社,2003。

汪宇编《刘师培学术文化随笔》,北京:中国青年出版社,1999。

王尔敏:《中国近代思想史论》,台北:华世出版社,1977。

王汎森:《中国近代思想与学术的系谱》,石家庄:河北教育出版社,2001。

王济民:《晚清民初的科学思潮和文学的科学批评》,北京:中国社会科学出版社,2004。

王俊义、黄爱平:《清代学术与文化》,沈阳:辽宁教育出版社,1993。

王立兴:《中国近代文学考论》,南京:南京大学出版社,1992。

王书才:《〈昭明文选〉研究发展史》,北京:学习出版社,2008。

王瑶:《中古文学史论》,北京:北京大学出版社,1986。

王章涛:《阮元评传》,扬州:广陵书社,2004。

邬国义、吴修艺编校《刘师培史学论著选集》,上海:上海古籍出版社,2006。

吴功正:《六朝美学史》,南京:江苏美术出版社,1994。

吴功正、许伯卿:《六朝文学》,南京:南京出版社,2003。

吴锐:《钱玄同评传》,南昌:百花洲文艺出版社,2004。

夏晓虹等:《文学语言与文章体式:从晚清到"五四"》,合肥:安徽教育出版社,2006。

夏晓虹:《晚清报刊、性别与文化转型》,吕文翠编,台北:人间出版社,

2013。

夏中义：《王国维：世纪苦魂》，北京：北京大学出版社，2005。

谢无量编《中国大文学史》，郑州：中州古籍出版社，1992。

辛刚国：《六朝文采理论研究》，北京：中国社会科学出版社，2005。

徐复观等：《知识分子与中国》，台北：时报文化出版事业有限公司，1980。

徐松荣：《维新派与近代报刊》，太原：山西古籍出版社，1998。

徐中玉、陈谦豫：《中国古代文艺理论专题资料丛刊》，北京：中国社会
科学出版社，2013。

许福吉：《义法与经世：方苞及其文学研究》，上海：学林出版社，2001。

乐黛云：《比较文学原理》，长沙：湖南文艺出版社，1988。

扬州师范学院学报编辑部、古籍整理研究室编《扬州学派研究》，扬州：
扬州师范学院印刷厂，1987。

杨晋龙主编《清代扬州学术》，台北："中央研究院"中国文哲研究所，2005。

杨联芬：《晚清至五四：中国文学现代性的发生》，北京：北京大学出版
社，2003。

杨小辉：《近代中国知识阶层的转型》，上海：上海社会科学院出版社，2011。

杨辛、甘霖：《美学原理》，北京：北京大学出版社，2001。

杨丽娟：《刘师培家藏文献研究初集》，北京：商务印书馆，2017。

姚文放：《文学理论》，南京：江苏教育出版社，2000。

姚文放：《现代文艺社会学》，北京：社会科学文献出版社，2007。

姚文放：《从形式主义到历史主义：晚近文学理论"向外转"的深层机
理探究》，北京：北京大学出版社，2017。

叶朗：《中国美学史大纲》，上海：上海人民出版社，1985。

叶易：《中国近代文艺思想论稿》，上海：复旦大学出版社，1985。

余英时：《重寻胡适历程：胡适生平与思想再认识（增订版）》，台北：
联经出版公司，2014。

余英时：《钱穆与中国文化》，上海：上海远东出版社，1994。

袁英光：《新史学的开山——王国维评传》，上海：上海人民出版社，1999。

喻大华：《晚清文化保守思潮研究》，北京：人民出版社，2001。

俞为民、孙蓉蓉编《历代曲话汇编》，合肥：黄山书社，2009。

詹福瑞：《中古文学理论范畴》，保定：河北大学出版社，1997。

章清:《清季民国时期的"思想界":新型传播媒介的浮现与读书人新的生活形态》,北京:社会科学文献出版社,2014。

章太炎、刘师培等:《中国近三百年学术史论》,罗志田导读,徐亮工编校,上海:上海古籍出版社,2006。

张伯伟:《中国古代文学批评方法研究》,北京:中华书局,2002。

张岱年:《中国哲学大纲》,北京:中国社会科学出版社,1982。

张法:《中国美学史》,上海:上海人民出版社,2000。

张枬、王忍之编:《辛亥革命前十年间时论选集》,北京:生活·读书·新知三联书店,1960(第一卷),1963(第二卷),1977(第三卷)。

张隆溪:《二十世纪西方文论述评》,北京:生活·读书·新知三联书店,1986。

张少康:《夕秀集》,北京:华文出版社,1999。

张寿安:《晚清民初的知识转型与知识传播》,北京:北京师范大学出版社,2018。

张舜徽:《清代扬州学记》,扬州:广陵书社,2004。

张晓唯:《蔡元培评传》,南昌:百花洲文艺出版社,1993。

赵航:《扬州学派概论》,扬州:广陵书社,2003。

赵建章:《桐城派文学思想研究》,北京:北京图书馆出版社,2003。

赵敏俐:《文学研究方法论讲义》,北京:学苑出版社,2005。

赵慎修编著《刘师培:评传作品选》,北京:中国文史出版社,1998。

赵宪章:《文艺学方法通论》,南京:江苏文艺出版社,1998。

赵宪章:《文体形式论》,广州:广东高等教育出版社,2019。

郑师渠:《晚清国粹派文化思想研究》,北京:北京师范大学出版社,1997。

郑振铎:《插图本中国文学史》,北京:作家出版社,1957。

周宁、金元浦译《接受美学与接受理论》,沈阳:辽宁人民出版社,1987。

周宪:《超越文学——文学的文化哲学思考》,上海:上海三联书店,1997。

周宪、徐兴无编《中国文学与文化的传统及变革》,南京:南京大学出版社,2008。

周振甫:《中国文章学史》,南京:江苏教育出版社,2005。

朱东润:《中国文学批评史大纲》,上海:上海古籍出版社,2005。

朱栋霖等主编《中国现代文学史:1917~1997》,北京:高等教育出版社，1999。

朱光潜：《西方美学史》，北京：人民文学出版社，2003。

朱光潜：《诗论》，合肥：安徽教育出版社，2006。

朱立元主编《当代西方文艺理论》，上海：华东师范大学出版社，1997。

朱修春主编《桐城派学术档案》，武汉：武汉大学出版社，2016。

朱自清：《论雅俗共赏》，北京：生活·读书·新知三联书店，1998。

宗白华：《美学散步》，桂林：广西师范大学出版社，2005。

## 外文文献

〔英〕鲍桑葵：《美学史》，张今译，北京：商务印书馆，1985。

〔法〕丹纳：《艺术哲学》，傅雷译，北京：人民文学出版社，1997。

〔荷兰〕佛克马、易布思：《二十世纪文学理论》，林书武译，北京：生活·读书·新知三联书店，1988。

〔德〕黑格尔：《美学》，朱光潜译，北京：商务印书馆，1979。

〔美〕吉尔伯特·罗兹曼主编《中国的现代化》，南京：江苏人民出版社，2003。

〔英〕雷蒙德·威廉斯：《漫长的革命》，倪伟译，上海：上海人民出版社，2013。

〔英〕迈克·克朗：《文化地理学》，杨淑华、宋慧敏译，南京：南京大学出版社，2005。

〔法〕孟德斯鸠：《孟德斯鸠法意》，严复译，北京：商务印书馆，1981。

〔日〕前野直彬主编《中国文学史》，骆玉明、贺圣遂等译，上海：复旦大学出版社，2012。

〔美〕乔纳森·卡勒：《当代学术入门：文学理论》，李平译，沈阳：辽宁教育出版社，1998。

〔美〕乔治·桑塔耶纳：《美感》，缪灵珠译，北京：中国社会科学出版社，1982。

〔日〕山根幸夫编《辛亥革命文献目录》，东京：东京女子大学东洋史研究室，1972。

〔法〕斯达尔夫人：《论文学》，徐继曾译，北京：人民文学出版社，1986。

〔美〕韦勒克：《批评的诸种概念》，丁泓、余徽译，周毅校，成都：四川文艺出版社，1988。

〔美〕勒内·韦勒克、奥斯汀·沃伦：《文学理论》，刘象愚等译，南京：
　　江苏教育出版社，2005。

〔俄〕扎娜·明茨，伊·切尔诺夫：《俄国形式主义文论选》，王薇生编
　　译，郑州：郑州大学出版社，2005。

〔日〕佐藤慎一：《近代中国的知识分子与文明》，刘岳兵译，南京：江
　　苏人民出版社，2006。

## 学位论文

都重万：《刘师培对晚清史学演进的贡献及影响》，博士学位论文，北京
　　大学，1998。

毛新青：《刘师培与中国文论的现代转型》，博士学位论文，山东大学，2007。

董丽娟：《刘师培文章学理论探要》，硕士学位论文，内蒙古师范大学，2013。

金晓东：《刘师培的〈左传〉学研究》，硕士学位论文，山东大学，2007。

刘联锋：《试论刘师培的多变》，硕士学位论文，华中师范大学，2006。

孙慧：《刘师培的文学观研究》，硕士学位论文，辽宁大学，2012。

吴居峥：《论刘师培的汉魏六朝文学研究》，硕士学位论文，广西师范大
　　学，2017。

祥寒冰：《刘师培普及教育思想研究》，硕士学位论文，贵州师范大学，2007。

杨林：《刘师培民族思想探析》，硕士学位论文，陕西师范大学，2007。

赵庆云：《试论刘师培期的民族主义思想》，硕士学位论文，湖南师范大
　　学，2005。

祝小娟：《刘师培文法理论研究》，硕士学位论文，江西师范大学，2013。

## 期刊论文

曹顺庆：《文论失语症与文化病态》，《文艺争鸣》1996年第2期。

曹顺庆、支宇：《重释文学性——论文学性与文学理论的悖谬处境》，
　　《湖南社会科学》2004年第1期。

曹惠民：《刘师培与〈国粹学报〉》，《内蒙古师范大学学报（哲学社会科
　　学版）》2002年第5期。

曹世铉：《在国粹与无政府之间——刘师培文化思想管窥》，《东方论坛》

2000 年第 2 期。

陈方竞、刘中树：《对五四新文学发生及源流的再认识》，《文艺研究》
1999 年第 2 期。

陈思和：《试论现代出版与知识分子的人文精神》，《复旦学报（社会科
学版）》1993 年第 3 期。

陈奇：《刘师培对传统经学的批判》，《贵州师大学报》1989 年第 2 期。

陈奇：《刘师培的"六经皆史"观》，《贵州大学学报》1994 年第 2 期。

成玮：《"韵"字重释与文学观念的流转——六朝文笔之辨在晚清民国》，
《文学评论》2019 年第 5 期。

慈波：《刘师培的变与不变：从骈体正宗说到文学史研究》，《中山大学
学报（社会科学版）》2014 年第 5 期。

都重万：《论辛亥革命前刘师培的新史学》，《中国文化研究》2002 年第
3 期。

方光华：《试论刘师培对〈左传〉的整理和研究》，《孔子研究》1995 年
第 4 期。

冯黎明：《文本的边界——徘徊于历史主义和虚无主义之间的"文学性"
概念》，《文学评论》2006 年第 4 期。

郭院林、程军民：《保守与激进：刘师培思想历程分析》，《石河子大学
学报（哲学社会科学版）》2008 年第 2 期。

郭院林、朱德印：《论刘师培诗词对〈楚辞〉的接受》，《云梦学刊》
2018 年第 5 期。

贺昌盛：《从'文之学'到'纯文学'——晚清学人的文学"著述"及
其学术取向》，《南京社会科学》2013 年第 1 期。

胡健：《论刘师培的美学思想》，《西北师大学报（社会科学版）》1996
年第 2 期。

黄春黎：《刘师培的白话创作及其民间视野》，《湖北大学学报（哲学社
会科学版）》2017 年第 1 期。

季羡林：《门外中外文论絮语》，《文学评论》1996 年第 6 期。

蒋寅：《对"失语症"的一点反思》，《文学评论》2005 年第 2 期。

靳大成：《浅论刘师培〈南北文学不同论〉与章太炎〈文章总略〉——
从传统文论通向现代文学理论的过渡环节》，《中国中外文艺理论研

究》2011 年卷。

旷新年:《现代文学观的发生和生产》,《文学评论》2000 年第 4 期。

李帆:《刘师培论先秦学术》,《长白学刊》2000 年第 3 期。

李帆:《陈独秀与刘师培》,《安徽史学》2001 年第 1 期。

李帆:《刘师培与北京大学》,《北京大学学报（哲学社会科学版）》2001
　　年第 6 期。

李洪岩、仲伟民:《刘师培史学思想综论》,《近代史研究》1994 年第
　　3 期。

李妙根:《论辛亥革命前后刘师培的政治思想》,《求是学刊》1983 年第
　　4 期。

李天道:《中国美学之雅俗精神》,北京:中华书局,2004。

李孝迁:《刘师培与近代清学史研究》,《东南学术》2001 年第 4 期。

李孝迁:《刘师培与近代诸子学研究》,《福建论坛（人文社会科学版）》
　　2001 年第 4 期。

李孝迁:《刘师培前期论左氏学》,《学术研究》2002 年第 2 期。

李孝迁:《魏晋玄学及其学术地位的确立——刘师培论魏晋玄学》,《江
　　海学刊》2002 年第 2 期。

李孝迁、修彩波:《刘师培论学观初探》,《福建论坛（人文社会科学
　　版）》2002 年第 3 期。

李裕政、严程:《偏于字而忽于文:从阮元到刘师培、章太炎的文笔
　　论》,《广西师范大学学报（哲学社会科学版）》2016 年第 4 期。

刘继保:《"错采镂金"之美与王国维的"隔"》,《云南艺术学院学报》
　　2004 年第 3 期。

刘建臻:《刘师培与焦循——刘师培与扬州学派间关系的个案分析》,《福
　　建省社会主义学院学报》2004 年第 2 期。

刘小林:《论清末国粹主义思潮》,《首都师范大学学报（社会科学版）》
　　2000 年第 1 期。

刘悦笛:《美学的传入与本土创建的历史》,《文艺研究》2006 年第 2 期。

罗书华:《萧统文学观念与〈文选〉选文标准之重释》,《求是学刊》
　　2008 年第 1 期。

罗钢:《王国维的"古雅说"与中西诗学传统》,《南京大学学报（哲

学·人文科学·社会科学版)》2008 年第 3 期。

毛新青、钱伟:《由"宗经"至"宗骚"——刘师培与传统文论批评模式的现代转换》,《管子学刊》2008 年第 2 期。

彭亚非:《原"文"——论"文"之初始义及元涵义》,《文学评论》2005 年第 4 期。

钱志熙:《旧学之殿军 新学之开山——刘师培〈中国中古文学史〉》,《文史知识》1999 年第 3 期。

钱中文:《文学观念:世纪之争及其更新》,《文学评论》1993 年第 3 期。

史革新:《论辛亥革命时期的西学传播》,《北京师范大学学报(社会科学版)》1988 年第 6 期。

史少博:《刘师培"国学"的"东学"渊源》,《管子学刊》2017 年第 2 期。

陶东风:《关于中国文化"失语"与"重建"问题的再思考》,《云南大学学报(社会科学版)》2004 年第 5 期。

童庆炳:《古今对话——中国古代文论研究的学术策略》,《文艺争鸣》1996 年第 4 期。

童庆炳:《中国文学理论现代性转型的标志与维度》,《社会科学辑刊》2003 年第 2 期。

汪春泓:《论刘师培、黄侃与姚永朴之〈文选〉派与桐城派的纷争》,《文学遗产》2002 年第 4 期。

王琦珍:《论刘师培的文学观与文学史研究》,《文学遗产》1986 年第 5 期。

王兴亮、赵宗强:《刘师培与地方志》,《中国地方志》2005 年第 3 期。

王琢:《从"美术"到"艺术":中日艺术概念的形成》,《文艺研究》2008 年第 7 期。

蔚志建:《二十世纪西方形式主义文论之路》,《文艺理论与批评》2005 年第 2 期。

吴海:《刘师培的碑传观与扬州学派》,《南京大学学报(哲学·人文科学·社会科学)》2018 年第 2 期。

吴慧鋆:《刘师培对传统楚辞研究的继承与突破》,《南通大学学报(社会科学版)》2017 年第 6 期。

吴键：《"文质"与"南北"：刘师培〈南北文学不同论〉探析》，《文艺理论研究》2015 年第 6 期。

伍世昭、李江山：《中国 20 世纪文学理论批评中的形式批评》，《文艺研究》2006 年第 5 期。

辛刚国：《中国文学对俄国形式主义的拒斥与接受》，《东岳论丛》2004 年第 1 期。

熊元良：《文论"失语症"：历史的错位与理论的迷误》，《中国比较文学》2003 年第 2 期。

许结：《赋学：从晚清到民国——刘师培赋学批评简论》，《东方丛刊》2008 年第 1 期，广西师范大学出版社，2008。

姚文放：《"文学性"问题与文学本质再认识——以两种"文学性"为例》，《中国社会科学》2006 年第 5 期。

姚文放：《文学性：百年文学理论的现代性追求》，《社会科学辑刊》2007 年第 3 期。

姚文放：《"审美"概念的分析》，《求是学刊》2008 年第 1 期。

余英时：《中国知识分子的边缘化》，《二十一世纪》（香港）1991 年第 6 期。

喻大华：《晚清国粹潮流中的章太炎与刘师培——交谊·学术·思想》，《河北师范大学学报（哲学社会科学版）》2006 年第 2 期。

张杰：《鲁迅与刘师培的学术联系》，《鲁迅研究月刊》2000 年第 6 期。

张为刚：《晚清语言文字危机与刘师培早期"国文"教育构想》，《现代中文学刊》2017 年第 2 期。

张晓兰：《刘师培戏曲观研究》，《兰州大学学报（社会科学版）》2008 年第 6 期。

张仲民：《南桂馨和刘师培》，《近代史研究》2018 年第 3 期。

张仲民：《刘师培的四篇佚文》，《历史教学问题》2018 年第 5 期。

赵瑛：《刘师培与新史学思潮》，《华夏文化》2000 年第 1 期。

郑师渠：《钱玄同与〈刘申叔遗书〉》，《北京师范大学学报（社会科学版）》2003 年第 6 期。

周兴陆：《"文笔论"之重释与近现代纯杂文学论》，《文学评论》2015 年第 5 期。

朱晓进、李玮：《语言变革对中国现代文学形式发展的深度影响》，《中国社会科学》2015 年第 1 期。

邹晓霞：《汉文气味，最为难学——刘师培的汉文鉴读》，《名作欣赏》2018 年第 15 期。

# 后　记

扬州东圈门外的古街旧巷静默于繁华喧闹的商圈大衢附近，像一位历经沧桑的老者静静地看云卷云舒、人来人往。一个寻常的暮春傍晚，刚刚选定"刘师培文学思想研究"作为博士学位论文选题的我，慢慢地从这个巷子里走过，发现不少故居旧宅如珠玉般散落其间：南宋抗元名将"双忠祠"、清代"存济药局"故址、清末盐商"汪氏小苑"、辛亥革命先烈熊成基故居、革命烈士江上青故居……不经意间，抬头见一处门扉轻掩，旁边挂一方"清溪旧屋刘宅"的木牌，贸然敲门探访，见到了居住此处的刘师培后人，老人家热心地为我介绍宅子布局，讲述历史遗迹，指给我看刘师培读书的西厢小屋。夕阳的余晖从院子上方的青瓦屋檐斜照过来，晕染了墙头的紫藤花叶，氤氲了古往今来的光阴。转眼距离写作博士学位论文已十年有余，现在提笔为以博士学位论文为基础的书稿写后记，心中依然充满感恩、感慨和感谢。

感恩诸位业师。首先要感恩我的博士生导师佴荣本教授。佴师在第一时间肯定了我的选题方向，使我有相对充裕的时间进行资料搜集和理论准备，从而能够在开题时拿出较为详细的提纲，避免了写作时捉襟见肘的尴尬。佴师以严谨的治学精神给予我莫大鞭策，使我不敢懈怠、几易其稿，佴师不厌其烦的悉心点拨，使我在陷入迷茫之际茅塞顿开，他以光辉的人格涵养处处感染教育着我，使我心向淡定、远离浮躁。其次要感恩我的硕士生导师姚文放教授。姚师是令人高山仰止的学术榜样，在他面前，我总是心怀敬畏。他的渊博学识和不倦教诲令我难以忘怀；他的言传身教是我受益终生的人生财富。最后要感恩柳宏教授、徐德明教授、古风教授、陈学广教授、苏保华教授等诸位先生对我的关心和指导。

感慨逝者如斯。撰写博士论文之时，我自知理论功底薄弱，于是就从基本的文本阅读入手，逐渐梳理出刘师培文学思想的主要内涵。博士生毕业之后，我愚公移山般地逐个深入挖掘细节问题，并整理发表了几篇相关论文，拓展完成了一些课题项目。凭着这些微不足道的基础研究，在侔师和姚师的指教之下，"刘师培文学思想及其文化语境研究"的选题很荣幸获得了国家社科基金后期资助立项。如今书稿勉强凑成，付梓之际，惊觉白驹过隙，自 2009 年博士生毕业留校任教以来，一路教学科研、成家生女、出国访学……似乎也没闲着，但确乎成绩寥寥。古人十年磨一剑，剑气如霜。我这么长时间交出的作业却实在粗浅，不禁扪心汗颜。我自当以此为新的起点，在今后的研究过程中，更耐心地积淀，更有力地提升，以期不负似水流年。

感谢诸多关爱。感谢读书期间同窗相契，犹记得选题之初，与季中扬兄切磋往来，获益良多；感谢生活之中家人呵护，他们的理解包容和深沉爱意是我绵绵不绝的动力源泉；感谢工作之后师友相助，扬州大学文学院是我的精神家园，领导同事一直对我扶携有加，尤其是当时在校人文社科处任职的陈军院长，对我的项目申报提出了宝贵意见，使得该课题得以顺利获批立项。此外，还要真诚感谢社会科学文献出版社周琼老师对拙著的鼎力支持和辛勤付出。这份感谢名单还有很多很多，纸短情长，唯有铭记于心，往后当继续体悟学径幽深，希冀未来能多一分成长，聊做些许回报之意。

施秋香

2020 年 8 月 19 日

**图书在版编目（CIP）数据**

刘师培文学思想及其文化语境 / 施秋香著. -- 北京：
社会科学文献出版社, 2021.1
国家社科基金后期资助项目
ISBN 978 - 7 - 5201 - 7802 - 0

Ⅰ.①刘…　Ⅱ.①施…　Ⅲ.①刘师培（1884 - 1919）
- 文学思想 - 研究　Ⅳ.①I206.5

中国版本图书馆 CIP 数据核字（2021）第 008172 号

国家社科基金后期资助项目
## 刘师培文学思想及其文化语境

著　　者 / 施秋香

出 版 人 / 王利民
责任编辑 / 周　琼
文稿编辑 / 朱　月

出　　版 / 社会科学文献出版社·政法传媒分社（010）59367156
　　　　　　地址：北京市北三环中路甲 29 号院华龙大厦　邮编：100029
　　　　　　网址：www.ssap.com.cn
发　　行 / 市场营销中心（010）59367081　59367083
印　　装 / 天津千鹤文化传播有限公司

规　　格 / 开　本：787mm × 1092mm　1/16
　　　　　　印　张：16　字　数：254 千字
版　　次 / 2021 年 1 月第 1 版　2021 年 1 月第 1 次印刷
书　　号 / ISBN 978 - 7 - 5201 - 7802 - 0
定　　价 / 98.00 元